新 視 野
中華經典文庫

新 視 野
中華經典文庫

夢溪筆談

名譽主編 饒宗頤
導讀 馮錦榮
譯注 馮錦榮 林學忠 陳志明

中華書局

□ 責任編輯：胡冠東
□ 裝幀設計：洪清淇
□ 版式設計：Edited
□ 排　　版：時　潔
□ 印　　務：林佳年

新視野中華經典文庫

夢溪筆談

□
導讀
馮錦榮

□
譯注
馮錦榮　林學忠　陳志明

□
出版
中華書局（香港）有限公司
香港北角英皇道 499 號北角工業大廈一樓 B
電話：（852）2137 2338　傳真：（852）2713 8202
電子郵件：info@chunghwabook.com.hk
網址：http：//www.chunghwabook.com.hk

□
發行
香港聯合書刊物流有限公司
香港新界大埔汀麗路 36 號
中華商務印刷大廈 3 字樓
電話：（852）2150 2100　傳真：（852）2407 3062
電子郵件：info@suplogistics.com.hk

□
印刷
深圳中華商務安全印務股份有限公司
深圳市龍崗區平湖鎮萬福工業區

□
版次
2017 年 3 月初版
2022 年 7 月初版第 2 次印刷

□
規格
大 32 開（205 mm × 143 mm）

□
ISBN：978-988-8463-36-7

出版説明

為甚麼要閲讀經典？道理其實很簡單——經典正正是人類智慧的源泉、心靈的故鄉。也正是因此，在社會快速發展、急劇轉型，因而也容易令人躁動不安的年代，人們也就更需要接近經典、閲讀經典、品味經典。

邁入二十一世紀，隨着中國在世界上的地位不斷提高，影響不斷擴大，國際社會也愈來愈關注中國，並希望更多地了解中國、了解中國文化。另外，受全球化浪潮的沖擊，各國、各地區、各民族之間文化的交流、碰撞、融和，也都會空前地引人注目，這其中，中國文化無疑扮演着十分重要的角色。相應地，對於中國經典的閲讀自然也就有不斷擴大的潛在市場，值得重視及開發。

於是也就有了這套立足港臺、面向海外的「新視野中華經典文庫」的編寫與出版。希望通過本文庫的出版，繼續搭建古代經典與現代生活的橋樑，引領讀者摩挲經典，感受經典的魅力，進而提升自身品位，塑造美好人生。

本文庫收錄中國歷代經典名著近六十種，涵蓋哲學、文學、歷史、醫學、宗教等各個領域。編寫原則大致如下：

（一）精選原則。所選著作一定是相關領域最有影響、最具代表性、最值得閱讀的經典作品，包括中國第一部哲學元典、被尊為「群經之首」的《**周易**》，儒家代表作《**論語**》、《**孟子**》，道家代表作《**老子**》、《**莊子**》，最早、最有代表性的兵書《**孫子兵法**》，最早、最系統完整的醫學典籍《**黃帝內經**》，大乘佛教和禪宗最重要的經典《**金剛經**》、《**心經**》、《**六祖壇經**》，中國第一部詩歌總集《**詩經**》，第一部紀傳體通史《**史記**》，第一部編年體通史《**資治通鑑**》，中國最古老的地理學著作《**山海經**》，中國古代最著名的遊記《**徐霞客遊記**》，等等，每一部都是了解中國思想文化不可不知、不可不讀的經典名著。而對於篇幅較大、內容較多的作品，則會精選其中最值得閱讀的篇章。使每一本都能保持適中的篇幅、適中的定價，讓普羅大眾都能買得起、讀得起。

（二）尤重導讀的功能。導讀包括對每一部經典的總體導讀、對所選篇章的分篇（節）導讀，以及對名段、金句的賞析與點評。導讀除介紹相關作品的作者、主要內容等基本情況外，尤強調取用廣闊的「新視野」，將這些經典放在全球範圍內、結合當下社會生活，深入挖掘其內容與思想的普世價值，及對現代社會、現實生活的深刻啟示與借鑒意義。通過這些富有新意的解讀與賞析，真正拉近古代經典與當代社會和當下生活的距離。

（三）通俗易讀的原則。簡明的注釋，直白的譯文，加上深入淺出的導讀與賞析，希望幫助更多的普通讀者讀懂經典，讀懂古人的思想，並能引發更多的思考，獲取更多的知識及更多的生活啟示。

（四）方便實用的原則。關注當下、貼近現實的導讀與賞析，相信有助於讀者「古為今用」、自我提升；卷尾附錄「名句索引」，更有助讀者檢索、重溫及隨時引用。

（五）立體互動，無限延伸。配合文庫的出版，開設專題網站，增加朗讀功能，將文庫進一步延展為有聲讀物，同時增強讀者、作者、出版者之間不受時空限制的自由隨性的交流互動，在使經典閱讀更具立體感、時代感之餘，亦能通過讀編互動，推動經典閱讀的深化與提升。

這些原則可以説都是從讀者的角度考慮並努力貫徹的，希望這一良苦用心最終亦能夠得到讀者的認可、進而達致經典普及的目的。

「弘揚中華文化」是中華書局的創局宗旨，二〇一二年又正值創局一百週年，「承百年基業，傳中華文明」，本局理當更加有所作為。本文庫的出版，既是對百年華誕的紀念與獻禮，也是在弘揚華夏文明之路上「傳承與開創」的標誌之一。

需要特別提到的是，國學大師饒宗頤先生慨然應允擔任本套文庫的名譽主編，除表明先生對本局出版工作的一貫支持外，更顯示先生對倡導經典閱讀、關心文化傳承的一片至誠。在此，我們要向饒公表示由衷的敬佩及誠摯的感謝。

倡導經典閱讀，普及經典文化，永遠都有做不完的工作。期待本文庫的出版，能夠帶給讀者不一樣的感覺。

中華書局編輯部

二〇一二年六月

目錄

《夢溪筆談》導讀 〇〇一

故事——追本溯源 〇二五

卷一・故事一 〇二六

卷二・故事二 〇四四

辨證——糾謬以存真的知識態度 〇五三

卷三・辨證一 〇五五

卷四・辨證二 〇七一

補筆談・卷一 〇七七

樂律——古代音樂原理闡微 〇八一

卷五·樂律一 〇八二

卷六·樂律二 一一二

象數——傳統天文理論發微 一一九

卷七·象數一 一二〇

卷八·象數二 一四七

補筆談·卷二 一五七

人事與官政——做人為官的寫照 一六三

卷九·人事一 一六四

卷十·人事二 一八〇

卷十一·官政一 一八三

卷十二·官政二 一九六

權智——古人智慧的頌揚 二〇七
卷十三・權智 二〇九
補筆談・卷二 二二三

藝文與書畫——文學藝術生活風貌 二二五
卷十四・藝文一 二二五
卷十五・藝文二 二三四
卷十六・藝文三 二四二
卷十七・書畫 二四四

技藝與器用——古代良工巧藝實錄 二六一
卷十八・技藝 二六一
卷十九・器用 二八〇

神奇與異事——怪異現象與物事的記述 二九三
卷二十・神奇 二九四

卷二十一．異事（異疾附）——三〇八

謬誤與譏謔——揭示世人錯誤的認知　三三三

卷二十二．謬誤（譎詐附）——三三五
卷二十三．譏謔——三四二

雜誌——紛紜世事的大熔爐　三四七

卷二十四．雜誌一——三四八
卷二十五．雜誌二——三六四

藥議——對藥物學的認識　三九七

卷二十六．藥議——三九八
補筆談．卷三——四一五

名句索引　四二五

知識爆發時期的理性產物——《夢溪筆談》導讀

馮錦榮

一、沈括的生平

十一世紀的北宋知識界，上至帝主，下至士大夫官僚，都呈現出致力於「大宇宙」探索的思想傾向。在這宏大的思想氛圍下，他們嘗試對社會與自然界的事物進行全面的分類與綜合，企圖以「理」、「氣」、「數」等觀念闡發天地、萬物背後的「體」及其相互關係之中的「用」。沈括出生的前兩年，即景祐元年（一〇三四），宋仁宗（趙禎，一〇二二—一〇六三在位）系統地把其植基於《尚書》〈洪範〉「建用皇極」的帝王學理念推衍到天文、律曆、五行等領域及相關文獻編纂的事業上去。[1]他在康定元年（一〇四〇）更親撰《洪範政鑒》十二卷向羣臣展示。

沈括（一〇三二—一〇九六），字存中，北宋錢塘人，是我國著名的科學家。他出身自官宦

1　馮錦榮：〈北宋仁宗景祐朝星曆、五行書〉，張其凡主編：《宋代歷史文化研究》（北京：人民出版社，二〇〇〇），頁四一〇—四三三。

家庭，父親沈周曾任侍御史，又經歷多次外遷，沈括都隨行。雖然都不是顯要職位，但這些經歷卻富豐了沈括的閱歷。沈周死後，沈括以父蔭獲授沭陽縣主簿的小官，可是他並不滿足於此，特意要循科舉之途進入官場，在嘉祐八年（一〇六三）三十一歲時，登進士第，正式由士人的途徑晉身官場。其後獲推薦入京任昭文館編校，後遷館閣校勘。其間，又參與詳定渾儀的工作。昭文館的官雖然不大，但因緣際會，他得以閱讀到北宋初年聚集在京師的大量典籍，而詳定渾儀的工作，又使他接觸到天文、曆算以至觀測儀器的設計和製作等範疇的專門知識。沈括自己對各種學問也有濃厚興趣，加上他無論做事治學，都一絲不苟，因此這段時間，他的學問進步很快。

四十歲服母喪期滿後，沈括再度回京，任大理寺丞、館閣校勘，又充檢正中書刑房公事。這段經歷，又使他對北宋的司法制度有所認識。其後，他奉命提舉疏浚汴渠，由於工程需要，他努力研究測量方法，提出了分層築堰法來測量汴渠的高度。這段時間，他又兼任提舉司天監，負責改製渾天儀和編修新曆的工作。他大膽推薦布衣衞朴入監參與修曆工作。為了更好地完成工作，沈括除了閱讀大量天文書籍外，還重視實測。他花了三個月的時間，每天觀測極星位置的變化，繪圖二百多幀。

熙寧六年（一〇七三），因王安石之薦，沈括負責兩浙水利。次年，安石罷相，但沈括的仕途並沒有因此而受阻。同年，擢為知制誥，又為河北路察訪使，兼判軍器監。熙寧八年（一〇七五），沈括受命出使遼國，跟遼人談判宋遼邊境問題，取得成果。使遼期間，又對沿途所見所聞，詳細記述，著成《熙寧使虜圖抄》。同年，他又詔為權發遣三司使，參與國家財政工作，對北宋的財政和稅收制度，提出了不少建議。

熙寧十年（一〇七七），沈括因事被劾，出知宣州。元豐三年（一〇八〇），改知延州，兼鄜延路經略安撫使，奉密旨練兵，以備對西夏用兵。翌年，宋廷發兵攻西夏。元豐五年（一〇八二），因徐禧輕敵大敗，沈括受牽連，以「坐始議城永樂，既又措置應敵俱乖方」[2]，貶為均州團練副使。自此，沈括仕途便告結束。往後數年，他輾轉回到潤州，居於夢溪園。元祐七年（一〇九二）前後，他寫成了《夢溪筆談》，過了幾年，紹聖三年（一〇九六）六十五歲卒。

沈括在朝廷當過不同的官，都有所建樹。而且，對於各個官位的沿革和所需知識，他也是認真學習，遇到不明白處，又不厭其煩地問個究竟，因此造就了他學問知識的廣博。《宋史》說他「博學善文，於天文、方志、律曆、音樂、卜算，無所不通，皆有所論著。」正正反映了他治學嚴謹認真的特點。而晚年寫成的《夢溪筆談》，正是他廣博學問的全記錄。

可惜的是，沈括的著作大多散佚不存，猶幸的是他晚年居於夢溪園，把平日所見所聞和思考的事情，逐條記錄，成《夢溪筆談》一書。當中涉獵的範圍十分廣泛。自然科學方面，包羅了天文、曆法、數學、物理、地理、地質、生物、化學、建築、工程、醫藥等科學內容；人文

---

2 〔宋〕李燾：《續資治通鑑長編》（北京：中華書局，二〇〇四），卷三百三十「元豐五年冬十月」條。

科學方面，記錄了古今文學藝術、史學考證、語言文字、音樂繪畫等的資料；政治興革上，他對制度沿革、外族興衰、名臣言行等，也多有記載和評議。

像《夢溪筆談》（以下簡稱《筆談》）這類筆記作品，唐、宋時期有很多，例如沈括在《筆談》中多次提到唐人段成式撰的《酉陽雜俎》便是相類的作品。可是段氏之書，被《四庫全書總目提要》評為「多詭怪不經之談，荒渺無稽之物」，而評《筆談》則說「括在北宋，學問最為博洽。於當代掌故及天文、算法、鍾律尤所究心。」「湯修年跋稱其目見耳聞，皆有補於世，非他雜志之比。勘驗斯編，知非溢美矣。」是書與別不同之處，不僅在於其集人文與科學知識之大，而且所記所錄，都是沈括自己耳聞目睹之事或讀書心得，雖然有些內容近似迷信，但都是當時宗教信仰的反映，對於荒誕不經之事，他是鮮少記錄下來的。至於各種現象，沈括也盡力解說。如果不明箇中原因，就清楚說明。這比其他虛實不分的筆記作品，無疑是更具理性批判和可讀性的。

由於沈括對所記事物抱着認真謹慎的態度，因此《筆談》所記載的典章制度、人事官政等政治資料，以至唐代至北宋初期關於音樂、詩歌、繪畫等人文藝術的趣聞逸事，大大豐富了我們對當時政治、藝術和文化的認識。此外，《筆談》還記錄了大量關於數學、天文、曆法、工程、建築、醫藥等科學範疇的材料。當中不少題目，更是沈括自己的科學見解和新理論、新方法。這正是《筆談》與一般的筆記作品不同之處。我國古代的文人筆記著作，大都以記錄事件為主，作者往往將一些趣聞逸事或考證補遺的意見，條列而出。當中人文藝術的內容很多，但記錄科學知識的卻相對鮮少。這種現象，主要是因為作者多為文人，對科學知識瞭解不深，難以實錄，自然有所取捨，把焦點放在熟悉的文人雅趣或者考證補闕之上。即使是稱為博物學的作品，也多是將道聽塗説，或古書所載之事，筆錄一番而已。

《夢溪筆談》內容贍博，尤其沈氏對科學問題的各種洞見，更為人所稱頌。著名科學史專家李約瑟（Joseph Needham，一九〇〇—一九九五）視此書為中國科學史上具有里程碑意義的著作，而沈括更是「中國整部科學史最卓越的人物」。

二、知識爆發時代下的學問世界

《夢溪筆談》反映了沈括廣博的學識，這點無庸置疑。我們要問的是，為甚麼這個時期會造就了沈括這樣的博學型學者？沈括本身對學問的興趣，當然起了主要作用。沈括置身的時代，中國的知識傳播型態發生了重大變化。蘇軾在〈李氏山房藏書記〉中便談到：

> 余猶及見老儒先生，自言其少時，欲求《史記》、《漢書》而不可得，幸而得之，皆手自書，

日夜誦讀，惟恐不及。近歲市人轉相摹刻，諸子百家之書，日傳萬紙。

北宋時期，隨着印刷技術的長足發展，書籍刊佈流通愈益容易，也促使了知識的普及。從前難得一讀的古籍，在印刷本出現後，變成輕易可得。雖然實際上不是所有書籍都會像《史記》、《漢書》般日傳萬紙，但這類本來難得一讀的作品，北宋時期的士人，已經容易獲致，也使私人大量藏書變得容易。更重要的是，印刷本大量出現後，本來藉着抄本而作小範圍流傳的書籍傳播方式，被印刷本的大幅度的傳播取代，數量增加之餘，製作書籍的速度更為驚人。沈括生活的時代，正是印刷本開始蓬勃產生的時期，這正為他提供了大量的學習材料。

沈括閱讀典籍之豐，涉獵範圍之廣，也跟他年輕時已進入宋代皇家藏書機關——昭文館——工作有莫大關係。他於神宗熙寧元年（一〇六八）因張蒭的推薦，獲召赴京編校昭文館書籍。昭文館是北宋皇家藏書閣之一，隸屬秘書省。太平興國年間，與史館、集賢院改名為「崇文院」。其中昭文書庫在東院廊，集賢書庫在南廊，史館書庫在西廊，其後又在中堂建秘閣，因此稱為「三館秘閣」。當中收藏的圖書，不僅數量豐富，而且還有不少是民間難得一見的「天文、占候、讖緯、方術書五千十二卷」。[3]此外，秘閣還接收了不少由內庫撥送的書畫，

3〔宋〕程俱：《麟臺故事校證》（北京：中華書局，二〇〇〇），卷一，〈沿革〉，頁十九。

這也是一般民間士子所難以一睹的珍貴墨寶。[4]其間雖然因丁母憂回鄉守制三年，但回到京師後，沈括一直都有參與館閣圖書的整理工作。他先後擔任過史館檢討、集賢校理等職。雖然官職上屬於館閣小官，但對於熱愛學問的沈括而言，能夠在北宋的典章政書儲存機關工作，並且閱讀到大量難得一見的秘籍，對他本身學問的進步，有莫大裨益。

三館秘閣，可說是北宋的皇家圖書館和畫廊。立國初期，宋太祖已頒佈詔書，在全國範圍內蒐集典籍圖譜字畫等重要文化財產，聚集到汴京。最初這些文物保存於史館，後因物品眾多，地方不敷應用，於是別建新館舍來收藏，這就是新建的崇文院中堂，也稱為秘閣。

當時秘閣收藏了王羲之、王獻之父子、庾亮、唐太宗、唐玄宗、顏真卿、歐陽詢、柳公權、懷素等人的書法作品，也蒐羅了顧愷之、韓幹、薛稷、戴崧等人的作品。而太祖又喜歡向大臣展示這些作品。至於大臣欲一睹作品風采，太祖也不吝答應。例如學士李昉、宋琪、徐鉉欲觀看秘閣藏書，太宗將圖籍、古畫悉數令其觀覽。這種將藏品公開給大臣觀覽的做法，固然有其管治策略上的需要，例如淳化三年（九九二）：

4 關於北宋館閣的資料，可參考姚瀛艇主編：《宋代文化史》（臺北：雲龍出版社，一九九五），第二章〈館閣制度與圖書編纂〉，頁三十三——七十九。

（太宗）幸新秘閣。帝登閣，觀羣書齊整，喜形於色，謂侍臣曰：「喪亂以來，經籍散失，周孔之教，將墜於地。朕即位之後，多方收拾，抄寫購募，今方及數萬卷，千古治亂之道，並在其中矣。」即召侍臣賜坐命酒，仍召三館學預坐。日晚還宮，顧昭宣使王繼恩曰：「爾可召傅潛、戴興，令至閣下，恣觀書籍，給御酒，與諸將飲宴。」潛等皆典禁兵，帝欲其知文儒之盛故也。[5]

談到學問材料，也不能不談到北宋初期政府推動的類書結集。我國著名的幾部大型類書——《太平廣記》、《太平御覽》、《文苑英華》、《冊府元龜》——都是北宋初期出現的。宋敏求《春明退朝錄》說：

太宗詔諸儒編故事一千卷，曰《太平總類》（《太平御覽》）。文章一千卷，曰《文苑英華》。小說五百卷，曰《太平廣記》。醫方一千卷，曰《神醫普救》。[6]

沈括生活的年代，藥物學也有了長足發展，尤其是方劑學方面，北宋初期，朝廷除了編訂

5 見《宋朝事實類苑》，卷二。
6 〔宋〕宋敏求：《春明退朝錄》（北京：中華書局，一九八〇），卷下，頁四十六。

類書之外，也大規模蒐集民間藥方。太平興國三年（九七八），王懷隱主編的《太平聖惠方》一百卷完成了編纂工作。該書凡一百卷，對一千七百多種病症，收錄了一萬六千多條處方。該書於淳化三年和元祐三年（一〇八八）先後刊佈了兩次。太宗雍熙年間，又命賈黃中等編集《神醫普救方》一千卷。此書與其餘各大類書一樣，由史局的翰林官員負責，雖然編成後，不像《太平聖惠方》一樣刊佈天下，但與之有關的資料，仍留存於史局中。沈括對藥理、方劑以至本草的認識之深，對各種草藥的區別有深刻認識，相信到京後，有一段時間在史局工作，能翻閱到這些材料，不無關係。

方劑學之外，本草學在北宋時期也有所發展。例如開寶六年（九七三）由劉翰、馬志等編修的《開寶本草》二卷，比唐代《新修本草》多收錄了一百三十餘種藥物。仁宗嘉祐六年（一〇六一）掌禹錫等又修成《重修政和經史證類備用本草》，又增加了一百種藥物。除了藥物數目不斷增加外，北宋的本草書，又加添了草藥的圖錄。例如與沈括同時代的蘇頌，其《圖經本草》便開始為草藥繪圖。而《圖經》中對植物各部位的細緻描述，以至對很多動植物的生長形態的觀察，都可見到北宋人對植物和動物學知識已經認識很深。圖經中也有化石的記錄。這類記載，正正反映了北宋時期知識界對各種事物的多元化研究和記錄。這不僅是沈括個人才有的突出表現。不過，沈括比他們優勝之處，在於其他人的記述往往集中在一、二課題上，但沈括的《夢溪筆談》，則可謂多元知識的作品。

三、《夢溪筆談》與沈括的治學特色

《筆談》之所以獲得如此稱許，可歸因於沈括科學家本質的治學特色。他不但記錄了自然現象，而且對這些現象進行各種各樣的觀察、實地測驗、實驗活動，從而總結和詮釋。從《筆談》中，我們可以欣賞到沈括嚴謹的治學態度。這可以歸納為以下幾點：

（一）不蹈襲古人成說

能夠做到如此全面的科學解釋，在於沈括具有深厚的科學知識根底，能夠瞭解天文、曆算、樂律等的深邃理論，並且屢有發明。因此《筆談》不但記敘前人於科學知識上的真知灼見，又能指出當中缺失處，並且提出新穎的見解。他絕不以蹈襲前人舊說為滿足，經常親自驗證，提出理論，以解決前人的錯誤。例如卷七有一條談刻漏的問題：

古今言刻漏者數十家，悉皆疏繆。曆家言晷漏者，自《顓帝曆》至今見於世謂之「大曆」者，凡二十五家，其步漏之術，皆未合天度。余占天候景，以至驗於儀象，考數下漏，凡十餘年，方粗見真數，成書四卷，謂之《熙寧晷漏》，皆非襲蹈前人之跡。（《夢溪筆談》，卷七）

他治學上又不盲從，對於古人成説，也經常指出當中不合情理的地方。例如卷三有一條關於舜帝二妃的敍述：

> 舊傳黃陵二女，堯子舜妃。以二帝化道之盛，始於閨房，則二女當具任、姒之德。考其年歲，帝舜陟方之時，二妃之齒已百歲矣。後人詩騷所賦，皆以女子待之，語多瀆慢，皆禮義之罪人也。（《夢溪筆談》，卷三，四十七條）

他是從數學常識出發，計算出二妃在舜帝陟方時，已近百歲，而不會是詩人墨客筆下的少女。

《夢溪筆談》的價值，不少人都重視其科學知識，指出沈括無論在數學、物理、天文、曆算等學問上，都達到當時世界的領先水平。這固然是《筆談》帶給後人的重要科學材料。但讀者閱讀這部作品時，更需注意和學習的，是沈括怎樣把自己推到領先的水平。或許，從書中的一些條目，我們可以認識到沈括的治學態度怎樣令他在芸芸北宋學者中脱穎而出，成為人文與科學知識皆有成就的博學家。

（二）理性審視問題

沈括秉持理性態度，審視各種事物。例如〈神奇〉中有以下一條談到「前知」的問題：

> 人有前知者，數十百千事皆能言之，夢寐亦或有之，以此知萬事無不前定。予以謂不然。事非前定，方其知時，即是今日。中間年歲，亦與此同時，元非先後。此理宛然，熟觀之可諭。或曰：「苟能前知，事有不利者，可遷避之。」亦不然也。苟可遷避，則前知之時，已見所避之事，若不見所避之事，即非前知。（三五〇條）

這是從邏輯上說明沒有所謂前知。沈括的論點很簡單，如果說事有前定，必然要待事情應驗後才能說，但既然應驗了，那麼便是當下才知道的事。對於那些認為可以前知而規避的說法，他更直截了當地否定了，因為從邏輯上說，可以規避，就說明也會前知已避之事，那事情根本就不會出現；如果見不到所避之事，那就不是前知了。

（三）重視實證觀測和研究

沈括對各種事物抱着濃厚興趣，而且不是停留在書本的記載裏，而是喜歡親自觀察和研究事物。例如他出使遼國時，看到一種奇特的兔子：

> 予使虜日，捕得數兔持歸，蓋《爾雅》所謂「蟨兔」也，亦曰「蛩蛩巨驢」也。（《夢溪筆談》，卷二十四，四二六條）

這正是科學家應有的重視實證的精神。《筆談》中，有很多是他親自觀察和做實驗來證明事物真偽的記錄。例如卷三有一條記錄了他參觀冶煉作坊：

世間鍛鐵所謂鋼鐵者，用柔鐵屈盤之，乃以生鐵陷其間，泥封煉之，鍛令相人，謂之「團鋼」，亦謂之「灌鋼」。此乃偽鋼耳，暫假生鐵以為堅，二三煉則生鐵自熟，仍是柔鐵。然而天下莫以為非者，蓋未識真鋼耳。予出使，至磁州鍛坊，觀煉鐵，方識真鋼。凡鐵之有鋼者，如麪中有筋，濯盡柔麪，則麪筋乃見。煉鋼亦然，但取精鐵，鍛之百餘火，每鍛稱之，一鍛一輕，至累鍛而斤兩不減，則純鋼也，雖百煉不耗矣。此乃鐵之精純者，其色清明，磨瑩之則黯黯然青且黑，與常鐵迥異。亦有煉之至盡而全無鋼者，皆繫地之所產。（五十六條）

從實地觀察認識真鋼與偽鋼的分別。這種對事物認真觀察的態度，也見於他對虹能飲水這個傳說的追尋。卷二十一「異事」有以下一條記載他觀測彩虹：

世傳虹能入溪澗飲水，信然。熙寧中，予使契丹，至其極北黑水境永安山下卓帳。是時新雨霽，見虹下帳前澗中。予與同職扣澗觀之，虹兩頭皆垂澗中。使人過澗，隔虹對立，相去數丈，中間如隔綃縠。自西望東則見；（蓋夕虹也。）立澗之東西望，則為日所鑠，都無

所覩。久之稍稍正東，踰山而去。次日行一程，又復見之。孫彥先云：「虹乃雨中日影也，日照雨則有之。」（三五七條）

《筆談》中也有沈括進行天文、曆象觀測的資料，其中有一條（一二七條）談到他觀察極星，繪製了二百多幅觀測用的星圖，最終得到極星離天極三度有餘的結論。

（四）觀察敏銳和聯想能力驚人

在古代中國，文人遊歷是很平常的事，沈括也不例外。沈括跟一般文人不同的是，他並不把自己的眼光局限僅止於山水景緻的欣賞上，而是始終保持着對事物敏銳的觀察力，而且展示出十分驚人的聯想力，能夠把看似沒有關係的自然景物聯繫到地理變化，從地質學的角度解釋一般人不以為意或無法理解的自然現象。例如熙寧六年（一〇七三）至七年（一〇七四），他在兩浙之間遊歷，又到過溫州的雁蕩山，他看到的卻不僅僅是美麗的風景。在這次遊歷中，沈括敏銳地觀察到雁蕩山的地貌，「原其理，當是為谷中大水沖激沙土盡去，唯巨石巋然挺立耳。如大小龍湫、水廉、初月谷之類，皆是水鑿之穴。」（四三三條）準確地以沖積理論解釋了這種地貌形成之原因。

奉使河北時，沈括經過太行山一帶，看到「山崖之間，往往銜螺蚌殼及石子如鳥卵者，橫亘石壁如帶。」因而聯想到「此乃昔之海濱，今東距海已近千里。」並且以河流沉積解釋了海洋變成陸地的原因：「所謂大陸者，皆濁泥所湮耳。」（四三〇條）

（五）重視親自實驗

沈括不僅能看到一般士人不注意之處，而且對於自己的想法，往往親自驗證。例如〈雜誌〉中有一條談到「石油」時說：

予疑其煙可用，試掃其煤以為墨，黑光如漆，松墨不及也，遂大為之，其識文為「延川石液」者是也。此物後必大行於世，自予始為之。（四二一條。）

又例如〈補筆談．樂律〉中有一條談到應聲問題，屬於聲學上聲音共振的課題。沈括就做了紙人試音的實驗來證明其原理：

欲知其應者，先調諸弦令聲和，乃剪紙人加弦上，鼓其應弦，則紙人躍，他弦即不動。聲律高下苟同，雖在他琴鼓之，應弦亦震，此之謂正聲。（五三七條）

〈器用〉中也有一條關於出土的古代弩機的記載，沈括不但能用算術上的勾股理論解釋其設計，而為了驗證這個計算方法套用在弩機上是否切實可行，他自己做了實驗：「余嘗設三經、三緯，以鏃注之，發矢亦十得七八。」並因此推論說：「設度於機，定加密矣。」（《夢溪筆談》，卷十九，三三一條）

四、《夢溪筆談》的歷史文獻價值

（一）說明北宋時期政制變化

〈官政〉記載了很多有關北宋財政的資料，例如當時各種稅法如茶稅、鹽稅的變革情況，汴京吏員俸祿建立的因由，歷朝鑄錢數目的變化等等。稅制變革可說是北宋時期重要的政治課題，尤其是沈括身處的時代，王安石推動的熙寧變法中，很多項目都是環繞着稅制改革而進行的。而沈括在這個時期，受到王安石變法集團的青睞，也登上了他的仕途上的最高峯，出任了權三司使的要職。三司使掌管全國財政，視為計相，是丞相以下的重要官員。他對北宋各種財政制度瞭如指掌，而且思量孰優孰劣，這在他對茶稅、鹽稅等的敍述中可以看到。

（二）官員的惠民德政

〈官政〉中也記錄了北宋一些官員的惠民舉措。當中既有大名鼎鼎的范仲淹，也有不甚著名的地方縣令。對沈括而言，無論官職大小，只要能做出對百姓有益的事，就是好官員。其中范仲淹的一則，記述了他處理江南地區災荒的手段，與一般人的思路不同，更凸顯出范氏的政治智慧。按一般官員的想法，災荒之時，由政府賑濟是最直截了當的做法；可范仲淹卻另闢蹊徑，採用宴遊和大興土木的方法，廣興傜役，使災區百姓能夠從事勞動以獲取金錢，不致出現大量遊手好閒的饑民，令社會不穩。他是拳拳服膺范氏處置災荒的策略的。

（三）法制精神的展現

〈官政〉中有幾則關於北宋法律的材料，讓我們看到當時的官員對法律的理解和運用情況。其中有一條記載的是皇帝的近侍犯案，雖未至於死罪，但朝廷大臣大都認為非殺不可，只有范仲淹一人持不同意見，認為不能為求一時快意，就繞過法律規範，任意加重刑罰。由此可見，雖然律例俱在，但當時的官員大都沒有強烈的維護法律意識。朝廷大員沒有法律意識，而地方官員也對律令條文理解不足，以致出現錯判的冤案。〈官政〉中記載了刑曹對兩起地方案件判決的批駁，正反映出一般官員未必能夠完全瞭解法律例文的含意。

五、《筆談》的文化價值

（一）保留重要的社會史資料

南北朝以來，中原地區經歷了長達數百年的外族統治，漢文化與外族文化不斷衝突、融合，形成了隋唐時代的文化特色。這種文化特色，體現在宗教、音樂等領域。其中佛教更深入民心，更成為漢族的宗教信仰，至宋復與儒、道合流。雖然中唐以後，儒家思想逐漸復興，到北宋時期，理學思想形成，更逐步取代佛教，成為士大夫的核心信仰。不過，當時一般的士大夫，在日常生活中，還是離不開佛教思想的影響。《筆談》中也有一些關於北宋時期士大夫與佛教信仰之間的記錄，其中有當時流傳的故事，也有沈括親身從親友之間聽到的事蹟。例如〈神奇〉中有一條關於菜花生成佛相的故事：

菜品中蕪菁、菘芥之類，遇旱其標多結成花，如蓮花，或作龍蛇之形，此常性，無足怪者。熙寧中，李賓客及之知潤州，園中菜花悉成荷花，仍各有一佛坐於花中，形如雕刻，莫知其數。暴乾之，其相依然。或云：「李君之家奉佛甚篤，因有此異。」（三四四條）

這段故事給我們幾項信息：首先，沈括對植物遇到乾旱天氣時，往往會長出怪異形狀的現象有充分瞭解，並且認為是植物的常性。其次，當時傳聞李及之的菜園中菜花結成蓮花狀，各有一佛坐其中。沈括認為是與常性有異的神奇事件，因此記錄下來。再者，為了解釋其事，沈括把這種現象聯繫到宗教信仰上，認為是李氏誠心禮佛而出現的異事。這類無法解釋的現象，在〈神奇〉中還有很多。其中有很多都不是道聽塗說之事，而是沈括親身經歷或者是從他的親友那裏獲知的。以沈氏科學知識造詣之深，對於虛假的傳聞，自當有以解謬，但在〈神奇〉中，他卻煞有介事地把這些事寫下來。例如鄭夷甫預知死期，「予與夷甫遠親，知之甚詳。」（三四九條）這還可以說是遠親的傳聞，那麼其中兩條關於神怪物件的記載，則是他自己的見聞。其中一條與佛牙有關，那是熙寧年間，他經過咸平縣時，與劉先一同在佛寺中的經歷。當時他取佛牙「視之，其牙忽生舍利，如人身之汗，颯然湧出，莫知其數，或飛空中，或墮地。」（三四三條）

（二）保存珍貴的科技資料

《筆談》的內容不僅反映出沈括的知識廣博，而且反映了北宋前期中國科學技術的成就。當中既有北宋以前的各種科學技術，也包括了沈括本人的發現和發明，對瞭解中國古代科技發展具有重要的文獻學價值。其中尤為重要的，是沈括對低下階層科學家和民間智慧的記載。這些人物或技藝匠人，不見於正史之中，也鮮為士大夫所關心，但卻因沈括的《筆談》，使得其中一些重要的資料保存下來。其中最為重要的，是關於我國古代活字印刷術的記錄。

北宋是中國印刷術最重要的時期。雕板印刷術在唐代出現，到了北宋時期，由於國家重視文教，對書籍的需求殷切，出現了龐大的雕板印刷書籍市場，因而令這種印刷技術得以蓬勃發展。胡應麟（一五五一——一六〇二）《少室山房筆叢》便說「雕本肇於隋，行於唐，擴於五代，精於宋。」北宋時期，印刷業又進入了另一個新階段，那就是印刷技術的改良。這得歸功於一位民間印刷工匠畢昇所發明的活字印刷術。本來，雕板印刷製板工序繁複費時，例如後唐時，宰相馮道奏請依石經文字，刻印九經，由開雕到印刷成書，前後費時二十一年之久，始雕板印刷出經文和注釋一百三十卷。這樣曠日持久的事業，只有國家才能應付，但對於印刷業的全面發展，以及應付市場的龐大需求，卻起不了多大作用。而畢昇卻另闢蹊徑，採用活字模印刷的方法，來解決製作雕板時間長的問題，從而縮短製板時間。可惜的是，畢昇只是一介布衣，他對印刷工藝的改良，當時得不到重視，而他發明的活字印刷術，也沒有在宋代流行。猶幸《筆談》裏的一段文字把整個活字印刷術的原理記錄下來，否則我們也不會知道這件事：

板印書籍，唐人尚未盛為之。自馮瀛王始印五經，已後典籍，皆為版本。慶曆中，有布衣畢昇，又為活板。其法用膠泥刻字，薄如錢脣，每字為一印，火燒令堅。先設一鐵板，其上以松脂臘和紙灰之類冒之，欲印則以一鐵範置鐵板上，乃密佈字印。滿鐵範為一板，持就火煬之，藥稍鎔，則以一平板按其面，則字平如砥。若止印三二本，未為簡易。若印數十百千本，則極為神速。常作二鐵板，一板印刷，一板已自佈字。此印者纔畢，則第二板已具，則第二板已具，更互用之，瞬息可就。每一字皆有數印；如「之」「也」等字，每字有二十餘印，以備一板內有重複者。不用則以紙貼之，每韻為一貼，木格貯之。有奇字素無備者，旋刻之，以草火燒，瞬息可成。不以木為之者，木理有疏密，沾水則高下不平，兼與藥相粘不可取，不若燔土，用訖再火令藥鎔，以手拂之，其印自落，殊不沾汙。昇死，其印為予羣從所得，至今寶藏。（三〇七條）

又例如五代、北宋時期著名的建築師喻皓，雖然曾經負責修建開封開寶寺的寶塔，卻因為本身只是工匠階層，因而缺乏關於他的詳細記錄。他曾經寫了部《木經》，是我國古代重要的建築學著作，但已經失傳了。至於他營建的開寶寺寶塔，在當時屬於極為巧妙的工程，尤其以傾斜塔身來抵禦風力，將建築物與周遭環境和氣候影響的各種因素考慮到設計之中的周詳營造規劃十分高明，可惜在慶曆年間燒毀。現在能夠看到關於喻皓的資料，便是《筆談》中的記錄。關於《木經》的文字，我們能夠看到的，也只有《筆談》中的兩段。

六、《筆談》的不足之處

《筆談》博大精深，但也不是沒有缺點的。首先，這部著作屬於筆記體作品，儘管內容淵博，涉獵之事頗廣，而且饒富洞見，但缺乏完整的學問體系，尤其當中談論天文曆算的部分，若讀者不熟悉相關課題，很難在短短的文字裏對天文曆算之學有深入認識。

其次，沈括對於自己熟悉的課題，往往能夠詳加發揮；但也有些條目只是記錄了一些現象，卻沒有作進一步的探究。例如《筆談》中有一條提及指南針不常指南的現象，沈括最後以

「磁石之指南，猶柏之指西，莫可原其理」（四三七）作結，並沒有進一步追尋造成這種現象的原因。而這一條又經常被引用作為沈括發現磁偏角（magnetic deviation）的材料。可是，細閱原文，就會發現，沈括敍述的是怎樣令指南針常指着南面的方法：

方家以磁石磨針鋒，則能指南。然常微偏東，不全南也。水浮多蕩搖，指爪及盌脣上皆可為之，運轉尤速，但堅滑易墜，不若縷懸為最善。其法取新纊中獨繭縷，以芥子許蠟綴於針腰，無風處懸之，則針常指南。其中有磨而指北者。予家指南北者皆有之。（四三七條）

按文意，沈括感到困惑的，是方家用磁石磨的針，雖然指南，但常微偏東。他沒有認識到這是物理學上的重大發現，反而覺得有問題，因而思量怎樣改善指南針的設計。最後提出以蠶絲加蠟懸吊於無風處，就能夠做到「針常指南」。由是而言，對沈括來說，磁偏角並不是正常的現象，反而認為這種偏差不合情理，必須糾正。事實上，關於磁偏角的發現，早於北宋司天監官員楊惟德（一作楊維德），而非沈括。北宋仁宗慶曆元年（一〇四一）三月五日，楊惟德在其奉宋仁宗勅與由吾公裕合撰的《塋原總錄》卷一〈主山論第八〉提及羅盤「磁偏角」的存在及校正測定方向誤差的方法，他說：

客主的取，宜匡四正以無差。當取丙午針，于其正處，中而格之，取方直之正也。

意謂要測定墳地四正的方向，必須取丙午方向的針，等到針擺動停止時，中而格之，才能得到正確的方向。楊惟德所說丙午向，即定磁偏角在七點五度以內。與楊惟德同時代的王伋（字肇卿，約九九〇——一〇五〇）《管氏地理指蒙》亦言「磁者母之道，針者鐵戕。母子之性以是感，以是通。受戕之性以是復，以是完。體輕而徑，所指必端。……針之指南北，顧母而戀其子也。」王伋的《針法詩》（仁宗天聖八年〔一〇三〇〕撰）也說：「虛危之間針路明，南方張度上三乘。坎離正位人難識，差却毫釐斷不靈。」

此外，不少關於沈括的研究作品，都把他發現「石油」視為重要貢獻：

予疑其煙可用，試掃其煤以為墨，黑光如漆，松墨不及也，遂大為之，其識文為「延川石液」者是也。此物後必大行於世，自予始為之。蓋石油至多，生於地中無窮，不若松木有時而竭。今齊、魯間松林盡矣，漸至太行、京西、江南，松山大半皆童矣。（四二一條）

若說沈括首先用「石油」一詞來形容這種液體，並且指出石油將大行於世，這點固然不錯；但沈括只是認為石油可以用作松墨的代替品，而跟現代人利用石油作為燃料，繼而引發能源革命的用途相去甚遠。這是因為身處北宋社會的沈括，根本不會有化石燃料的觀念，因此，我們閱讀這些條目時，也需要注意沈括的「發現」並不就是我們心目中期望的「發現」。

引伸閱讀

一、胡道靜：《夢溪筆談校證》（上海：上海古籍出版社，一九八七）

二、胡道靜、金良年、胡小靜：《夢溪筆談全譯》（貴陽：貴州人民出版社，一九九八）

三、中國科學技術大學，合肥鋼鐵公司《夢溪筆談》譯注組：《夢溪筆談譯注・自然科學部分》（合肥：安徽科學技術出版社，一九七九）

四、〔日〕梅原郁譯注：《夢溪筆談》（東京：平凡社，一九七八—一九八一）

五、Nathan Sivin, “Shen Kua.” In *Dictionary of Scientific Biography*, edited by Charles Coulston Gillispie, Vol. 12, pp. 369-393. New York: Charles Scribner’s Sons, 1975.

故事——追本溯源

本篇導讀——

《夢溪筆談》第一和第二卷共四十一條，加上《補筆談》中的十條，合共五十一條，說的都跟宋代官制、禮儀、輿服等話題有關。沈括所選的條目，並非重要的制度或禮儀，而是一些當時已經鮮為人知的事情，或者以訛傳訛，誰也搞不清楚是怎樣開始的典章制度。內容上屬於掌故考證，說的都是舊制度或舊習慣。

這些舊制度、舊習慣在北宋初年還影響着政治、文化生活，但是一般人只是依樣畫葫蘆，人云亦云的生活於舊習慣或舊制度之中，對於為甚麼這樣做，是否值得這樣做，甚至這麼做對不對等問題，一概置之不理。沈括卻不然，他仔細研究，深入探索，反覆思考這些舊傳統，將當中的起源、沿革、流變以至前人的誤會一一釐清，來個正本清源，令讀者知道各種舊傳統、舊制度和舊習慣的來龍去脈，以及唐、宋時期一眾官僚是怎樣把誤會變成生活習慣。

沈括花心思去檢核這些舊事物，不是簡單的學究式考證工作，而是要揭示給當時的人知道，不明就裏，不知所以然把一些似是而非的傳統繼承下來，其實是無知而且危險的。展示給讀者看，原來一些習以為常的傳統（故事），其實也不過是從前某個時期把更舊的傳統推翻的新習慣而已。當中不言自明的意思，就是無論禮制、法度以及生活習慣，都不斷改變。而沈括選擇敍述的故事，又往往是一些在變化過程中，喪失了原意，把制度、習慣變壞的事實。

卷一・故事一

上親郊廟[1]，冊文皆曰「恭薦[2]歲事。」先景靈宮[3]，謂之「朝獻」；次太廟[4]，謂之「朝饗」；末乃有事於南郊[5]。予集《郊式》[6]時，曾預[7]討論，常疑其次序若先為尊，則郊不應在廟後；若後為尊，則景靈宮不應在太廟之先。求其所從來，蓋有所因。按唐故事，凡有事於上帝，則百神皆預遣使祭告，唯太清宮[8]、太廟則皇帝親行，其冊祝皆曰「取某月某日有事於某所，不敢不告。」宮、廟謂之「奏告」，餘皆謂之「祭告」。唯有事於南郊，方為「正祠」[9]。至天寶九載，

乃下詔曰：「『告』者上告下之詞，今後太清宮宜稱『朝獻』，太廟稱『朝饗』。」自此遂失「奏告」之名，冊文皆謂「正祠」。[001]*

注釋

*按：段末編號為胡道靜《夢溪筆談校證》本條目編號，以便讀者延伸閱讀。下同。

1 親郊廟：親身進行郊祀（祭天）和廟祀（祭祖）。2 恭薦：恭，恭敬。薦，祭祀用的物品。3 景靈宮：宋代供奉本朝歷代帝后的皇家祀廟。北宋真宗開始進行祭祀。4 太廟：中國古代皇室祭祀祖先的宗廟。5 南郊：中國古代皇帝祭天的活動，在冬至日舉行。6 郊式：指北宋神宗熙寧年間沈括奉敕編修的《南郊式》。7 預：參與。8 太清宮：祭祀老子的廟觀。9 正祠：法定的正式祭祀活動。

譯文

皇上親身進行郊廟祭祠儀式，典冊記載都說「恭薦歲事」。首先祭祀景靈宮，叫做「朝獻」；其次太廟，叫做「朝饗」；最後才到南郊進行祭祠儀式。我在整理郊廟祭祠的儀式時，曾經參與過討論，當時懷疑這個次序安排，如果先祭祠的最尊崇，那麼南郊的祭典不應該在太廟之後；如果以後者為尊崇，則景靈宮的祭典不應該在太廟之前。探究這個次序的來龍去脈，原來是有所因襲的。按照唐朝舊法，凡是祭祀上帝，都預先派遣使者向百神預先祭告，只有太清宮、太廟，則由皇帝親自前往。典冊和祭文都記載說「由於某月某日有祭祀於某處，不敢不向神明稟告。」祭祠太清宮、太廟的叫做「奏告」，其餘都稱為「祭告」。只有於南郊進行的祭典，才是正式的祭祠。到了唐玄宗天寶九年，下詔書說：「『告』字是上向下宣告的用語。從今以後，太清宮適宜改稱『朝獻』，太廟改稱『朝饗』。」自此之後，便失去了「奏告」這個名稱，無論典冊、祭文，都把這些祭典叫做「正祠」了。

賞析與點評

這是《夢溪筆談》的第一條筆記，談的是皇室祭祀的問題。沈括從自己徵集郊祀儀式的親身經歷談起，揭示出唐、宋之間皇室祭祀儀式和用語的變化。

唐制，自宰相而下，初命[1]皆無宣召[2]之禮，惟學士[3]宣召，蓋學士院在禁中[4]，非內臣[5]宣召無因得入，故院門別設複門[6]，亦以其通禁庭也。又學士院北扉[7]者，為其在浴堂[8]之南，便於應召。今學士初拜，自東華門入，至左承天門下馬待詔，院吏自左承天門雙引至閤門[9]，此亦用唐故事也。唐宣召學士自東門入者，彼時學士院在西掖[10]，故自翰林院東門赴召，非若今之東華門也，至如挽鈴[11]故事，亦緣其在禁中，雖學士院吏，亦止於玉堂門外，則其嚴密可知。如今學士院在外，與諸司無異，亦設鈴索，悉皆文具[12]故事而已。[004]

注釋

1 初命：首次任命。2 宣召：皇帝遣使傳達諭旨，召入供職。3 學士：即翰林學士，負責替皇帝起草詔令的官員。4 禁中：皇宮禁地之內。5 內臣：負責皇宮內事務的官員，多指宦官。6 複門：即重門。7 北扉：扉，門；此處指在北面設門。8 浴堂：即浴堂殿，也作玉堂殿，唐、宋君主時常在此殿召見學士官員。9 閤門：北宋皇宮正殿文德殿的東西掖門。10 西掖：皇宮的西面。11 挽鈴：唐制，進入學士院之前，必須先搖動鈴索通報，獲院官准許，方可入內。12 文具：徒具虛文。

譯文

唐朝制度，由宰相下來，首次任命時都沒有宣旨召見的禮節，只有學士官才會宣旨召見。原因是學士院在禁苑之內，如果沒有內臣宣旨召見，便沒有理由可以進入，故此學士院的門口另築建重門，也是因為它直通禁庭的緣故。另外，學士院開北門，是因為它位於浴堂殿南面，方便應召。現在學士第一次拜官，由東華門入宮，到達左承天門下馬等待詔見，院吏由左承天門並排引領到閤門，這也是沿用唐朝的舊制度。唐朝宣召學士官，由東門進入。那時候學士院在皇宮的西邊，因此自翰林院的東門赴召，並不是現在由東華門進入的啊。至於挽鈴的舊制度，也是因為他們身處禁宮之內，雖然是學士院的官員，也只能到達玉堂門外，則其嚴密可想而知。現在學士院在皇宮外面，跟其他官署並無不同，但也設鈴索，全是徒具虛文的舊制度罷了。

賞析與點評

這條記述古代君主任命大臣時進行的宣召之禮，當中談到唐初學士院學士獲宣召的因由、晉見路徑和在北宋時已徒具虛文的挽鈴制度。

關於汴京宮城「東華門」和「左承天門」的位置，可參以下兩圖。

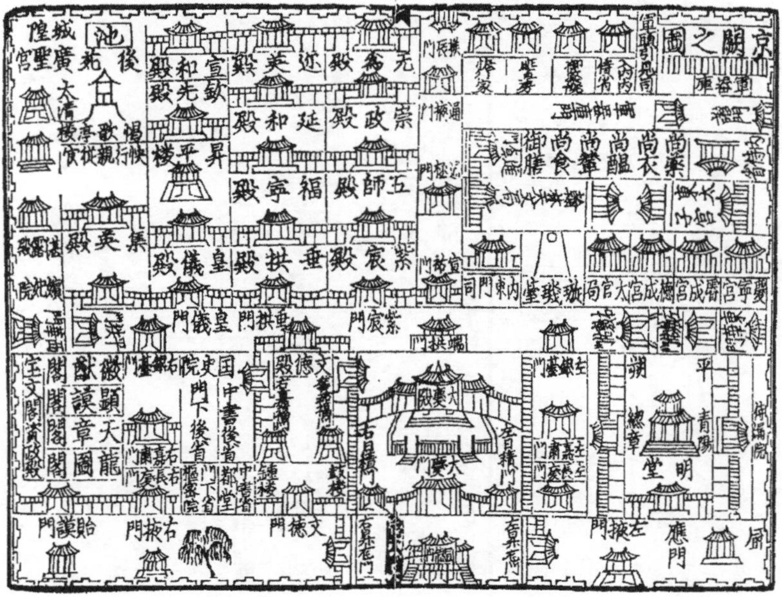

北宋汴梁宮城圖
（採自陳元靚元至順年間刊本《事林廣記》後集〈宮室類〉「宮闕之圖」）

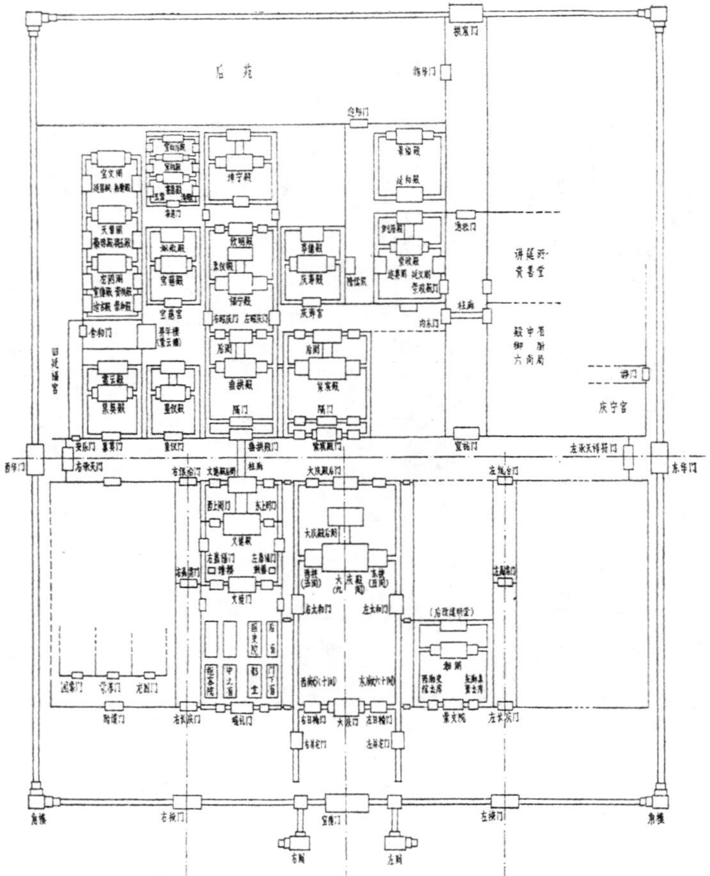

傳熹年據《宋會要輯稿》及元王士點《禁扁》等繪製之「北宋汴梁宮城主要部分平面示意圖」
（出自傅熹年：《傅熹年建築史論文集》〔北京：文物出版社，一九九八〕，二百九十六頁）

唐制：兩省[1]供奉官[2]東西對立，謂之「蛾眉班」。國初，供奉班於百官前橫列。王溥[3]罷相，為東宮[4]，一品班在供奉班之後，遂令供奉班依舊分立。慶曆中賈安公[5]為中丞，以東西班對拜為非禮，復令橫行。至今初敍班分立；百官班定，乃轉班橫行；參罷復分立；百官班退乃出，參用舊制也。[007]

注釋

1 兩省：指中書和門下省。2 供奉官：中書和門下省的官員。3 王溥：字齊物，九二二—九八二，北宋并州人，官至宰相，乾德二年（九六四）任為太子太保，隸東宮官屬，諡文獻。4 東宮：太子居住和處理事務的宮殿。5 賈安公：賈昌朝，字子明，九九八—一〇六五，北宋獲鹿（在今石家莊市）人，卒諡文元。

譯文

唐朝的制度，兩省的供奉官，（朝賀的時候）東西對立，叫做「蛾眉班」。大宋開國初期，供奉官橫列在百官的前面。王溥被罷免宰相改為東宮（官）後，一品官員排在供奉官的後面，於是下令供奉班像唐制一樣分立。慶曆中，賈昌朝做中丞，認為東西班對拜於禮不合，於是又命令他們橫行。到今天，最初排列班次的時候分立，到百官的班次排定後，便轉班橫行；百官參奏事情完畢後，又再分開列隊，百官按次序退朝後，才離開。這是參考舊時制度的做法。

中國衣冠[1]，自北齊以來，乃全用胡服[2]。窄袖，緋[3]綠短衣，長靿靴[4]，有蹀躞帶[5]，皆胡服也。窄袖利於馳射，短衣長靿，皆便於涉草[6]。胡人樂茂[7]草，常寢[8]處其閒[9]，予使北時皆見之，雖王庭亦在深薦[10]中。予至胡庭日，新雨過，涉草，衣袴[11]皆濡[12]，唯胡人都無所霑[13]。帶衣所垂蹀躞，蓋欲佩帶弓劍、帉帨[14]、算囊[15]、刀礪[16]之類。自後雖去蹀躞，而猶存其環，環所以銜[17]蹀躞，如馬之鞦[18]根，即今之帶銙[19]也。天子必以十三環為節。唐武德、正觀[20]時猶爾[21]，開元之後，雖仍舊俗。而稍褒博[22]矣。然帶鉤尚穿帶本為孔，本朝加順折[23]，茂人文也。[009]

注釋

1 衣冠：衣服和帽子。2 胡服：少數民族的服飾。3 緋：紅色。4 長靿靴：長筒靴。5 蹀躞（粵：蝶攝，普：dié xiè）帶：繫有多個垂掛小帶子的腰帶，用以繫掛各種隨身小件物品（如小革袋或飾物，見後圖）。6 涉草：走過草原。7 茂：豐盛。8 寢：睡覺。9 閒：同間。10 深薦：薦，野獸吃的草。深薦，指茂盛的草原。11 袴：同褲。12 濡：濕。13 霑：沾到雨水。14 帉帨：手巾。15 算囊：盛載算子的袋子。16 刀礪：佩刀和磨刀石。17 銜：緊扣。18 鞦：拴在牛馬大腿後的帶子。19 帶銙：金屬或玉製器具，用作帶扣。20 正觀：即貞觀。21 猶爾：還是這個樣子。22 褒博：寬大。23 順折：

有所沿襲（順）和改革（折）。

譯文

中國的衣服帽子飾樣，自從北齊開始，就全部採用胡人的樣式。窄袖、緋綠的短衣、長靿靴、有鞢韘帶，都是胡人的服飾。窄袖有利於騎射；短衣、長靿都是便於在草叢中穿梭。胡人喜歡茂盛的草地，習慣在草地上睡覺生活，我出使北方時經常看到，即使王庭也在茂密的草叢之中。我到胡庭的那天，剛下過雨，經過草地時，衣服衫褲都被弄濕，只有胡人沒有被雨水霑到。帶衣所掛着的鞢韘飾物，大抵是想用來緊緊繫着佩帶弓劍、帉帨、算囊、刀礪之類。後來雖然沒有鞢韘這種飾物，但還是保留着那個環，這個環是用來扣着鞢韘的，就像馬有鞦根一樣，那就是現在的帶銙了。天子必須用十三環為節。唐朝武德、貞觀年間還這樣做，開元之後，雖然沿用舊習慣，而稍微寬大了。可是帶鈎還是穿帶本為孔，本朝有所沿襲和改革，禮制文明更為豐盛。

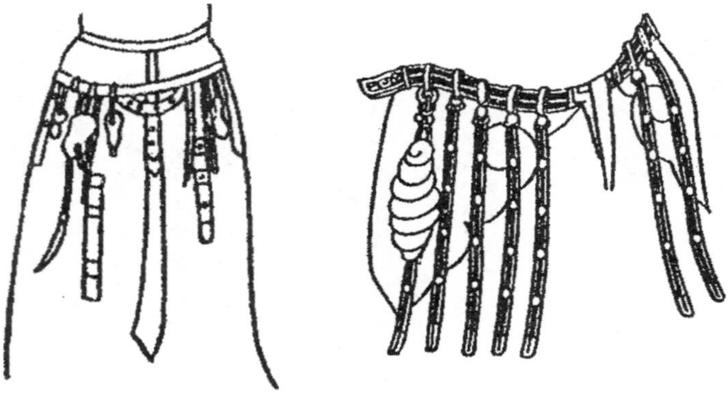

蹀躞帶

（出自胡道靜等譯注：《夢溪筆談全譯》〔貴州：貴州人民出版社，一九八八〕，頁十六）

幞頭[1]一謂之「四脚」，乃四帶也。二帶繫腦後垂之，二帶反繫頭上，令曲折附頂，故亦謂之「折上巾」。唐制，唯人主得用硬脚[2]。晚唐方鎮[3]擅命[4]，始僭[5]用硬脚。本朝幞頭有直脚、局脚[6]、交脚[7]、朝天[8]、順風[9]，凡五等；唯直脚貴賤通服之。又庶人所戴頭巾，唐人亦謂之「四脚」，蓋兩脚繫腦後，兩脚繫頷[10]下，取其服勞不脫也；無事則反繫於頂上。今人不復繫頷下，兩帶遂為虛設。[010]

注釋

1 幞頭：古代的一種帽子（見後圖）。2 硬脚：巾腳用金屬線撐着。3 方鎮：即藩鎮，唐代控制地方政治軍事的節度使。4 擅命：專擅，不聽從中央指揮。5 僭：越級。6 局脚：硬腳而彎曲的形狀。7 交脚：後巾腳交叉的形狀。8 朝天：巾腳朝向上方。9 順風：巾腳一向下垂，一向上曲。10 頷：下巴。

譯文

幞頭，又叫做「四腳」，是四條帶子的意思。其中二條縛在腦後垂着，另外二條帶子則由下巴折返，繫在頭上，使得它摺曲的附在頭頂上，因此也稱為「折上巾」。唐代的制度規定，只有君主可以使用硬挺的帶子。晚唐的時候，方鎮專橫，才開始僭越使用硬挺的帶子。本朝的幞頭，有直腳、局腳、交腳、朝天、順風，總共五種形式。當中只有直腳是不論貴賤都可以採用的。此外，老百姓所戴的頭巾，唐代人也叫它做「四腳」，原因是兩條帶子縛在腦後，另外兩條繫在下巴上，取它穿戴起來牢固不易脫落。閒來沒事做時，則反繫於頂上。現在人們不再繫於下巴下，兩條帶子就形同虛設了。

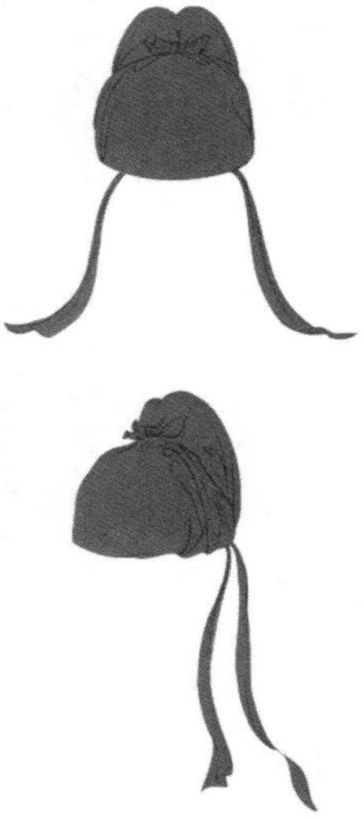

幞頭
（網上圖片）

予及[1]史館檢討時，議密院[2]劄子[3]問宣頭所起。予按唐故事，中書舍人職掌詔誥，皆寫四本：一本為底，一本為宣。此「宣」謂行出耳，未以名書也。晚唐樞密使自禁中受旨，出付中書，即謂之「宣」。中書承受，錄之於籍，謂之「宣底」。今史館中尚有《梁宣底》二卷，如今之《聖語簿》也。梁朝初置崇政院，專行密命[4]，至後唐莊宗，復樞密使，使郭崇韜[5]、安重誨[6]為之，始分領政事，不關由中書直行下者，謂之「宣」，如中書之「敕[7]」；小事則發頭子、擬堂帖也。至今樞密院用宣及頭子，本朝樞密院亦用劄子。但中書劄子，宰相押字在上，次相及參政[8]以次向下；樞密院劄子，樞長押字在下，副貳以次向上：以此為別。頭子唯給驛馬之類用之。[012]

注釋

1 及：擔任。2 密院：樞密院，管理軍事機密和邊防事務。3 劄子：宋代的一種公文書。4 密命：秘密命令。5 郭崇韜：?—九二六，後唐將領，莊宗時任宰相兼樞密使。6 安重誨：?—九三一，後唐將領，明宗時任樞密使。7 敕：同敕，由中書省頒發的皇帝命令文書。8 參政：參知政事，相當於副相。

譯文

我擔任史館檢討官時，樞密院有劄子下來問及宣頭的起源。據我所知，唐代的制度，中書舍人負責詔告，都會準備四本，一本為底本，一本用來宣讀。這裏的

「宣」，是走出來的意思，沒有用來做書名。晚唐時期樞密使從宮禁中承接皇帝的旨意，出來後交給中書省，就叫做「宣」。中書省承受了旨意，記錄在典籍裏，叫做「宣底」。現在史館中還有「梁宣底」二卷，一如現在的《聖語簿》。梁朝最先設立崇政院，專門負責傳達秘密的命令。到後唐莊宗恢復了樞密使一職，命郭崇韜、安重誨擔任，這時起兩個部門才開始分別領導政事，不是經過中書省直接發下來的叫做「宣」，像中書的敕。小事則發出頭子、擬堂帖。到現在樞密院用宣和頭子兩種。本朝樞密院也用劄子。不過中書省的劄子，宰相押字在最上方，次相和參政根據職位依次向下押字；樞密院的劄子，首長官押字下方，副官根據職級依次在其上押字，以這種方式來分別兩種劄子。頭子則只有給付驛馬之類的事情才使用。

唐制：丞郎[1]拜官[2]即籠門[3]謝。今三司副使已上[4]拜官，則拜舞於階[5]上，百官拜於階下而不舞蹈，此亦籠門故事也。[014]

注釋

1 丞郎：唐代尚書省的左右丞和六部侍郎。2 拜官：授官。3 籠門：聚集在殿門。

4 已上：即以上。5 階：臺階。

譯文

唐代制度，得到授予丞和侍郎職位的人成為正式官員後，便會聚集在殿門謝恩。現在三司副使以上拜官，則在階上跪拜、舞蹈；其餘各級官員則在階下跪拜而不舞蹈。這也是聚集在殿門的成例。

大駕鹵簿[1]中有勘箭[2]，如古之勘契[3]也。其牡[4]謂之「雄牡箭」，牝[5]謂之「闢仗箭」，本胡法也。熙寧中罷之。[021]

注釋

1 大駕鹵簿：皇帝出巡的儀仗隊伍。2 勘箭：宋代皇帝出行回宮時的禮儀。皇帝郊祀結束回宮時，在宮門口行勘箭之儀。金屬製的箭鏃由守衞宮門的金吾掌握，香檀木製的箭桿由皇帝駕前掌握，兩者勘合，則開宮門歡迎儀仗。3 勘契：古代皇帝出行回宮時的禮儀，性質與勘箭同，只是所勘之物為香檀木雕成的魚形和凹形魚形模版（此據宋釋文瑩《玉壺清話》卷二。另據宋王應麟《玉海・器用・皇祐文德殿魚契》，魚契分左右，左留中，右付本司）。4 牡：雄性，這裏指插入的箭鏃。5 牝：雌性，這裏指被插入的箭桿。

譯文

皇帝出巡的儀仗中有勘箭，像古代的勘契一樣。當中插入的箭鏃叫做「雄牡箭」，被插入的箭桿叫做「闢仗箭」。這本來是胡人的法度，熙寧年間被廢除。

賞析與點評

這條記述皇帝出巡時的一些禮儀，原來是外族的習俗。

選人[1]不得乘馬入宮門。天聖[2]中，選人為[3]館職[4]，始歐陽永叔[5]、黃鑑[6]輩，皆自左掖門[7]下馬入館，當時謂之「步行學士」。嘉祐[8]中，於崇文院置編校局，校官皆許乘馬至院門。其後中書五房[9]置習學公事官[10]，亦緣例乘馬赴局。 [027]

注釋

1 選人：宋代文官中最低階的官員，屬於候任官員。2 天聖：宋仁宗趙禎的年號（一〇二三—一〇三二）。3 為：擔任。4 館職：宋初以史館、昭文館、集賢院為三館，供職於三館的稱為館職。5 歐陽永叔：歐陽修字永叔。6 黃鑑：字唐卿，宋建州浦城（今福建浦城）人，宋代進士，累官至集賢院。7 左掖門：宋宮城的南正門側有「左掖門」和「右掖門」兩邊門。8 嘉祐：宋仁宗趙禎的年號（一〇五六—

一〇六三）。9 中書五房：唐、宋時期中書省下設的五個部門。宋代的五房，據《宋史》〈職官志〉記載，分別為孔目房、吏房、戶房、兵禮房和刑房。10 習學公事官：宋代中書、門下省所屬部門的見習官員。

譯文

選人不可以乘馬進入皇宮的門口。天聖年間，開始有選人出任館職。起初，歐陽修、黃鑑等人，都是從左掖門下馬進入館舍，當時叫他們做「步行學士」。嘉祐年間，在崇文館設立編校局，校官都獲准乘馬直抵院門。其後中書五房設置習學公事官，也沿襲此例乘馬到局上班。

賞析與點評

這條記述選人乘馬上班的來歷，可見這不過是當時的新習慣。

三司使[1]班[2]在翰林學士之上。舊制，權使[3]即與正同，故三司使結銜[4]皆在官職之上。慶曆中，葉道卿[5]為權三司使，執政有欲抑道卿者，降勑時，移權三司使在職下結銜[6]，遂立翰林學士之下，至今為例。後嘗有人論列，結銜雖依舊，而權三司使初除[7]，閤門取旨，間有敍學士上者，然不為定制。[031]

注釋

1 三司使：宋代官制之一。三司是宋代的最高財政機關，掌全國貢賦，長官為三司使，地位崇高，權力僅次宰相，有「計相」之稱。2 班：即朝班，古代中央官員上朝時站立的位置。3 權使：宋代「權三司使」本稱「三司使權使公事」，簡稱「權使」。雖帶「權」字，仍是正式官稱。凡官階較低者而領三司使的，不稱三司使，而稱「權三司使」。4 結銜：官銜的寫法或稱呼方法。宋代的結銜次序一般的寫法順序為館職之前書官名（寄祿官），官名之前書特別差遣。5 葉道卿：葉清臣（一〇〇〇—一〇四九），字道卿，北宋長洲（今蘇州）人，官至權三司使。6 職下結銜：即把官銜寫在館職之後，降敕時葉清臣的結銜是「起居舍人龍圖閣學士、權三司使公事」。

（按：此據《宋史》卷一九五〈葉清臣列傳〉，《宋史》未見三司使權使公事一詞。又張富祥譯注本：移權三司使在職下結銜：意指移「三司使」三字於「權」字之下，遂使「三司使權使公事」之稱變而為「權三司使」。如此則使「權三司使」的地位又低於「三司使權使公事」一等。）7 初除：新任命。

譯文

三司使的班位在翰林學士之上。從前的制度，代理的官員便是跟正職相同，因此權三司使與三司使一樣，結銜時都寫在官職的最前面。慶曆年間，葉道卿出任權三司使，當時的執政者中有人想壓抑葉清臣，於是降勑時把權三司使的官名移寫在其館職名翰林學士之後，結果排班時就排在翰林學士之下，到現在成了慣例。後來曾經有人提出討論，雖然結銜依舊未變，不過權三司使履新到閤門領旨時，其結銜權三司使偶爾會排在翰林學士之前，但不成為定制。

宗子[1]授南班官[2]，世傳王文正[3]太尉為宰相日，始開此議，不然也。故事，宗子無遷官[4]法，唯遇稀曠[5]大慶，則普遷[6]一官。景祐中，初定祖宗並配南郊，宗室欲緣大禮乞推恩[7]，使諸王官教授刁約[8]草表[9]上聞。後約見丞相王沂公[10]，公問：「前日宗室乞遷官表，何人所為？」約未測其意，答以不知。歸而

思之，恐事窮[11]且得罪，乃再詣[12]相府。沂公問之如前，約愈恐，不復敢隱，遂以實對。公曰：「無他，但愛其文詞耳。」再三嘉獎。徐[13]曰：「已得旨，別有措置[14]。更數日，當有指揮[15]。」自此遂有南班之授，近屬自初除小將軍，凡七遷則為節度使，遂為定制。諸宗子以千縑[16]謝約，約辭不敢受。予與刁親舊，刁嘗出表稾以示予。[032]

注釋

1 宗子：皇室子弟。2 南班官：皇帝賜封皇室子弟的官爵，屬於有名但無實權實務的閒職武官。3 王文正：王旦，字子明，九五七—一〇一七，大名莘縣（在今山東聊城市）人，官至同中書門下平章事，死後獲封為魏國公，謚文正。4 遷官：官位昇遷。5 稀曠：珍稀罕見。6 普遷：普遍，一同昇遷。7 推恩：把恩惠施與別人，指皇帝藉某個場合頒授官爵。8 刁約：刁約，字景約，?—一〇八二，北宋丹徒（今江蘇鎮江）人。9 草表：草擬奏表。10 王沂公：王曾，九七八—一〇三八，北宋益都（今山東青州）人，封沂國公，死後謚文正。11 事窮：事情被揭發出來。12 詣：到。13 徐：慢慢。14 措置：處置。15 指揮：指示。16 縑：細絹。

譯文

宗室子弟獲授為南班官，世人傳聞是王文正太尉當宰相的時候，才開啟這個議案的，其實不是這樣。按成例，宗室子弟沒有遷官的法規，只有遇到稀有曠世的大慶典，則一同晉升一級官位。景祐年間，剛制定祖宗並配享於南郊的禮節，宗室欲借助大禮乞請推及恩惠，指使諸王官教授刁約草擬表章上聞。後來刁約拜見丞相王沂公，王沂公問他：「早些日子之前，宗室乞請晉升官位的表疏，是誰所寫的呢？」刁約猜不透他的意思，就回答說不知道。回家後想想，恐怕事情最終洩露而且會因而獲罪，於是再造訪宰相府。王沂公問他像之前一樣，刁約更加惶恐，不敢再隱瞞，於是把事實說出來。王沂公說：「沒有甚麼，只不過喜歡這份表章的文詞罷了。」並再三嘉獎刁約。然後慢慢說：「已經得到聖旨，另外有處理的方法。再過數天，應當會有指示下來。」由那時起，便有南班官的授予，近年每每由最初擔任小將軍，總共經過七次晉升，便成為節度使，遂成為定制。宗子們以一千匹的縑布答謝刁約，刁約推辭不敢接受。我跟刁約認識了很久，刁約曾經拿出該表章的草稿給我看。

大理[1]法官，皆親節案[2]，不得使吏人。中書檢正官[3]，不置吏人，每房給楷書一人錄淨[4]而已。蓋欲士人躬親[5]職事，格[6]吏姦，兼歷試人才也。[033]

注釋

1大理：大理寺，古代中國的最高司法機關。2節案：處理案件。3中書檢正官：中書省中負責糾正省務的官員。4錄淨：謄錄乾淨。5躬親：親自處理。6格：防止。

譯文

大理寺的法官，全部親自處理案件，不可以命令吏員來做。中書省的檢正官，不設置吏員，每個辦公室只配給一名楷書人員負責謄清文書。這是希望士人親身處理職務上的事情，防止吏員從中作姦，並且借此磨練人才。

內外制[1]凡草制[2]除官[3]，自給諫[4]、待制[5]以上皆有潤筆物[6]。太宗時立潤筆錢數，降詔刻石於舍人院[7]，每除官則移文督之，在院官下至吏人院騶[8]皆分沾。元豐中改立官制，內外制皆有添給[9]，罷潤筆之物。

[036]

注釋

1內外制：翰林學士加知制誥官銜，稱內制；其他官員加知制誥官銜，稱外制。兩者合稱為內外制，內制草擬如任免宰相、號令征伐以及其他重要詔令，外制負責草擬一般官員的任免及其他制詔。2草制：草擬詔書。3除官：任命為官員。4給諫：給事中和諫官，負責駁正朝廷政令失當之處。5待制：各殿閣中掌管文物的官員，位在直學士之下。6潤筆物：類似今天的「稿費」，只是當中有錢有物。7舍人院：北宋元豐以前中書省轄下官署之一，即上文所說的外制機關，置知制誥與直舍人院之職，與屬於內制的翰林學士一起負責詔寫撰擬工作。元豐改制以後撤銷。8 院騶（粵：周；普：zōu）：舍人院中照顧官員馬匹的僕隸。9 添給：添支錢、添支米等俸祿以外的額外收入。

譯文

內外制學士和知制誥等官員，凡是起草官員任命的制書，獲任命官職在給事、諫官、待制以上的，都要送上潤筆物。太宗時訂立潤筆錢的具體數目，並下詔刻於舍人院的碑石上，每次任命官員時便發文書督促繳付，舍人院的官員以至吏人和馬夫都可獲得。元豐年間改革官制，內外制官員都有添支錢，於是取消了潤筆財物。

賞析與點評

這條敘述草詔官員收取潤筆費的由來，最初由皇帝訂下給付的金額，成為內外制官員的可觀收入，卻是受任命官員的負擔。後來，內外制官員的收入提高了，才取消了這制度。

三司、開封府、外州長官升廳事[1]，則有衙吏前導告喝[2]。國朝之制，在禁中

唯三官得告：宰相告於中書，翰林學士告於本院，御史告於朝堂。皆用朱衣吏，謂之「三告官」。所經過處，閽吏[3]以梃[4]扣地警眾，謂之「打杖子」。兩府、親王，自殿門打至本司及上馬處；宣徽使[5]打於本院；三司使、知開封府打於本司。近歲寺監長官亦打，非故事。前，宰相赴朝，亦有特旨，許張蓋[6]、打杖子者，系臨時指揮。執絲梢鞭入內，自三司副使以上；副使唯乘紫絲暖座[7]從入。隊長持破木梃，自待制以上。近歲寺監[8]長官持藤杖，非故事也。百官儀範[9]，著令之外，諸家所記，尚有遺者。雖至猥細[10]，亦一時儀物[11]也。[038]

注釋

1 升廳事：官員升堂辦公。2 前導告喝：衙役在前面開路，高聲吆喝，通報官員駕臨。3 閽吏：守門的役吏。4 梃：木杖。5 宣徽使：宣徽院的主管，負責宮內諸司及三班內侍的名籍，以及朝會宴饗的供需。6 蓋：傘。7 暖座：圍有帷幔的座轎。8 寺監：指太常、宗正等寺及國子、少府等監，其長官的官品一般為四至六品。9 儀範：儀節和規範。10 猥細：猥瑣細碎。11 儀物：用於禮儀的器物。

譯文

三司、開封府、京城外州府的長官升堂理事，有衙役引路吆喝。本朝規定，在宮禁之中只有三類官員得以吆喝通告：宰相到中書省時通告，翰林學士到翰林院時通告，御史到朝堂時通告。吆喝通告時都用紅衣役吏，稱為「三告官」。官員經過的地方，門吏用梃杖敲地警示眾人，稱為「打杖子」。兩府長官、親王，從殿門一直打到本司或上馬的地方；宣徽使打於宣徽院；三司使、開封府尹打於各自的官署。近年來，寺監的長官也打杖吆喝，這不是從前的規矩。以前，宰相上朝，也有皇帝因特別下旨而可以撐着華蓋、打杖子的，但那是臨時的旨意。持着絲梢鞭進宮，要三司副使以上的官員才可以；副使只可以坐着紫絲暖座跟隨入內。侍從隊長手持舊棍杖，得是待制以上的官員才可。近年來寺監長官持藤杖，不是從前的制度。文武百官的儀仗規則，除了記錄在律令之外，各家的記載，還是有所遺漏。儘管這些都是很瑣碎的事情，但也是一個時期用於禮儀的器物。

都堂[1]及寺觀[2]百官會集坐次，多出臨時。唐以前故事，皆不可考，唯顏真卿[3]《與左僕射定襄郡王郭英義書》云：「宰相、御史大夫、兩省五品以上供奉官自為一行，十二衛大將軍[4]次之，三師[5]、三公[6]、令僕[7]、少師保傅[8]、尚書左右丞、侍郎自為一行，九卿、三監對之。從古以來，未嘗參錯。」此亦略見當時故事，今錄於此，以備闕文[9]。[040]

注釋

1 都堂：唐、宋時尚書省長官辦公的大廳。2 寺觀：佛寺和道觀。3 顏真卿：顏真卿，字清臣，七〇九—七八四，唐琅邪臨沂（今山東臨沂）人。唐代著名政治家、書法家。4 十二衛大將軍：唐中央設十二衛統領府兵，其長官為大將軍（正三品）。5 三師：指太師、太傅、太保，官位為正一品。6 三公：指太尉、司徒、司空，官位為正一品。7 令僕：指尚書令和尚書左右僕射。8 少師保傅：指太子少師、少保、少傅，均為教育太子的官員，官位為從二品。9 闕文：遺漏了的記錄。

譯文

尚書省辦公大廳和寺觀百官會集議事時的座次，大多臨時安排。唐代以前的制度都沒法查考了，只有顏真卿《與左僕射定襄郡王郭英義書》說：「宰相、御史大夫、兩省五品以上供奉官自為一行，十二衛大將軍的座位在其後，三師、三公、令僕、少師、保傅、尚書左右丞、侍郎自成一行，九卿、三監坐在他們對面。自古以來，未曾混亂。」這段話大略可見當時的制度，現在記錄在這裏，以補充相關記載的不足。

辨證——糾謬以存真的知識態度

本篇導讀——

《夢溪筆談》第三、四卷為「辨證」，共三十九條資料，加上《筆談補》十二條，合共五十一條資料，是沈括對日常事物或古人記述中各種錯誤說法的糾謬。內容包括日常生活中的各種事物、古人傳說、風俗習慣以至語言文字等。

沈括不盡信古人之成說，又能夠從浩瀚的書海中，注意到古人的矛盾之說，一一予以糾正。閱讀這一章，我們可以看到沈括的治學態度：

一、認真縝密的考證：沈括熟悉古書，又熟知典故，能在大量的資料中排比梳理，找出當中一致與相異的模式，指出古人成說的瑕疵。例如辨證漳水和洛水之名，便從不同的材料，印證古書中漳、洛二字的意思，從而說明甚麼地理形勢的水稱漳稱洛。

二、敢於質疑成說：除了旁徵博引之外，沈括還不時運用自己的數學能力，質疑古人的說法。例如漢人飲酒一石不亂的說法，他從古今度量衡換算而計算出這是不可能的。又如對舜帝二妃年齡的辨證，也是他從數學計算上發現她們已年近百歲。

三、重視獨立思考：《續筆談》〈辨證〉中，還有幾條關於語言文字發展的記載，也反映出沈括重視自己的判斷能力，絕不拘泥字書之說的思想傾向。例如在談到「不」字古音時，指出字書雖然標作「否」音，但他從古書字句來反覆推敲，卻認為這種說法不能成立，並且提出了否定字書所標讀音的理據。

四、結合科學理論：沈括熟悉科技文化，對於古書中自然現象記載的謬誤，都能予以指正，並且給出正確解釋。他的解釋，不僅發前人所未發，在當時世界科學史上，也站在最前沿的位置。例如談陽燧一條，他詳細說明了鏡面折射的幾何光學，並介紹了光線聚焦而生火的物理現象。

五、重視切身經驗：很多人因為缺乏親身觀察，往往不知道事物發展的原委，但沈括卻特別喜歡親身觀察事物。例如在出使時，經過磁州，他不嫌辛苦，到鍛坊參觀，去認識製鍛的工序。這使他知道生鐵如何鍊成精鋼。

這些辨證的條目，在在體現了沈括治學的認真一面。

鈞石之石，五權[1]之名，石重百二十斤。後人以一斛[2]為一石，自漢已如此，「飲酒一石不亂」是也。挽蹶弩[3]，古人以鈞石率[4]之。今人乃以粳米[5]一斛之重為一石，凡石者以九十二斤半為法，乃漢秤三百四十一斤也。今之武卒蹶弩，有及九石者，計其力乃古之二十五石，比魏之武卒[6]，人當二人有餘。弓有挽三石者，乃古之三十四鈞，比顏高[7]之弓，人當五人有餘。此皆近歲教養所成，以至擊刺馳射，皆盡夷夏之術，器杖鎧冑，極今古之工巧。武備之盛，前世未有其比。[042]

注釋

1 五權：古代五種量度重量的單位，即銖、兩、斤、鈞、石。漢代二十四銖為一兩，十六兩為一斤，三十斤為一鈞，四鈞為一石。作為重量單位的「石」，古代即讀作shí，後世多讀作dàn。2 斛（粵：酷；普：hú）：古代量器名，也用作容量單位。作為容量單位，一般十斗為一斛，南宋末年改五斗為一斛。3 挽蹶弩：猶言「挽弓蹶弩」，即拉弓和踏弩。挽，拉；蹶，踏；弩，一種利用機械力量發箭的強弓，其大者要用腳踏或腰開。4 率：計算。5 粳米：粳稻米。6 魏之武卒：出自《荀子・議兵》魏氏之武卒能夠「操十二石之弩」。7 顏高：春秋時魯國武士。《左傳》定公八年載「顏高之弓六鈞」。

譯文

「鈞石」的「石」，是五種重量單位的名稱之一，一石重一百二十斤。後人以一斛為一石，自漢代起已是這樣，像「飲酒一石不亂」便是。拉弓踏弩的力度，古人都是用鈞、石來計算。現在人們卻以粳米一斛的重量為一石，而每石以九十二斤半為標準，則是漢秤的三百四十一斤了。今日的士兵踏弩，有達到九石力量的，計算他的力量就相當於古代的二十五石，跟魏國的士兵比較，是一人抵得上二人還有餘；弓能拉到三石的，則等於古代的三十四鈞，跟顏高的弓相比，則一人抵得上五人還有餘。這都是近年來軍事培育訓練所取得的成果，以至於擊刺、馳射等都掌握了中原和四夷所有技術，兵器鎧甲也是極盡古今工巧之能事。戰鬥裝備準備充足的程度，是前世所不能相比的。

陽燧[1]照物皆倒，中間有礙[2]故也。算家謂之「格術[3]」。如人搖艣，臬[4]為之礙[5]故也。若鳶[6]飛空中，其影隨鳶而移，或中間為窗隙所束[7]，則影與鳶遂相違：鳶東則影西，鳶西則影東。又如窗隙中樓塔之影，中間為窗所束，亦皆倒垂，與陽燧一也。陽燧面窪[8]，以一指迫[9]而照之則正；漸遠則無所見；過此遂倒。其無所見處，正如窗隙、櫓臬、腰鼓[10]礙之，本末相格，遂成搖艣之勢。故舉手則影愈下，下手則影愈上，此其可見。（原注：陽燧面窪，向日照之，光皆聚向內。離鏡一二寸，光聚為一點，大如麻菽[11]，著[12]物則火發，此則腰鼓最細處也。）豈特物為然，人亦如是，中間不為物礙者鮮[13]矣。小則利害相易，是非相反；大則以己為物，以物為己。不求去礙，而欲見不顛倒，難矣哉！（原注：《酉陽雜俎》[14]謂「海翻則塔影倒」，此妄說也。影入窗隙則倒，乃其常理。）[044]

注釋

1 陽燧：凹面銅鏡，呈拋物鏡面，可以聚集陽光取火。2 礙：阻礙，文中指光的聚焦處，即凹面銅鏡拋物面的焦點。3 格術：古代數學術語，大致相當於現代科學中的幾何光學。4 臬：船上用來支撐櫓的小木樁，即力學上的支點，將搖櫓的力往相反的方向作用於水而產生推進力。5 礙：阻礙。這裏的「礙」是一種比喻的用法，即力通過支點後作用於相反方向，用來進一步說明光通過凹面鏡焦點的反射情況。6 鳶：鷹。7 窗隙所束：被窗戶縫隙所束，文中指光線透過窗戶細縫，與光線透過小孔成像的情況相似。8 窪（粵：蛙；普：wā）：凹陷。9 迫：靠近。10 腰鼓：古代一種中間細、兩端對稱的鼓，這裏用腰鼓以細處中心對稱的情況來比喻陽燧焦點與光線反射的關係。11麻菽：芝麻、豆子。菽，豆類的總稱。12著：加於物上，文中指將可燃的東西放到凹面鏡的聚光點處。13鮮：少。14《酉陽雜俎》：唐代段成式所撰筆記體小說，二十卷，《續集》十卷，以內容廣博而著稱。

譯文

陽燧影照的物體都是倒立的影像，是因為中間有障礙的緣故。算學家稱之為「格術」。就像人搖櫓，作支撐的小木樁成了櫓的障礙一樣。又像老鷹飛行於空中，它的影子隨着鷹飛而移動，如果鷹和影子之間的光線經窗縫聚集，那麼影子與鷹飛的方向就會相反了。又像窗縫中透過樓塔的影子，中間的光線被窗縫所聚集，也都是倒過來的，跟陽燧的情形一樣。陽燧的鏡面是凹陷的，當一個手指靠近鏡面時，像是正的；當手指漸漸移遠到某一位置，像就不見了；超過這一位置，像就倒過來了。那個看不見的地方，正如窗戶的孔、架櫓的木樁、腰鼓的腰成了障礙一樣，物體與像相對，就成了搖櫓的情形。所以舉起手來影子就越向下，放下手來影子就越向上，這應該是可以看得到的。（原注：陽燧的表面是凹陷的，對着太陽照，光線都集中在內心。離鏡面一二寸的地方，光線集中成一個點，大小如芝麻粒，照到物體上面，物體一會兒就燃燒起來，這就是腰鼓最細的地方。）豈止物體是這樣，人也如此，中間不被外物阻礙的很少。小的就把利害互相改變，是非互相顛倒；大的就把自己當成外物，把外物當成自己。不要求去掉障礙，卻想看到不顛倒的物象，太難了啊！（原注：《酉陽雜俎》所說「海翻則塔影倒」，這純屬虛枉之談。影像通過窗孔就會顛倒，這才是常理。）

先儒以日食正陽之月，止謂四月，不然也。「正陽」乃兩事，「正」謂四月，「陽」謂十月。「日月陽止」是也。《詩》有「正月繁霜」[1]；「十月之交，朔月辛卯。日有食之，亦孔之醜」二者，此先王所惡也。蓋四月純陽，不欲為陰所侵[2]；十月純陰，不欲過而干[3]陽也。[045]

注釋

1 繁霜：濃霜。2 侵：侵擾。3 干：干犯。

譯文

從前的儒者認為日食於正陽之月僅指四月，其實不是。正、陽是兩件不同的事，正指四月，陽指十月，即「日月陽止」。《詩經》〈小雅．正月〉有「正月繁霜」、「十月之交，朔月辛卯。日有食之，亦孔之醜」兩例，這都是先王厭惡的現象。大概因為四月屬純陽，不希望被陰氣所侵害；十月屬純陰，不希望陰氣太盛而干犯陽氣。

舊傳黃陵[1]二女，堯子舜妃[2]。以二帝[3]道化之盛，始於閨房，則二女當具任、姒[4]之德。考其年歲，帝舜陟方[5]之時，二妃之齒[6]已百歲矣。後人詩騷[7]所賦，皆以女子待之，語多瀆慢[8]，皆禮義之罪人也。[047]

注釋

1 黃陵：指黃陵廟，在湖南洞庭湖畔，相傳為祭祀堯帝女兒，即舜帝二妃娥皇和女英的廟宇。2 堯子舜妃：帝堯的女兒，後來成為帝舜的妃子。3 二帝：帝堯和帝舜。4 任、姒：周文王母太任和周武王母太姒，二人都是賢妃典範。5 陟方：天子出外巡狩或逝世。6 齒：年紀。7 詩騷：詩，《詩經》；騷，《離騷》。此處泛指詩歌等文學作品。8 瀆慢：褻瀆輕漫。

譯文

從前傳說黃陵廟祭祀的兩位女子，就是堯帝的女兒，即舜帝的妃子娥皇和女英。由於帝堯和帝舜道德教化隆盛，是由閨房開始的，則二位妃子當然具有太任、太姒的德行。考查她倆的年齡，當帝舜死於巡視天下的時候，二位妃子的年齡已經一百歲了。後人文學作品中所寫，都視作少女，用詞多褻瀆輕慢，全是禮義的罪人。

歷代宮室中有「謻門[1]」，蓋取張衡[2]《東京賦》「謻門曲榭」也。說者謂「冰室門」。按字訓[3]：「謻，別也。」《東京賦》但言別門耳，故以對「曲榭」，非有定處也。[048]

注釋

1 謻門：謻，或做誃，讀作馳或侈。一說，宮室相接謂之謻，沈括則認為「謻」是別的意思，謻門非特指。2 張衡：字平子，七八——一三九，東漢南陽西鄂（今河南省南陽市）人，著名天文學家、文學家。兩度出任太史令，製造漏水轉渾天儀、候風地動儀，並撰有《靈憲》、《渾天儀注》、《東京賦》和《西京賦》等。3 字訓：字義訓詁。

譯文

歷代宮殿裏都有「謻門」，大抵取名於張衡《東京賦》「謻門曲榭」。有人認為是「冰室門」。根據字義：「謻，別的意思。」《東京賦》只不過說側門而已，因此用來對「曲榭」，不是指特定的地方。

水以「漳」名、「洛」名者最多，今略舉數處：趙、晉之間有清漳、濁漳，當陽有漳水，灨上有漳水，鄣郡有漳江，漳州有漳浦，亳州有漳水，安州有漳水；洛中有洛水，北地郡有洛水，沙縣有洛水。此槩[1]舉一二耳，其詳不能具載。予考其義，乃清濁相蹂[2]者為「漳」。章者，文也，別也。漳謂兩物相合有文章，且可別也。清漳、濁漳，合於上黨。當陽即沮、漳合流，灨上即漳、灨合流，漳州予未曾目見，鄣郡即西江合流，亳漳即漳、渦合流，雲夢即漳、鄖合流。此數處皆清濁合流，色理如螮蝀[3]，數十里方混。如「璋[4]」亦從「章」，璋，王之左右之臣所執。《詩》云：「濟濟辟王，左右趣之；濟濟辟王，左右奉璋。」璋，圭[5]之半體也，合之則成圭，王左右之臣，合體一心，趣乎王者也。又諸侯以如聘[6]。取其判合[7]也。有事於山川，以其殺[8]宗廟禮之半也。有牙璋以起軍旅，先儒謂「有鉏牙[9]之飾於剡側[10]」，不然也。牙璋，判合之器也，當於合處為牙，如今之「合契」。牙璋，牡[11]契也。以起軍旅，則其牝[12]宜在軍中，即虎符之法也。「洛」與「落」同義，謂水自上而下有投流處。今淝水、沱水天下亦多，先儒皆自有解。[049]

注釋

1 槩：即概。2 相蹂：互相混雜。3 螮蝀（粵：帝東；普：dì dōng）：彩虹。4 璋：古代祭祀用的玉器之一，狀如半圭。5 圭：古代祭祀時，君主或諸侯手持的玉器，上圓（或尖）下方。6 如聘：聘，諸侯派大夫到其他諸侯國拜訪。如聘，前往拜訪。7 判合：判，分開。判合，兩者併合起來。8 殺：減少。9 鉏（粵：鋤；普：chú）

牙：鋸齒狀。10 剡（粵：染；普：yǎn）側：剡，鋭利。剡側，鋭利的刀邊。11 牡：雄性，此處指突出的形狀。12 牝：雌性，此處指凹陷的形狀。

譯文

河水用漳、洛來命名的最多，現在簡單列舉數個例子：趙和晉之間有清漳、濁漳，當陽有漳水，贛上有漳水，鄣郡有漳江，漳州有漳浦，亳州有漳水，安州有漳水。洛陽中有洛水，北地郡有洛水，沙縣有洛水。這裏不過略舉一二，當中詳情不能具體記述。我考訂這些水名的意思，大抵清水和濁水互相混合為漳。章有文采、區別的意思。漳的意思是把兩件東西互相混合後既有文采而又能區分。清漳、濁漳，匯合於上黨。當陽的就是沮水、漳水合流，贛上的是漳、灨合流，漳州的漳浦我沒有親眼見過，鄣郡的漳水即大江合流，亳州的漳水就是漳水、渦水的合流，安州雲夢的漳水是漳水、鄖水合流。這幾個地方都是清水、濁水合流，色澤紋理猶如天上的彩虹，流經數十里才混合起來。就像璋字也是章字旁的，璋，是君主左右的大臣所執持的東西，《詩經》說：「濟濟辟王，左右趣之。濟濟辟王，左右奉璋。」璋，就是半分的圭，合起來就是圭。就像君主身邊大臣協力同心，向着君主的意思。此外，諸侯也用來聘問，取的是其能分能合的意思。也有用來祭祀山川的，是因為其相當於祭祖所用禮器的一半。另外，又有所謂「牙璋以起軍旅」，從前的儒者說「有鉏牙狀的東西裝飾着刀刃邊」，說得不對啊。牙璋，是能分能合的物件，當相合的時候便是牙，就像今天的合契一樣。牙璋，凸起的符契，用來調動軍隊，則凹的符契宜留在軍隊之中，這就是虎符的用法。洛跟落的意思相同，指河水由上而下，有掉下來的地方。現在名為瀍水、沱水的河流也很多，從前的儒者都各有釋義。

賞析與點評

據胡道靜的考訂，沈括在這條裏借釋字來突出王安石的《字說》，反映出當時黨爭的激烈。王安石的《熙寧字說》在元祐元年被禁，而《夢溪筆談》正成書於《字說》被禁的時候，當中有幾條釋字的條目，都採用王安石的《字說》。

世以玄為淺黑色，璊為赭[1]玉，皆不然也。玄乃赤黑色，鷰羽[2]是也，故謂之玄鳥。熙寧中，京師貴人戚里[3]多衣深紫色，謂之黑紫，與皁[4]相亂，幾不可分，乃所謂玄也。璊，赭色也。「毳衣[5]如璊」（原注：音門）；稷[6]之璊色者謂之糜[7]（原注：糜字音門，以其色命之也。《詩》「有糜有芑」。今秦人音糜，聲

之訛[8]也）。穈色在朱黃之間，似乎赭，極光瑩，掬[9]之粲澤[10]熠熠[11]如赤珠。此自是一色，似赭非赭。蓋所謂璊，色名也，而從玉，以其赭而澤，故以諭[12]之也，猶鴘[13]以色名而從鳥，以鳥色諭之也。[055]

注釋

1 璊、赭：褐紅色的玉。2 鷰羽：鷰，燕。鷰羽，燕子羽毛。3 戚里：外戚。4 皁：黑色。5 毳（粵：脆；普：cuì）衣：古代天子、大夫的一種服裝。上衣彩繪、下裳刺繡，五色具備。6 稷：中國古代重要的農作物之一，為五穀之首。《爾雅》釋作「粟」，也有解為不黏的黍或高粱。7 穈：穀物之一，初生時赤色，長大後變青色。8 訛：錯誤。9 掬：捧着。10 粲澤：光亮的色澤。11 熠熠：閃爍。12 諭：比喻。13 鴘（粵：貶；普：biǎn）：青黃色。

譯文

世人都以為玄是淺黑色，璊是赭色的玉，都不是那回事。玄其實是赤黑色，燕子的羽毛便是這種顏色，因此稱為玄鳥。熙寧年間，首都的貴人和皇親國戚多穿深紫色的衣服，稱為黑紫，與黑色相混，幾乎不能分辨，也是所謂玄的顏色。璊是赭色，《詩經》「毳衣如璊」（原注：音門）。那種璊色的稷子叫做穈。（原注：「穈」字的讀音同「門」，是用它的顏色命名的。《詩經》「有穈有芑」，今天秦人把「穈」字讀作「穈」，是讀音訛變了。）穈這種顏色在紅色和黃色之間，跟赭色相似，極為光潔晶瑩，捧在手上鮮亮有光澤，閃爍生輝如赤色的珠。這本身就是一種顏色，似赭色而非赭色。大抵所謂「璊」，是顏色的名稱，而以「玉」為部首，是因為它接近赭色而有光澤，因此用玉來做比喻；就好像「鴆」也用作顏色來命名，而收進「鳥」部，也是用鳥的顏色來比喻說明的。

世間鍛[1]鐵所謂「鋼鐵」者，用「柔鐵」屈盤[2]之，乃以「生鐵」陷[3]其間，泥封煉之，鍛令相入[4]，謂之「團鋼」，亦謂之「灌鋼」。此乃偽鋼耳，暫假[5]生鐵以為堅。二三煉則生鐵自熟，仍是柔鐵，然而天下莫以為非者，蓋未識真鋼耳。予出使[6]至磁州[7]鍛坊，觀煉鐵，方識真鋼。凡鐵之有鋼者，如麪中有筋，濯[8]盡柔麪，則麪筋乃見；煉鋼亦然，但取精鐵鍛之百餘火，每鍛稱[9]之，一鍛一輕，至累鍛[10]而斤兩不減，則純鋼也，雖百鍊不耗[11]矣。此乃鐵之精純者，其色清明，磨瑩之，則黯黯然青且黑，與常鐵迥異[12]。亦有煉之至盡而全無鋼者，皆繫[13]地之所產。[056]

注釋

1 鍛：冶鍊。2 屈盤：屈曲盤繞。3 陷：嵌入。4 相入：互相併合。5 假：借助。

6 出使：李燾《續資治通鑑長編》載熙寧七年（一〇七四）八月，沈括成為河北西路察訪使。7 磁州：今河北磁縣。8 濯：洗。9 稱：稱度重量。10 累鍛：多次鍛打。11 秏：即耗。胡道靜校本作秏，其他各本作耗。12 迥異：完全不同。13 繫：取決於。

譯文

世間有鍛鐵叫做「鋼鐵」的，是用「柔鐵」屈曲盤繞，再用「生鐵」嵌入其中，用泥封起來燒煉，鍛打使兩種鐵互相併合，稱為「團鋼」，也叫做「灌鋼」。這其實是偽鋼罷了，暫時借助生鐵來做出堅硬的材質。二、三次燒煉之後生鐵自然變成熟鐵，則仍然是柔鐵，可是天下人沒有認為這是錯誤的，大抵不認識真的鋼鐵而已。我出使來到磁州的鍛坊，觀看他們煉鐵，才認識到甚麼是真鋼。舉凡鐵裏面含有鋼的成分的，像麪團中含有麪筋，洗盡柔軟的麪粉，則麪筋便會出現；煉鋼也一樣，只要拿精鐵來鍛打百多回，每次鍛打之後稱量，鍛打一次重量減輕一次，到了多次鍛打而斤兩不會再減少，得到的便是純鋼了，即使再鍛鍊百次，也不會有一點損耗了。這便是精純的鐵，它的顏色清澈明亮，打磨光亮後，則暗淡中呈現青黑色，跟平常的鐵完全不同。也有鍛鍊到最後而完全沒有鋼的，這都取決於那個地方出產的材質。

賞析與點評

這條記載了沈括根據自己的觀察，說明生鐵與熟鐵是怎麼一回事。

漢人有飲酒一石不亂，予以制酒法較[1]之，每麤[2]米二斛，釀成酒六斛六斗，今酒之至醨[3]者，每秫[4]一斛，不過成酒一斛五斗，若如漢法，則粗有酒氣而已，能飲者飲多不亂[5]，宜無足怪。然漢之一斛，亦是今之二斗七升，人之腹中，亦何容置二斗七升水邪？或謂「石」乃「鈞[6]石」之「石」，百二十斤，以今秤計之，當三十二斤，亦今之三斗酒也。于定國[7]飲酒數石不亂，疑無此理。[061]

注釋

1 較：考校。2 麤（粵：粗；普：cū）：同粗。3 醨（粵：離；普：lí）：薄酒，酒精含量不高。4 秫（粵：述；普：shú）：黏高粱。5 亂：醉。6 鈞：古代量度重量的單位，三十斤為鈞。7 于定國：字曼倩，西漢東海郡郯縣（今山東省郯城縣西）人。西漢宣帝時，任為廷尉，以公平持獄見稱，時人有「于定國為廷尉，民自以無冤」之說，後官至丞相。

譯文

漢代有人飲酒一石而不醉。我用釀酒法來考校過，每用二斛粗米可以釀製六斛六斗酒。現在酒精濃度最低的酒，用一斛黏高粱，不過釀出一斛五斗。若跟漢代釀酒方法（釀成的酒是原料的三倍多）一樣，不過略有些酒味而已，能喝酒的喝很多也不會喝醉，實在不足為奇。然而漢代的一斛，也相當於今天二斗七升，人的肚子裏又怎能容得下二斗七升的水呢？或者說石是指鈞石的石，即一百二十斤，用今天的重量來計算，相當於三十二斤，那就是現在的三斗酒了。于定國喝酒數石不醉，恐怕沒有道理。

賞析與點評

沈括根據記載，加上自己的推算，得出古人喝酒的數據其實毫無根據，誇張失實。

唐正觀[1]中，勑[2]下度支[3]求杜若[4]。省郎以謝朓詩云：「芳洲採杜若」，乃責坊州[5]貢之。當時以為嗤笑[6]。至如唐故事，中書省[7]中植紫薇花，何異坊州貢杜若，然歷世循之，不以為非。至今舍人院紫薇閣前植紫薇花，用唐故事也。[060]

注釋　1 正觀：即「貞觀」，唐太宗年號，沈括避本朝諱用「正」字代「貞」。2 勑：即敕。

皇帝頒下的命令。3 **度支**：即戶部度支司。4 **杜若**：香草名。《楚辭》中有「采芳洲兮杜若」。5 **坊州**：州名，治今陝西黃陵東南。「芳洲」指芳草叢生的小洲，官員因諧音誤為「坊州」，是無知。6 **嗤笑**：大聲取笑。7 **中書省**：唐、宋時期中央部門之一，負責草擬詔令。因為位居中樞，取天象紫微垣居中之義，唐玄宗時曾將之一度改稱紫微省。唐人於紫微省中種紫薇花樹，不知出於有意無意，後人不察，或以為紫薇即紫微。

譯文

唐朝貞觀年間，有詔令發到度支司要求尋找杜若。度支司的官員因為謝眺詩說：「芳洲採杜若」，於是責承坊州進貢杜若。當時以這件事為笑柄。至於像唐代的舊例，在中書省裏種植紫薇花，又跟坊州進貢杜若有甚麼不同呢？可是歷代都依循着，沒有認為是不對的。到現在舍人院紫薇閣前面還種植着紫薇花，沿用的就是唐代成例。

賞析與點評

這條說明唐宋時期一些習慣，其實是某些官員無知而產生的結果，根本毫無依據。

海州東海縣西北有二古墓，圖誌[1]謂之「黃兒墓」。有一石碑，已漫滅[2]不可讀，莫知黃兒者何人。石延年[3]通判海州，因行縣見之，曰：「漢二疏[4]東海人，此必其墓也。」遂謂之「二疏墓」，刻碑於其傍，後人又收入圖經[5]。予按，疏廣，東海蘭陵人，蘭陵今屬沂州承縣；今東海縣，乃漢之贛榆，自屬琅琊郡，非古之東海也。今承縣東四十里自有疏廣墓，其東又二里有疏受墓。延年不講地誌[6]，但見今謂之東海縣，遂以「二疏」名之，極為乖誤。大凡地名如此者最多。無足紀者。讀此乃予初仕為沭陽主簿日，始見圖經中增此事，後世不知其因，往往以為實錄。讀誌[7]於此，以見天下地書，皆不可堅信。其北又有「孝女冢」，廟貌甚盛，著在祀典。孝女亦東海人。贛榆既非東海故境，則孝女冢廟，亦後人附會縣名為之耳。[072]

注釋

1 圖誌：泛指記載地方史志的書籍。2 漫滅：磨滅。3 石延年：字曼卿，九九四—一〇四一，號葆老子，北宋時期著名文學家及書法家。4 二疏：疏廣、疏受。疏廣，字仲翁，西漢東海郡蘭陵人，宣帝時任太子太傅。疏受，疏廣侄，宣帝時任太子少傳。疏氏叔姪同時為太子老師，一時傳為佳話。5 圖經：繪有地圖的史志。6 地誌：地理書。7 謾誌：隨便記錄下來。

譯文

海州東海縣西北有兩座古墓，地方志稱為「黃兒墓」。墓上有一塊石碑，碑文已經剝落得不能閱讀，沒人知道黃兒是甚麼人。石延年擔任海州通判的時候，因為巡視轄下各縣時，見到了這兩座墳墓，便說：「漢代有疏廣、疏受，東海人，這必定是他們的墳墓了。」於是稱之為「二疏墓」，又在旁邊刻了石碑，後人又把碑文收錄在繪有地圖的地方志裏。我的意見：疏廣，東海蘭陵人，當時的蘭陵現在屬於沂州承縣，而現在的東海縣其實是漢代的贛榆，本來屬於琅琊郡，並非古代的東海縣。現在承縣東邊四十里自有疏廣墓，在它的東面又二里處有疏受墓。石延年不考究地理、方志的記載，只見現在這裏稱為東海縣，就把那兩座墓當做「二疏」的墓，極為錯誤。大凡地名像這種情況的很多，沒必要記述。這是我剛剛擔任沭陽縣主簿時，才見到繪有地圖的地方志中增加了此事，後代的人不知道因由，往往認為是真實的記載。隨手記錄在這裏，以反映天下的地理書都不可完全相信。「黃兒墓」北面又有「孝女塚」，其廟外觀十分雄偉，著錄於官府祭祀的典籍中。孝女也是東海人。贛榆既不是東海縣的舊地，那麼孝女塚廟，相信也是後人附會縣名而建造出來的了。

賞析與點評

這條是地名考辨的記載。沈括指出很多地方的標誌物，其實都是張冠李戴的誤會。

天下地名，錯亂乖謬[1]，率難考信。如楚章華臺，亳州城父縣、陳州商水縣、荊州江陵、長林、監利縣皆有之，乾谿亦有數處。據《左傳》，楚靈王七年，「成章華之臺，與諸侯落[2]之。」杜預[3]注：「章華臺在華容城中。」華容即今之監利縣，非岳州之華容也。至今有章華故臺，在縣郭[4]中，與杜預之說相符。亳州城父縣有乾谿，其側亦有章華臺，故臺基下往往得人骨，云楚靈王戰死於此。商水縣章華之側，亦有乾谿。薛綜注張衡《東京賦》引《左氏傳》，乃云：「楚子成章華之臺於乾谿。」皆誤說也，《左傳》實無此文。章華與乾谿，元[5]非一處。楚靈王十二年，王狩[6]於州來，使蕩侯、潘子、司馬督、囂尹午、陵尹喜帥師圍徐以懼吳，王次於乾谿。此則城父之乾谿。靈王八年許遷於夷[7]者，乃此地。十三年，公子比為亂，使觀從從師於乾谿，王眾潰[8]，靈王亡[9]，不知所在。平王即位，殺囚，衣之王服，而流諸漢，乃取葬之，以靖國人，而赴以乾谿。靈王實縊於芊尹申亥氏，他年，申亥以王柩告，乃改葬之，而非死於乾溪也。昭王二十七年，吳伐陳，王帥師救陳，次於城父，將戰，王卒於城父。而《春秋》又云：「弒其君於乾谿。」則後世謂靈王實死於是，理不足怪也。[074]

注釋

1 乖謬：乖張錯誤。2 落：祭祀。3 杜預：字元凱，二二二—二八四，京兆杜陵（今陝西西安東南）人，魏末晉初政治家、軍事家、學者。西晉初年杜預以都督荊州諸軍事的身份鎮守襄陽，同時撰作《春秋左氏經傳集解》，是現存《左傳》注解中最早的一種。4 縣郭：縣城的城牆。5 元：同原。6 狩：巡視。7 許遷於夷：許，許國。夷，夷邑。本春秋時期陳國邑。楚靈王八年（前五三三）滅陳國，楚國公子棄疾遷許國於夷邑。8 潰：潰敗。9 亡：不知所蹤。

譯文

天下地名錯亂矛盾，大多難以考證取信。例如楚國的章華臺，亳州城父縣、陳州商水縣、荊州江陵、長林、監利縣都有，乾谿也有好幾處。據《左傳》的記載，楚靈王七年，「成章華之臺，與諸侯落之。」杜預的注說：「章華臺，在華容城中。」華容即現在的監利縣，並非岳州的華容縣。至今還有章華臺的遺址在縣城中，跟杜預的說法吻合。亳州城父縣有乾谿，溪旁也有章華臺，在遺址的臺基下往往能找到人骨，據說楚靈王戰死在這裏。商水縣章華臺旁邊，也有乾谿。薛綜注釋張衡《東京賦》引用《左氏傳》卻說：「楚子成章華之臺於乾谿。」這些都是錯誤的說法，《左傳》其實沒有這段文字。章華臺與乾谿原本不是同一個地方。楚靈王十一年，王狩於州來，派遣蕩侯、潘子、司馬督、囂尹午、陵尹喜帶領軍隊包圍徐州以震懾吳國，靈王駐紮於乾谿。那裏就是城父縣的乾谿。楚靈王八年把許國遷到夷邑，即是這個地方。楚靈王十三年，公子比作亂，楚靈王派遣觀從跟隨軍隊於乾谿，楚王的軍隊潰敗，楚靈王失蹤，不知逃到甚麼地方去。楚平王即位後，殺了一個囚徒，並替他穿上楚靈王的衣服，把屍體扔進漢水漂流，然後又把屍體打撈上來當做楚靈王安葬，以此穩定人心，而且讓人從乾谿來報喪。楚靈王其實是被芊尹申亥氏勒死的，幾年後，申亥氏把楚靈王的靈柩上報給朝廷，朝廷才改葬楚靈王，可見楚靈王並非死在乾谿。昭王二十七年，吳國討伐陳國，楚昭王率領軍隊救援陳國，駐紮在城父縣，快要開戰時，楚昭王在城父縣去世。而《春秋》又說：「弒其君於乾谿。」那麼後世說楚靈王真的死在這裏，按理說也就不能責怪了。

賞析與點評

這條考證古代水名，並且指出書籍著錄地名的名、實不一，自古即然。這有古書記載不確的問題，也有時代變遷，地名與所指改變，以及不經考究，造成混淆。沈括讀書細心之處，頗值得我們學習。

前史[1]稱嚴武[2]為劍南節度使，放肆不法，李白為之作《蜀道難》。按孟棨[3]所記，白初至京師，賀知章[4]聞其名，首詣[5]之；白出《蜀道難》，讀未畢，稱歎數四。時乃天寶初也。此時白已作《蜀道難》，嚴武為劍南，乃在至德以後肅宗時，年代甚遠。蓋小說所記，各得於一時見聞，本末不相知，率多舛誤，皆此文之類。《李白集》中稱刺章仇兼瓊[6]，與《唐書》所載不同，此《唐書》誤也。[080]

注釋

1 前史：指《新唐書》。2 嚴武：字季鷹，七二六—七六五，華州（今陝西華縣）人，東川劍南節度使。因房琯厚待杜甫而屢欲殺杜，李白為房、杜擔憂，作《蜀道難》。3 孟棨：晚唐人。著有《本事詩》一卷。4 賀知章：字季真，六五九—七四四，會稽（今浙江紹興）人，歷官秘書監。5 詣：探訪。6 章仇兼瓊：？—七五一，姓章仇，名兼瓊，又以名為字，潁川（今河南許昌）人。歷劍南節度使兼西川採訪使，官至戶部尚書。

譯文

《新唐書》說嚴武擔任劍南節度使，放肆不守法，李白為此寫了《蜀道難》一詩。按孟棨《本事詩》所記，李白初到長安，賀知章聽聞他的詩名，最先去拜訪他；李白出示《蜀道難》，賀知章還未讀完，就已經連連歎賞。當時是天寶初年。這個時候李白已經寫了《蜀道難》，而嚴武擔任劍南節度使則在至德以後的肅宗朝，年代相去甚遠。大蓋稗官野史故事的記載，都是得於一時的見聞，對事情始末原委並不清楚，因此大多舛謬訛誤，都跟上述記載類似。《李白集》中說《蜀道難》是諷刺章仇兼瓊的，與《新唐書》所記述的不同，這是《新唐書》的記載有誤。

補筆談·卷一

人語言中有「不」字可否[1]世閒事，未嘗離口也，而字書中須讀作「否」音也。若謂古今言音不同，如云「不可」，豈可謂之「否可」？「不然」豈可謂之「否然」？古人曰「否，不然也」，豈可曰「否，否然也」？古人言音，決非如此，止是字書謬誤耳。若讀《莊子》「不可乎不可」[2]，須云「否可」，讀《詩》須云「曷否肅雍」[3]、「胡否佽焉」[4]，如此全不近人情。[525]

注釋

1 可否：同意或不同意。2 不可乎不可：出自《莊子》〈齊物論〉。3 曷否肅雍：出自《詩經》〈召南·何彼襛矣〉。4 胡否佽焉：出自《詩經》〈唐風·杕杜〉。

譯文

人們的語言裏有「不」字用來表示同不同意各種事情，沒有離開過口邊，而字書裏這個字須讀作「否」音。假如說古今語音不同，例如說「不可」，難道可以讀為「否可？」「不然」難道可以讀作「否然？」古人說「否，不然也」，難道可以說「否，否然也？」古人的語音，肯定不是這樣，這只不過是字書的謬誤罷了。如果讀《莊子》「不可乎不可」，必須讀「否可」，讀《詩經》必須讀「曷否肅雍」、「胡否佽焉」，這樣的話完全不接近人之常情。

賞析與點評

這條提出古今語音的變化，不能全信字書之說，一成不變地執着所謂古讀音。字書也會有誤，也會有不合情理處。

《經典釋文》，如熊安生[1]輩，本河朔人，反切多用北人音，陸德明[2]吳人，多從吳音，鄭康成[3]齊人，多從東音。如「璧有肉好」，肉音揉者，北人音也。「金作贖刑」，贖音樹者，亦北人音也。至今河朔人謂肉為「揉」，謂贖為「樹」。如「打」字音丁梗反，「罷」字音部買反，皆吳音也。如「瘍醫祝藥劀殺之齊」，「祝」

音呪，鄭康成改為「注」，此齊、魯人音也。至今齊謂注為「呪」。官名中尚書本秦官，尚音上，謂之「尚書」者，秦人音也。至今秦人謂尚書為「常」。[529]

注釋

1 熊安生：字植之，長樂阜城（今河北阜城）人，北朝經學家，著有《周禮義疏》、《禮記義疏》、《孝經義疏》等。2 陸德明：陸元朗，約五五〇—六三〇，字德明，蘇州吳縣人。南朝陳至隋唐初期經學家，唐貞觀年間任國子監博士，著有《經典釋文》。3 鄭康成：鄭玄，一二七—二〇〇，北海高密（今山東高密）人，東漢古文經學家，為兩漢經學集大成者。

譯文

《經典釋文》之中，像熊安生等人，本籍為河朔人，反切注音時多採用北方人的口音，陸德明是吳人，注音時多跟從吳音，鄭玄是齊人，注音時多跟從山東音。例如「璧有肉好」，肉讀揉音，是北方人的發音。「金作贖刑」，贖讀作樹，也是北方人的發音。到現在河朔人仍然説肉為「揉」，説贖為「樹」。例如「打」字音丁梗反，「罷」字音部買反，都是吳音。又如「瘍醫祝藥劀殺之齊」，「祝」音呪，鄭玄改為「注」，這是齊、魯地方的發音。到現在山東人讀注為「呪」。官名裏的尚書，本來是秦朝的官名，尚讀為上，讀做「尚書」，是秦人的發音。到現在秦人仍讀尚書為「常」。

賞析與點評

中國地域廣大，方言眾多，同字不同音給經典的解讀也帶來一些「困擾」，造成一些公案。沈括注意到經典的注音，往往因為注者籍貫不同而有南北音之別。

樂律——古代音樂原理闡微

本篇導讀——

《夢溪筆談》第五、六卷，內容跟古樂有關。雖然兩卷合共只有三十四條，加上《補筆談》的十二條，也不過四十六條。但讀者在這兩卷的資料中，不但可以看到沈活對古代樂理的分析，也可以看到唐、宋音樂沿革流變，以及胡樂對中原雅樂影響之探究。此外，沈括也提供了大量關於古代樂器、樂理、樂曲以及歌者等的考辨材料，令讀者對龐大複雜的古樂體系有深入的認識。這都得歸功於沈括對古樂理論的湛深造詣。事實上，沈括年輕時就寫了《樂律》和《樂論》兩部著作，對古樂的理論體系有自己的觀點。

本章從《夢溪筆談》第五及第六卷和《補筆談》中樂律的部分，選取出十三條資料，讓讀者透過沈括對古樂理論、樂器、樂曲流傳等的記述，能瞭解南宋以前中國古樂的大概。

《周禮》：「凡樂：圜鍾[1]為『宮』，黃鍾[2]為『角』，太蔟[3]為『徵』，姑洗[4]為『羽』。若樂六變，則天神皆降，可得而禮矣。函鍾[5]為『宮』，太蔟為『角』，姑洗為『徵』，南呂[6]為『羽』，若樂八變，即地祇[7]皆出，可得而禮矣。黃鍾為『宮』，大呂[8]為『角』，太蔟為『徵』，應鍾[9]為『羽』。若樂九變，則人鬼[10]可得而禮矣。」凡聲之高下，列為五等，以宮、商、角、徵、羽名之。為之主者曰「宮」，次二曰「商」，次三曰「角」，次四曰「徵」，次五曰「羽」，此謂之「序」。名可易，序不可易。圜鍾為宮，則黃鍾乃第五羽聲也，今則謂之角，雖謂之角，名則易矣，其實第五之聲安能變哉，強謂之角而已。先王為樂之意，蓋不如是也。世之樂異乎郊廟之樂者，如圜鍾為宮，則林鍾角聲也。樂有用林鍾者，則變而用黃鍾，此祀天神之音云耳，非謂能易羽以為角也。函鍾為宮，則太蔟徵聲也，樂有用太蔟者，則變而用姑洗，此求地祇之音云耳，非謂能易羽以為徵也。黃鍾為宮，則南呂羽聲也，樂有用南呂者，則變而用應鍾，此求人鬼之音云耳，非謂能變均外閒聲以為羽也。（原注：應鍾，黃鍾宮之變徵，文、武之世不用二變聲，所以在均[11]外。）鬼神之情，當以類求之。朱弦越席[12]，太羹明酒[13]，所以交於冥莫[14]者，異乎養道[15]，此所以變其律也。

聲之不用商，先儒以謂惡殺聲[16]也。黃鍾之太蔟，函鍾之南呂，皆商也，是殺聲未嘗不用也。所以不用商者，商，中聲也。（原注：宮生徵，徵生商，商生羽，羽生角，故商為中聲。）降興上下之神，虛其中聲，人聲也。遺乎人聲，所以致一於鬼神也。宗廟之樂，宮為之先，其次角，又次徵，又次羽。宮、角、徵、羽相次者，人樂之敍也，故以之求人鬼。（原注：世樂之敍宮、商、角、徵、羽，此但無商耳，其餘悉用，此人樂之敍也。何以知宮為先，其次角，又次徵，又次羽？以律呂次敍知之也：黃鍾最長，大呂次長，太蔟又次，應鍾最短，此其敍也。）圜丘[17]、方澤[18]之樂，皆以角為先，其次徵，又次宮，又次羽。始於角木，木生火，火生土，土生水。（原注：越金，不用商也。）木、火、土、水相次者，天地之敍，故以之禮天地。（原注：五行之敍：木生火，火生土，土生金，金生水。此但不用金耳，其餘悉用。此敍天地之敍也。何以知其角為先，其次徵，又次宮，又次羽？以律呂次序知之也：黃鍾最長，大蔟次長，圜鍾又次，姑洗又次，函鍾又次，南呂最短，此其敍也。）此四音之敍也。

天之氣始於子，故先以黃鍾；天之功畢於三月，故終之以姑洗。地之功見於正月，故先之以太蔟；畢於八月，故終之以南呂。幽陰之氣，鍾於北方，人之所終歸，鬼之所藏也，故先之以黃鍾，終之以應鍾；此三樂之始終也。角者物生之始也，徵者物之成，羽者物之終。天之氣始於十一月，至於正月，萬物萌動，地功見處，則天功之成也，故地以太蔟為角，天以太蔟為徵；三月，萬物悉達，天功畢處，則地功之成也，故天以姑洗為羽，地以姑洗為徵；八月，生物盡成，地之功終焉，故南呂以為羽。（原注：圜丘樂雖以圜鍾為宮，而曰「乃奏黃鍾，以祀天神。」方澤樂雖以函鍾為宮，而曰「乃奏太蔟，以祭地祇。」蓋圜丘之樂，始於黃鍾；方澤之樂，始於太蔟也。天地之樂，止是世樂黃鍾一均耳。以此黃鍾一均，分為天地二樂：黃鍾之均，黃鍾為宮，太蔟為商，姑洗為角，林鍾為方澤樂而已。唯圜鍾一律，不在均內。天功畢於三月，則宮聲自合在徵之後，羽之前，正當用夾鍾也。二樂何以專用黃鍾一均？蓋黃鍾正均也。樂之全體，非十一均之類也。故《漢書·律曆志》：「自黃鍾為宮，則皆以正聲應，無有忽微。他律雖當其月為宮，則和應之律有空積忽微，不得其正。」其均起十一月，終於八月，統一歲之事也。他均則各主一月而已。古樂有下徵調，沈休文[19]《宋書》曰：「下徵調法：黃鍾為宮，南呂為商，林鍾本正聲，黃鍾之徵變謂之下徵調。」馬融[20]《長笛賦》曰：「反商下徵，每各異善。」謂南呂本黃鍾之羽，變為下徵之商，皆以黃鍾為主而己。）此天地相與之敍也。

人鬼始於正北，成於東北，終於西北，萃[21]於幽陰之地也。始於十一月，而成於正月者，幽陰之魄，稍出於東方也。全處幽陰，則不與人接，稍出於東方，故人鬼可得而禮也。終則復歸於幽陰，復其常也。唯羽聲獨遠於他均者，世樂始於十一月，終於八月者，天地歲事之一終也。鬼道無窮，非若歲事之有卒，故盡十二律，然後終事先追遠[22]之道，厚之至也。此廟樂之始終也。人鬼盡十二律為義，則始於黃鍾，終於應鍾。以宮、商、角、徵、羽為敍，則始於宮聲，自當以黃鍾為宮也。天神始於黃鍾，終於姑洗，以木、火、土、金、水為敍，則宮聲當在太蔟徵之後，姑洗羽之前，則自當以圜鍾為宮也。地祇始於太蔟，終於南呂，以木、火、土、金、水為敍，則宮聲當在姑洗徵之後，南呂羽之前。中間唯函鍾當均，自當以函鍾為宮也。（原注：天神用圜鍾之後，姑洗之前，唯有一律，自然合用也。不曰夾鍾而曰圜鍾者，以天體言之也。不曰林鍾曰函鍾者，以地道言之也。黃鍾無異名，人道也。）此三律為宮，次敍定理，非可以意鑿[23]也。

圜鍾六變[24]，函鍾八變，黃鍾九變，同會於卯，卯者昏明之交，所以交上下，通幽明，合人神，故天神、地祇、人鬼可得而禮也。（原注：自辰以往常在晝，自寅以來常在夜，故卯為昏明之交，當其中間，晝夜夾之，故謂之夾鍾。黃鍾一變為林鍾，再變為太蔟，三變南呂，四變姑洗，五變應鍾，六變蕤賓，七變大呂，八變夷則，九變夾鍾。函鍾一變為太蔟，再變為南呂，三變姑洗，四變應鍾，五變蕤賓，六變大呂，七變夷則，八變夾鍾也。圜鍾一變為無射，再變為中呂，三變為黃鍾清宮，四變合至林鍾。林鍾無清宮，至太蔟清宮為四變，五變合至南呂。南呂無清宮，直至大呂清宮為五變，六變合至夷則。夷則無清宮，直至夾鍾清宮為六變也。十二律，黃鍾、大呂、太蔟、夾鍾四律有清宮，總謂之十六律。自姑洗至應鍾八律，皆無清宮，但處位而已。）此皆天理不可易者。古人以為難知，蓋不深索之。聽其聲，求其義，考其序，無毫髮可移，此所謂天理也。一者人鬼，以宮、商、角、徵、羽為序者；二者天神；三者地祇。皆以木、火、土、金、水為序者。四者以黃鍾一均分為天地二樂者，五者六變八變九變，皆會於夾鍾者。[082]

注釋

1 圜鍾：即夾鍾，古樂十二律之一。律是我國古代音樂理論用以標示音高的單位。古人將一個八度音分為十二個不完全相等的音階，用十二枝不同長度律管吹奏出來的聲音來定出十二個標準音階的高低。這十二個音階又稱十二律，從低至高的次序為：黃鍾（C）、大呂（C#）、太蔟（D）、夾鍾（D#）、姑洗（E）、仲呂（F）、蕤賓（F#）、林鍾（G）、夷則（G#）、南呂（A）、無射（A#）、應鍾（B）。其中奇數序的律稱「律」，偶數序的律稱「呂」，合稱「六律六呂」或「律呂」。2 **黃鍾**：十二律的第一個音律。3 **太蔟**：十二律中第三個音律。4 **姑洗**：十二律中第五個音律。5 **函鍾**：即林鍾，十二律中第八個音律。6 **南呂**：十二律中第十個音律。7 **地祇**：地下的神。8 **大呂**：十二律中第二個音律。9 **應鍾**：十二律中最後一個音律。10 **人鬼**：祖先。11 **均**：古樂術語，各宮作為音階調域時的名稱。12 **朱弦越席**：朱弦，祭祀用的紅色樂器。越席，蒲席，用蒲葉編織的席子。13 **太羹明酒**：太羹，沒有調味的肉羹。明酒，祭祀用新釀的酒。14 **冥莫**：鬼神世界。15 **養道**：生活方式。16 **殺聲**：肅殺的聲音。17 **圜丘**：古代皇帝冬至時祭天的圓壇。18 **方澤**：古代皇帝夏至時祭地的方壇。19 **沈休文**：沈約，四四一—五一三，字休文，南朝吳興武康（今浙江德清縣西）人，南朝著名文學家。20 **馬融**：七九—一六六，字季長，右扶風茂陵（今陝西興平市）人，東漢經學家，曾注《三禮》、《周易》、《尚書》、《孝經》、《論語》等。21 **萃**：匯集。22 **事先追遠**：祭祀祖先。23 **意鑿**：用己意穿鑿附會。24 **變**：這裏的變，實際上是演奏樂曲的段數。

譯文

《周禮》〈大司樂〉說：「舉凡樂理：圜鍾為『宮』，黃鍾為『角』，太蔟為『徵』，姑洗為『羽』。假如奏樂的樂調改變了六次，則天神都降臨了，可以說敬拜天神的祭祀之禮完成了。函鍾為『宮』，太蔟為『角』，姑洗為『徵』，南呂為『羽』，假如樂調改變了八次，即是地下的神祇都出來了，可以說敬拜地祇的祭祀之禮完成了。黃鍾為『宮』，大呂為『角』，太蔟為『徵』，應鍾為『羽』。假如樂調變了九次，則敬拜祖先的祭祀之禮完成了。」舉凡聲音的高低，分別列為五等，用宮、商、角、徵、羽做為名稱。當中排在首位的叫做「宮」，其次名為「商」，第三的叫做「角」，第四叫做「徵」，第五叫做「羽」，這就是所謂的「次序」。名稱可以改易，但次序不可以改易。圜鍾為宮，那麼黃鍾便是第五的羽聲了，現在則稱為「角」。雖然叫做「角」，名稱改易了，但其實屬於第五等的聲音怎麼能夠改變呢，勉強叫它做「角」罷了。先王制樂的意圖，大抵不是這樣的。世俗的音樂跟郊廟的音樂不同，例如以圜鍾為宮，則林鍾是角聲。樂曲有使用林鍾這個音調的，則改用黃鍾，這是說要祭祀天神的音律，不是說能夠把羽改易成為角。函鍾為宮，則太蔟變成徵聲，樂曲有用上太蔟的，則變易而用姑洗，這是祭祀地下神祇的音律，不是說能把羽改為徵。黃鍾為宮，則南呂用羽聲，樂曲有用上南呂這個音的，則改用應鍾，這是祭祀祖宗音律的需要，不是說能夠改變音階外的閒聲成為羽。（原注：應鍾是黃鍾宮的變徵，文王、武王的時代不用這兩個變聲，所以在音階外。）鬼神的事情，應該根據其性質去理解，朱弦、蒲席，太羹、新酒，這些都是用來溝通神靈的東西，跟奉養生人不同，這就是祭祀時要變易樂律的原因。

聲調不用上商聲，是因為從前的儒者認為厭惡肅殺的聲調。黃鍾的太蔟，函鍾的南呂，都是商聲，可見肅殺的聲音也不是不用上的。之所以不用上商聲，只是因為商是中聲。（原注：宮生徵，徵生商，商生羽，羽生角，因此商是中聲。）敦請天上地下的神祇降臨時，不要中間的聲音，即人聲。不要人聲，這是因為要向鬼神表示專一。宗廟的樂曲，宮為先，其次是角，再次是徵，又再次是羽。宮、角、徵、羽相互依次的原因，是因為這是人樂的次序，因此用它來拜祭祖先。（原注：世俗音樂的次序為宮、商、角、徵、羽，當中只是沒有商，其餘都採用，這是人樂的次序。怎麼知道是以宮為先，其次為角，又次為徵，又次為羽呢？從律呂的次序知道的：黃鍾最長，大呂次長，太蔟又次，應鍾最短，這就是它的次序了。）祭祀圜丘（即祭天）、方澤（即祭地）的音樂，都是以角為先，其次徵，又次宮，又次羽。從角木開始，木生火，火生土，土生水。（原注：跳過金，即不採用商。）木、火、土、水相次，是天地的秩序，因此用來祭祀天地。（原注：五行的次序：木生火，火生土，土生金，金生水。這裏只是不採用金而已，其餘都採用。這是天地的秩序。怎麼知道是角為先，其次徵，又次宮，又次羽呢？根據律呂的次序知道的：黃鍾最長，太蔟次長，圜鍾又次，姑洗又次，函鍾又次，南呂最短，這就是它的次序了。）這是四音的次序。

天的氣由子月（即周曆的十一月）開始，因此先由黃鍾開始；天之功完成於三月，因此終結於姑洗。地之功顯現於正月，因此先由太蔟開始；到八月結束，因此終結於南呂。幽陰之氣，聚集在北方，是人最後的歸宿，魂氣所藏身的地方，因此先用黃鍾，終結用應鍾；這是祭天、地、人三樂的始終。角是萬物生長的起點，徵是萬物的形成，羽是萬物的終結。天的氣從十一月開始，到了正月，萬物萌生蠢動，地功出現之處，便是天功完成之時，因此地（的祭祀）以太蔟（相當於一月）為角，天（的祭祀）以太蔟為徵；三月，萬物都長出來了，天功結束時，地功完成了，因此天（的祭祀）以姑洗（相當於三月）為羽，地（的祭祀）以姑洗為徵；八月，生物都長成了，地功終結了，因此（地的祭祀）用南呂（相當於八月）為羽。（原注：圜丘（祭天）的樂曲雖然用圜鍾為宮，卻說「要演奏黃鍾，用來祭祀天神。」方澤（祭地）的樂曲雖然用函鍾為宮，卻說「要演奏太蔟，用來祭祀地祇。」大抵祭天的樂曲，從黃鍾開始；祭地的樂曲，由太蔟開始。天地的樂曲，僅僅是世俗音樂黃鍾一個音調而已。用這黃鍾的一個音調，分為天和地二樂：黃鍾的音調，黃鍾為宮，太蔟為商，姑洗為角，林鍾是祭地的樂曲而已。只有圜鍾這音調，不在音階內。天功結束於三月，那麼宮聲自合在徵之後、羽之前，正應該用上夾鍾。但天地二樂為甚麼專用黃鍾一調呢？大概因為黃鍾是純正標準的樂音，可以涵括樂音的全部，它和其他十一種音調不同。因此《漢書》〈律曆志〉說：「從黃鍾為宮，就全部都以正聲和應，沒有些微誤差。其他音律雖然在各自對應的月份為宮，可是和應的音律卻出現沒有音階對應或者有些微誤差，得不到最標準的音值。」黃鍾宮的音律由十一月開始，到八月結束，統攝一年的事情。其他各音律則各自主宰自己的那個月罷了。古樂裏有下徵調，沈約《宋書》說：「下徵調的法則是：黃鍾為宮，南呂為商，林鍾本來是正聲，黃鍾之徵變，叫做下徵調。」馬融《長笛賦》說：「反商下徵，每各異善。」說的是南呂本來是黃鍾的「羽」聲，變為下徵的「商」聲，可見都是以黃鍾為主。）這是天地互相秉持（樂音）的次序。祭祀祖先（的魂氣）開始於正北，完成於東北，終結於西北，聚集在幽陰的地方。它開始於十一月，而完成於正月，是因為幽陰的魂魄，漸而從東方出現。完全處身在幽陰之中，則不會跟人有所接觸；漸而從東方出現，所以祖先（的魂氣）才可以得到祭祀（即與人接觸）。結束了便重新回到幽陰之中，恢復它的常態。樂中唯有羽聲的音距長於其他音調，世俗音樂由十一月開始，於八月結束，表示天地歲時的一個循環。祖靈的世界沒有完結，不像歲時那樣有終結，因此用盡十二律然後才終結祭祀祖先的禮節，它的用意是極其深厚的。這是廟樂的始終。祭祀祖先的音樂窮盡十二律的道理，就是由黃鍾開始，到應鍾結束。以宮、商、角、徵、羽為次序，那麼由宮聲開始，自然應當以黃鍾為宮聲。祭祀天神由黃鍾開始，到姑洗結束，以木、火、土、金、水為次序，宮聲應當在太蔟的徵聲之後，姑洗的羽聲之前，那麼自然應當以圜鍾為宮聲了。祭祀地祇的音樂由太蔟開始，結束於南呂，以木、火、土、金、水為次序，則宮聲應當在姑洗的徵音之後，南呂的羽音之前。中間只有函鍾落在一個音階上，自然應該用函鍾為宮聲了。（原注：祭祀天神用圜鍾之後，姑洗之前（的音律），則只有一個音律（即圜鍾），自然合用。不稱為夾鍾而稱為圜鍾，是因為用天的形體（圜）來稱呼它。不稱為林鍾而稱為函鍾，是因為用地的質性（方）來稱呼它。黃鍾沒有別稱，是因為它是人道。）以這三個音律為宮聲，次序有一定之理，是不可以隨意穿鑿附會的。

圜鍾六變，函鍾八變，黃鍾九變，一起交會於卯（夾鍾），卯時是昏暗和光明的交界，所以交接天地，貫通黑暗和光明，統合人和神，因此天神、地祇、祖先都可得以禮祭。（原注：自辰時以後經常是白晝，自寅時以前經常是夜晚，故卯時為昏暗和光明的交界，在卯的中間，晝夜夾雜着，因此叫做夾鍾。黃鍾一變而為林鍾，再變成為太蔟，三變南呂，四變姑洗，五變應鍾，六變蕤賓，七變大呂，八變夷則，九變夾鍾。函鍾一變而為太蔟，再變為南呂，三變姑洗，四變應鍾，五變蕤賓，六變大呂，七變夷則，八變夾鍾。圜鍾一變而為無射，再變成為中呂，

	天	地	人（鬼）	干支	月	方位
應鍾			羽	亥	10	西北偏北
無射				戌	9	西北偏西
南呂		羽	（羽）	酉	8	西
夷則				申	7	西南偏西
林（函）鍾	（角）	宮		未	6	西南偏南
蕤賓				午	5	南
中呂				巳	4	東南偏南
姑洗	羽	徵		辰	3	東南偏東
夾（圜）鍾	宮			卯	2	東
太蔟	徵	角	徵	寅	正	東北偏東
大呂			角	丑	12	東北偏北
黃鍾	角	（羽）	宮	子	11	北

十二律天地人鬼干支方位對應圖

三變為黃鍾清宮，四變合至林鍾。林鍾沒有清宮，到了太蔟清宮為四變，五變合到了南呂。南呂沒有清宮，直至大呂的清宮為五變，六變合至夷則。夷則沒有清宮，直至夾鍾的清宮為六變。十二律中，黃鍾、大呂、太蔟、夾鍾四律有清宮，總稱十六律。自姑洗至應鍾八律，都沒有清宮，只是佔個位置罷了。）這都是天理不可改變的事實。古人以為很難瞭解，大抵是不深加思索而已。聽到這些樂音，探求樂音的道理，考察樂音的次序，沒有一點可以改動，這就是天理了。第一點，祭祀祖先，以宮、商、角、徵、羽為次序；第二點，祭祀天神；第三點，祭祀地祇。都以木、火、土、金、水為次序；第四點，以黃鍾一音律分為天地二樂；第五點，六變八變九變，都在夾鍾匯合。

賞析與點評

沈括在這條詳細分析古代音樂理論原理，包括祭祀音樂為甚麼要變易、四音的排序、以及對應於各種祭祀活動時十二律各宮的排列和變化規律。不過，雖然沈括精通音律，但本篇所說的論點，實際上很多時沒得到具體論證。

《漢志》：「陰陽相生，自黃鍾始，而左旋[1]，八八為伍[2]。」八八為伍者，謂一上生與一下生[3]相間[4]。如此則自大呂以後，律數皆差[5]，須自蕤賓再上生，方得本數。此八八為伍之誤也。或曰：「律無上生呂之理，但當下生而用獨倍[6]。」二說皆通。然至蕤賓清宮生大呂清宮，又當再上生。如此時上時下，即非自然之數，不免牽合矣。自子至巳為陽律、陽呂，自午至亥為陰律、陰呂。凡陽律、陽呂皆下生，陰律、陰呂皆上生。故巳方之律謂之中呂，言陰陽至此而中也。（原注：中呂當讀如本字，作「仲」非也。）至午則謂之蕤賓，陽常為主，陰常為賓。蕤賓者，陽至此而為賓也。納音[7]之法，自黃鍾相生，至於中呂而中，謂之陽紀。自蕤賓相生，至於應鍾而終，謂之陰紀。蓋中呂為陰陽之中，子午為陰陽之分也。[084]

注釋

1 左旋：逆時針方向轉動。2 八八為伍：也稱「隔八相生」，相隔八個音律為一組。

3 一上生與一下生：古代中國以某一音律的標準樂管長度為基礎，用「三分損益」來計算其他音律標準樂管長度的方法。例如標準管長是黃鍾九寸，捨去其三分之一（三分損一，即乘以三分之二），得出林鍾管長六寸，稱為「下生」；然後將林鍾管均分為三分，增加一分（三分益一，即乘以三分之四），得出太蔟管長八寸，稱為「上生」，稱「一上生與一下生」。下生與上生交替運用，便可逐一得到各律管長，故稱「三分

譯文

損益法」。4 相間：互相間隔。5 自大呂以後，律數皆差：大呂由蕤賓所生，而蕤賓是由應鍾三分益一得來，按「一上生與一下生相間」的原理，應該是蕤賓三分損一下生大呂，即 6.32 寸乘以 2/3 ＝ 4.21 寸，但實際上大呂處於黃鍾（九寸）和太蔟（八寸）之間，長度應是長於八寸而短於九寸。因此，應以三分益一的上生法，即 6.32 寸乘以 4/3，得出約 8.43 寸才吻合。6 濁倍：即濁倍。十二律有正、清、濁之分，清宮比正聲高八度音，濁宮比正聲低八度音。在同樣管徑的條件下，清宮各律管長只有正聲同律的一半，而濁宮各律管長是正聲同律的一倍，故稱「濁倍」。7 納音：指由五音十二律按一定的規則所構成的六十個音律的調節方法。

《漢書》〈律曆志〉說：「陰陽相生，自黃鍾開始，向左轉動，八八為伍。」「八八為伍」，說的是一上生與一下生互相間隔着。這樣的話則自大呂以後，律數都不對了，必須自蕤賓之後再上生，才可以得到本來的律數。這是八八為伍的謬誤。或許有人說：「律沒有上生呂的道理，只應當在下生時用濁音加倍。」兩者都說得通。可是到蕤賓清宮生大呂清宮，又應當再上生。像這樣一時上生一時下生，便不是自然之數，不免牽強湊合了。從子（黃鍾）到巳（中呂）為陽律、陽呂，由午（蕤賓）到亥（應鍾）為陰律、陰呂。凡是陽律、陽呂都是下生，陰律、陰呂都是上生。因此當巳位的音律稱為中呂，指的是陰陽到此達到中間點了。（原注：

中呂應當讀作本字，讀作「仲」不對。）到了午位的音律則稱為蕤賓。陽總是主，陰總是賓。蕤賓的意思是，陽到這裏就變成賓了。納音的法則是，從黃鍾相生，到了中呂而達到中間點，稱為陽紀。從蕤賓相生，到了應鍾而結束，稱為陰紀。因為中呂為陰陽的中間點，就像子午為陰陽之分界線那樣。

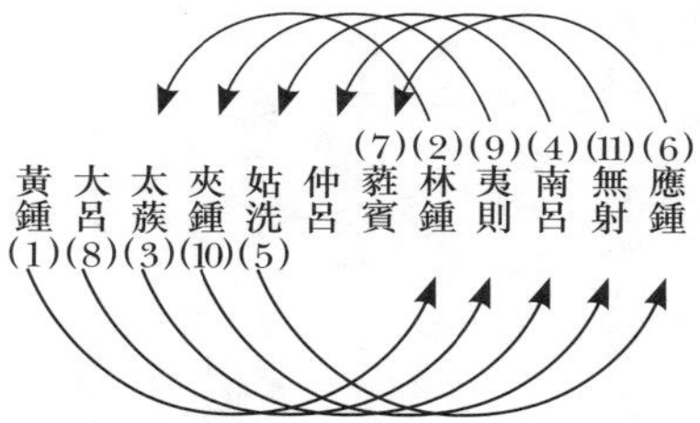

十二律上下相生次序圖

十二律方位對應圖

賞析與點評

沈括解釋《漢書》八八為伍和前人論律呂相間錯誤的地方。

《漢志》言數曰：「大極[1]元氣，函三為一。極，中也。元，始也。行於十二辰，始動於子，參之[2]於丑得三，又參之於寅得九，又參之於卯得二十七。歷十二辰，得十七萬七千一百四十七[3]。此陰陽合德，氣鍾[4]於子，化生萬物者也。」[5]殊不知此乃求律呂長短體算立成法[6]耳，別有何義。為史者但見其數浩博，莫測所用，乃曰「此陰陽合德，化生萬物者也。」嘗有人於土中得一杇弊擣帛杵[7]，不識，持歸以示鄰里，大小聚觀，莫不怪愕，不知何物。後有一書生過，見之，曰：「此靈物也。吾聞防風氏[8]身長三丈，骨節專車。此防風氏脛骨[9]也。」鄉人皆喜，築廟祭之，謂之「脛廟」。」班固此論，亦近乎「脛廟」也。[085]

注釋

1 大極：即太極。2 參之：乘三。3 得十七萬七千一百四十七：相當於一乘三百一十一所得的積。4 鍾：聚集。5 這一段引文出自西漢末劉歆《三統曆》。6 立成法：立成蓋指立成數表；立成法是用數表作快速計算的方法。7 擣帛杵：搗衣棒。

8 防風氏：相傳是大禹時代的諸侯之一，因參加大禹主持的塗山大會時遲到，被大禹所殺。9 脛骨：小腿骨。

譯文

《漢書》〈律曆志〉談數說：「大極元氣，包涵着天、地、人三者混而為一。極，就是中。元，就是開始。在十二時辰中運轉，開始運行於子，在丑時乘三得三，又在寅時乘三得九，又在卯時乘三得二十七。這樣經過十二個時辰，得數十七萬七千一百四十七。這是陰陽合德，氣聚集在子，而化育生成萬事萬物的道理。」殊不知這其實是計算律呂（管徑）長短體積的快速計算方法罷了，除此之外還有甚麼意義可言呢？寫史書的人只因看到這些數字龐大繁複，不知道怎麼用，於是說「這是陰陽合德，化育生成萬事萬物的道理。」曾經有人在地下挖得一柄腐朽敗壞的搗衣棒，不曉得這是甚麼東西，於是拿回去展示給隣里看，老老少少聚集在一起觀看，沒有不感到驚愕的，不知那是甚麼東西。後來有一個書生經過，看到這東西，說：「這是神靈的物件啊！我聽聞防風氏身體長三丈，骨頭大得載滿一輛車子。這是防風氏的脛骨啊。」鄉人都十分歡喜，修築了一座廟來供奉這東西，稱為「脛廟」。班固這些言論，也類似於「脛廟」之說啊！

賞析與點評

這條指出後人不知道簡單的數學理論，見到複雜的數學説明文字，就以為是很深奧的道理，並且牽強附會，神而化之。

古之善歌者有語，謂當使「聲中無字，字中有聲。」凡曲止是一聲清濁高下如縈縷[1]耳，字則有喉脣齒舌等音不同，當使字字舉本[2]皆輕圓[3]，悉融入聲中，令轉換處無磊磈[4]，此謂「聲中無字」，古人謂之「如貫珠」，今謂之「善過度」是也。如宮聲字[5]，而曲合用商聲，則能轉宮為商歌之，此「字中有聲」也。善歌者謂之「內裏聲」。不善歌者，聲無抑揚，謂之「念曲」；聲無含韞[6]，謂之「叫曲」。[092]

注釋

1 縈縷：盤纏着的絲線。2 舉本：胡道靜梅原郁引據張炎《詞源》卷上云「舉末輕圓元磊塊」，改為「舉末」，指自始至終之意。（見胡道靜等譯注《夢溪筆談全譯》，貴陽：貴州人民出版社，一九九八，頁一六九；梅原郁譯注《夢溪筆談》上卷，東京：平凡社，一九七八，頁一一九。）3 輕圓：清晰和諧圓潤。4 磊磈：磈狀物，此處指細小的阻礙。5 宮聲字：古人常將宮、商、角、徵、羽五聲來代指聲母的發音，以脣音為羽、舌音為徵、樂音為角、齒音為商、喉音為宮。6 含韞：含蓄。

譯文

古代擅長唱歌的人說過這樣的話，應當使到「聲中無字，字中有聲。」大抵樂曲只是一連串清濁高低的聲音，像盤纏着的絲線環繞着一樣，而歌詞則有喉、脣、齒、舌等發音上不同之處，應當使到每個字發起來由始至終都要清晰圓潤，全部融化到歌聲裏，令轉腔換字時半點疙瘩都沒有，這叫做「聲中無字」，古人叫這個做「如貫珠」，現在叫做「善過度」的就是了。例如宮聲發音的字，而樂曲適合用商聲，則能夠轉換宮聲為商聲來唱，這是「字中有聲」。擅長唱歌的人叫做「內裏聲」。不擅長唱歌的人，聲音沒有抑揚，叫做「念曲」；聲音沒有感情蘊含，稱為「叫曲」。

五音：宮、商、角為從聲，徵、羽為變聲，從謂律從律，呂從呂。變謂以律從呂，以呂從律。故從聲以配君、臣、民[1]，尊卑有定，不可相踰。變聲以為事、物，則或過[2]於君聲無嫌[3]。（原注：六律為君聲，則商、角皆以律應，徵、羽以呂應。六呂為君聲，則商、角皆以呂應，徵、羽以律應。）加變徵，則從變之聲已瀆矣。

隋朝柱國[4]鄭譯[5]始條具七均，展轉相生，為八十四調。清濁混淆，紛亂無統，競[6]為新聲。自後又有犯聲[7]、側聲[8]，正殺、寄殺[9]，偏字、傍字、雙字、半字之法，從變之聲，無復條理矣。[093]

注釋

1 故從聲以配君、臣、民：《禮記．樂記》以宮為君、商為臣、民為角、事為徵、物為羽。2 過：超過。原作遇，據五三四條改。3 無嫌：不相防礙。4 柱國：隋代沒有實際職務的散官，正二品。5 鄭譯：字正義，五四〇—五九一，滎陽郡開封縣（今河南省開封市）人，通音律，善騎射。北周宣帝死，和劉昉矯詔以楊堅為輔政大臣。楊堅篡周立隋，曾參與整理樂律工作，著成《樂府聲調》一書。6 競：爭相。7 犯聲：亦稱「犯調」，指在既定的音調中改換音聲侵犯其他的音調。8 側聲：亦稱「側調」，指借正調演奏其它樂調。9 殺：即殺聲，亦作結聲、煞聲，即樂調的結束音。

譯文

五音：宮、商、角是從屬聲，徵、羽是變聲。從，說的是以律音從屬律音，以呂音從屬呂音。變，說的是以律音從屬呂音，呂音從屬律音。因此從屬聲與君、臣、民相配，尊卑有定，不可互相踰越。變聲與事、物相配，則或超過君聲也沒有問題。（原注：六律為君聲，則商、角都以律相應，徵、羽以呂相應。六呂為君聲，則商、角都以呂相應，徵、羽以律相應。）加上變徵，那樣從變的聲已經混淆了。隋柱國鄭譯才開始逐條説明七音階的道理，展轉相生，為八十四調。清音濁音混淆着，紛亂而沒有系統，人們競相演奏樂聲。自此之後又有犯聲、側聲，正殺、寄殺，偏字、傍字、雙字、半字等音樂理論，從變之聲，再沒有條理了。

賞析與點評

這條説明古樂中變聲的原理以及後世逐漸變得沒有體系的流變過程。

外國[1]之聲，前世自別為四夷樂。自唐天寶十三載，始詔法曲[2]與胡部[3]合奏，自此樂奏全失古法。以先王之樂為「雅樂」，前世新聲為「清樂」，合胡部者為「宴樂」。[094]

注釋

1 外國：指中原地區以外的音樂。2 法曲：樂曲種類名稱，原用於佛教法會的樂曲，後與漢族的清商樂相結合，逐漸發展為以清商樂為主的宮廷樂曲。3 胡部：少數民族的樂曲。

譯文

中原以外的音樂，從前各朝代都單獨區分為四夷樂。自從唐天寶十三載

（七五四），才命令把法會用的樂曲跟少數民族的樂曲合奏，從此，樂曲演奏便完全失去了古人法度。以先王的音樂為「雅樂」，前世新聲為「清樂」，結合胡曲的為「宴樂」。

賞析與點評

這條說明唐代以來，中原傳統樂曲逐漸失去古法的原因。

《霓裳羽衣曲》[1]。劉禹錫[2]詩云：「三鄉陌上望仙山，歸作《霓裳羽衣曲》。」又王建[3]詩云：「聽風聽水作《霓裳》。」白樂天[4]詩注云：「開元中，西涼府節度使楊敬述[5]造。」鄭嵎[6]《津陽門詩》注云：「葉法善[7]嘗引上[8]入月宮，聞仙樂。及上歸，但記其半。遂於笛中寫之。會西涼府都督楊敬述進《婆羅門曲》[9]。與其聲調相符，遂以月中所聞為散序[10]，用敬述所進為其腔[11]，而名《霓裳羽衣曲》。」諸說各不同。今蒲[12]中逍遙樓楣上有唐人橫書[13]，類梵字，相傳是《霓裳》譜，字訓不通，莫知是非。或謂今燕部[14]有《獻仙音》曲，乃其遺聲。然《霓裳》本謂之道調法曲[15]，今《獻仙音》乃小石調[16]耳，未知孰是。[099]

注釋

1**《霓裳羽衣曲》**：唐代著名樂曲，本名**《婆羅門曲》**，由西涼地區傳入。2 **劉禹錫**：字夢得，七七二—八四二，洛陽人，中唐著名詩人、散文家，是唐代古文運動的重要人物之一。3 **王建**：字仲初，約七六五—八三〇，潁川（今河南許昌市）人，唐朝後期詩人。4 **白樂天**：白居易，字樂天，七七二—八四六，下邽（今陝西渭南市）人，中唐著名詩人。5 **楊敬述**：唐玄宗開元年間任羽林大將軍、西涼都督充河西節度使。6 **鄭嵎**：字賓先，唐宣宗時人。7 **葉法善**：六一六—七二〇，道士，歷事高祖至玄宗五朝，封越國公。8 **上**：指唐玄宗。9 **婆羅門曲**：即霓裳羽衣曲的原曲。10 **散序**：沒有節拍，只有樂器聲的序曲。11 **腔**：曲調。12 **蒲**：蒲州（今山西永濟市西蒲州）。13 **橫書**：橫行書寫。14 **燕部**：混合傳統雅樂和西涼樂而成的樂曲。15 **道調法曲**：道調，以宮音為主調的樂曲；法曲，用於佛教法會的樂曲。16 **小石調**：以商音為主的樂調。

譯文

《霓裳羽衣曲》。劉禹錫詩說：「三鄉陌上望仙山，歸作**《霓裳羽衣曲》**。」另外，王建詩說：「聽風聽水作《霓裳》。」白樂天詩的注解說：「開元中，西涼府節度使楊敬述作。」鄭嵎《津陽門詩》注說：「葉法善曾經帶領唐玄宗到月宮，聆聽仙家的音樂。待到玄宗回來後，只記得其中一半。於是用笛子吹奏出來並記錄下來。剛巧西涼府都督楊敬述獻上婆羅門樂曲。這樂曲跟仙樂的聲調相符，於是以月宮中所聽到的樂曲為序曲，用楊敬述所進的樂曲為主調，稱為**《霓裳羽衣曲》**。」幾種說法各不相同。現在蒲州逍遙樓門楣上有唐人的橫書，像是梵字，相傳是《霓裳羽衣曲》的樂譜，因為不通曉字義，所以不知對不對。也有人說現在燕樂中有《獻仙音》曲，就是《霓裳羽衣曲》的遺聲。可是《霓裳羽衣曲》本來叫做道調法曲，現在《獻仙音》卻是小石調，未知哪個說法對。

賞析與點評

這條記述了唐代著名樂曲《霓裳羽衣曲》的來歷，從中可見唐代與西域音樂文化之間的交流與影響。

世稱善歌者，皆曰「郢人」。郢州至今有白雪樓，此乃因宋玉[1]《問》[2]曰：「客有歌於郢中者，其始曰《下里》、《巴人》，次為《陽阿》、《薤露》，又為《陽春》、《白雪》，引商刻羽，雜以流徵[3]。」遂謂郢人善歌，殊不考其義。其曰「客有歌於郢中者」，則歌者非郢人也。其曰「《下里》、《巴人》，國中屬而和者數千人；《陽阿》、《薤露》，和者數百人；《陽春》、《白雪》，和者不過數十人；引商刻羽，雜以流徵，則和者不過數人而已。」以楚之故都，人

物猥盛[4]，而和者止於數人，則為不知歌甚矣，故玉以此自況。《陽春白雪》，皆郢人所不能也，以其所不能者名其俗，豈非大誤也？《襄陽耆舊傳》雖云：「楚有善歌者，歌《陽菱白露》、《朝日魚麗》，和之者不過數人。」復無《陽春白雪》之名。又今郢州本謂之北郢，亦非古之楚都，或曰：「楚都在今宜城界中，有故墟尚在。」亦不然也。此鄢也，非郢也。據《左傳》：「楚成王使鬬宜申為商公，沿漢[5]泝江[6]，將入郢，王在渚宮下見之。」沿漢至於夏口，然後泝江，則郢當在江上，不在漢上也。又在渚宮下見之，則渚宮蓋在郢也。楚始都丹陽，在今枝江；文王遷郢，昭王遷鄀，皆在今江陵境中。杜預注《左傳》云：「楚國，今南郡江陵縣北紀南城也。」謝靈運《鄴中集詩》云：「南登宛、郢城。」今江陵北十二里有紀南城，即古之郢都也，又謂之南郢。[102]

注釋

1 宋玉：戰國時期著名作家之一，著有《九章》。2 問：即《對楚王問》。3 引商刻羽，雜以流徵：指引林鍾之商加於黃鍾之羽之上，結果使黃鍾之正宮變為林鍾之清徵（流徵）。意思指歌曲中運用了轉調手法，出現變化音，因此比較難於演唱。後世以此引伸為講究聲律、有很高成就的音樂演唱。4 猥盛：眾多繁盛。5 沿漢：沿着漢水。6 泝江：逆着長江而上。

譯文

世人把擅長唱歌的人都稱呼為「郢人」。郢州到現在還有白雪樓，這是因為宋玉《對楚王問》說：「有位客人在郢城中唱歌，開始時唱《下里》、《巴人》，之後唱《陽阿》、《薤露》。又唱了《陽春》、《白雪》，又運用了轉調手法，出現變化音。」於是說郢人擅長唱歌，完全沒有考察這段話的真義。這段話說「有位客人在郢城中唱歌」，則唱歌的人不是郢人啊！這段話說「《下里》、《巴人》，楚國裏跟着和唱的有數千人；《陽阿》、《薤露》，和唱的有數百人；《陽春》、《白雪》，和唱的不過數十人；如運用了轉調手法，出現變化音，則和唱的人不過數人而已。」以楚國的舊都，人物眾多，而和唱的只有數人，則可見他們十分不懂唱歌啊，因此宋玉借此來自我比況。《陽春》、《白雪》這些歌，都是郢人所不能唱的啊！把他們不能唱的事說成是他們的風俗，那不是大錯特錯嗎？《襄陽耆舊傳》雖然說：「楚國有擅長唱歌的人，唱《陽菱白露》、《朝日魚麗》，能跟着和唱的不過數人。」也沒有《陽春》、《白雪》的曲名。此外，現在的郢州原本叫做北郢，也不是古代楚國的都城，或者說：「楚國都城在現在宜城境內，還有故墟仍舊在那裏。」這也是不對的。這個地方是鄢，不是郢。根據《左傳》：「楚成王派遣鬬宜申為商公，沿着漢水，逆江而上，快要到達郢都，楚王在渚宮下接見他。」沿着漢水來到了夏口，然後逆江而上，則郢都應該在長江邊，不在漢水邊。此外，在渚宮下接見他，則渚宮在郢都。楚國最初把首都設在丹陽，在現在的枝江；楚文王時遷到郢都，昭王遷到鄀都，都在現在的江陵境內。杜預注《左傳》說：「楚國，現在南郡江陵縣北紀南城的地方。」謝靈運《鄴中集詩》說：「南登宛、郢城。」現在江陵北十二里有紀南城，即是古代的郢都，又叫做南郢。

《盧氏雜說》[1]：「韓皐[2]謂嵇康[3]琴曲有『廣陵散』者，以王陵、毋丘儉輩皆自廣陵敗散，言魏散亡自廣陵始，故名其曲曰『廣陵散』。」以予考之，「散」自是曲名，如「操」、「弄」、「摻」、「淡」、「序」、「引」之類，故潘岳[4]〈笙賦〉：「輟張女之哀彈，流廣陵之名散。」又應璩[5]《與劉孔才書》云：「聽廣陵之清散。」知「散」為曲名明矣。或者康借此名以諫諷時事，「散」取曲名，廣陵乃其所命，相附為義耳。[106]

注釋

1《盧氏雜說》：唐人盧言撰。2 韓皐：字仲聞，唐長安人。3 嵇康：字叔夜，約二二三—約二六三，魏譙郡（今安徽濉溪縣）人，是魏晉時期著名文學家、思想家和音樂家。4 潘岳：一名潘安，二四七—三〇〇，字安仁，相傳為人美姿儀。5 應璩：

字休璉，一九〇—二五二，東漢汝南（今河南汝南）人。魏晉時期著名文學家之一。

譯文

《盧氏雜說》：「韓皐說嵇康琴曲有『廣陵散』，因為王陵、毋丘儉等人都是在廣陵失敗，說魏國散亡由廣陵開始，因此叫他的琴曲做『廣陵散』。」以我的考證，「散」本來就是曲名，像「操」、「弄」、「摻」、「淡」、「序」、「引」之類，因此潘岳〈笙賦〉有「輟張女之哀彈，流廣陵之名散。」此外，應璩《與劉孔才書》說：「聽廣陵之清散。」由此可知「散」是曲名十分清楚。或者嵇康借這個曲名來諫諷時事，「散」取自曲名，廣陵則是他自己命名，互相配合着便產生特別的意思罷了。

笛有雅笛[1]，有羌笛[2]。其形制所始，舊說皆不同。《周禮》：「笙師[3]掌教篪篴[4]。」或云：「漢武帝時，丘仲始作笛。」又云：「起於羌人。」後漢馬融所賦[5]長笛，空洞無底，剡其上孔五孔，一孔出其背，正似今之「尺八[6]」。李善為之注云：「七孔，長一尺四寸。」此乃今之橫笛耳。太常鼓吹部[7]中謂之「橫吹」，非融之所賦者。融賦云：「《易》京君明[8]識音律，故本四孔加以一，君明所加孔後出，是謂商聲五音畢。」沈約《宋書》亦云：「京房備其五音。」《周禮》《笙師》注：「杜子春[9]云：『篴乃今時所吹五空竹篴。』」以融、約所記論之，

則古篴不應有五孔。則子春之說，亦未為然。今《三禮圖》畫篴亦橫設，而有五孔，又不知出何典據。[108]

注釋

1 雅笛：正調之笛。2 羌笛：四川地區少數民族羌族的一種樂器。3 笙師：負責教授吹竽、笙、塤、籥、箎、篴等樂器的樂官。4 篪篴（粵：池笛；普：chí dí）：箎，古代一種橫吹的八孔管樂。篴，古笛字。5 賦：用賦記述。6 尺八：古代管樂之一，以長一尺八寸而得名。7 太常鼓吹部：太常，即太常寺，古代中央部門之一，負責宗廟禮儀。鼓吹部，古代樂部之一。8 京君明：即京房，字君房，前七七—前三七。西漢時期易學家。9 杜子春：約前三〇—約五八，河南緱氏（今河南偃師南）人，曾從劉歆習《周禮》，東漢初年的經學大師鄭眾、賈逵皆出其門下。

譯文

笛子有雅笛，有羌笛。它們的形狀、起源，過去的說法都不一樣。《周禮》說：「笙師負責教授箎、篴。」也有人說：「漢武帝時，丘仲才開始製作笛子。」又有人說：「起源於羌人。」東漢人馬融《笛賦》裏說的長笛，中心通空而無底，修削管口並在其上開了五個洞口，另一個孔洞開在笛背，正正像現在的「尺八」。李善為馬融的賦做注說：「七個孔洞，長一尺四寸。」這其實是現在的橫笛罷了。太常寺鼓吹部的人叫它做「橫吹」，不是馬融賦裏面所說的。馬融的賦說：「易京君明熟識音律，因此在四孔的基礎上加上一孔，君明所加的笛孔是後來出現的，這就是所謂商聲五音都具備了。」沈約《宋書》也說：「京房使笛子的五音完備。」《周禮》〈笙師〉注：「杜子春說：『篴是現在所吹奏的五孔竹笛。』」根據馬融和沈約所記述來論證，則古篴不應該有五個孔。然則子春的說法，也不是對的。現在《三禮圖》畫篴也是橫擺着，而有五個孔，又不知有甚麼典籍作依據。

賞析與點評

這條從《周禮》和馬融等人的記載，說明笛子的由來和沿革。

卷六・樂律二

今教坊[1]燕樂[2]，比律高二均[3]弱[4]。「合」字比太蔟微下[5]，卻以「凡」字當宮聲，比宮之清聲微高。外方樂[6]尤無法，大體又高教坊一均以來。唯北狄[7]樂

聲，比教坊樂下二均。大凡北人衣冠文物[8]，多用唐俗，此樂疑亦唐之遺聲也。[112]

注釋

1 教坊：古代宮廷中負責管理宮中樂舞藝人的官署。2 燕樂：又作讌樂，古代宮廷中用於宴會時表演的音樂。3 二均：兩個音階。4 弱：差一點。5 微下：稍為低一點。6 外方樂：外國音樂。7 北狄：北方外族。8 衣冠文物：泛指社會生活文化。

譯文

現在宮裏教坊的燕樂，比原來（唐代）的聲律高出二個音階差一點。（記譜用的）「合」字（黃鍾）比太蔟的音階稍低，卻以「凡」字來當作宮聲，比黃鍾的清宮稍高。中原以外的音樂尤其沒有法度，大體又高出教坊音律一個音階。只有北方少數民族的音樂，比教坊的音樂低兩個音階。大抵北方民族的社會文化生活，多沿用唐代的習俗，這套音樂恐怕也是唐代音樂的遺聲。

時代 音律	唐樂律 （釐米）	宋樂律 （釐米）	記譜用字
黃鍾	240.6299	220.6480	合
大呂	225.3361	206.6242	下四
太蔟	213.8932	196.1315	高四
夾鍾	200.2987	183.6659	下一
姑洗	190.1273	174.3391	高一
中呂	178.0433	163.2586	上
蕤賓	169.0021	154.9681	勾
林鍾	160.4199	147.0987	尺
夷則	150.2240	137.7494	下工
南呂	142.5955	130.7544	高工
無射	133.5325	122.4439	下凡
應鍾	126.7515	116.2261	高凡
黃鍾清	120.3150	110.3240	六
大呂清	112.6681	103.3121	下五
太蔟清	106.9466	98.0658	高五
夾鍾清	100.1494	91.8330	緊五

唐宋十二律管長比較表

今之燕樂二十八調，布在十一律，唯黃鍾、中呂、林鍾三律，各具宮、商、角、羽四音；其餘或有一調至二三調，獨蕤賓一律都無。內中管仙呂調，乃是蕤賓聲，亦不正當本律。其間聲音出入，亦不全應古法。略可配合而已。如今之中呂宮，卻是古夾鍾宮；南呂宮，乃古林鍾宮；今林鍾商，乃古夷則商；今南呂調，乃古林鍾羽。雖國工亦莫能知其所因。[113]

譯文

今天的燕樂二十八調分佈在十一律上，只有黃鍾、中呂、林鍾三律各自具備宮、商、角、羽四個音；其餘的律有的有一調，有的有二三調，唯獨蕤賓這一律一個調都沒有。其中的管仙呂調是蕤賓聲，但也不算是本律。這二十八調中的聲音也有出入，也不完全合乎古代法度。僅是大體上可以互相配合而已。例如現在的中呂宮，卻是古代的夾鍾宮；南呂宮是古代的林鍾宮；現在的林鍾商，是古代的夷則商；現在的南呂調，是古代的林鍾羽。即使是國家級的樂工也不知道箇中緣由。

古法：鍾磬[1]每簴[2]十六，乃十六律[3]也。然一簴又自應[4]一律，有黃鍾之簴，有大呂之簴，其他樂[5]皆然。且以琴言之，雖皆清實[6]，其間有聲重者，有聲輕者。材中自有五音，故古人名琴，或謂之清徵，或謂之清角。不獨五音也，又應諸調。予友人家有一琵琶，置之虛室，以管色[7]奏雙調[8]，琵琶弦輒[9]有聲應之，奏他調則不應，寶之以為異物。殊不知此乃常理。二十八調但有聲同者即應；若偏二十八調而不應，則是逸調[10]聲也。古法：一律有七音十二律，共八十四調。更細分之，尚不止八十四，逸調至多。偶在二十八調中，人見其應，則以為怪，此常理耳。此聲學至要妙處也。今人不知此理，故不能極天地至和之聲。世之樂工，弦上音調尚不能知，何暇及此？[115]

注釋

1 鍾磬：古代的敲擊樂器。鍾，中空，多以銅、鐵製造，以槌叩擊發聲。磬，多以石、玉或金屬製造。2 簴（粵：巨；普：jù）：懸掛鍾、磬的架子。3 十六律：古樂律，是古代的定音方法，即用三分損益法將一個八度分為十二個不完全相同的半音的一種律制。各律從低到高依次為黃鍾、大呂、太蔟、夾鍾、姑洗、仲呂、蕤賓、林鍾、夷則、南呂、無射、應鍾，習稱「十二律」。比這十二律高的音再加一個「清」字。十二律再加上清黃鍾、清大呂、清太蔟、清夾鍾後，習稱「十六律」。沈括對「十二律」、「十六律」論之甚詳，《夢溪筆談》卷五、卷六中有多篇論及，可以參閱。4 應：對應。5 他樂：其他樂器。6 清實：清越而充實。7 管色：管樂器。8 雙調：

燕樂二十八調之一。9 輒：就，便。10 逸調：二十八調以外的音調。

譯文

古法：鍾磬每簴十六個，就是十六律，而且每一簴又自對應一個音律，因此有黃鍾之簴，有大呂之簴，其他樂器都一樣。就拿琴來說，雖然都是清脆充實，當中有聲音重的，有聲音輕的。用來造琴的材料裏面本身已經存在着五音，因此古人為琴取名，有的叫做清徵，有的叫做清角。不僅是五音，琴還應和各種聲調。我朋友家裏有一張琵琶，放置在空房子裏，用管樂器吹奏雙調時，琵琶的弦每每發出聲音應和着，吹奏其他聲調則不應和，於是就把它珍而重之，以為是神異的器物。殊不知這只是常理。二十八調只要音高相同的便會應和；假如奏遍二十八調而不應和，那就是調式之外的音聲了。古法：一個樂律可有七個調式的主音，十二個樂律，共有八十四個音調。如果更仔細區分的話，還不止八十四個，調式以外的音調多得很。偶然落在二十八個音調裏，人們見到出現共鳴，就認為是神奇的事，這不過是平常的道理而已。這是聲學至為微妙的地方。現在人們不知道這道理，所以不能奏出天地間最和諧的聲音。世上的樂工，連弦上的音調還不曉得，哪有時間顧及這些呢？

賞析與點評

這條說明了音樂共鳴的道理。

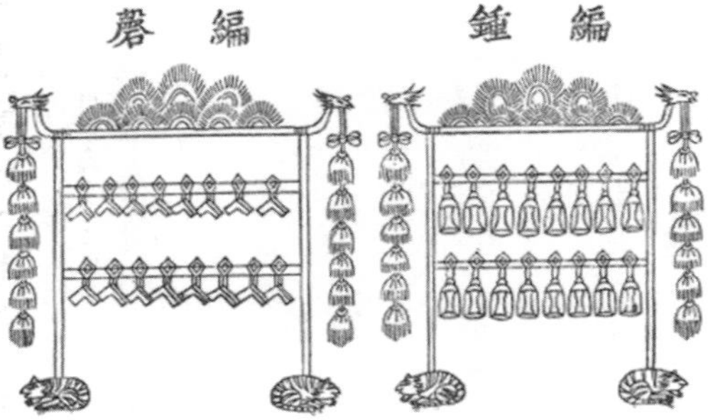

圖為編鐘與編磬懸掛示意圖，一架（簴）十六個

象數——傳統天文理論發微

本篇導讀——

沈括在數學和天文學上的成就，廣為中外學者所稱道。《夢溪筆談》卷七〈象數一〉和卷八〈象數二〉收錄的都是這方面的知識。沈括以「象數」作為篇章之名，可能受東漢張衡的影響。張衡於順帝陽嘉元年（一三二）上〈請禁絕圖讖疏〉中說：「律曆、卦候、九宮、風角，數有徵效。」沈括在各條中，既介紹了北宋以前的天文曆算之學，也對前人的一些錯誤作了更正，並且提出了自己的觀點。

開元《大衍曆法》[1]最為精密，歷代用其朔法[2]。至熙寧中考之，曆已後天五十餘刻[3]，而前世曆官，皆不能知。《奉元曆》[4]乃移其閏朔。熙寧十年，天正[5]元用午時，新曆改用子時；閏十二月改為閏正月，四夷朝貢者用舊曆，比未款塞[6]。衆論謂氣至無顯驗可據，因此以搖新曆。事下有司考定，凡立冬晷景[7]，與立春之景相若者也，今二景短長不同，則知天正之氣偏也。凡移五十餘刻，立冬、立春之景方停，以此為驗，論者乃屈。元會使人亦至，曆法遂定。[116]

注釋

1 大衍曆法：唐開元年間僧一行編製的曆法。2 朔法：計算朔日的方法。朔日，農曆每個月的初一日。3 刻：古代計時單位，一晝夜分為一百刻。4《奉元曆》：熙寧七年衞朴編製的曆法。5 天正：冬至。6 款塞：款，叩。塞，塞門。指外國使節前來入貢。7 晷景：晷（粵：鬼；普：guǐ），晷表，古代測量日影的工具。景，同影。晷景，即太陽照射晷表時產生的日影。

譯文

唐開元年間編製的《大衍曆》最為精密，歷代都使用它計算朔日的方法。到熙寧年間校驗（沿用《大衍曆》朔法的）曆法，當時曆法已落後於實際天象五十多刻，可是前朝的曆官都沒察覺到。（新編製的）《奉元曆》於是改動了當時曆法的閏月和朔日。熙寧十年，冬至日的曆元起算點原定為午時，新曆改為子時，閏十二月改為閏正月。由於四方朝貢的邦國使節還使用舊曆，所以時候到了還沒有使者來朝貢。大家都說氣節到了與否沒有明顯的跡象可作依據，因此用這個藉口來動搖新曆的地位。這件事下達有關官員考定，結論是立冬時日晷下的影長，跟立春的影長應該相同，現在兩個節氣的日影長短不同，便知道冬至日的起算點有偏差。只要把舊曆的節氣移動五十多刻，立冬和立春的晷影才相一致，用這個來驗證，批評的人才折服。元旦朝會時各方的使節也按時到來，於是新的曆法得以確定。

賞析與點評

沈括指出《大衍曆》在制定之後雖然廣為使用，但沿用其推算方法的曆法經過數十年後，自然出現誤差，而這些誤差卻不為後來的曆官察覺。要到北宋時期，才由司天監制定新的曆法來取代。這部曆法，是衛朴的《奉元曆》。但《奉元曆》並非一開始就順利獲得朝野接受。當時的官員，還是認為新曆不及舊曆，提出諸多藉口。待司天監的官員提出立冬、立春日的晷影應該相同，而據舊曆計算，必須像《奉元曆》的計算一樣再移五十多刻才能看到立冬立春兩個節氣相同的日影這樣堅實的證據後，大家才折服。《奉元曆》雖然主要由衛朴編訂，但沈括也參與其事。熙寧五年（一〇七二），沈括兼任提舉司天監，而熙寧七年，《奉元曆》便修成了。

世之談數者，蓋得其麤[1]跡。然數有甚微者，非恃曆所能知，況此但跡而已。至於「感而遂通天下之故」[2]者，跡不預焉。此所以前知之神，未易可以跡求，況得其麤也。予之所謂甚微之跡者，世之言星者，恃曆以知之，曆亦出乎億[3]而已，予於《奉元曆．序》論之甚詳。治平[4]中，金[5]、火[6]合於軫[7]，以《崇玄》[8]、《宣明》[9]、《景福》[10]、《明（天）》[11]、《崇（天）》[12]、《欽天》[13]凡十一家大曆步之，悉不合，有差三十日以上者，曆豈足恃哉。縱使在其度，然又有行黃道[14]之裏者，行黃道之外者，行黃道之上者，行黃道之下者，有循度者，有失度者，有犯經星[15]者，有犯客星[16]者，所占各不同，此又非曆之能知也。又一時之間，天行三十餘度，總謂之一宮。然時有始末，豈可三十度間陰陽皆同，至交他宮則頓然差別？世言星曆難知，唯五行時日為可據。是亦不然。世之言五行消長者，止是知一歲之間，如冬至後日行盈度為陽，夏至後日行縮度為陰，二分行平度。殊不知一月之中，自有消長，望前月行盈度為陽，望後月行縮度為陰，兩弦行平

度。至如春木，夏火，秋金，冬水，一月之中亦然。不止月中，一日之中亦然。《素問》[17]云：「疾在肝，寅卯患，申酉劇。病在心，巳午患，子亥劇。」此一日之中自有四時也。安知一時之間無四時也，安知一刻、一分、一剎那之中無四時邪？又安知十年、百年、一紀[18]、一會[19]、一元[20]之間又豈無「大四時」邪？又如春為木，九十日間，當亹亹[21]消長，不可三月三十日亥時屬木，明日子時頓屬火也。似此之類，亦非世法可盡者。[123]

注釋

1 麤（粵：操；普：cū）：同粗。2「感而遂通天下之故」：語出《周易・繫辭上傳》，意為根據陰陽二氣交感原理，就能感通天地萬物之情。3 億：同臆，意為猜測。4 治平：北宋英宗年號，一〇六四—一〇六七。5 金：金星。6 火：火星。7 軫（粵：診；普：zhěn）：軫宿。8《崇玄》：即《崇玄曆》，邊岡編製，唐昭宗景福二年（八九三）頒行。9《宣明》：即《宣明曆》，徐昂編製，唐穆宗長慶二年（八二二）頒行。10《景福》：即指《崇玄曆》，唐昭宗景福年間頒行，是唐朝最後一部官方曆書。11《明天》：即《明天曆》，周琮編製，宋英宗治平元年（一〇六四）頒行。12《崇天》：即《崇天曆》，宋行古編製，宋仁宗天聖元年（一〇二三）頒行。13《欽天》：即《欽天曆》，王朴編製，五代後周顯德三年（九五六）頒行。14 黃道：黃道是地球繞太陽公轉的那個軌道平面向外延伸和天球相交的大圓。對地上的觀測者來說，也就是太陽在天球上周年視運動的軌道。15 經星：光亮恆久而持續出現的星體，一般指恆星。16 客星：突然出現的發光星體，例如宋代天文學家觀察到的超新星，便是客星。17《素問》：即《黃帝內經・素問》。18 一紀：一千五百年。19 一會：一萬零八百年。20 一元：十二萬九千六百年。21 亹亹（粵：美；普：wěi）：無休止的慢流着。語出《易經・繫辭傳》。

譯文

世上談論曆數的人，大抵只認識到曆數的皮毛。然而曆數中有十分精微的地方，不是恃着懂得計算曆法便能知道的，更何況這些只能計算出表象罷了。至於「根據陰陽二氣交感原理，就能貫徹會通天下事物的變化」，更是與表象不相干的。這就是為甚麼說預先知道的神奇力量，不是輕易可以循着表象推求的，更何況只認識到最粗疏的情況呢！我所說的甚為精微的現象，說的是世間那些談論星象的人，憑藉曆法來瞭解，其實曆法也不過出自推測罷了，我在《奉元曆・序》中討論得很詳細。治平年間，金星、火星會合於軫宿，用《崇玄》、《宣明》、《景福》、《明（天）》、《崇（天）》、《欽天》等共十一家的官方曆書推步計算，全都不符合，其中有些更差距達三十日以上，可見曆書又怎麼可以倚仗呢！縱使（通過計算推步出金、火二星）在預期的行度內，然而又有時運行在黃道內，運行在黃道外，運行在黃道之上，運行在黃道之下，有依循行度的，有偏離行度的，有干犯經星的，有干犯客星的，所占驗的吉凶各不相同，這又不是曆書所能知道的。此外，在一個時辰之間，天體運行三十多度，總稱之為一宮。然而時辰有開始有終結，怎可能三十度之間陰陽完全相同，到進入另一宮時就突然有差別呢？世人說星曆之學很難瞭解，只有五行所配時日可以依據。這也是不對的。世人說五行消長，只知道一年之中的變化，像冬至後，太陽行度增加為陽，夏至之後，太陽行度減慢為陰，春分和秋分則行度均衡。殊不知一個月之中，也自有其消長變化的現象。望日之前，月亮的行度增加便是陽，望日之後，月亮的行度縮減便是陰，上弦日和下弦日行度均平。至於像春木、夏火、秋金、冬水一個月之中的變化也是如此。不僅一個月中，一天之中的變化也是這樣。《素問》說：「疾病在肝，寅、卯時患病，申、酉時加劇。疾病在心，巳、午時發病，子、亥時加劇。」這是一天之中自有四個不同的時段。怎能知道一時之中，沒有四個不同時段，怎能知道一刻、一分、一剎那之中沒有四個不同的時段呢？又怎能知道十年、百年、一紀、一會、一元之間，又哪會沒有「大四時」呢？又例如春天屬木，九十天之中，應該不斷慢慢變動着，不可能三月三十日亥時屬木，明天子時就立即屬火。像這些例子，也不是世人的說法可以道盡的。

賞析與點評

這條筆記概括了沈括對曆數的理解，特別強調了天體運行的規律和時間變化的精妙。然而，沈括把古人對曆數的歷史說法都說成是出於猜測，便有點以後世標準與認知水平來苛求古人了。

曆法步歲[1]之法，以冬至斗建[2]所抵[3]，至明年冬至所得辰刻衰秒[4]，謂之「斗分」，故「歲」文從「步」從「戌」，「戌」者，斗魁[5]所抵也。[124]

注釋

1 步歲：推算一年的長度。2 斗建：指北斗星斗柄（由玉衡、開陽、搖光三星組成）在節氣之日的初昏所在方位的星辰位置。3 抵：指向。4 辰刻衰秒：古代量度時間的單位。5 斗魁：由北斗星的第一顆星天樞、天璇、天機、天權四星組成。這裏指第一顆星天樞。

譯文

曆法中推算一年時間長度的方法，以冬至日北斗星的斗柄所指向的位置，到明年冬至日北斗星斗柄所指向的同一位置之間所得到的辰、刻、衰、秒，叫做「斗分」，因此「歲」字從「步」從「戌」，「戌」就是斗魁所指的位置。

賞析與點評

這條筆記解釋了古代天文學怎樣利用北斗星來計算一年長度的方法。

天文家有渾儀[1]，測天之器，設於崇臺，以候垂象者，則古璣衡是也。渾象[2]，象天之器，以水激之，或以水銀轉之，置於密室，與天行相符，張衡[3]、陸績[4]所為，及開元中置於武成殿者，皆此器也。皇祐中，禮部試《璣衡正天文之器賦》，舉人皆雜用渾象事，試官亦自不曉，第為高等。漢以前皆以北辰[5]居天中，故謂之「極星」。自祖亘[6]以璣衡考驗天極不動處，乃在「極星」之末，猶一度有餘。熙寧中，予受詔典領曆官，雜考星曆，以璣衡求「極星」。初夜在窺管中，少時復出，以此知窺管小，不能容「極星」遊轉，乃稍稍展窺管候之，凡歷三月，「極星」方遊於窺管之內，常見不隱。然後知天極不動處，遠「極星」猶三度有餘。每「極星」入窺管，別畫為一圖。圖為一圓規，乃畫「極星」於規中。具初夜、中夜、後夜所見各圖之，凡為二百餘圖，「極星」方常循圓規之內，夜夜不差。予於《熙寧曆奏議》中敘之甚詳。[127]

注釋

1 渾儀：即渾天儀，是中國古代用於測定天體座標位置的天文儀器，類似現在的座標儀（coordinate measuring instrument）。西漢時期參預製訂《太初曆》的落下閎（約公元前一五六—前八七）製作了可測定天體的赤經差（古代稱為「入宿度」）和赤緯的餘角（「去極度」）的渾儀。早期的渾儀由兩個環組成：一個是固定的赤道環，它的平面與赤道面平行，環面上刻有周天度數（三百六十五個刻度）；一個是四游環（也叫赤經環），與極軸相交於北天極和南天極，並能夠繞着極軸旋轉，環上也刻有周天度數，赤經環附有一根窺管，窺管可以繞着赤經環的中心轉動。用望筒對準某顆星，然後根據赤道環和赤經環上的刻度來確定該星的位置。此後歷代天文學家又不斷對其進行改良。在沈括提出改革天文儀象的方案中，他所批評的渾儀當以北宋仁宗皇祐年間（一〇四九—一〇五三）所製渾儀為代表。皇祐渾儀是由一根可以自由運轉的望筒（又稱窺管）和三組環圈組成的天文觀測裝置。第一組是內層環圈——四游儀（包括游旋四游環和窺管）；第二組是中層環圈——三辰儀（包括游旋相交的黃道環〔刻有周天度數，表示太陽位置〕、赤道環〔刻有二十八宿距度值，表示恆星位置〕和白道環〔刻有周天度數，表示月亮位置〕）；第三組是外層環圈——六合儀（包括固定不動的子午環〔刻有周天度數〕、赤道環〔刻有二十八宿距度值〕和地平環〔刻有十二辰〕）。皇祐渾儀的底座則繼承了北魏隋唐以來用來校正儀器的「十字水平槽」（古代稱「十字水趺」)。(見後圖)2渾象:即渾象儀,是中國古代用於演示天球上天體視運動的天文儀器,類似於現在的天球儀(Celestial globe)。西漢天文學家耿壽昌(活躍於公元前七四—前四九)創製了中國最早的渾象。漢唐以迄宋初的渾象,一般先造成一個模型,試驗準了以後,再用銅鑄成球形的儀器,裏面有個鐵軸貫穿球心,軸的方向就是天球的方向(也就是地球自轉軸的方向)。在銅球表面上刻有二十八宿、中外星官、赤道、黃道、南北極、二十四節氣和恆隱圈等,天球半露在木櫃的地平圈之上,半隱在地平圈之下,天軸即支架在子午圈之上。歷代的渾象大多通過水力(有時改用水銀)帶動一整套機械裝置,從而實現與天球間的同步運轉。運轉時白天可以看到當時在天空中看不到的星辰和月亮;陰天和夜晚也能看到太陽所在的位置。(見後圖)3張衡:字平子,七八—一三九,南陽西鄂(今河南南陽市石橋鎮)人,東漢著名科學家。4陸績:字公紀,一八七—二一九,三國吳人,精通天文曆算。5北辰:即北極星。6祖亘:祖暅,祖沖之之子,少傳家學,南朝著名數學家、天文學家。

譯文

天文學家有渾天儀,是測量天體運行的儀器,放置在高臺上,用來觀測星象,這便是古代的璣衡了。渾象儀,是模仿天體運行的儀器,用水來推動,或用水銀令它轉動,放置在密室裏,跟天體運行的軌跡符合。張衡、陸績所造,到了開元年間放在武成殿的,都是這種儀器。皇祐年間,禮部考試,題目是「璣衡正天文之器賦」，應試的舉人都把渾象方面的事情夾雜在一起亂説，試官自己也不知道，還把他們列為高等。漢代以前人們都以為北極星就在天空的正中，所以説是「極星」。自從祖暅用璣衡來考察驗證天極不動處，其實是在「極星」的末端，距離還有一度多。熙寧年間，我奉命管理曆官，多方參考星曆，用璣衡觀測「極星」。夜初可在窺管看到，不多久便移出去了，因此知道窺管過小，不能容納「極星」在可視的範圍內移動，於是稍為擴大窺管來觀測，一共歷時三個月，「極星」才移動於窺管之內，經常可以觀察到而不消失。然後知道天極不動處，離開「極星」還有三度多。每當「極星」進入窺管的可視範圍，就另外繪畫一幅星圖。圖中畫一正圓形，然後把「極星」繪畫於圓形中，包括了初夜、中夜、後夜觀測到的情形都各自繪畫出來，一共畫了二百多幅圖，「極星」才經常依循圓規之內運行，每晚都沒有差誤。我在〈熙寧曆奏議〉中敍述得十分詳細。

賞析與點評

這條是沈括繼承祖暅對極星與天極還有距離的天文理論，並且用實地觀測的方法，確定極星距天極還有三度多。

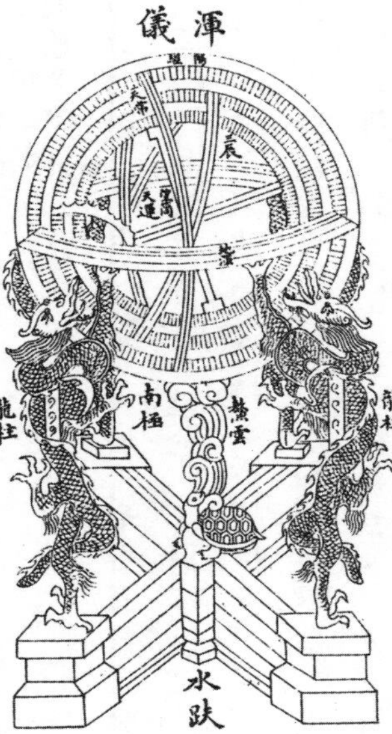

北宋蘇頌（一〇二〇——一一〇一）《新儀象法要》（四庫全書本）中的「渾儀」

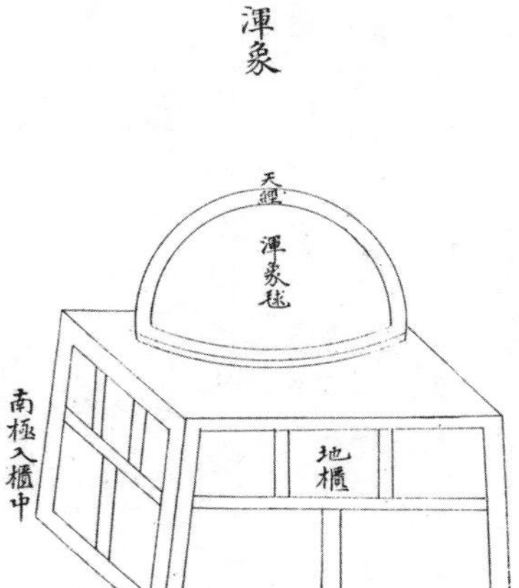

北宋蘇頌《新儀象法要》（四庫全書本）中的「渾象」

古今言刻漏[1]者數十家，悉皆疏繆[2]。曆家言晷漏[3]者，自《顓帝曆》[4]至今見於世謂之「大曆」者，凡二十五家。其步漏[5]之術，皆未合天度。予占天候景[6]，以至驗於儀象，考數下漏[7]，凡十餘年，方粗見真數[8]，成書四卷，謂之《熙寧晷漏》，皆非襲蹈前人之跡，其間二事尤微。一者，下漏家常患冬月水澀[9]，夏月水利，以為水性如此，又疑冰澌[10]所壅，萬方理之，終不應法。予以理求之，冬至日行速。天運已朞，而日未過表，故百刻而有餘；夏至日行遲，天運已朞[11]，而日未至表，故不及百刻。既得此數，然後覆求晷景漏刻，莫不脗合。此古人之所未知也。二者，日之盈縮，其消長以漸，無一日頓殊之理。曆法皆以一日之氣短長之中者，播[12]為刻分，累損益，氣初日衰，每日消長常同；至交一氣，則頓易刻衰，故黃道有觚而不圜[13]，縱有強為數以步之者，亦非乘理用算，而多形數相詭[14]。大凡物有定形，形有真數。方圓端斜，定形也；乘除相盪[15]，無所附益，泯然冥會者，真數也。其術可以心得，不可以言喻。黃道環天正圜，圜之為體，循之則其妥[16]至均，不均不能中規衡；絕之則有舒有數，無舒數則不能成妥。以圜法相盪而得衰[17]，則衰無不均；以妥法相盪而得差，則差有疏數[18]。相因以求從，相消以求負，從負相入，會一術以御日行。以言其變，則秒刻之間消長未嘗同；以言其齊，則止用一衰，循環無端，終始如貫，不能議其隙。此圜法之微，古之言算者有所未知也。以日衰生日積，反生日衰，終始相求，迭為賓主，順循之以索日變，衡別之求去極之度，合散無跡，泯如運規。非深知造算之理者，不能與其微也。其詳具予奏議藏在史官，及予所著《熙寧晷漏》四卷之中。[128]

注釋

1 刻漏：古代的計時器之一。在漏壺上開孔，並且在漏壺中放置刻箭（附有時間刻度的浮箭或標竿），當水流進或流出漏壺時，刻箭上升或下沉以指示時間。（見後圖）

2 疏繆：疏略荒謬。3 晷漏：即日晷和刻漏，古代兩種用來測量時間的工具。日晷利用太陽照射地面時標竿的陰影位置來測量時間；刻漏利用水流進流出壺的數量來指示時間。4《顓頊（粵：尊沃；普：zhuān xù）曆》：古代曆法之一，屬於陰陽合曆，在秦統一中國前已經制定。秦統一天下後頒行，至西漢初為《太初曆》取代。顓頊曆採用十九年七閏的計算方法。5 步漏：推算時刻。6 候景：景即影。觀測日影以定時刻。7 考數下漏：考數，觀察數值。下漏，操作刻漏以計時。8 真數：真確，與實際符合的數值。9 澀：不順暢。10 冰澌（粵：思；普：sī）：初解凍時仍有冰塊流動着的水。11 朞：周期。「天運已朞」，指天運已到一日時間，而太陽向東運動為一度時，連續兩次上中天（即在正南方向），其所需時間間隔，叫做一個「真太陽日」（true solar day）。這一情況可從渾儀或日晷圭尺觀測太陽行度和刻漏所記的「平太陽日」（mean

solar day）的「時差」中發現。12 播：分散。13 觚而不圜：觚（粵：孤；普：gū），帶棱角的器物。不圜（粵：圓；普：yuán），不成圓形。14 相詭：相異。15 相盪：指進行運算。16 妥：同橢。17 衰：數值由大至小依次遞減。18 疏數：遠近。

譯文

從古至今談論刻漏的有數十家，全部都粗疏錯謬。曆算家談日晷、刻漏的，自《顓帝曆》到現在，在世上流行而被人稱為「大曆」的，就有二十五家。他們計算刻漏的方法，都不合乎天體運行的度數。我觀測天象，測量日影，以至用渾儀、渾象驗證，又考核數據，操作刻漏，經過十多年，才初步得到合乎實際的數值，寫成了四卷書，叫做《熙寧晷漏》，內容全不是蹈襲前人的說法，當中有兩件事尤為精微。第一件事：操作刻漏的人往往擔心冬天的時候水流凝滯，夏天的時候水流暢順，認為水性就是這樣，又懷疑冬天結冰會把壺嘴堵住，千方百計調整刻漏，總不能符合準則。我從理論上來考究，冬至那天太陽（向東運行）速度最快（大於一度），天運已到一日時間（而太陽兩次上中天），但表影還未到達（日晷）圭尺的位置，所需時間已經歷（刻漏上）百刻有多一點；夏至那天太陽（向東運行）速度最慢（小於一度），天運還沒有到一日時間（而太陽兩次上中天），但表影已到達（日晷）圭尺的位置，所需時間還不到（刻漏上）的百刻。我得到這些數據後，反覆查核日晷的表和刻漏的時間刻度，無不吻合。這是古人所不知道的道理。第二件事：太陽運行速度的快慢，它的增減是遞進的，沒有在哪一天便突然變化的道理。曆法書都是以一個節氣中各天時間長短的平均值，均分為刻與分，（作為每天的日差值）累計增加或減少，節氣開始時，每天的日差增量或減量大都相同，到進入另一個節氣就忽然改變了日差值，因此黃道有棱角而不圓了，即使勉強用數值來推算，也不是沿着正確的算理來進行運算，因而大多是形狀與數值不吻合。大抵事物有一定的形狀，每種形狀有符合實際的數值。方、圓、正、斜，都是確定的形狀，通過乘除之類的運算，不附加任何東西，結果完全吻合，就是真實的數值。這種計算方法可以用心來領悟，但不可以用言語來表述。黃道是圍繞着天空的正圓形，正圓形這種形體，沿着它（的軌跡）來運行則盈縮極為均稱，不均稱則不能用圓規來衡量。分開來看，太陽的實際運行有快有慢，因為沒有快慢則不能成為橢圓形。以正圓形的算法互相計算而得到叫做「衰」的遞減數值，這些遞減的數值沒有不平均的；以橢圓形的算法來計算而得到叫做「差」的數值差分，而差分有遠近不同的數值。兩者相加得出「從」，兩者相減得出「負」，把從、負的值互相加起來，形成一種（曲線的）計算方式來算出太陽運行的軌跡。要說它的變化，則每秒每刻之間的增減是都不相同的。要說明它的規律性，則只用一個變數，便能夠循環無端，始終貫徹，中間找不到（誤差）空隙。這是圓法精微之處，是古代談數學的人所不知道的。這樣由每天的負時差逐漸變化到每天的正時差，又從而反過來漸變到負時差，互相推算，互為賓主。依照這條（時差曲線）就能推算出太陽每天的時差變化，比較它就可以得出黃道上各點距離北極的度數，（圭表、日晷、渾儀、刻漏的時間）相合和分散都（和計算結果）吻合得毫無痕跡，像用圓規來畫圓那樣準確。要不是精通運算方法的話，是無法深入理解它的精微的。這方面的內容我詳細地寫在奏議裏，收藏在史官處，也記載在我所著的四卷《熙寧晷漏》裏。

賞析與點評

這條記載了沈括對真太陽日和平太陽日之間的時差問題。太陽連續兩次上中天（即正南方向）的時間叫一個真太陽日，它和漏壺的十二時辰（稱為平太陽日）常常是不等的。不等的原因有二：一是太陽沿黃道運動，而漏壺反映的是地球的自轉，是赤道運動，因此，即使太陽沿黃道均勻地移動，真太陽日和平太陽日也不會相等；二是太陽在黃道上的運動是不均勻的，冬天走得快，夏天走得慢，沈括從理論上發現了後者所引起的時差。

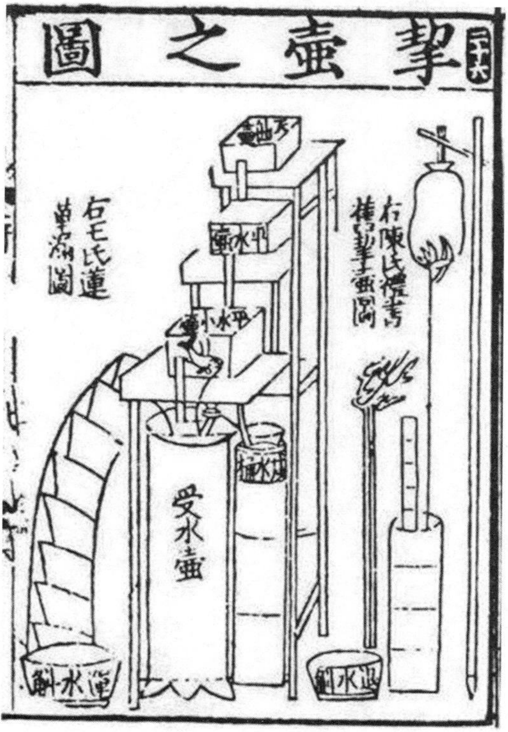

楊甲《六經圖》（南宋紹興二十五年序刊本）〈挈壺之圖〉（右為北宋陳祥道〔北宋元祐四年任太常博士〕《禮書》〈舊挈壺圖〉；左為北宋王普《官術刻漏圖》〔紹興五年撰〕中的〈蓮華漏圖〉）

予編校昭文[1]書時，預詳定渾天儀[2]。官長問予：「二十八宿[3]多者三十三度，少者止一度，如此不均，何也？」予對曰：「天事本無度，推曆者無以寓其數，乃以日所行分天為三百六十五度有奇。（原注：日平行三百六十五日有餘而一朞[4]天，故以一日為一度也。）既分之，必有物記之，然後可窺而數，於是以當度之星記之，循黃道日之所行一朞，當者止二十八宿星而已，（原注：度如傘撩[5]，『當度』謂正當傘撩上者。故車蓋二十八弓，以象二十八宿，則予渾儀奏議所謂『度不可見，可見者星也，日月五星之所由，有星焉，當度之畫者，凡二十有八，謂之舍，舍所以挈度，度所以生數也。』）今所謂『距度星』者是也。非不欲均也，黃道所由當度之星止有此而已。」[129]

注釋

1 昭文：昭文館，唐、宋時期負責校勘政府書籍的部門。2 渾天儀：中國古代用來測定天體座標的天文儀器。3 二十八宿：我國古代天文學家為了方便標記天球上星辰位置，而將黃道和赤道附近的天區劃分為二十八個區域（見後圖）。4 朞：周期，此處指一年的時間。5 傘撩：傘骨。

譯文

我在昭文館編校書籍時，參與詳細勘定渾天儀的工作。負責的長官問我：「二十八宿之間的距離最多的有三十三度，最少只有一度，這樣不平均，是甚麼原因呢？」

我回答說：「天上的事情本來沒有度數可言，只是推算曆法的人沒有別的東西可以表達數字，於是用太陽運行的軌跡將天空劃分為三百六十五度多一點。(原注：太陽平均運行三百六十五日多一點為一周天，因此以一天為一度。) 既然把天劃分了度數，就必須有東西來表記，然後才可觀察計算，於是就用當度的星來標記度的位置，太陽循着黃道運行一周，當度的星只有二十八宿的星而已，(原注：度就像傘骨，「當度」說的是正處於傘骨上。因此車子的華蓋有二十八根傘弓，用來代表二十八宿。這就是我在《渾儀奏議》所說：「度是看不到的，可以看到的是星體，太陽、月亮和其他五顆星體運行的軌跡，有其他星體存在來作標記。把當度的星畫出來，共有二十八顆，叫做舍，舍帶出度來，度生出數來。」) 這就是現在所說的『距度星』了。不是不想平均分佈，而是黃道所經過的軌跡上只有這些星星罷了。」

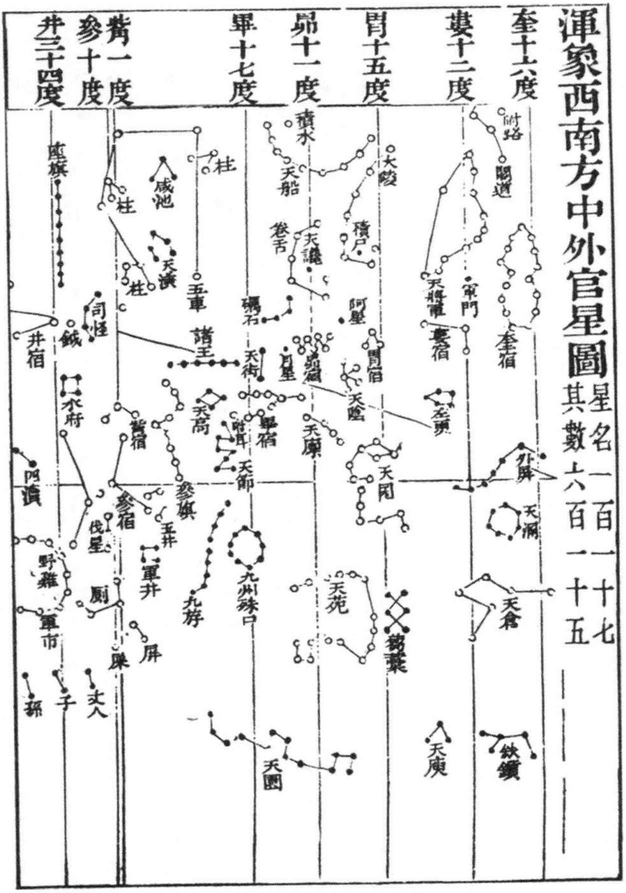

北宋蘇頌《新儀象法要》局部

（錢熙祚〔？——一八四四〕《守山閣叢書》本）中所載〈渾象西南方中外官星圖〉

又問予以「日月之形，如丸邪，如扇也？若如丸，則其相遇豈不相礙？」予對曰：「日月之形如丸。何以知之，以月盈虧可驗也。月本無光，猶銀丸，日耀[1]之乃光耳。光之初生，日在其傍，故光側而所見纔如鉤，日漸遠則斜照而光稍滿。如一彈丸，以粉塗其半，側視之，則粉處如鉤；對視之，則正圜。此有以知其如丸也。日月氣也，有形而無質。故相值而無礙。」[130]

注釋

1 耀：照射。

譯文

又有人拿這樣的問題來問我：「太陽和月亮的形狀，像彈丸嗎？應該像扇型罷。如果像彈丸，則太陽和月亮相遇時難道不會互相阻礙嗎？」我回答說：「太陽和月亮的形狀像彈丸。怎樣知道呢？根據月亮的盈虧可以驗證得到。月亮本來沒有光，就像銀丸一樣，太陽光照射到月亮上面才有光。光最先出現時，太陽在月亮的旁邊，因為光在側面照射，而所看到的月亮才會像鈎子一樣，太陽逐漸遠離月亮，則斜照着而月光稍為圓滿，像彈丸一樣，拿粉來塗抹半邊，從側面看，則沾滿粉的地方像鈎子一樣；從正面看，則是個正圓形。由此可知月亮像彈丸一樣。太陽和月亮都是氣，有形狀而沒有實質，因此相遇也不會互相妨礙。」

賞析與點評

沈括指出並論證了太陽和月亮是球體星體。他準確地從太陽光照射角度解釋月亮的形狀，是很具科學性的論證。不過，他把太陽和月亮當作氣，太陽在月球旁邊，則不符真實。

又問：「日月之行，月一合[1]一對[2]，而有蝕不蝕，何也？」予對曰：「黃道與月道[3]，如二環相疊而小差。凡日月同在一度相遇，則日為之蝕，正一度相對，則月為之虧。雖同一度，而月道與黃道不相近，自不相侵；同度而又近黃道、月道之交，日月相值[4]，乃相陵掩[5]。正當其交處則蝕而既；不全當交道，則隨其相犯淺深而蝕。凡日蝕，當月道自外而交入於內，則蝕起於西南，復於東北；自內而交出於外，則蝕起於西北，而復於東南。日在交東，則蝕其內；日在交西，則蝕其外。蝕既則起於正西，復於正東。凡月蝕，月道自外入內，則蝕起於東南，復於西北；自內出外，則蝕起於東北，而復於西南。月在交東，則蝕其外；月在交西，則蝕其內。蝕既則起於正東，復於西。交道每月退一度餘，凡二百四十九交而一朞。故西天法[6]羅睺、計都[7]皆逆步之，乃今之交道也。交初謂之『羅睺』，交中謂之『計都』。」[131]

注釋

1一合：一個月之內，月亮運行到太陽與地球之間一次，月亮與太陽處於地球的同一側（在天球同一黃經上），即朔日（初一），叫做「一合」。2一對：月亮和太陽分別在地球的兩側，在同一黃經圈上相對，相差一百八十度，即望日（十五日），叫做「一對」。3月道：又稱白道，即月球在天球視運動的路徑。4相值：相遇。5陵掩：遮蔽。6西天法：印度天文學。7羅睺、計都：白道與黃道有兩個交點，一個「降交點」（月亮由北向南穿過黃道時的交接點），一個「升交點」（月亮由南向北穿過黃道時的交接點）。印度天文學把降交點叫做羅睺（Rahu），升交點叫計都（Ketu）。它們既是印度天文學中的神名，也是假想的星名。古印度人為了解釋日月蝕的現象，假定有羅睺、計都兩個神能夠障蔽日、月之光，並把它們和日、月、五星合稱為「九曜」。

譯文

長官又問：「太陽和月亮運行，每個月都有一次會合，一次相對，卻有蝕有不蝕，為甚麼呢？」我回答說：「黃道與月道，像二個環互相交疊而有些微偏差。但凡太陽和月亮同在一個黃經刻度相遇，便會出現日蝕，同在一個刻度上相對着，便會出現月蝕。雖然同在一個黃經刻度上，如果月道和黃道不接近，自然不會互相侵蝕；如果同在一個黃經刻度上而又接近黃道、月道的交匯處，太陽和月亮相遇，便會互相掩蔽。正好處在日月交接點時便會發生全蝕，如果不是完全處在交接點上，便會隨着互相遮掩的程度深淺而產生不同程度的蝕相。凡是日蝕，當月道由外而內交接的（月道由南至北穿過黃道），那麼日蝕由西南開始，在東北方復圓；由內而向外交接的（月道由北至南穿過黃道），那麼日蝕由西北方開始，在東南方復圓。太陽在交點的東方，北部會出現日蝕；太陽在交接點的西方，南部會出現日蝕。日全蝕則由正西方開始，在正東復圓。凡是月蝕，月道自南往北穿越黃道時，月蝕由東南方開始，在西北方復圓；自北往南穿過黃道時，則月蝕由東北方開始，在西南方復圓。月亮在交點的東方，則月偏蝕出現在南部；月亮在交點的西方，則月偏蝕發生在北部。月全蝕則由正東方開始，在正西方復圓。黃道和白道交點每月向西移動一度多，經過二百四十九次交接便是一個周期。因此印度天文學的羅睺、計都都是反方向運行的，這就是現在的交點了。開始的那個交點叫做『羅睺』，中間的那個交點叫做『計都』。」

賞析與點評

沈括詳細解釋了日蝕和月蝕的原理，指出由於太陽和月亮運行軌跡交踏處不同，因而出現不同的蝕相。

慶曆中，有一術士姓李，多巧思。嘗木刻一「舞鍾馗」，高二三尺，右手持鐵簡，以香餌置鍾馗左手中，鼠緣手取食，則左手扼鼠，右手用簡斃之。以獻荊王[1]，王館於門下。會太史言月當蝕於昏時，李自云：「有術可禳[2]。」荊王試使為之，是夜月果不蝕。王大神之，即日表聞，詔付內侍省問狀。李云：「本善曆術，知《崇天曆》蝕限[3]太弱，此月所蝕，當在濁中[4]，以微賤不能自通，始以機巧干荊邸，今又假禳禬[5]以動朝廷耳。」詔送司天監考驗。李與判監楚衍推步日月蝕，遂加蝕限二刻。李補司天學生。至熙寧元年七月，日辰蝕東方不效，卻是蝕限太強。曆官皆坐謫[6]，令監官周琮重修，復減去慶曆所加二刻。苟欲求熙寧日蝕，而慶曆之蝕復失之。議久紛紛，卒無巧算，遂廢《明天》，復行《崇天》。至熙寧五年，衛朴[7]造《奉元曆》，始知舊蝕法止用日平度[8]，故在疾者過之，在遲者不及。《崇》、《明》二曆加減，皆不曾求其所因，至是方究其失。[139]

注釋

1 荊王：北宋神宗的弟弟趙頵。2 禳（粵：陽；普：ráng）：解除、避免。3 蝕限：日、月蝕出現的各種限制條件或特定範圍。4 濁中：在地平線以下。5 禬（粵：繪；普：guì）：消災解難的儀式。6 謫：貶官。7 衛朴：江蘇淮安人，北宋著名天文學家、數學家。8 日平度：太陽在黃道上運行的平均速度。

譯文

慶曆年間，有一位姓李的術士，有許多巧妙的心思，曾經用木雕刻了一件會活動的鍾馗，高二三尺，右手持着鐵板，把香餌放置在鍾馗的左手上，老鼠順着手爬上去吃，它的左手便會抓住老鼠，右手用鐵板把牠打死。李氏把它獻給荊王，荊王收留他當門客。正值太史官說黃昏時將有月蝕，李氏自稱：「有法術可以避過。」荊王試着讓他施法，那夜果然沒有出現月蝕。荊王大感神奇，當天便上表奏聞，皇帝下詔把他交付內侍省查詢詳情。李氏說：「我本來擅於曆算之學，知道《崇天曆》推算月蝕刻度範圍太窄，這次月蝕所在位置，應該在地平線以下，但因為我地位低微，沒能力自己通達官府，於是開始時才借機巧器具去荊王府求見，現在又藉助避免災害的儀式來驚動朝廷罷了。」皇帝下令把他交到司天監考核。李和判監楚衍推算了日月蝕，於是便增加蝕限二刻。李氏獲補授為司天監學生。到了熙寧元年七月，日蝕本應於辰時在東方出現卻沒有應驗，這是因為蝕限太強。曆官都被貶謫，皇帝下令監官周琮重新修訂，於是又減去慶曆所加的二刻。本想姑且計算出熙寧日蝕的時間，但慶曆的日蝕時間卻又計算錯了。議論紛紛很久，始終都沒有精確的計算結果，於是廢除了《明天曆》，再使用《崇天曆》。到了熙寧五年，衞朴編造《奉元曆》，才知道舊的日、月蝕算法只運用了日平度，因此太陽運行得快時便會過了頭，運行得慢時便追不上。《崇》、《明》兩部曆書加減蝕限，都沒有找出偏差的原因，到現在才弄清楚失誤所在。

卷八・象數二

曆[1]法：天有黃赤二道，月有九道，此皆強名而已，非實有也。亦由天之有三百六十五度，天何嘗有度，以日行三百六十五日而一朞，強為之度，以步日月五星行次而已。日之所由，謂之「黃道」。南北極之中度最均[2]處，謂之「赤道」。月行黃道之南，謂之「朱道」；行黃道之北，謂之「黑道」；黃道之東，謂之「青道」；黃道之西，謂之「白道」。黃道內外[3]各四，并黃道為九。日月之行，有遲有速，難可以一術御也，故因其合散，分為數段，每段以一色名之，欲以別算位而已，如算法用赤籌、黑籌，以別正負之數。曆家不知其意，遂以為實有九道，甚可嗤[4]也。[146]

注釋

1 歷：同曆。2 均：平均。3 黃道內外：指黃道北側（內）和黃道南側（外）。

4 嗤：取笑。

譯文

曆法：天有黃道和赤道，月有九道，這些都是勉強的命名罷了，並不是真實存在的。又如天有三百六十五度，天怎麼會有刻度呢？只是根據太陽運行三百六十五日而為一周天，勉強地以此劃分為刻度，以便推算出太陽、月亮和五星運行的軌道罷了。太陽運行的軌道，稱為「黃道」。南北極正中與周圍距離最勻均的地方，叫做「赤道」。月亮在黃道的南面運行的軌道，稱為「朱道」；在黃道北面運行的，稱為「黑道」；在黃道的東面運行的，稱為「青道」；在黃道西面運行的，稱為「白道」。黃道內外各有四道，加上黃道一共是九道。太陽和月亮的運行，有慢有快，很難用一種算式來說明，因此根據它們運行的會合和分散，分為幾條軌道，每條軌道用一種顏色來命名，希望藉此來區分和計算它們的位置罷了，就像算術中用紅籌、黑籌來區別正數和負數一樣。曆學家不知道本來的意思，於是以為真的有九條軌道，實在可笑得很。

賞析與點評

沈括指出天文學上用來說明星體運行軌道的專業術語如黃道、赤道之類，只是為了方便計算星體運行路線而建立的抽象概念而已。

予嘗考古今曆法，五星行度，唯留逆[1]之際最多差。自內而進者，其退必向外[2]；自外而進者，其退必由內[3]：其跡如循柳葉，兩末銳，中間往還之道相去甚遠，故兩末星行成度[4]稍遲，以其斜行故也；中間成度稍速，以其徑絕[5]故也。曆家但知行道有遲速，不知道徑又有斜直之異。熙寧中，予領太史令。衛朴造曆，氣朔已正，但五星未有候簿[6]可驗。前世脩[7]曆，多只增損舊曆而已，未曾實考天度。其法須測驗每夜昏曉夜半月及五星所在度秒[8]，置簿錄之，滿五年，其間剔去雲陰及晝見日數外，可得三年實行，然後以算術綴[9]之，古所謂「綴術」者此也。是時司天曆官，皆承世族[10]，隸名[11]食祿，本無知曆者，惡朴之術過己，羣沮[12]之，屢起大獄，雖終不能搖朴，而候簿至今不成。奉元曆五星步術，但增損舊曆，正其甚謬處，十得五六而已。朴之曆術，今古未有，為羣曆人所沮，不能盡其藝，惜哉！[148]

注釋

1 留逆：指星體運行時停留和逆行。2 自內而進者，其退必向外：指由黃道以北進入，必由黃道以南逆行返回。3 自外而進者，其退必由內：指由黃道以南進入，必由黃道以北逆行返回。4 成度：速度。5 徑絕：直接越過。6 候簿：記錄天體運行的簿。7 脩：同修。8 度秒：天文學上表示角度距離的單位。一度等於六十分，一分等於六十秒。這裏指位置。9 綴：連綴，指計算。10 世族：世襲官職的家族。11 隸名：掛名。12 沮：使人動搖，阻撓。

譯文

我曾經研究過古今曆法，發覺五星運行的度數，只有星體在軌道上停留或逆行時相差最多。由黃道以北進入，必由黃道以南逆行返回；指由黃道以南進入，必由黃道以北逆行返回。它的運行軌道就像如沿着柳葉一樣，兩頭尖，中間往返的距離很遠，所以在兩頭的星運行時速度稍慢，因為它是斜行的；中間運行的速度稍快，因為它是直接越過的。曆算家只知道五星運行的速度有快有慢，不知道軌道又有斜直的不同。熙寧年間，我擔任太史令，衞朴編製曆法，校正了節氣和朔日，只有五星還沒有觀測記錄可以驗證。前人修訂曆法，大多只是增刪舊曆罷了，沒有實際考證過天象的度數。它的方法是必須測驗每夜黃昏、破曉和夜半時月亮和五星所在的位置，用簿冊記錄下來。做滿了五年，剔去其中有雲和陰天以及它們在白天出現的日子，可以得到三年實際運行的數據，然後用算術計算出來。這就是古代所説的「綴術」了。那時候司天監的曆官，都是襲承祖輩的世族，掛名領取俸祿，本來就沒有認識曆法的人，妒忌衞朴的本領超過自己，一起攻擊他，多次興起重大的案件，雖然最終不能除去衞朴，可是觀測天象的記錄簿冊到現在還沒有完成。奉元曆裏五星行度的推算方法，只是增損舊有曆法，糾正當中

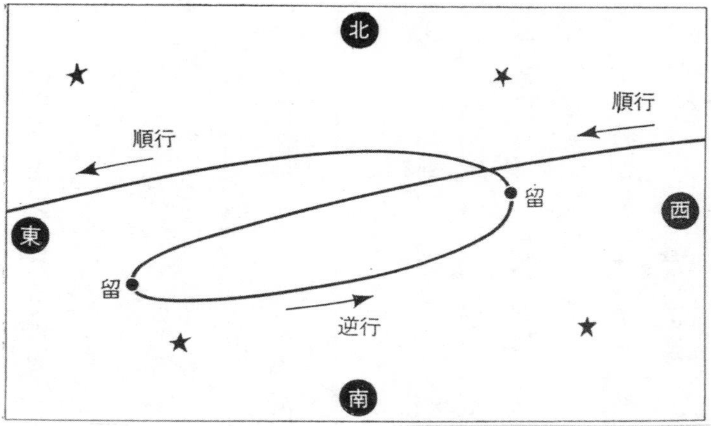

行星的順行、逆行、留

謬誤，只有十分之五六而已。衞朴的曆算本領，古今沒有人可比，卻被一羣曆官所攻擊，不能盡情發揮他的本領，真的可惜啊！

賞析與點評

沈括此條指出歷代修曆者大多欠缺實測經驗，因此不能推究曆學中細微的地方。而沈括跟他們不同之處，就是重視實地觀察。可惜的是，他和衞朴這種重視實測的科學精神，不為當時那些尸位素餐的天文官員所喜，因此在修曆一事上，受到多方阻撓，終未能竟其功。

[149]

國朝[1]置天文院於禁中，設漏刻[2]、觀天臺[3]、銅渾儀，皆如司天監，與司天監互相檢察[4]。每夜天文院具有無謫見[5]雲物[6]祺祥[7]，及當夜星次[8]，須令於皇城門未發[9]前到禁中。門發後，司天占狀[10]方到，以兩司奏狀對勘，以防虛偽。近歲皆是陰相計會[11]，符同[12]寫奏，習以為常，其來已久，中外具[13]知之。不以為怪。其日月五星行次，皆只據小曆[14]所算纏度[15]謄[16]奏，不曾占候，有司但備員安祿而已。熙寧中，予領太、史，嘗按發其欺[17]，免官者六人。未幾，其弊復如故。

注釋

1 國朝：生活在某個朝代的人對本朝的稱呼。2 漏刻：即漏壺，古代計時工具之一。3 觀天臺：觀測星象的高臺。4 檢察：驗證監察。5 謫見：變異的現象。謫，變異。見，同現，出現。6 雲物：物，顏色。指雲的顏色。7 祺祥：其他版本作禎祥。祺、禎，吉兆。8 星次：五星的位置。9 發：打開。10 占狀：觀測天象的報告。11 陰相計會：暗地裏互相計算好，指預先商量好數據和說法。12 符同：相同、吻合。13 具：俱，都。14 小曆：民間曆法（見後圖）。15 纏度：日、月、星辰的位置。16 謄：抄錄。17 欺：詐騙行為。

譯文

國朝在皇宮裏設立天文院，設置了漏刻、觀天臺、銅渾儀等器具，都跟司天監的一樣，用來與司天監互相檢證監察。每天晚上，天文院都要記載有沒有吉凶的預兆和當晚星宿的位置，必須在皇城門還沒開啟之前送到宮中。皇城門開啟後，司天監觀測報告才送到，把兩個官署上奏的報告互相比勘，以防止弄虛作假。近年兩者都是暗地裏互相串通，撰寫內容完全相同的報告，習以為常，由來已久，朝廷內外全都知道，不視為荒誕的行事。其中日、月、五星的運行位置，都只依據民間曆書所計算的謄抄上奏，沒有做過實際觀測，負責官員只是掛名領俸祿罷了。熙寧年間，我擔任司天監首長，曾根據事實揭發他們欺瞞的行為，被罷免官職的有六人。過了不久，這種弊病又依然如故。

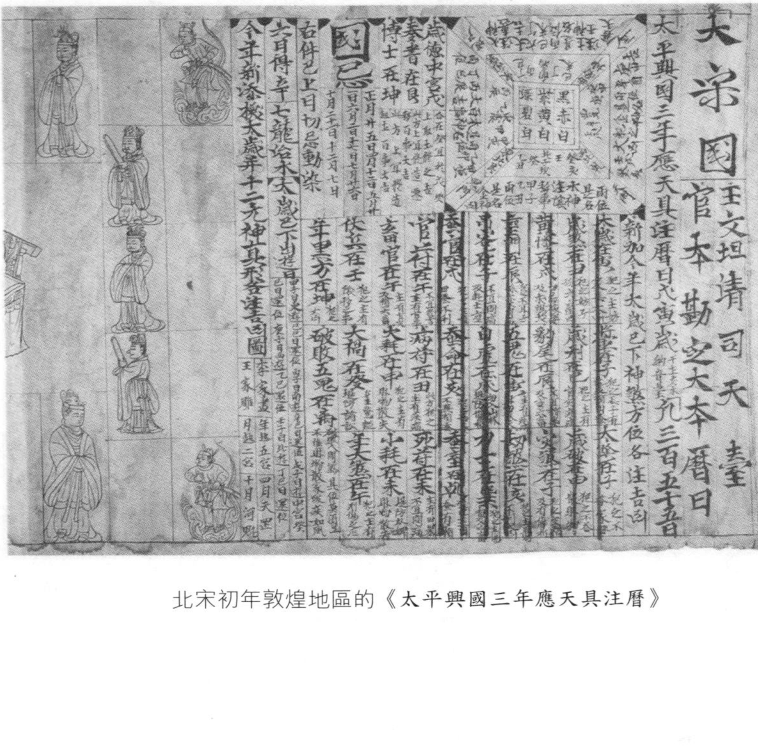

北宋初年敦煌地區的《太平興國三年應天具注曆》

賞析與點評

沈括在這條筆記談到北宋時代司天監官員弄虛作假的行為，雖然自己曾嘗試整頓，但陋習始終改不過來。

司天監銅渾儀，景德中曆官韓顯符[1]所造，依倣[2]劉曜[3]時孔挻[4]、晁崇[5]、斛蘭[6]之法，失於簡略。天文院渾儀，皇祐中冬官正[7]舒易簡[8]所造，乃用唐梁令瓚[9]、僧一行[10]之法，頗為詳備，而失於難用。熙寧中，予更造渾儀，并創為玉壺浮漏[11]、銅表[12]，皆置天文院，別設官領[13]之。天文院舊銅儀，送朝服法物庫[14]收藏，以備[15]講求[16]。

[150]

注釋

1 韓顯符：九四〇—一〇一三，北宋著名的天文儀器製造家、天文學家。2 依倣：依照倣效。3 劉曜：十六國時前趙的君主。4 孔挻：前趙史官丞。5 晁崇：北魏太史令。6 斛蘭：北魏太史丞。7 冬官正：司天監的官職。8 舒易簡：北宋天文官。9 梁令瓚：唐代四川人，天文儀器製造家，工篆書，擅長人物畫。10 僧一行：唐代鉅鹿人。本姓張，名遂，精通曆算之學。11 玉壺浮漏：即刻漏，古代計時工具之一。12 銅

表：銅製圭表，古代測量日影工具之一。13 領：負責，管理。14 朝服法物庫：存放朝服、法物的倉庫。15 備：提供。16 講求：研究。

譯文

司天監的銅製渾儀，是景德年間（一〇〇四—一〇〇七）曆官韓顯符所製造，做照了劉曜時的孔挺、晁崇、斛蘭的製作方法，缺點是過於簡略。天文院的渾儀，是皇祐年間（一〇四九—一〇五三）冬官正舒易簡所製造，採用了唐代梁令瓚、僧一行的方法，頗為周密完備，但缺點是難以使用。熙寧年間，我重造渾儀，並且製作了玉壺浮漏、銅圭表，都安置在天文院裏，另外安排官員管理。天文院的舊銅儀，送到朝服法物庫收藏，以提供研究之用。

賞析與點評

這條筆記記述了北宋時期渾儀的製作情況，三個渾儀之中，韓顯符的失之於簡，舒易簡的失之於繁，而沈括自己製造的則因為繁簡得宜，而一直沿用下來。

盧肇[1]論海潮，以謂「日出沒所激而成」，此極無理。若因日出沒，當每日有常，安得復有早晚？予常考其行節，每至月正臨子午[2]則潮生，候之萬萬無差。（原注：此以海上候之，得潮生之時。去海遠即須據地理增添時刻。）月正午而生者為「潮」，則正子而生者為「汐」；正子而生者為「潮」，則正午而生者為「汐」。[544]

注釋

1 盧肇：字子發，八一八—八八二，宜春（今屬江西）人，唐代文學家，曾任歙州、宣州、池州和吉州刺史。2 子午：子時和午時。

譯文

盧肇談論海潮，認為是日出和日落所激發而產生的，這是很沒道理的。假如海潮是由日出和日落所引起，那麼應當每天都有特定的時間，怎會又有早有晚呢？我時常觀察海潮出現的規律，每當到了月亮在正子時和正午時海潮就產生，按這個規律來觀測海潮，絲毫沒有差誤（原注：這是在海上觀測而得到海潮出現的時間。離海較遠的地方就必須根據地理位置增加時間）。月亮在正午時產生的是「潮」，那麼在正子時產生的便是「汐」；在正子時產生的為「潮」，那麼在正午時產生的是「汐」。

賞析與點評

沈括指出潮汐跟月亮的位置有關，而跟太陽沒有關係，並指出了潮汐時間和觀察地點的關係。

曆法見於經者，唯《堯典》言以閏月定四時成歲。置閏之法，自堯時始有。太古以前，又未知如何？置閏之法，先聖王所遺，固不當議。然事固有古人所未至而俟[1]後世者，如「歲差」[2]之類，方[3]出於近世，此固無古今之嫌也。凡日一出沒[4]，謂之一日；月一盈虧，謂之一月。以日月紀天，雖定名，然月行二十九日有奇，復與日會；歲十二會而尚有餘日。積三十二月，復餘一會，氣與朔漸相遠，中氣[5]不在本月，名實相乖，加一月謂之「閏」。閏生於不得已，猶搆舍[6]之用磹楔[7]也。自此氣朔交爭，歲年錯亂，四時失位，算數繁猥。

凡積月以為時，四時以成歲，陰陽消長，萬物生殺變化之節，皆主於氣而已。但記月之盈虧，都不繫歲事之舒慘[8]。今乃專以朔定十二月，而氣反不得主本月之政；時已謂之春矣，而猶行肅殺[9]之政，則朔在氣前者是也，徒謂之乙歲之春，而實甲歲之冬也；時尚謂之冬也，而已行發生之令，則朔在氣後者是也；徒謂之甲歲之冬，乃實乙歲之春也。是空名之正、二、三、四反為實，而生殺之實反為寓，而又生閏月之贅疣[10]，此殆古人未之思也。今為術莫若用十二氣為一年，更不用十二月，直以立春之日為孟春之一日，驚蟄為仲春之一日，大盡三十一日，小盡三十日，歲歲齊盡，永無閏餘。十二月常一大一小相間，縱有兩小相併，一歲不過一次。如此，則四時之氣常正，歲政不相陵奪[11]，日月五星亦自從之，不須改舊法。唯月之盈虧，事雖有繫之者，如海、胎育之類，不預歲時，寒暑之節，寓之曆間可也。借以元祐元年為法，當孟春小，一日壬寅，三日望，十九日朔；仲春大，一日壬申，三日望，十八日朔。如此曆日，豈不簡易端平，上符天運，無補綴之勞？予先驗天百刻有餘有不足，人已疑其說；又謂十二次斗建當隨歲差遷徙，人愈駭之。今此曆論，尤當取怪怒攻罵，然異時必有用予之說者。[545]

注釋

1 俟：等待。2 歲差：在古代中國的曆法上，歲差是指「冬至點」在恆星間西移的現象以及太陽的周年視運動（恆星年）長於回歸年（太陽兩次經過春分點所歷時間）的現象。3 方：表示時間，相當於「始」、「才」。4 沒：日落。5 中氣：二十四節氣中每月第一個（單數）叫「節氣」，第二個（雙數）叫「中氣」。6 搆舍：興建房屋。7 磹（粵：店；普：diàn）楔：簷椽下的楔子。8 舒慘：陰陽變化。9 肅殺：深秋或冬季草木凋落，天氣寒冷。10 贅疣：多餘無用之物。11 陵奪：侵凌劫奪。

譯文

曆法見之於聖人經書的，只有《堯典》所說以閏月來調整四時和年歲。設置閏月的計算方法，堯帝時才開始出現。太古之前，就不知道是怎樣的情形。設置閏月的方法，是前代聖王留下來的法則，固然不應該批評。可是事情確實有些是古人所不知道而須等待後人的，像「歲差」之類，近代才發現，所以這原來沒有古今的分別。凡是太陽一出一沒，稱為一天；月亮一盈一虧，稱為一個月。用太陽和月亮來記錄天時，雖是定了名稱，但月亮運行二十九天多一點，才再跟太陽會合；一年十二次會合還有剩下來的日數。累積三十二個月後，又會再剩下一次會合，於是節氣跟朔日逐漸錯開，就會出現中氣不在本來的月份，名稱和實際變得不符，因此添加了一個月稱為「閏」。閏月的出現是不得已的，就像建屋時在簷椽下加上楔子一樣。從此節氣與朔望的日子互相矛盾，年歲錯亂，四季失去秩序，計算起來繁複瑣碎。

舉凡累積月數以為季節，四季加起來成為一年，這種陰陽消長，萬物出生死亡變化的節奏，都是由氣所主宰的。如果只是記錄月亮的盈虧，便都與農業活動的變化沒有聯繫。現在只專門以朔日來確定十二個月，而節氣反而不能主宰當月的事物變化。例如曆法上已經說是春天了，而人事活動仍按萬物蕭條的節令進行，這是因為朔日在節氣之前了。儘管說是次年的春天，其實仍是前一年的冬天。時間仍然叫做冬天，而實際上已經萬物生長，這是因為朔日在節氣之後的情況；只說是前一年的冬天，其實是次年的春天了。這樣，徒具虛名的正月、二月、三月、四月反而被當作是反映氣候的事實，而真實反映萬物生長或蕭條的節氣只附錄在曆法之中，並且出現閏月這種多餘的月份，這恐怕是古人沒有想過的！現在制訂曆法，不如採用十二節氣為一年，更加不要採用十二個月，直接以立春那一天為孟春的第一天，驚蟄為仲春的第一天，大的月份到三十一天止，小的月份到三十天止，每年的日子都整整齊齊，永遠沒有閏餘的情況。十二個月經常是一大月一小月相間隔着，即便有兩個小月相連，一年也不過出現一次。這樣一來，四季的節氣就正常了，每年的政令行事不會互相混亂，太陽、月亮和五星運行的軌跡也自然會跟從，不須修改舊的曆法。只有月亮的盈虧，雖然有像海潮、胎育之類事情跟它相關，但跟年日、四季沒有關係，把它附錄在曆法之中就可以了。借用元祐元年為例，當孟春正月是小月，第一天為壬寅，第三天為望日，第十九天為朔日；仲春二月是大月，第一天為壬申，第三天為望日，第十八天為朔日。像這樣的曆日，不是簡單整齊，既符合天體的運行，又沒有修補的麻煩嗎？我先前驗證了一天的百個刻度有時會多，有時會少，人們已經懷疑這個說法；我又說十二次斗建應該隨歲差遷徙，人們更加驚駭。現在這種曆法的討論，就更加會遭到怪責和攻擊了，不過將來必定有人採用我的說法。

賞析與點評

沈括提出以十二節氣為一年的曆法。這套「革命性」的曆法的特點是不用參照月亮的朔望周期和閏月配置，屬純陽曆。如果沈括的「十二節氣曆」可以在他所處的十一世紀晚期的中國頒行，「科學革命」的範式論說不定已在東亞的國度展開。

人事與官政——做人為官的寫照

本篇導讀——

本章所選各條，來自《夢溪筆談》卷九、卷十、卷十一和卷十二，包括了「人事」和「官政」兩個主題。

〈人事〉兩卷，共收錄三十八條筆記，《補筆談》沒有。內容主要是北宋官員的行事。〈官政〉兩卷，共收錄三十四條筆記，《補筆談》收錄四條。當中包括北宋官員對各種稅法、漕運、治理災害、國家防務和行政區域規劃以及其他多種制度的課題，這些主要是沈括擔任三司使時接觸到的材料。

〈人事〉兩卷，因為是以人事為重心，因此所説的，往往是官僚和士人的德行。例如清廉的孫甫和狄青不肯接受他人送上的禮物，又如王旦善待奴僕，不以小過而重責。又例如向敏中獲擢昇為首相後，也沒有因此而大肆慶祝，反而門檻清靜。此外，這兩卷也記載了一些小官員的嘉行。例如朱壽昌辭官尋母，劉廷栻重諾娶妻等，在在凸顯出士大夫孝悌重諾的一面。而〈官政〉二卷，主要談及北宋時期政治制度變化、官員的惠民德政、法制精神的展現以及庶民智慧的紀錄。

卷九・人事一

景德中，河北用兵，車駕[1]欲幸[2]澶淵，中外[3]之論不一，獨寇忠愍[4]贊成上意。乘輿[5]方[6]渡河，寇[7]騎充斥[8]，至於城下，人情恟恟[9]。上使人微覘[10]準[11]所為，而準方酣寢[12]於中書[13]，鼻息如雷。人以其一時鎮物[14]，比之謝安[15]。［151］

注釋

1 車駕：皇帝的車馬，借代皇帝，此處指宋真宗。2 幸：到。3 中外：朝廷內外。4 寇忠愍（粵：敏；普：mǐn）：寇準，字平仲，華州下邽（今陝西渭南）人，官至樞密使。5 乘輿：皇帝乘坐的車子。6 方：剛剛。7 寇：指契丹。8 充斥：到處都是。9 恟恟：

同洶洶。10覘：偷看。11準：寇準。12酣寢：熟睡。13中書：中書辦公的地方。14鎮物：能鎮定人們情緒的人物。15謝安：字安石，東晉人，曾任宰相，為人穩重。

譯文

景德年間（一〇〇四—一〇〇七），河北發生戰爭，宋真宗想前往澶淵，朝廷內外議論分歧，唯獨寇準贊成真宗的主意。皇帝的車駕剛渡過黃河，四周已充斥着契丹的兵馬，直到澶淵城周邊，當時羣情洶湧。真宗派人靜靜地窺探寇準在做甚麼，而寇準正酣睡於中書的辦公處，鼻鼾大得像打雷一樣。人們都認為他是能鎮定人心的人物，還將他跟東晉的宰相謝安相比。

賞析與點評

這條記載寇準鎮定應敵，安頓人心的故事。正因為寇準如此鎮定，才使真宗得以跟契丹訂下澶淵之盟。

許懷德[1]為殿帥[2]，嘗有一舉人，因懷德乳媼[3]求為門客，懷德許之。舉子曳襴[4]拜於庭下，懷德據座受之。人謂懷德武人不知事體[5]，密[6]謂之曰：「舉人無沒階[7]之禮，宜少降[8]接[9]也。」懷德應之曰：「我得打乳媼關節[10]秀才，只

消如此待之。」[153]

注釋

1 許懷德：宋祥符人，字師古。官至寧遠軍節度使，卒謚榮毅。2 殿帥：殿前指揮使。3 乳媪：奶娘。4 襴（粵：蘭；普：lán）：上下衣相連的服裝。5 事體：指禮節。6 密：靜悄悄地。7 沒階：走到臺階下，指接見舉子時，從堂上走至臺階下，以示尊敬。8 少降：稍稍走下幾步。9 接：接待。10 打關節：拉關係。

譯文

許懷德擔任殿前指揮使時，曾經有一位舉人，藉着懷德乳娘的關係請求做門客，懷德答應了他。舉子拉一拉衣服在庭下叩拜，懷德倚着座子接受。人們說懷德是個武人，不知道做事的禮節，悄悄告訴他說：「舉人沒有沒階之禮，宜略走幾步下來迎接。」懷德回應着說：「我得到的是一位靠乳媪關係的秀才，只需這樣對待便可。」

賞析與點評

這條記載許懷德冷待那些只知請託，不憑真才實學求進的士子。

王延政[1]據建州，令大將章某守建州城，嘗遣部將刺事於軍前，後期[2]當斬，惜其材，未有以處，歸語其妻，其妻連氏有賢智，私使人謂部將曰：「汝法當死，急逃乃免。」與之銀數十兩，曰：「徑[3]行，無顧家也。」部將得以潛去，投江南李主，以隸查文徽麾下。文徽攻延政，部將適主是役，城將陷，先喻城中能全連氏一門者有重賞。連氏使人謂之曰：「建民無罪，將軍幸赦之，妾夫婦罪當死，不敢圖生。若將軍不釋建民，妾願先百姓死，誓不獨生也。」詞氣感慨，發於至誠，不得已為之戢兵而入，一城獲全。至今連氏為建安大族，官至卿相者相踵，皆連氏之後也。又李景[4]使大將胡則守江州，江南國下，曹翰以兵圍之三年，城堅不可破。一日，則怒一饔人[5]鱠[6]魚不精，欲殺之，其妻遽止之曰：「士卒守城累年矣，暴骨滿地，奈何以一食殺士卒邪。」則乃捨之。此卒夜縋[7]城，走投曹翰，具言城中虛實。先是城西南依嶮[8]素不設守，卒乃引王師自西南攻之，是夜城陷，胡則一門無遺類。二人者，其為德一也，何其報效之不同邪？[157]

注釋

1 王延政：五代閩人，王延曦之弟。延政以建州建國，改元天德，三年後為南唐所亡。2 後期：逾期。3 徑：直接。4 李景：南唐國主，好學，能詩詞，在位十九年卒。5 饔（粵：翁；普：yōng）人：廚子。6 鱠（粵：繪；普：kuài）：烹煮。7 縋

(粵：序；普：zhuì)：垂繩而下。8 嶮：同險。

譯文

王延政割據建州，命大將章仔鈞守衛建州城。章曾經派遣部將邊鎬和王建封到敵軍營地刺探軍情，過了期限才回來，依法應當處斬，但愛惜他們的才幹，還沒有處置，回家說給妻子聽，他的妻子連氏有賢智，私下叫人對部將說：「你依法當處死，快點逃亡才可以免禍。」給他們數十兩銀，說：「直接逃走就是，不要顧慮家裏的事了。」部將因此可以潛逃，投靠江南李主，被安排隸屬查文徽麾下。查文徽攻打王延政，部將剛好負責這次戰役，城快要陷落，先派人曉喻城中能夠保全連氏一家的人有重賞。連氏派人對他們說：「建州城居民沒有罪，將軍幸而赦免了他們，我夫婦罪當死，不敢貪圖苟生。如果將軍不釋放建州城的居民，妾願意先百姓死，發誓不會獨自偷生。」詞氣感慨，發於至誠，部將不得已，約束兵馬而入城，整座城獲得保全。到現在連氏是建安的大家族，做官做到卿相的相繼不絕，都是連氏的後裔。又李景大將胡則鎮守江州，江南國下，曹翰用兵包圍了三年，城堅不可破。一天，胡則惱怒一個廚子煮魚煮得不好，想殺死他，胡妻立即制止他說：「士卒守衛城池多年了，暴露的骸骨滿地都是，怎麼可以因為一頓飯而殺死士卒啊。」胡則於是放他走。這個兵卒在晚上用繩子爬城牆離開，走去投靠曹翰，詳細說出城裏的虛實。本來城的西南角恃着山勢險峻，素來不設置守衛，那個士卒於是引領軍隊由西南進攻江州城，這晚江州城就被攻陷了，胡則一家被殺得一個不留。這兩個人，他們所做的德業一樣，為甚麼他們所得到的回報卻不同呢？

賞析與點評

沈括藉二則相近的故事，嘆惜禍福無常的現象。

王文正[1]太尉局量[2]寬厚，未嘗見其怒。飲食有不精潔者，但不食而已。家人欲試其量，以少埃墨[3]投羹中，公唯啖[4]飯而已。家人問其何以不食羹？曰：「我偶不喜肉。」一日，又墨其飯，公視之曰：「吾今日不喜飯，可具粥。」其子弟愬[5]於公曰：「庖肉[6]為饔人所私，食肉不飽，乞治之。」公曰：「汝輩人料肉幾何？」曰：「一斤；今但得半斤食，其半為饔人所廋[7]。」公曰：「盡一斤可得飽乎？」曰：「盡一斤固當飽。」曰：「此後人料一斤半可也。」其不發人過皆類此。嘗宅門壞，主者徹屋新之，暫於廊廡下啟一門以出入。公至側門，門低，據鞍俯伏而過，都不問。門畢，復行正門，亦不問。有控馬卒歲滿辭公，公問：「汝控馬幾時？」曰：「五年矣。」公曰：「吾不省有汝。」既去，復呼回曰：「汝乃某人乎？」於是厚贈之，乃是逐日控馬，但見背，未嘗視其面，因去，見其背方省也。[158]

注釋

1 王文正：王旦，九五七——一〇一七，字子明，莘縣（今屬山東）人，宋真宗時官至宰相。2 局量：器度。3 埃墨：墨色的鍋灰。4 啖：吃。5 愬：同訴，投訴。6 庖肉：廚房的肉。7 廋（粵：收；普：sōu）：藏起來。

譯文

太尉王文正胸襟寬厚，未曾見過他發怒。飲食中有不精美清潔的，只是不吃便算。家人想試探他的量度，用一小撮鍋灰投到羹中，王旦只吃了飯便算。家人問他為甚麼不吃羹？說：「我偶然不喜歡吃肉。」一天，又弄黑了他的飯，王旦看着飯說：「我今天不喜歡吃飯，可替我準備粥。」其子弟向王旦投訴說：「廚房裏的肉被廚子私下拿走了，肉不夠，請整治他們。」王旦說：「你們這些人吃多少肉？」說：「一斤；現在只得半斤吃，一半被廚子中飽私囊。」王旦說：「吃盡一斤便可吃飽了嗎？」說：「吃盡一斤當然吃飽。」王旦說：「以後各人的材料增加到一斤半便可。」他不揭發人的過失都像這樣。曾經有一次宅門壞了，負責更換的工人把全屋的宅門都換新，暫時在廊廡旁邊開啟一扇門以便出入。王旦來到側門，門低，便拿着鞍俯伏走過去，沒有問原因。門做好了，便恢復行正門，也不問一句。

有調控馬匹的工人做滿了任期向王旦辭別，王旦問：「你控馬多久了？」說：「五年了。」王旦說：「我不察覺有你。」既走了，又叫他回來，說：「你是某人嗎？」於是給他隆厚的饋贈。原來那人每日控馬，王旦只看見背影，沒有看到他的面，因為背着走開，看到他的背影才察覺到是誰。

賞析與點評

這條記載丞相王旦待人以寬的處事態度。他並沒有因為家人的話，而輕易責備下人，反而處處維護。跟上面一條對讀，正可看出做官為人，寬厚與苛剔之別。

兩浙田稅畝三斗。錢氏國除，朝廷遣王方贄均[1]兩浙雜稅，方贄悉令畝出一斗。使還，責擅減稅額，方贄以謂畝稅一斗者，天下之通法，兩浙既已為王民，豈當復循偽國之法？上從其說。至今畝稅一斗者，自方贄始。唯江南、福建猶循舊額，蓋當時無人論列[2]，遂為永式。方贄尋除右司諫，終於京東轉運使，有五子，皋、準、覃、鞏、罕。準之子珪為宰相，其他亦多顯者。豈惠民之報歟。[166]

注釋

1 均：使平均。2 論列：討論。

譯文

兩浙田稅一畝三斗。錢氏國被滅，朝廷派遣王方贄平均兩浙的雜稅，方贄下令全部人每畝繳交一斗的稅金。出使的工作完成後回到朝廷，被責備擅自減少賦稅額，方贄指出畝稅一斗，是全國通行的稅法，兩浙既然已經成為北宋的子民，怎麼還遵循吳越的稅法？皇帝跟從他的說法。到現在畝稅為一斗，由方贄開始。只有江南、福建還跟從舊有的稅額，原因是當時沒有人提出討論，於是成為永久的制度。方贄不久便出任右司諫，最後在京東轉運使任內去世，有五個兒子，皋、準、覃、鞏、罕。王準的兒子珪為宰相，其他兒子也大多顯貴。這難道不是惠民的回報嗎？

賞析與點評

這條筆記讚揚了王方贄秉持公正之心，對待被征服國的人民，因此兩浙稅額才得以減輕。而江南、福建等地，因為負責平均雜稅的官員沒有為民發聲，待遇便不同了。

孫之翰[1]人嘗與一硯，直三十千。孫曰：「硯有何異而如此之價也？」客曰：

「硯以石潤[2]為賢[3]，此石呵之則水流。」孫曰：「一日呵得一擔水，纔直三錢，買此何用？」、竟不受。[167]

注釋

1 孫之翰：孫甫（九九八—一〇五七），北宋陽翟人，官至河北都轉運使。2 潤：潤澤。3 賢：貴重。

譯文

孫甫，有人曾經送他一副硯，價值三萬兩。孫甫說：「這副硯有甚麼特別之處而要這樣的價錢呢？」客人說：「碩以石質潤澤為貴重，這種石對着它呵氣便會有水流出來。」孫甫說：「一天呵得一擔水，才值三錢，買這個硯來幹甚麼？」最終不接受這禮物。

賞析與點評

這條寫孫甫為官清廉，雖面對一硯之賄，也絕不收取。

狄青為樞密使，有狄梁公[1]之後[2]，持梁公畫像及告身十餘通，詣[3]青獻之，以為青之遠祖。青謝之曰：「一時遭際，安敢自比梁公？」厚有所贈而還之。比之郭崇韜哭子儀[4]之墓，青所得多矣。[172]

注釋　1狄梁公：即狄仁傑，唐代著名宰相，封梁國公。2後：後裔。3詣：到。4子儀：即郭子儀，唐代名將。

譯文　狄青擔任樞密使時，有一位狄仁傑的後人，持着梁公畫像和告身文書十餘通，向他進獻，說這是狄青遠祖的東西。狄青辭謝說：「一時間的際遇，怎麼敢自比梁公呢？」給他隆厚的禮物並把這些物件退回去。跟郭崇韜哭評子儀墓相比，狄青的做法做得好多了。

賞析與點評

這條讚揚狄青跟那些喜歡亂認祖宗的人不同，並不高攀古人來自抬身價。由此可見，狄青之所以成功，不僅因為過人的軍事智慧，更在於他能夠謹慎自持。

真宗皇帝時，向文簡[1]拜[2]右僕射，麻[3]下日，李昌武[4]為翰林學士，當對。上謂之曰：「朕自即位以來，未嘗除僕射，今日以命敏中，此殊命[5]也，敏中應甚喜。」對曰：「臣今日早候對，亦未知宣麻[6]，不知敏中何如。」上曰：「敏中門下今日賀客必多，卿往觀之，明日卻對來，勿言朕意也。」昌武候丞相歸，乃往見，丞相方謝客[7]，門闌[8]悄然無一人，昌武與向親，徑入見之，徐[9]賀曰：「今日聞降麻，士大夫莫不歡慰，朝野相慶。」公但唯唯[10]。又曰：「自上即位，未嘗除端揆[11]，此非常之命，自非勳德隆重，眷倚殊越，何以至此。」公復唯唯，終未測其意。又歷陳前世為僕射者勳勞德業之盛，禮命之重，公亦唯唯，卒無一言。既退，復使人至庖廚中，問今日有無親戚賓客飲食宴會，亦寂無一人。明日再對，上問「昨日見敏中否？」對曰：「見之。」「敏中之意何如？」乃具以所見對。上笑曰：「向敏中大耐[12]官職。」（原注：向文簡拜僕射年月，未曾著於國史。熙寧中，因見《中書題名記》：「天禧元年八月，敏中加右僕射。」然《樞密院題名記》：「天禧元年二月，王欽若[13]加右僕射。」）

[175]

注釋

1 向文簡：向敏中，字常之，九四九—一〇二〇，北宋開封人。真宗朝拜右僕射，卒諡文簡。2 拜：獲擢昇。3 麻：寫在麻紙上宣讀的詔書。4 李昌武：李宗諤，北宋饒陽人，名臣李昉的兒子，字昌武。5 殊命：殊榮的任命。6 宣麻：宣讀任命。7 謝客：謝絕客人拜訪。8 門闌：門口。9 徐：慢慢。10 唯唯：只微微點頭而不作聲。

11 端揆：首席宰相。12 大耐：很勝任。13 王欽若：字定國，?—一〇二五，北宋新喻人。以郊祀恩，封冀國，卒諡文穆。

譯文

真宗皇帝時，向敏中擢昇為右僕射，委任的詔書發下來那天，李宗諤為值日翰林學士，正當被皇上召對。真宗對他說：「朕自從登基以來，還沒有委任過僕射，今天以這個職位任命向敏中，這真是殊榮任命啊，敏中應該十分高興。」李宗諤回答說：「臣今天早上等候召對，也不知道頒佈麻紙詔書之事，不知道向敏中怎麼樣了。」真宗說：「向敏中門下今天賀客必定很多，你前往看看，明天回來答我，不要說是朕的意思啊。」李宗諤等到向敏中回家，於是到向敏中家去看看，向敏中正謝絕客人來訪，門口靜悄悄的沒有一個人，李宗諤跟向敏中諗熟，直接走進去看看他，慢慢給他道賀說：「今天聽到降下麻紙詔書之事，士大夫沒有不歡喜欣慰的，朝野互相慶賀。」向敏中只是唯唯諾諾。又說：「自皇上登基以來，沒有擢昇過首相，這是非比尋常的任命，如果不是功勳德業隆重，皇上眷顧倚重特別超過其他人，怎麼能夠獲致啊。」向敏中還是唯唯諾諾，讓人始終不能猜測他的意思。於是又歷陳前世擔任僕射的官員的功勳德業怎麼盛大，禮命怎麼隆重，向敏中也是唯唯諾諾，最終一言不發。告辭了之後，又派人到向家的廚房，打聽今天有沒有親戚賓客飲食宴會，也沒有一個人來。第二天上朝再奏對，真宗問：「昨日見到了敏中沒有？」李宗諤回答說：「看見了。」真宗又問：「敏中的意思怎麼樣？」李宗諤於是原原本本把看到的奏陳。真宗笑着說：「向敏中真的很有任這個官職的能耐。」（原注：向敏中拜僕射的時間，沒有記載在國史裏。熙寧時，因為看到《中書題名記》：天禧元年八月，敏中加右僕射。可是《樞密院題名記》：天禧元年二月，王欽若加右僕射。）

賞析與點評

本條寫向敏中的為人，即使獲任命為丞相，但一如平常，沒有因此而特別興奮，更不會因為自己地位崇高，而接受攀附之人祝賀。

朱壽昌[1]，刑部朱侍郎巽之子，其母微[2]，壽昌流落貧家，十餘歲方得歸，遂失母所在，壽昌哀慕不已，及長，乃解官[3]訪母，遍走四方，備歷艱難，見者莫不憐之。聞佛書有水懺[4]者，其說謂欲見父母者，誦之當獲所願，壽昌乃晝夜誦持，仍刺血書懺，摹板印施於人，唯願見母，歷年甚多。忽一日至河中府，遂得其母，相持慟絕，感動行路，乃迎以歸，事母至孝。復出從仕，今為司農少卿。士人為

之傳者數人，丞相荊公而下，皆有朱孝子詩數百篇。[180]

注釋

1 朱壽昌：字康淑，北宋天長人，以孝聞名。2 微：出身低微。3 解官：辭去官職。4 水懺：即《慈悲三昧水懺》。

譯文

朱壽昌是刑部侍郎朱巽的兒子，他的母親出身寒微，壽昌流落到貧窮人家，十多歲才得以回家，於是跟母親失去聯繫，壽昌哀痛思慕不能停止，長大後，就辭去官職，訪尋母親，走遍了各地，嘗盡了各種艱難，看到他的人沒有不憐憫。聽說佛經有《慈悲三昧水懺》，傳說希望見到父母的人，唸誦這部經就可得償所願。壽昌於是從早到晚誦持，還刺血書寫懺文，摹板印刷，施捨給其他人，只希望見到母親。經過許多年，忽然有一天來到河中府，終於找到了他母親，互相抱着悲慟欲絕，感動了週遭的人，於是迎接母親歸家，事奉母親至為孝順。復出擔任官職，現在當上了司農少卿。士人為他寫傳記的有數人，丞相王安石以下，都有朱孝子詩，達數百篇。

賞析與點評

這條筆記記述孝子朱壽昌辭官尋母，最後得償所願的故事，反映出北宋時期的儒家孝道思想。

朝士劉廷式[1]本田家[2]，鄰舍翁甚貧，有一女，約與廷式為婚，後契闊[3]數年，廷式讀書登科，歸鄉閭[4]訪鄰翁，而翁已死，女因病雙瞽[5]，家極困餓，廷式使人申[6]前好，而女子之家辭以疾，仍以傭耕[7]，不敢姻[8]士大夫。廷式堅不可，與翁有約，豈以翁死子疾而背之，卒與成婚。閨門極雍睦[9]，其妻相攜而後能行，凡生數子。廷式嘗坐小譴[10]，監司欲逐之，嘉其有美行，遂為之闊略[11]。其後廷式管幹[12]江州太平宮，而妻死，哭之極哀。蘇子瞻[13]愛其義，為文以美之。[181]

注釋

1 劉廷式：字得之，北宋齊州人。舉進士，通判密州，後監太平觀，老於廬山，以高壽終。2 田家：務農人家。3 契闊：分開，分隔。4 鄉閭：鄉下。5 雙瞽：雙目失明。6 申：重申。7 傭耕：租田耕種。8 姻：結婚。9 雍睦：和諧，和睦。10 小譴：小過失。11 闊略：寬恕，寬容對待。12 管幹：管理，辦理。13 蘇子瞻：即蘇軾，一〇三六—一一〇一，字子瞻，北宋眉山人，著名文學家。

譯文

朝士劉廷式本來是個農夫，鄰舍有老翁十分貧窮，有一個女兒，約定跟劉廷式結婚，後來分隔了數年，廷式讀書考中進士，回到鄉下尋訪鄰居老翁，而老翁已去世了，他的女兒因為雙目失明，家境十分困頓。廷式派人向她申說之前約好的婚約，而女子的家人以眼疾推辭，還認為自己只是普通的農戶，不敢跟士大夫結婚。廷式堅持不可以，因為跟老翁有約定，怎可以因為老翁去世，女兒有病便背棄，最終跟她結婚。婚後夫妻倆生活和睦，他的妻子要扶着才能走路，共生了數名兒子。劉廷式曾經因為犯了小過失，監司想趕走他，但嘉許他有美好的德行，於是稍為寬大處理。後來廷式管幹江州太平宮，而妻子去世，哭得十分悲哀。蘇軾喜歡他的義行，寫了一篇文章來讚美他。

賞析與點評

這條記載劉廷式為人重承諾，不以自己富貴而背信棄義，反映出北宋時期士人重諾的一面。

卷十・人事二

蔣堂[1]侍郎為淮南轉運使日，屬縣例致賀冬至書，皆投書[2]即還，有一縣令使人，獨不肯去，須責回書，左右諭之，皆不聽，以至呵逐，亦不去，曰：「寧得

罪，不得書不敢回邑。」時蘇子美[3]在坐，頗駭怪，曰：「皁隸[4]如此野狠[5]，其令可知。」蔣曰：「不然。審[6]必健者[7]，能使人不敢慢[8]其命令如此。」乃為一簡荅[9]之，方去。子美歸吳中月餘，得蔣書曰：「縣令果健者。」遂為之延譽[10]，後卒為名臣。或云，乃天章閣待制杜杞也。[183]

注釋

1 蔣堂：字希魯，九八〇—一〇五四，北宋宜興人，以禮部侍郎致仕卒。2 投書：把書送進去。3 蘇子美：蘇舜欽，一〇〇八—一〇四八，北宋銅山人，著名文學家，著有《蘇學士文集》。4 皁（粵：造；普：zào）隸：低層吏員。5 野狠：野蠻兇狠。6 審：審度。7 健者：剛健的官員。8 慢：怠慢。9 荅：同答。10 延譽：招來名聲。

譯文

侍郎蔣堂擔任淮南轉運使的時候，屬縣依例送上祝賀冬至的書簡，都是交了書簡便回去，有一個縣令派去的人，獨不肯離去，務必要拿到回覆的書簡，左右勸喻他，都不聽，以至呵斥驅逐他，也不去，那人說：「寧願獲罪，得不到書簡不敢回邑。」當時蘇舜欽在座，頗為驚駭奇怪，說：「皁隸這麼野蠻兇狠，他的主官可想更甚。」蔣說：「不對。看來必定是威武的主官，能夠這樣使人不敢怠慢他的命令。」於是寫了一封書簡回答，那人才肯離開。蘇舜欽回到吳中一個多月，收到蔣的信說：「縣令果然是個威武的人。」於是為他招覽聲譽，後來終成為名臣。或說，他就是天章閣待制杜杞了。

賞析與點評

這條記載了杜杞嚴以馭下，下屬都不敢怠慢其責。

慶曆中，有近侍犯法，罪不至死，執政以其情重[1]，請殺之，范希文[2]獨無言，退而謂同列曰：「諸公勸人主法外殺近臣，一時雖快意，不宜教手滑[3]。」諸公默然。[187]

注釋

1 情重：情況嚴重。2 范希文：即范仲淹。3 手滑：不加節制地行事。

譯文

慶曆年間，有皇帝的侍從犯了法，罪名不至於死刑，執政官員因為他所犯的罪情況嚴重，請求把他處死，只有范仲淹沒有發言，退朝後跟同僚說：「各位勸皇上繞過法律來處死近臣，一時間雖然覺得心情舒爽，但真的不當教人主不加節制地行事啊。」各大臣都沒話說。

賞析與點評

這條借范仲淹的話，說明法律不能因為個人的喜好便任意踐踏。

卷十一・官政一

世稱陳恕[1]為三司使，改茶法，歲計幾增十倍。予為三司使時，考其籍[2]，蓋自景德中北戎[3]入寇之後，河北糴便之法[4]蕩盡，此後茶利十喪其九。恕在任，值北虜講解[5]，商人頓復，歲課遂增。雖云十倍之多，考之尚未盈[6]舊額。至今稱道，蓋不虞[7]之譽也。[189]

注釋

1 陳恕：字仲言，北宋南昌人。2 籍：帳簿記錄。3 北戎：北方外族，指契丹人。下面「北虜」同。4 糴便之法：即便糴法，北宋王安石變法時期在河北推行。按農民田畝收入多寡，預先支借錢物，待收成後農民把小麥還給政府，從而節省向河北運軍糧的費用。5 講解：談判和議。6 盈：超過。7 不虞：意料之外。

譯文

世人稱頌陳恕當三司使時改革茶法，每年增加的收益以十倍計。我擔任三司使的時候，察查有關帳簿，大概由景德時期北戎入侵之後，河北地區的便糴法便蕩然無存，此後茶稅收益十喪其九。陳恕在任時，正值北戎講和，商人立即恢復往來交易，每年的課稅收益於是增加。雖說增加有十倍那麼多，但查核後其實還不及從前的數額。到現在還為人稱讚，大抵是意想不到的聲譽。

賞析與點評

此條筆記說明有些時候，人們只看到事實的一面，便作出言過其實的讚譽。例如陳恕推動茶稅改革，增加了政府收入，因而獲得稱譽；但沈括卻從實際數字出發，對比陳恕改革茶稅前後的真正收入，從而揭示出所謂十倍之利，還遠不及未被北戎入侵前的正常收益。

夏秋沿納之物，如鹽、麴[1]錢之類，名件煩碎。慶曆中，有司建議併合歸一名，以省帳鈔。程文簡[2]為三司使，獨以謂仍舊為便，若沒其舊名，異日不知，或再敷[3]鹽麴，則致重複。此亦善慮事也。[195]

注釋

1 麴：釀酒的酵母。2 程文簡：程琳，字天球，九八八——一〇五六，宋博野人。官至大學士，同中書門下平章事。3 斂：徵收。

譯文

夏天和秋天繳納的稅物，例如鹽、麴錢之類，名目和數目煩瑣細碎。慶曆年間，有官員建議合併為一個名目，以便省卻帳目鈔寫之苦。程琳當時擔任三司使，只有他說還是沿用舊名目方便，假如舊名目沒了，他日不知原委，或者會再次徵收鹽麴等物的稅項，則造成重複。這也是善於考慮事情啊。

近歲邢、壽兩郡各斷一獄，用法[1]皆誤，為刑曹[2]所駁。壽州有人殺妻之父母昆弟[3]數口，州司以不道[4]緣坐[5]妻子，刑曹駁曰：「毆妻之父母，即是義絕[6]，況其謀殺，不當復坐其妻。」邢州有盜殺一家，其夫婦即時死，唯一子明日乃死，其家財產戶絕[7]，法給出嫁親女。刑曹駁曰：「其家父母死時，其子尚生，時產乃子物。出嫁親女，乃出嫁姊妹，不合有分。」此二事略同，一失於生者，一失於死者。[196]

注釋

1 用法：應用法律條文。2 刑曹：負責刑部事務的官吏。3 昆弟：兄弟。4 不道：即

譯文

大逆不道的罪名。5 緣坐：因受牽連而獲罪。6 義絕：夫婦一方殺害對方親族，由官府強制離婚的制度。7 戶絕：沒有子嗣繼承家產。

近年邢州和壽州的官員各判決了一起案件，所用的法律條文都錯誤，被刑曹駁回去。壽州有人殺死妻子的父母兄弟數人，州官以大逆不道的罪名連坐犯人的妻子，刑曹駁回說：「毆打妻子的父母，就是義絕，更何況謀殺，不應該再連坐他的妻子。」邢州有盜賊殺害一家人，夫婦即時死亡，只有一個兒子第二天才死。這家人的財產按戶絕法，由出嫁的姊妹繼承。刑曹駁回說：「這一家人父母死時，兒子還在生，當時的財產乃是兒子的財物。出嫁的親女，乃是出嫁姊妹，不該有份兒。」這兩起案件大致相同，一起錯在生者，一起錯在死者。

賞析與點評

這條記載了兩起錯判的案件，都是因為負責的地方官員對法律條文理解不足所致。沈括的記載，也反映了朝廷對司法案件的重視，會不時覆核，以糾正錯誤。

曹州人趙諫嘗為小官，以罪廢，唯以錄人陰事[1]，控制閭里，無敢迕其意者，

人畏之甚於寇盜，官司亦為其羈紲[2]，俯仰取容而已。兵部員外郎謝濤[3]知曹州，盡得其凶跡，逮繫有司，具前後巨蠹[4]狀奏列，章下御史府按治，姦贓狼籍，遂論棄市[5]，曹人皆相賀。因此有「告不干己事法」，著於勑律。[202]

注釋

1 陰事：不可告人的事情。2 羈紲：羈，馬絡頭；紲，馬的繮繩；意指被控制着。3 謝濤：字濟之，九六〇——一〇三四，宋富陽人，官至太子賓客。4 蠹：衣魚。5 棄市：古刑罰之一，在鬧市處死。

譯文

曹州人趙諫曾經擔任小官，因為犯了罪而遭罷黜，之後只以記錄別人隱私來控制鄉人，沒有一個人敢違背他的主意，人人畏懼他比畏懼強盜更甚，即使官員也被他控制着，要看着他的面色辦事。兵部員外郎謝濤出任曹州知府，完全掌握了他的各種不法勾當，將他逮捕還押，列出前後所犯各大罪狀奏報朝廷，案件發到御史府查辦，各種姦劣行徑都給揭發出來，於是判處棄市之刑，曹州民眾都互相慶賀。因為這起案件，於是訂立了「告不干己事法」，列在律條之中。

驛傳[1]舊有三等，曰步遞、馬遞、急腳遞。急腳遞最遽，日行四百里，唯軍輿[2]則用之。熙寧中，又有「金字牌急脚遞，」如古之羽檄[3]也。以木牌朱漆黃金字，光明眩[4]目，過如飛電，望之者無不避路。日行五百餘里。有軍前機速處分，則自御前發下，三省、樞密院莫得與也。[203]

注釋

1 驛傳：以驛馬傳送。2 軍輿：開始軍事行動。3 羽檄：檄，古代用於征戰的文書。羽，羽毛。羽檄是古代傳送緊急軍事文書的方式。在文書上插上羽毛，以示必須快速送遞。4 眩：強光弄得眼睛看不清楚。

譯文

驛馬傳遞的方式，從前分為三等，叫做步遞、馬遞和急腳遞。急腳遞是最快速的一種，每天走四百里路，只有展開軍事行動時使用。熙寧年間，又有「金字牌急腳遞」，像古代的羽檄。用木牌紅漆寫上黃金色的字，光亮得令人目眩，走過時像飛電一樣，望到的人沒有不避開讓路的。每天走五百多里路。有軍中事務需要緊急處理，則由皇帝發下命令，三省、樞密院都不得而知。

賞析與點評

這條筆記記載了古代官方的郵驛制度。

皇祐二年，吳中大饑，殍殣[1]枕路[2]。是時范文正領浙西，發粟及募民存餉，為術甚備。吳人喜競渡，好為佛事，希文乃縱民競渡，太守日出宴於湖上，自春至夏，居民空巷出遊。又召諸佛寺主首諭之曰：「饑歲工價至賤，可以大興土木之役。」於是諸寺工作鼎興。又新敖倉吏舍，日役千夫。監司奏劾杭州不恤荒政，嬉遊不節，及公私興造，傷耗民力。文正乃自條敍所以宴遊及興造，皆欲以發有餘之財，以惠貧者。貿易飲食工技服力之人，仰食於公私者，日無慮數萬人。荒政之施，莫此為大。是歲兩浙唯杭州晏然[3]，民不流徙，皆文正之惠也。歲饑發司農之粟，募民興利，近歲遂著為令。既已恤饑，因之以成就民利，此先王之美澤也。[204]

注釋

1 殍殣（粵：縹緊；普：piǎo jìn）：餓死的人。2 枕路：佈滿路邊。3 晏然：安然無事。

譯文

皇祐二年，吳中地區發生大饑荒，餓死的人滿路都是。當時范仲淹擔任杭州太守，於是發放糧食和募集民間財物來賑濟，所用的方法十分完善。吳人喜歡划船比賽，又喜做佛事，范仲淹於是任由民眾比賽划船，他每天都在西湖宴請賓客，由春天到夏天，居民全部都出來遊玩。又召喚各佛寺的住持，曉諭他們說：「饑饉之年工匠價錢非常低，可以進行大規模的修繕工程。」於是各佛寺的工程鼎盛地展開。又翻新了糧倉和官舍，每天僱用上千的工人。監司上奏彈劾杭州官員不關心饑荒之事，嬉戲遊玩沒有節制，以及官府、私家大興土木，損害、消耗百姓之力。范仲淹於是親自逐條説明之所以宴遊和興造，都是希望發放多餘的錢財，以使貧民受惠。從事貿易、飲食、工藝技術勞動的人，依賴官府和私家得以溫飽的，每天不止數萬人。解決饑荒的行政措施，沒有比這個更有效。這年兩浙只有杭州安然無事，百姓不至流離失所，都是范仲淹的恩惠啊。饑荒之年發放官府儲糧，招募百姓營造有益的建設工程，近年也就成為法令。既能夠解決饑荒，因着它又足以完成百姓利益有關的工程，這真是先王美好的德政。

賞析與點評

這條記載范仲淹如何審度時勢，在災荒之年，發起各種看似不應該做的事，如宴遊、大興土木等，令民力有所依託，因而災荒並沒有導致遊民出現，既能令百姓溫飽，又能趁此時機，建設地方。

慶曆中，河[1]決北都商胡[2]，久之未塞，三司度支副使郭申錫[3]親往董作。凡塞河決，垂合[4]，中間一埽[5]，謂之「合龍門」，功全在此。是時屢塞不合，時合龍門埽長六十步。有水工高超者，獻議以謂：「埽身太長，人力不能壓，埽不至水底，故河流不斷，而繩纜多絕。今當以六十步[6]為三節，每節埽長二十步，中間以索連屬[7]之。先下第一節，待其至底；方壓第二、第三。」舊工爭之，以為不可，云：「二十步埽不能斷漏，徒用三節，所費當倍，而決不塞。」超謂之曰：「第一埽水信未斷，然勢必殺半。壓第二埽，止用半力，水縱未斷，不過小漏耳。第三節乃平地施工，足以盡人力。處置三節既定，即上兩節自為濁泥所淤，不煩人功。」申錫主前議，不聽超說。是時賈魏公[8]帥北門，獨以超之言為然，陰遣數千人於下流收漉[9]流埽。既定而埽果流，而河決愈甚，申錫坐謫。卒用超計，商胡方定。[207]

注釋

1 河：指黃河。2 北都商胡：宋代以大名府為北都，即今河北大名市。商胡，今河南省濮陽市東，宋時屬澶州。3 郭申錫：字延之，九九八—一〇七四，魏（今河北大名）人，曾任侍御史、給事中等職。4 垂合：將近合攏。5 埽：用樹枝、秫秸和石頭等製成，用來護堤或堵截流水。6 步：古代度量衡單位。宋代一步為五尺，約為一百五十多釐米。7連屬：連在一起。8賈魏公：賈昌朝，曾任宰相，封魏國公。9漉：被水沖走。

譯文

慶曆時，黃河在北都大名府商胡一帶決堤，很久都不能堵塞好，三司度支副使郭申錫親自前往督察治理工程。凡是堵塞黃河決堤，將近合攏，中間那一段用的埽叫做「合龍門」，成功與否全在這一段埽。那時多番堵塞都不能接合。當時用來合攏門的埽長六十步，有位名叫高超的水工提出建議，認為埽身太長，用人力不能壓下去，埽沉不到水底，結果河水不能斷流，而纜繩多被沖斷。現在應當把六十步的埽分成三節，每節埽長二十步，中間以繩索連接。先放下第一節，等埽沉到水底，才壓下第二節、第三節。保守的水工和他爭論，認為這方法行不通，說：「二十步的埽不能斷水不漏，只是白白用了三節，花費定必增加一倍，而決口還是堵不住。」高超對他們說：「第一節埽壓下去時，確實不能截斷流水，然而水勢必然減半；壓下第二節埽時只需一半的力氣，水流即使還沒截斷，也不過小漏而已。第三節時，已是在平地上做工程，能夠用盡人力了。處理好第三節後，則之前兩節自然被水中的泥沙淤塞，不用再費人力物力了。」郭申錫主張舊方法，不採用高超的方法。那時，賈昌朝為大名府長官，獨認為高超的建議可行，於是暗地裏派數千人到下游收集被沖走的埽。郭申錫按保守水工的方法施工，合龍門的埽果然被沖走，而黃河的決口更大，申錫也因此被貶官。最後還是用高超的建議，商胡的決口才得以堵住。

太常博士李處厚知廬州慎縣，嘗有毆人死者，處厚往驗傷，以糟胾[1]灰湯之類薄[2]之，都無傷跡，有一老父求見，曰：「邑之老書吏也，知驗傷不見其跡，此易辨也，以新赤油繖[3]日中覆之，以水沃[4]其屍，其跡必見。」處厚如其言，傷跡宛然。自此江、淮之間，官司往往用此法。［209］

注釋

1 糟胾（粵：志；普：zì）：腌製過的豬肉。2 薄：塗抹。3 新赤油繖（粵：散；普：sǎn）：即新的紅油傘。4 沃：澆灌。

譯文

太常博士李處厚出任廬州慎縣知院，曾經有一起毆人致死的案件，處厚前往檢驗死者的傷患，用腌肉湯、石灰水等塗抹上去，都找不到受傷的痕跡。有一位老人家前來求見，說：「我是縣裏的老書記，知道驗傷看不到痕跡，這事容易辨別，用新的紅油傘在正午時覆蓋着，以水灌到屍體上，傷痕一定可以見到。」處厚依照他的話去做，傷痕果然清楚呈現。自此之後，江蘇、淮水之間，官員通常都用這個方法來驗傷。

錢塘江，錢氏時為石堤，堤外又植大木十餘行，謂之「滉柱」。寶元、康定間，人有獻議取滉柱，可得良材數十萬，杭帥以為然，既而舊木出水，皆朽敗不可用，而滉柱一空，石堤為洪濤所激，歲歲摧決。蓋昔人埋柱，以折其怒勢，不與水爭力，故江濤不能為害。杜偉長為轉運使，人有獻說自浙江稅場以東，移退數里為月堤，以避怒水。衆水工皆以為便，獨一老水工以為不然，密諭其黨曰：「移堤則歲無水患，若曹何所衣食？」衆人樂其利，乃從而和之。偉長不悟其計，費以鉅萬，而江堤之害，仍歲有之。近年乃講月堤之利，濤害稍稀，然猶不若滉柱之利，然所費至多，不復可為。[210]

譯文

錢塘江，吳越錢氏統治的時候，修築了一道石堤，堤外植入十多行大木樁，稱為「滉柱」。寶元、康定年間，居民中有人提議拿走滉柱，可以獲得良材數十萬，杭州的長官以為真的如此，結果舊木從水裏拔出來後，都腐朽不可使用，而滉柱全部沒有了，石堤便被洪濤沖擊，年年被沖毀崩決。原因是前人埋滉柱，是用來阻擋江水洶湧的來勢，不跟江水爭力，所以江濤不能造成危害。杜偉長擔任轉運使時，有人建議由浙江稅場以東，向後移退數里，築建月堤，用來避開洶湧的江水。一眾水工都認為這是便捷的方法，只有一位老水工不同意，靜悄悄地向他的同伙說：「遷移堤防便會年年沒有水患，你們還依靠甚麼生活？」大家樂於見到眼前的利益，於是都跟隨附和他。偉長未察知他的詭計，花了上萬的金錢，而江堤帶來的禍害，仍每年發生。近年才注意到修築月堤的好處，江水帶來的災害才稍為減少，但還是不及滉柱的效益，可是再埋滉柱所費太大，不可再做了。

賞析與點評

這段談古人築堤防洪的識見，也反映出後人只計較眼前利益，不顧長遠福祉，加上地方官員缺乏識見，往往帶來不可恢復的禍害。

河北鹽法，太祖皇帝嘗降墨勅[1]，聽民間賈販，唯收稅錢，不許官榷。其後有司屢請閉固[2]，仁宗皇帝又有批詔云：「朕終不使河北百姓常食貴鹽。」獻議者悉罷遣之。河北父老，皆掌中掬[3]灰，藉火焚香，望闕歡呼稱謝。熙寧中，復有

獻謀者，予時在三司，求訪兩朝墨勑不獲。然人人能誦其言，議亦竟寢[4]。[212]

注釋 1 墨勑：皇帝親筆寫的詔書。2 閉固：猶言禁止。3 掬：捧着。4 寢：停止。

譯文 河北地區的鹽法，太祖皇帝曾經頒下親筆詔書，聽任民間商販自由買賣，只收取稅錢，不允許官方專賣。後來有負責的官員多番請求朝廷禁止，仁宗皇帝又有批詔說：「朕始終不希望令河北的百姓經常吃貴價的鹽。」獻議的官員全部給罷免遣走。河北的老百姓，都用手掌捧着香灰，點火焚香，朝着宮闕方向歡呼稱謝。熙寧年間，再有獻謀的官員，我當時在三司使工作，找尋兩朝皇帝的親筆詔勑不果，然而人人都能夠誦說當時詔勑的內容，提議最終也沒有實行。

卷十二·官政二

淮南漕渠[1]，築埭[2]以畜水，不知始於何時。舊傳召伯埭[3]謝公[4]所為。按李翱[5]《來南錄》，唐時猶是流水，不應謝公時已作此埭。天聖中，監真州排岸司[6]右侍禁陶鑑始議為複閘[7]節水，以省舟船過埭之勞。是時工部郎中方仲荀、文思使[8]張綸[9]為發運使、副[10]。表行之，始為真州閘，歲省冗卒五百人，雜費百二十五萬。運舟舊法，舟載米不過三百石；閘成，始為四百石船。其後所載浸[11]多，官船至七百石；私船受米八百餘囊，囊二石。自後北神、召伯、龍舟、茱萸諸埭，相次廢革，至今為利。予元豐中過真州，江亭後糞壤中見一臥石，乃胡武平[12]為《水閘記》，略敍其事，而不甚詳具。[213]

注釋

1 漕渠：漕運的河道。2 埭（粵：代；普：dài）：壩。3 召伯埭：位於今揚州召伯鎮。4 謝公：即謝安，東晉宰相。5 李翱：字習之，七七四—八三六，汴州陳留（今河南開封市）人，師從韓愈習古文，著有〈復性書〉，是唐、宋古文運動和儒學復興的重要人物之一。6 排岸司：負責河渠水利的官員。7 複閘：複式船閘，即於運河上下兩段中各架設一道閘門，利用水位的昇降，令船隻往上游或下游航行。8 文思使：文思院的長官。宋代文思院負責手工藝製造工作。9 張綸：字公信，九六一—一〇三五，北宋汝陰人，官至乾州刺史。10 副：副使。11 浸：漸漸。12 胡武平：胡宿，字武平，曾任樞密副使。

譯文

淮河以南的漕運水道，築起了土壩來蓄水，不知道甚麼時候開始。從前傳說「召伯埭」是謝安修築的。根據李翺《來南錄》，唐朝時候這裏還是流水，不應該在謝安的時候已經建造了這個水壩。天聖年間，真州排岸司的監司右侍禁陶鑑才建議做一道複閘來截斷水流，以節省舟船通過土壩的勞力。當時工部郎中方仲荀、文思使張綸擔任發運使和副使。上表奏請實行，這才開始築建真州閘，閘成後每年節省多餘的人力五百人，雜費一百二十五萬。船運的舊方法，是每艘船運載的米不超過三百石；複閘落成後，才得以通過運米達四百石的船隻。後來所運載的米逾來逾多，官船達到七百石；私船承載的米更有八百多袋，每袋重二石。自此之後北神、召伯、龍舟、茱萸等土壩，相繼廢舊築新，到現在還受惠。我在元豐年間經過真州，在江亭附近的土地裏看見一塊倒在地上的石碑，是胡武平寫的《水閘記》，約略敘述了有關的事情，但寫得不那麼詳細具體。

賞析與點評

這條記述江南運河利用複閘控制河水昇降，便利漕運歷史。複閘的原理，與現代水閘一樣。可見北宋時期水利建設在當時具有領先水平。

張杲卿[1]丞相知潤州日，有婦人夫出外數日不歸，忽有人報菜園井中有死人，婦人驚，往視之，號哭曰：「吾夫也。」遂以聞官。公令屬官集隣里就井驗是其夫與非，衆皆以井深不可辨，請出屍驗之。公曰：「衆皆不能辨。婦人獨何以知其為夫？」收付所司鞫問[2]，果姦人殺其夫，婦人與聞其謀。

[214]

注釋

1 張杲卿：即張昪，九九二——一〇七七，北宋韓城人，官至參知政事、樞密使，以太子太師致仕。卒謚康節。2 鞫問：用刑訊問。

譯文

丞相張昪擔任潤州知州時，有婦人的丈夫出外數天沒有歸來，忽然有人報告菜園的井裏有一具死人屍體，婦人大驚，前往察看，號陶大哭說：「這是我丈夫啊。」於是通報官府。張昪命令屬官召集鄰里到井邊驗明是不是婦人的丈夫，各人都以井很深，不能辨別，請求把屍體打撈出來檢驗。張昪說：「各人都不能夠辨別，怎麼就只有婦人知道是她的丈夫？」於是把婦人收押給有關官府拷問，果然是姦人殺害她的丈夫，婦人也知道這陰謀的。

國朝初平江南[1]，歲鑄錢七萬貫；自後稍增廣，至天聖中，歲鑄一百餘萬貫；

慶曆間，至三百萬貫；熙寧六年以後，歲鑄銅鐵錢六百餘萬貫。[217]

注釋

1 江南：指五代十國中的南唐。

譯文

北宋初年平定南唐，每年鑄造的錢數為七萬貫；自此之後稍為增加，到天聖年間，每年鑄造的錢為一百多萬貫；慶曆時期，達到三百萬貫；熙寧六年之後，每年鑄造的銅鐵錢有六百多萬貫。

賞析與點評

這條記述北宋時期鑄錢情況，可見當時社會貨幣流通量龐大。

天下吏人素無常祿[1]，唯以受賕[2]為生，往往致富者，熙寧三年，始制天下吏祿，而設重法以絕請託之弊。是歲，京師諸司歲支吏祿錢三千八百三十四貫二百五十四；歲歲增廣，至熙寧八年，歲支三十七萬一千五百三十三貫一百七十八。自後增損不常，皆不過此數。京師舊有祿者及天下吏祿，皆不預此數。[218]

注釋　1常祿：常規的俸祿。2賕：賄賂。

譯文　全國吏員向來沒有固定的俸祿，只是以接受賄賂為生，往往有因此致富的人。熙寧三年（一〇七〇），開始制定全國吏員的俸祿，而且設置重法以杜絕請託的弊端。那一年，首都各司級機關支付的吏員俸祿為三千八百三十四貫二百五十四；每年都不斷增加，到了熙寧八年（一〇七五），每年支付三十七萬一千五百三十三貫一百七十八文。自此之後，增減數額經常不同，但都不超過上述數目。首都原本已經有俸祿和全國吏員的俸祿，都不計算在這數目之內。

賞析與點評

這條筆記記述了北宋政府為了消除吏員貪污之風，進行吏員俸祿改革，以及記錄吏員俸祿開支的數目。

本朝茶法：乾德二年，始詔在京、建州、漢、蘄口各置榷貨務[1]。五年，始禁私賣茶，從不應為情理重[2]。太平興國二年，刪定禁法條貫[3]，始立等科罪[4]。淳化二年，令商賈就園戶[5]買茶，公[6]於官場貼射[7]，始行貼射法。淳化四年，

初行交引[8]，罷貼射法；西北入粟給交引，自通利軍[9]始，是歲罷諸處榷貨務，尋復依舊。至咸平元年，茶利錢以一百三十九萬二千一百一十九貫三百一十九為額。至嘉祐三年，凡六十一年，用此額，官本雜費皆在內，中間時有增虧，歲入不常。咸平五年，三司使王嗣宗[10]始立三分法[11]，以十分茶價，四分給香藥，三分犀象，三分茶引。六年，又改支六分香藥犀象，四分茶引。景德二年，許人入中錢帛金銀，謂之三說。至祥符九年，茶引益輕，用知秦州曹瑋議，就永興、鳳翔以官錢收買客引，以捄[12]引價，前此累增加饒錢[13]。至天禧二年，鎮戎軍[14]納大麥一斗，本價通加饒共支錢一貫二百五十四。乾興元年，改三分法，支茶引三分，東南見錢二分半，香藥四分半。天聖元年，復行貼射法，行之三年，茶利盡歸大商，官場但得黃晚惡茶[15]，乃詔孫奭[16]重議，罷貼射法。明年，推治[17]元議省吏，計覆官、句獻[18]等皆決配沙門島，元詳定樞密副使張鄧公[19]，參知政事呂許公[20]、魯肅簡各罰俸一月，御史中丞劉筠、入內內侍省副都知周文質[21]、西上閤門使薛昭廓、三部副使各罰銅二十斤，前三司使李諮落樞密直學士，依舊知洪州。皇祐三年，算茶依舊只用見錢。至嘉祐四年二月五日，降勅罷茶禁。[220]

注釋

1 榷貨務：北宋設立的管理榷貨貿易和榷稅的官署。2 從不應為情理重：法律用語，指按照犯罪的嚴重性來從重處罰。3 條貫：條文。4 立等科罪：訂立處罰的不同等級。5 園戶：種茶的農戶。6 公：政府。7 貼射：貼射法，宋代茶法之一。由茶商直接向茶戶購茶，茶官居中估價。估價與茶戶實際售出的差額入官。8 交引：即交引錢，由政府向繳納物品的商人發給文券，稱為交引。交引可在內地官府兑錢或領茶葉、鹽等物資轉售。9 通利軍：今河南浚縣東。軍，宋代地方行政區劃單位。10 王嗣宗：字寶臣，九四四—一〇三〇，靈壽人，官至簽樞密院事。11 三分法：宋代稅法之一。商人向官府輸納芻粟，官府給券換茶。後又加入緡錢、香藥、犀齒等物。12 捄：同救。13 加饒錢：即加耗錢，借補貼損耗為名徵收的稅錢。14 鎮戎軍：今陝西固原。15 黃晚惡茶：發黃或過了採摘時節收集，質量較差的茶葉。16 孫奭：字宗古，九六二—一〇三三，宋博平人，以太子少傅致仕，卒謚宣。17 推治：追究。18 旬獻：三司吏員之一。19 張鄧公：即張士遜，字順之，九六四—一〇四九，宋光化軍（今湖北光化）人，官至丞相，封鄧國公。20 呂許公：即呂夷簡，字坦夫，九七九—一〇四四，開封人，官至丞相，封許國公。21 周文質：生卒年不詳，本為內侍省宦官，歷事太宗、真宗、仁宗三朝，因澶淵之役退遼有功，獲真宗信任。

譯文

北宋茶法：乾德二年，才下詔在京、建州、漢、蘄口等地各設置榷貨務。五年，開始禁止私賣茶葉，凡不遵守禁令的人，都按所犯情節嚴重從重處罰。太平興國二年，刪定禁止私賣茶葉的法律條文，開始確立犯罪受罰的等級。淳化二年，命令商人向茶園戶購買茶葉，官府在官設的茶場張貼茶價，這才開始實行貼射法。淳化四年，剛實行交引法，停止了貼射法；西北地區繳納糧食後給予交引，由通利軍開始，這一年停止各處的榷貨務，不久又回復過來。到了咸平元年，茶稅收入以一百三十九萬二千一百一十九貫三百一十九文為定額。到了嘉祐三年，共六十一年，都根據這個數額徵收，官府的本錢和雜費都包括在內，中間有時有所增減，每年的稅收都不穩定。咸平五年，三司使王嗣宗開始設立三分法，以十分的茶價計算，當中四分支付香藥，三分支付犀象，三分支付茶引。六年，又改為支付六分香藥犀象，四分支付茶引。景德二年，准許商人繳納布帛和金銀，稱為三說。到了祥符九年，茶引日益貶值，於是實行知秦州曹瑋的建議，到永興、鳳翔等地用官府的錢收買商人的茶引，以挽救茶引的價值，在這以前，又多番增加耗錢。到了天禧二年，鎮戎軍繳納大麥一斗，在原價之上全部加上耗錢，合共支付一貫二百五十四文錢。乾興元年，修改了三分法，支付茶引三分，東南現錢二分半，香藥四分半。天聖元年，又恢復實行貼射法，實施了三年，茶葉貿易的利潤全部都給了大商人，官府的茶場只得到發黃晚採的劣質茶葉，於是下令孫奭重新審議茶法，停止了貼射法。明年，追究原本提議茶法的三司使官員，計覆官、句獻等官員都都流徙到沙門島，原來的詳定樞密副使張士遜，參知政事呂夷簡、魯宗道各罰俸祿一個月，御史中丞劉筠、入內內侍省副都知周文質、西上閤門使薛昭廓、三部副使各罰銅二十斤，前三司使李諮落樞密直學士，仍舊任洪州知州。皇祐三年，算茶依舊只用現錢。到了嘉祐四年二月五日，降下詔敕取消茶禁。

賞析與點評

這條筆記詳述了北宋茶稅的沿革。

權智——古人智慧的頌揚

本篇導讀——

《夢溪筆談》卷十三共二十一條，《補筆談》六條，記錄的主要是北宋時期官員和百姓怎樣運用智慧解決問題，當中既有與外族的戰爭，也有地方官員為民除災，以及老百姓運用巧智解決工作上遇到的問題。權智，指的是權變智略，是人們在遇上難題時，能知所變通，適當地改變固有的應對方式，採用別的方法，成功解決問題。當中可以看到人們怎樣運用智謀來迷惑敵人，或者以其睿智巧製工具來完成工作。雖然其中不免涉及猾詐行為，但沈括是以讚揚的角度來寫的，跟〈謬誤〉中附錄的「譎詐」所用的批評語氣不同。這二十七條，記錄的內容包括：

（一）狄青對抗外族的情況：北宋立國之後，面對強悍的外族竄擾和地方起義，不時發生戰爭。在〈權智〉裏，有多條記錄與行軍有關。其中對北宋名將狄青兵不厭詐，運用各種謀略，打擊敵人，取得勝利，卻不冒進的記載尤為詳細。

（二）對外族備戰和反間策略：北宋跟遼、西夏長時間處於對敵狀態，不時發生戰爭。邊境的守備益形重要。本卷記載了何承矩怎樣瞞過遼人，把邊境的荒地變成宋國的廣袤湖泊，在北方邊境築起天然屏障，不僅有效阻止遼人進侵，還為當地百姓提供湖澤之利，改善生活。此外，仲世衡一條，記述了世衡怎樣利用反間計，令西夏李元昊自己替北宋剷除大臣野利這個大患，從而令西夏陷入紛亂。

（三）官員面對突發事件或重大工程時採取的有效措施：卷中記錄了雷簡夫做縣令時，因為大石滑下山坡，堵塞道路，百姓以之為患。他因應情況，採用挖土移石的方法，終於解決了困擾百姓的問題。又如陵州鹽井，因為井中毒氣令人死亡，當時的工作，為了解決問題，製造了「雨盤」這種工具來模仿下雨，終於令人們能夠安然下井採鹽。

在《補筆談》中，還有一條關於丁謂的記載值得一談。這條記載說的是丁謂在皇宮大火後修復宮殿的工程中，如何挖開汴京的道路，引河水入城，方便運輸建築材料。竣工後怎樣利用廢棄的材料重新填好水道，恢復道路原貌，結果為朝廷節省數以億計工錢。這段記錄之所以特別，是因為丁謂雖然聰敏過人，但卻是北宋的大奸臣，後來更遭到貶謫。在《筆談》中的〈謬誤·譎詐附〉中，也有一段關於他怎樣賣弄聰明，騙得皇帝玉帶的記錄。一段記錄在〈譎詐〉中以示其為人狡滑，一段補誌於〈權智〉中以凸顯其才智，不因為其名聲不好，便全是批評，而是以實事求是，不隱沒其為朝廷省費的功績，也不掩飾其狡黠為人的一面。〈權智〉的各條筆記，讓我們看到，有些事情只要能摒棄固定的思維框架，往往能找到更佳的解決方法。

卷十三・權智

陵州鹽井，深五百餘尺，皆石也，上下甚寬廣，獨中間稍狹，謂之「杖鼓腰」。舊自井底用柏木為榦，上出井口，自木榦垂綆[1]而下，方能至水，井側設大車[2]絞之。歲久井榦摧敗[3]，屢欲新之，而井中陰氣襲人，入者輒[4]死，無緣[5]措手[6]。惟候有雨入井，則陰氣隨雨而下，稍可施工；雨晴復止。後有人以一木盤，滿中貯水，盤底為小竅[7]，醨[8]水一如雨點，設於井上，謂之「雨盤」，令水下終日不絕，如此數月，井榦為之一新，而陵井之利復舊。[224]

注釋

1 綆（粵：梗；普：gěng）：繩子。2 大車：用來提取井水的絞盤。3 摧敗：摧折敗壞。4 輒：每每。5 無緣：沒有方法。6 措手：着手、入手。7 竅：洞。8 灑：同灑。

譯文

陵州鹽井，深五百多尺，裏面都是石頭，上下甚為寬闊廣大，只有中間略為狹窄，稱為「杖鼓」。從前由井底用柏木造起豎架，往上直到井口，由木架放下綆繩，才能夠到達井水處。井旁裝置了一臺大車來絞動綆繩。過了一段日子，井架折斷敗壞了，多次想造一架新的，而井裏陰氣襲人，進去的人往往死掉，沒有方法可施。只有等待下雨的日子下井，則陰氣隨着雨水而往下沉，才稍為可以進行工程；一放晴又得停工了。後來有人用一隻木盤，滿滿的貯水，盤底鑿了小洞，灑水時像下雨一樣，裝置在井上，叫做「雨盤」，令水滴天下落，就這樣過了幾個月，井架便換成全新的了，而陵州鹽井的收益也回復到從前了。

賞析與點評

這則筆記記載民間工匠怎樣運用巧智解決問題。本來要等待自然現象（下雨）才能下井工作，現在卻因為有人想到了模倣下雨的工具而使問題迎刃而解。

寶元中，党項[1]犯塞[2]。時新募「萬勝軍」，未習戰陣，遇寇[3]多北[4]。狄

青[5]為將，一日，盡取「萬勝」旗付「虎翼軍」，使之出戰。虜[6]望其旗，易之[7]，全軍徑趨[8]，為「虎翼」所破，殆無遺類。又青在涇原，嘗以寡當衆，度必以奇勝，預戒軍中盡捨弓弩，皆執短兵器，令軍中聞鉦[9]一聲則止，再聲則嚴陣而陽卻[10]，鉦聲止則大呼而突[11]之，士卒皆如其教。纔遇敵，未接戰，遽[12]聲鉦，士卒皆止；再聲，皆卻。虜人大笑，相謂曰：「孰謂狄天使勇？」時虜人謂青為「天使」。鉦聲止，忽前突之，虜兵大亂，相蹂踐死者，不可勝計也。[227]

注釋

1 党項：羌族，北宋時建立西夏國。2 犯塞：侵犯邊境。3 寇：古代對外族的貶稱之一。4 北：敗北，戰敗。5 狄青：字漢臣，一〇〇八—一〇五七，北宋汾州西河人，善戰多謀，官至樞密使。6 虜：古代對外族的貶稱。7 易之：以為容易取勝。8 徑趨：直接進逼。9 鉦（粵：精；普：zhēng）：敲擊類軍樂器之一，似鐘而長，有柄。10 陽卻：陽，同佯，假裝。卻，退卻。11 突：突擊。12 遽：突然。

譯文

寶元年間，西夏党項進犯邊疆。當時新招募的「萬勝軍」，還沒有熟習戰陣，遇到敵人往往打敗仗。狄青擔任將軍，一天，把「萬勝」軍的軍旗全部拿走交給「虎翼軍」，命令他們應戰。敵人看到他們的軍旗，以為容易對付，於是全軍直奔過來，結果被「虎翼」軍擊敗，幾乎全軍覆沒。另外，狄青鎮守涇原時，曾經以寡敵衆，計度必須用奇招才能獲勝，於是預先告誡官兵把弓弩全部棄掉，都拿着短小的兵器，命令士兵聽到第一聲擊鉦時停下來不動，再聽到第二聲便嚴整陣容而假裝後退，鉦聲停止了則大聲喊叫並奮擊，士兵都按照他的指示去做。剛遇到敵軍，還沒有交戰，突然聽到擊鉦的聲音，士兵都停下來；再聽到鉦聲，都退後。敵軍大笑，互相說：「誰說狄天使勇猛啊？」當時敵軍都稱呼狄青做「天使」。鉦聲停止了，士兵忽然衝前進擊，敵軍大亂，互相踩踏而死的，不可勝數。

賞析與點評

這條記載了北宋名將狄青使計令西夏兵存有輕敵之心，終於反敗為勝。沈括既頌揚了狄青足智多謀，也說明了北宋面對外族侵擾，如果任用得人，其實大勝並非難事。

陝西因洪水下[1]大石塞山澗中，水遂橫流為害。石之大有如屋者，人力不能去，州縣患之。雷簡夫[2]為縣令，乃使人各於石下穿一穴，度如石大，挽[3]石入穴窖[4]之，水患遂息也。[233]

注釋

1 下：沖下。2 雷簡夫：字太簡，一〇〇一——一〇六七，北宋同州郃陽（今陝西合陽）人，官至職方員外郎。3 挽：牽，拉。4 窖：地洞。此處作動詞用，指用洞穴收藏起來。

譯文

陝西地區因為山洪暴發沖下了大石，堵塞在山澗之中，河澗的水因而四處流溢為害。石頭大得像房屋一樣，人力不能搬走，州縣都受到災害。雷簡夫擔任縣令，於是派人各自在大石底下挖一個坑洞，大約像石頭般大，把石頭拉到坑洞裏面，水患便消除了。

賞析與點評

這條記載雷簡夫怎樣靈活變通，跳出框框，利用挖坑的方法，移走大石，消除了災害。

狄青戍涇原日，嘗與虜戰，大勝，追奔數里，虜忽壅遏[1]山踊，知其前必遇險，士卒皆欲奮擊，青遽鳴鉦止之，虜得引去[2]。驗其處，果臨深澗，將佐皆悔不擊。青獨曰：「不然。奔亡之虜，忽止而拒我，安知非謀？軍已大勝，殘寇不足利，得之無所加重。萬一落其術中，存亡不可知。寧悔不擊[3]，不可悔不止。」青後平嶺寇，賊帥儂智高兵敗，奔邕州，其下皆欲窮其窟穴[4]，青亦不從，以為趨利

乘勢入不測之城，非大將軍，智高因而獲免。天下皆罪青不入邕州，脫智高於垂死。然青之用兵，主勝而已。不求奇功，故未嘗大敗。計功最多，卒為名將。譬如弈棋，已勝敵可止矣，然猶攻擊不已，往往大敗，此青之所戒也。臨利而能戒，乃青之過人處也。[235]

注釋

1 壅遏：阻塞。2 引去：帶着兵退走。3 不擊：不進攻。4 窟穴：敵人巢穴。

譯文

狄青戍守涇原的時候，曾經跟敵軍戰鬥，大獲全勝，追逐敵人數里，敵軍忽然擁塞在山道上，因而知道前面必定遇到險阻，士兵都想奮起攻擊，狄青突然鳴鉦收兵，敵軍得以退走。察看那個地方，果然在深澗旁邊，將領都後悔不繼續攻擊。狄青卻說：「不對。逃命的敵人，忽然停止而抵抗我們，怎麼知道不是陰謀？戰事已取得重大勝利，潰不成軍的敵人不足為利，打敗他們也不會增加戰功。萬一中了他們的圈套，生死還不可知道呢。寧願後悔不緊追，不可後悔不停止。」狄青後來平定嶺南寇盜，寇盜的首領儂智高打敗了仗，逃跑到邕州，狄青的部下都想直搗他的巢穴，狄青也不依從，認為趁着勝利的形勢推進不知虛實的城池，不是大將軍所為，儂智高因此而幸免。全國都因此怪罪狄青不攻進邕州，讓智高在垂死之際得以逃脫。然而狄青用兵的原則，只追求戰勝敵人，不追求奇功，因此沒試過打敗仗。計算起來戰功最多，終於成為名將。就像下棋，已經戰勝對手便要收手，還繼續攻擊不停，往往大敗，這正是狄青所警惕的。面對着利益而能夠警惕，這是狄青比人優勝的地方。

賞析與點評

這條筆記頌揚狄青深謀遠慮，不貪勝，不爭功，因此禦敵制勝，名垂青史。

瓦橋關北與遼人為隣，素無關河為阻。往歲六宅使何承矩守瓦橋，始議因陂澤[1]之地，瀦水[2]為塞[3]，欲自相視，恐其謀泄，日會僚佐，汎船置酒賞蓼花，作《蓼花吟》數十篇，令座客屬和，畫以為圖，傳至京師，人莫喻其意。自此始壅[4]諸淀[5]。慶曆中，內侍楊懷敏復踵為之。至熙寧中，又開徐村、柳莊等濼[6]，皆以徐、鮑、沙、唐等河，叫猴、雞距、五眼等泉為之源，東合滹沲、漳、淇、易、白等水并大河[7]，於是自保州西北沈遠濼，東盡滄州泥枯海口，幾八百里，悉為瀦潦[8]，闊者有及六十里者，至今倚為藩籬。或謂侵蝕民田，歲失邊粟之入，此殊不然，深、冀、滄、瀛間，惟大河、滹沲、漳水所淤，方為美田；淤澱不至處，悉是斥鹵[9]，不可種藝[10]，異日惟是聚集遊民，刮鹹煮鹽，頗干鹽禁，時為寇盜；自為瀦濼，姦鹽遂少，而魚蟹菰葦[11]之利，人亦賴之。[236]

注釋

1 陂澤：陂，池塘。澤，水聚集的地方。2 瀦（粵：豬；普：zhū）水：蓄水。3 塞：填滿。這裏指灌滿水使之成為外族進入的障礙。4 壅：堵塞。5 淀（粵：電；普：diàn）：淺水湖。6 濼：同「泊」，指湖泊。7 大河：黃河。8 瀦潦：積水匯聚的湖澤。9 斥鹵：鹽鹼地。10 種藝：耕種、種植。11 菰葦：菰（粵：姑；普：gū），茭白。葦，葦草。

譯文

瓦橋關的北邊跟遼國接壤，向來沒有關卡河道阻隔。往年六宅使何承矩鎮守瓦橋，才提議因應那裏低洼的沼澤地形，蓄水來做屏障，想親自前往觀察，但害怕計劃泄漏，於是每天都跟部下在沼澤划船喝酒，觀賞蓼花，寫下了〈蓼花吟〉數十篇，又命令在座的客人互相和詩，畫為圖畫，傳送到首都，人們都不知道他的意圖。由這時起才開始堵塞各個沼泊。慶曆年間，內侍楊懷敏又繼續做這個工作。到了熙寧年間，又開挖了徐村、柳莊等塘泊，都用徐、鮑、沙、唐等河，叫猴、雞距、五眼等泉作水源，東面會合滹沲、漳、淇、易、白等河川流到黃河，於是由保州西北的沈遠濼，向東抵達滄州泥枯海口，差不多八百里，全部都變成湖泊，開闊之處有接近六十里，到現在還倚賴它做藩籬。有人批評說這樣做侵蝕了百姓的田地，每年喪失邊境的糧食稅收，這真的不對，深、冀、滄、瀛之間，只有被大河、滹沲、漳水淤積的地方，才是良田；淤澱不到的地方，全是充斥着鹽鹵的地區，不可以種植農作物，昔日只聚集了遊民來刮鹹煮鹽，頗為干犯鹽禁，又時常淪為盜賊；自從變成湖泊後，私鹽便少了，而魚蟹、菰葦的收益也令百姓有所依賴。

賞析與點評

這條記載守邊官員怎樣審度形勢，因應地形變化，採取合適方法，化害為利，不僅阻止了外敵侵擾，還為邊地百姓製造有利生活的環境。

蘇州至崑山縣凡六十里，皆淺水無陸途，民頗病涉。久欲為長堤，但蘇州皆澤國[1]，無處求土。嘉祐中，人有獻計，就水中以蘧蒢[2]芻稾[3]為牆，栽兩行，相去三尺。去牆六丈又為一牆，亦如此。漉[4]水中淤泥實蘧蒢中，候乾，則以水車汱[5]去兩牆之間舊水。牆間六丈皆土，留其半以為堤脚，掘其半為渠，取土以為堤。

每三四里則為一橋，以通南北之水。不日堤成，至今為利。[240]

注釋

1 澤國：到處都是水的地方。2 蘧蒢（粵：渠除；普：qú chú）：蘆葦草編作的蓆。3 芻槀（粵：初稿；普：chú gǎo）：曬乾的草和禾。4 漉：挖取。5 汏（粵：太；普：tài）：淘洗、去除。

譯文

蘇州到崑山縣共有六十里遠，都是淺水沒有陸路可達，居民頗患涉水。很久以前便希望築建長堤，但是蘇州到處都是水鄉，沒有地方找到泥土來施工。嘉祐（一〇五六——一〇六三）年間，有人獻上方案，直接在水裏用蘆草編成的蓆和乾禾草來造牆，分成兩行，相隔三尺。離開牆六丈又造一牆，也是這樣做。撈取水中淤泥填到蘆草蓆中，待乾後，則以水車弄乾兩牆之間多餘的水分。牆間六丈都是泥土，留下其中一半用來做堤腳，挖掘其餘一半來做渠，拿挖出來的泥土來做堤防。每三、四里則修築一道橋梁，以便貫通南北水路。不消一段時間，堤防便完成，到今天還有利於地方。

賞析與點評

這條筆記記述了人們利用簡單物料，便完成了一項大工程。

陳述古[1]密直[2]知建州浦城縣日，有人失物，捕得莫知的[3]為盜者。述古乃紿[4]之曰：「某廟有一鐘，能辨盜至靈。」使人迎置後閤[5]祠之，引羣囚立鐘前，自陳不為盜者，摸之則無聲，為盜者摸之則有聲。述古自率同職禱鐘甚肅，祭訖，以帷圍之，乃陰使人以墨塗鐘，良久，引囚逐一令引手入帷摸之，出乃驗其手，皆有墨，唯有一囚無墨，訊之，遂承為盜，蓋恐鐘有聲不敢摸也。此亦古之法，出於小說。[242]

注釋

1 陳述古：即陳襄，一〇一七——一〇八〇，北宋福建侯官（今福建福州）人。2 密直：樞密院直學士簡稱。3 的：究竟。4 紿（粵：怠；普：dài）：欺騙。5 閤：同閣。

譯文

樞密使陳襄擔任建州浦城縣知縣時，有人被人偷走了物件，抓到了一些疑犯，但不知道究竟誰是偷東西的人。陳襄於是騙他們說：「某座廟宇裏有一口鐘，能夠辨別盜賊，最為靈驗。」派人把那口鐘運到後堂供奉，領着這些疑犯站立在鐘前，告訴他們說不是盜賊的人，摸了這個鐘則不會發出聲響，是盜賊的人摸鐘則有聲響。陳襄親自率領官員向鐘嚴肅禱告，祭祠完畢，用帷帳圍起來，便暗中派人用墨汁塗抹那個鐘，過了好一會，領着疑犯逐一命令他們伸手入帷帳內摸鐘，出來就檢驗他們的手，都有墨跡，只有一個疑犯沒有墨跡，審問他，遂承認是盜賊，原因是懼怕鐘有聲響而不敢摸。這也是古代的方法，出自小說。

賞析與點評

這條記述陳襄怎樣利用罪犯懼怕被揭發的心理狀態，借助神靈之說，讓盜賊自己認罪。

寶元中，党項犯邊，有明珠族首領驍悍，最為邊患。种世衡[1]為將，欲以計擒之。聞其好擊鼓，乃造一馬持戰鼓，以銀裹之，極華煥[2]，密使諜者[3]陽[4]賣之，入明珠族。後乃擇驍卒數百人，戒之曰：「凡見負銀鼓自隨者，併力擒之。」一日，羌酋負鼓而出，遂為世衡所擒。又元昊[5]之臣野利，常為謀主，守天都山，號天都大王，與元昊乳母白姥有隙[6]。歲除日[7]，野利引兵巡邊，深涉漢境數宿[8]，白姥乘間乃譖[9]其欲叛，元昊疑之。世衡嘗得蕃酋之子蘇吃曩，厚遇之，聞元昊嘗賜野利寶刀，而吃曩之父得幸於野利，世衡因使吃曩竊野利刀，許之以緣邊[10]職任、錦袍、真金帶。吃曩得刀以還，世衡乃唱言野利已為白姥譖死，設祭境上，為祭文，敍歲除日相見之歡。入夜，乃火燒紙錢，川中盡明。虜見火光，引騎近邊窺覘[11]，乃佯委[12]祭具，而銀器凡千餘兩悉棄之。虜人爭取器皿，得元昊所賜刀，及火爐中見祭文已燒盡，但存數十字。元昊得之，又識其所賜刀，遂賜野利死。野利有大功，死不以罪，自此君臣猜貳，以至不能軍。平夏之功，世衡計謀居多，當時人未甚知之。世衡卒，乃錄其功，贈觀察使。[244]

注釋

1 种世衡：字仲平，九八五——一〇四五，宋洛陽人，官至環慶路兵馬鈐轄。2 華煥：華麗光亮。3 諜者：間諜。4 陽：同佯，假裝。5 元昊：即西夏開國皇帝李元昊。6 隙：裂縫，引伸為嫌隙。7 歲除日：農曆一年的最後一天，即除夕。8 數宿：住了數天。9 譖：誣陷。10 緣邊：邊境。11 窺覘：偷偷地看。12 佯委：假裝放下。

譯文

寶元年間，党項進犯邊疆，有明珠族的首領驍勇兇悍，是邊境上最大的禍患。种世衡擔任將軍，想用計謀擒拿他。聽說他喜歡打鼓，於是製造了一個在馬上手持的戰鼓，用銀包裹着，十分華麗明亮，暗中派間諜假裝販賣，使它流入明珠族中。之後，挑選驍勇的士兵數百人，告誡他們說：「只要看到背着銀鼓隨身的人，要合力捉拿。」一天，羌酋背着鼓出來，於是被种世衡擒獲。另外，李元昊的大臣野利，是主要的謀臣，鎮守天都山，號稱天都大王，跟李元昊的乳母白姥有嫌隙。除夕，野利帶兵巡邏邊境，深入到漢人境內住了數晚，白姥趁着機會誣陷他想叛變，李元昊懷疑他。种世衡曾俘獲蕃酋的兒子蘇吃曩，厚待他，聽說李元昊曾經賞賜給野利一柄寶刀，而吃曩的父親得到野利信任，世衡因此派吃曩竊取野利的寶刀，答應給他邊境的職位、錦袍和真金腰帶。吃曩取得寶刀回來，世衡於是散佈野利已被白姥陷害死了的消息，在邊境佈置了祭壇，寫了祭文，敍述除夕相見的歡欣之情。到了晚上，乃火燒紙錢，山川通明。敵兵看見火光，領着馬走近邊境窺看究竟，於是假裝拋棄祭器，而共值千多兩的銀器全部棄掉。敵兵爭相取得器皿，找到了李元昊所賜的寶刀，以及在火爐中見到已燒盡了的祭文，只留有數十個字。李元昊得到祭文，又認出他所賜的寶刀，於是把野利處死。野利有大功勞，沒有犯罪卻被處死，自此君臣之間互相猜疑，以至不能成軍。平定西夏的功績，种世衡的計謀佔大多數，當時人知道的不多。世衡死後，記錄他的功績，追贈觀察使職銜。

賞析與點評

這條記載了种世衡怎樣利用反間計，除去西夏李元昊身邊重臣，從而為北宋解除了西夏的威脅。

祥符中禁火[1]。時丁晉公主管復宮室，患取土遠，公乃令鑿通衢[2]取土，不日皆成巨塹[3]，乃決汴水入塹中，引諸道竹木排筏及船運雜材，盡自塹中入至宮門。事畢，卻以斥棄瓦礫灰壤實於塹中，復為街衢。一舉而三役濟[4]，計省費以億萬計。[691]

注釋

1 禁火：皇宮失火。禁，宮禁，指皇宮。2 通衢：通達四方的大道。3 塹（粵：暹；普：qiàn）：壕溝。4 濟：完成。

譯文

祥符年間，宮禁失火。當時丁謂擔當復建宮室的主管之職，憂慮到須從遠地挖取泥土來施工，他於是命令鑿開汴京城的主要大街來挖取泥土，過不了幾天，這些大街都挖成了鉅大的濠溝，便鑿開汴河，讓河水流進濠溝中，再引領來自各地運送竹木的排筏和運送雜材船隻，全都由濠溝開進皇宮的門口。竣工後，又用拋棄掉的瓦礫泥土，填滿這些濠溝，恢復原來的街道。一項舉措而完成了三項工程，累計起來為朝廷節省了數以億萬的開支。

賞析與點評

這條記錄了丁謂負責復建皇宮時，採用了開挖汴京的街道，引水入城，再利用這些臨時河道運送建築材料，竣工後又復用剩餘的廢棄材料填河復街，大大節省了營建開支和建築時間。

藝文與書畫——文學藝術生活風貌

本篇導讀——

《夢溪筆談》卷十四、十五、十六主要談文學創作，也有沈括對音韻學的見解。卷十七談書畫藝術，談到北宋初期畫風和畫師，也提出了對書畫技藝的見解。由於藝文與書畫同屬精神文明，而唐、宋時期著名的文學作家，書畫藝術造詣也深，因此把這四卷合為一章。

卷十四・藝文一

歐陽文忠[1]常愛林逋[2]詩「草泥行郭索，雲木[3]叫鉤輈」之句。文忠以為語新

而屬對親切。鉤輈，鷓鴣聲也。李羣玉[4]詩云：「方穿詰曲崎嶇路，又聽鉤輈格磔聲。」郭索，蠏行貌也。揚雄[5]《太玄》曰：「蠏之郭索，用心躁也。」[245]

注釋

1 歐陽文忠：即歐陽修。2 林逋：字君復，九六八？—一〇二八，稱和靖先生，錢塘（今浙江杭州）人，宋代著名詞人。3 雲木：高聳入雲的樹木。4 李羣玉：字文山，八〇八—八六二，唐澧州（今湖南澧縣）人，晚唐詩人。5 揚雄：字子雲，前五三—一八，西漢蜀郡成都（今四川成都）人，西漢著名思想家、文學家，著有《太玄》、《法言》等書。

譯文

歐陽修喜愛林逋的詩句「草泥行郭索，雲木叫鉤輈」。他以為這兩句用語新穎而且對仗親和貼切。鉤輈，鷓鴣的叫聲。李羣玉詩：「方穿詰曲崎嶇路，又聽鉤輈格磔聲。」郭索，螃蠏行走的樣子。揚雄《太玄》：「蠏之郭索，用心躁也。」

賞析與點評

這條指出雖然歐陽修說林逋的詩句用語新奇，但其實這些詞語在前人的作品中已經用上了。

唐人作富貴詩[1]，多紀其奉養器服之盛，乃貧眼所驚耳。如貫休[2]富貴詩云：「刻成箏柱雁相挨。」此下里鬻彈者[3]皆有之，何足道哉！又韋楚老[4]《蚊詩》云：「十幅紅綃圍夜玉。」十幅紅綃[5]為帳，方不及四五尺，不知如何伸腳？此所謂「不曾近富兒家。」[248]

注釋

1 富貴詩：內容描述富貴生活的詩作。2 貫休：字德隱，八三二—九一二，俗姓姜，為唐代著名詩僧。3 鬻彈者：鬻，賣。即賣藝者。4 韋楚老：約公元八四〇年前後在世，《全唐詩》作常楚老，字、生卒年均不詳。5 綃（粵：消；普 xiāo）：薄綢。

譯文

唐人作富貴詩，大多描寫奉養器物服飾的盛大，那不過是窮人眼中感到驚奇的東西罷了。例如貫休的富貴詩說：「刻成箏柱雁相挨。」這是鄉間賣藝者都有的事啊！有甚麼值得稱道呢！又如韋楚老《蚊詩》說：「十幅紅綃圍夜玉」。十幅紅綃做圍帳，四周不到四、五尺，不知道怎樣伸腳呢？這就是所謂「從來沒有接觸過富貴人家」了。

音韻之學，自沈約為四聲，及天竺梵學[1]入中國，其術漸密。觀古人諧聲，有不可解者。如「玖」字「有」字多與「李」字協用[2]；「慶」字「正」字多與「章」字「平」字協用。如《詩》：「或羣或友，以燕天子。」「彼留之子，遺我珮玖。」「投我以木李，報之以瓊玖。」「終三十里，十千維耦。」「自今而後，歲其有，君子有穀，貽孫子。」「陟降左右，令聞不已。」「膳夫左右，無不能止。」「魚麗于罶，鰋鯉稷稻粱，農夫之慶。」「唯其有章矣，是以有慶矣。」「則篤其慶，載錫之光。」「我田既臧，農夫之慶。」「萬舞洋洋，孝孫有慶。」《易》云：「西南得朋，乃與類行；東北喪朋，乃終有慶。」「積善之家，必有餘慶；積不善之家，必有餘殃。」班固《東都賦》：「彰皇德兮侔周成，永延長兮膺天慶。」如此亦多。今《廣韻》中「慶」一音「卿」。然如《詩》之「未見君子，憂心怲怲，既見君子，庶幾有臧。」「誰秉國成，卒勞百姓，我王不寧，覆怨其正。」亦是「怲」、「正」與「寧」、「平」協用。不止「慶」而已。恐別有理也。[251]

注釋

1 天竺梵學：天竺，印度。梵學，佛教學說。2 協用：押韻使用。

譯文

音韻學由沈約創立四聲學說起，到印度佛學進入中國，這門學問的理論漸漸周密。看到古人的諧聲字有些不可以理解的，像「玖」字、「有」字多跟「李」字押韻使用，「慶」字、「正」字多跟「章」字、「平」字押韻使用。例如《詩》「或羣或友，以燕天子。」（《小雅．吉日》）「彼留之子，貽我佩玖。」（《王風．丘中有麻》）「投我以木李，報之以瓊玖。」（《衛風．木瓜》）「終三十里，十千維耦。」（《周頌．噫嘻》）「自今而後，歲其有，君子有穀，貽孫子。」（《魯頌．有駜》）「陟降左右，令聞不已。」（《大雅．文王》）「膳夫左右，無不能止。」（《大雅．雲漢》）「魚麗于罶，鰋鯉，君子有酒，旨且有。」（《小雅．魚麗》），像這類的例子十分多。又例如「孝孫有慶，萬壽無疆。」（《小雅．楚茨》），「黍稷稻粱，農夫之慶。」（《小雅．甫田》），「唯其有章矣，是以有慶矣。」（《小雅．裳裳者華》），「則篤其慶，載錫之光。」（《大雅．皇矣》），「我田既臧，農夫之慶。」（《小雅．甫田》）「萬舞洋洋，孝孫有慶。」（《魯頌．閟宮》）《易經》說「西南得朋，乃與類行；東北喪朋，乃終有慶。」（〈坤卦彖文〉）「積善之家，必有餘慶；積不善之家，必有餘殃。」（〈坤卦文言〉）班固《東都賦》「彰皇德兮侔周成，永延長兮膺天慶。」像這類例子也很多。現在《廣韻》中「慶」字有一個注音為「卿」。可是像《詩經》的「未見君子，憂心怲怲，既見君子，庶幾有臧。」（《小雅．頍弁》）「誰秉國成，卒勞百姓，我王不寧，覆怨其正。」（《小雅．節南山》）也是「怲」、「正」跟「寧」、「平」押韻用。不僅僅是「慶」字。恐怕另有道理罷。

賞析與點評

這條筆記談論到音韻學的問題，以《詩經》等古代文學作品為例，指出一些不合押韻的地方。沈括已注意到古音與今音不同，可惜沒有進一步分析。

晚唐士人，專以小詩著名，而讀書滅裂[1]。如白樂天《題座隅詩》云：「俱化為餓殍」，作「孚」字押韻。杜牧《杜秋娘詩》云：「厭飫不能飴。」飴乃餳[2]耳，若作飲食，當音飤[3]。又陸龜蒙[4]作《藥名詩》云：「烏啄蠹根回」，乃是「烏喙[5]」，非「烏啄」也。又「斷續玉琴哀」，藥名止有「續斷[6]」，無「斷續。」此類極多。如杜牧[7]《阿房宮賦》，誤用「龍見而雩」事，宇文時斛斯椿[8]已有此謬，蓋牧未嘗讀《周》、《隋》書也。[256]

注釋

1 滅裂：粗疏草率。2 餳（粵：堂；普：táng）：指煮爛了的糖。3 飤（粵：自；普：sì）：同飼，餵養，文中作要吃喝的意思。4 陸龜蒙：字魯望，姑蘇（今江蘇蘇州）人，晚唐詩人。5 烏喙：中藥附子的別稱，以其形似烏鴉之嘴而得名。6 續斷：中藥名，多年生草本植物川續斷的根，因能「續折接骨」而得名。7 杜牧：字牧之，號樊川，八〇三—八五二，京兆萬年（今陝西西安）士族。晚唐著名詩人和古文家。8 斛斯椿：字法壽，四九五—五三七，廣牧富昌（今內蒙古準格爾旗沙圪堵古城）人，西魏大臣。

譯文

晚唐時期的士人，專門以短小詩作而著名，但讀書卻粗疏草率。例如白居易《題座隅詩》說「俱化為餓殍」，是押「孚」字韻。杜牧《杜秋娘詩》說：「厭飫不能飴。」飴是糖的意思，假如用作飲食義，應該讀「飼」。又陸龜蒙作《藥名詩》說：「烏啄蠹根回」，其實應是「烏喙」，不是「烏啄」。又「斷續玉琴哀」，藥名只有「續斷」，沒有「斷續」。這類例子十分多。例如杜牧《阿房宮賦》，錯誤引用「龍見而雩」的典故，北周宇文氏時候斛斯椿已經犯過這個毛病，大抵杜牧沒有讀過《周書》、《隋書》。

賞析與點評

這條筆記中，沈括糾正了唐人詩作中一些用語的錯誤。

往歲士人多尚對偶為文，穆修[1]、張景[2]輩始為平文，當時謂之「古文」。穆、張嘗同造朝[3]，待旦於東華門外，方論文次，適見有奔馬踐死一犬，二人各記其事，

以較工拙。穆修曰：「馬逸[4]，有黃犬遇蹄而斃。」張景曰：「有犬死奔馬之下。」時文體新變，二人之語皆拙澁[5]，當時已謂之工，傳之至今。[257]

注釋

1穆修：字伯長，九七九—一〇三二，宋鄆州人，北宋古文運動的先驅。2張景：字晦之，宋公安（今屬湖北）人，著名學者。3造朝：上朝。4逸：逃跑。5澁：同澀。

譯文

往年士人作文章大多崇尚對偶，穆修、張景等人才開始寫作散文，當時叫做「古文」。穆、張曾經一起上朝，在東華門外等待天亮入朝，正討論文章次第，剛巧看見有一頭奔跑而來的馬踏死了一條狗，二人各自記述這件事，用來比較行文優劣。穆修寫道：「馬逸，有黃犬遇蹄而斃。」張景寫道：「有犬死奔馬之下。」當時文體剛剛變革，二人的文詞都拙劣生硬，但那時已是工整的作品，一直流傳到現在。

賞析與點評

這條筆記評北宋古文運動，沈括認為，初期的古文作家，行文用語其實並無可觀之處。

毗陵郡[1]士人家有一女，姓李氏，方年十六歲，頗能詩，甚有佳句，吳人多得之。有《拾得破錢詩》云：「半輪殘月掩塵埃，依稀猶有開元字。想得清光未破時，買盡人間不平事。」又有《彈琴詩》云：「昔年剛笑卓文君，豈信絲桐[2]解誤身？今日未彈心已亂，此心元自不由人。」雖有情致[3]，乃非女子所宜。[262]

注釋

1 毗陵郡：今江蘇常州。2 絲桐：即琴。3 情致：情趣韻味。

譯文

毗陵郡讀書人家中有一女兒，姓李，才十六歲，很會寫詩，經常有佳句，吳人很多都得到這些詩句。有《拾得破錢詩》寫道：「半輪殘月掩塵埃，依稀猶有開元字。想得清光未破時，買盡人間不平事。」又有《彈琴詩》寫道：「昔年剛笑卓文君，豈信絲桐解誤身？今日未彈心已亂，此心元自不由人。」雖然頗有情趣韻味，可並非女子適宜寫的。

賞析與點評

本條表現出沈括對女性作詩的批評，認為女性不宜創作流露豐富情感的文學作品。

切韻之學，本出於西域。漢人訓字[1]，止曰「讀如某字」，未用反切[2]。然古語已有二聲合為一字者，如「不可」為「叵」，「何不」為「盍」，「如是」為「爾」，「而已」為「耳」，「之乎」為「諸」之類，似西域二合之音，蓋切字之原也。如「輭[3]」字文從「而犬」，亦切音也。殆與聲俱生，莫知從來。

今切韻之法，先類[4]金木水其字，各歸其母。脣音、舌音各八，牙音、喉音各四，齒音十，半齒半舌音二，凡三十六，分為五音。天下之聲，總於是矣。每聲復有四等，謂清、次清、濁、平也。如顛、天、田、年，邦、胮、龐、厖之類是也。皆得之自然，非人為之。如幫字橫調之為五音，幫、當、剛、臧、央是也；（原注：幫，宮之清。當，商之清。剛，角之清。臧，徵之清。央，羽之清。）縱調之為四等，幫、滂、傍、茫是也。（原注：幫，宮之清。滂，宮之次清。傍，宮之濁。茫，宮之不清不濁。）就本音本等調之為四聲，幫、牓、傍、博是也。（原注：幫，宮清之平。牓，宮清之上。傍，宮清之去。博，宮清之入。）四等之聲，多有聲無字者，如封、峯、逢止有三字，四聲則有無聲亦有無字者，如蕭字、肴字全韻皆無入聲，此皆聲之類也。所謂切韻者，上字為切，下字為韻。切須歸本母[5]，韻須歸本等[6]。切歸本母，謂之音和，如「德紅」為「東」之類。「德」與「東」同一母也。字有重、中重、輕、中輕，本等聲盡汎入別等，謂之類隔。雖隔等須以其類，謂脣與脣類，齒與齒類，如「武延」為「綿」，「符兵」為「平」之類是也。

韻歸本等，如「冬」與「東」字母皆屬「端」字，「冬」乃「端」字中第一等聲，故都宗切，「宗」字第一等韻也，以其歸「精」字，故「精」徵音第一等聲。「東」字乃「端」字中第三等聲，故德紅切。「紅」字第三等韻也，以其歸「匣」字，故「匣」羽音第三等聲。又有互用借聲，類例頗多。大都自沈約為四聲，音韻愈密。然梵學則有華、竺之異，南渡之後，又雜以吳音，故音韻厖駮，師法多門。至於所分五音，法亦不一。如樂家所用，則隨律命之，本無定音，常以濁者為宮，稍清為商，最清為角，清濁不常為徵、羽。切韻家則定以脣齒牙舌喉為宮、商、角、徵、羽。其閒又有半徵、半商者，如「來」、「日」二字是也，皆不論清濁。五行家則以韻類清濁參配，今五姓是也。梵學則喉牙齒舌脣之外，又有折、攝二聲。折聲自臍輪起至脣上發，如「舛」（浮金反）字之類是也。攝聲鼻音，如「歆」字鼻中發之類是也。字母則有四十二，曰：阿、多、波、者、那、囉、拖、婆、荼、沙、縛、哆、也、瑟吒、二合迦、娑、麼、伽、他、社、鎖、（呼）拖（前一拖輕呼此一拖重呼）奢、佉、乂、娑多（二合）、壤、曷攞多、三合婆（上聲）、車、娑麼（二合）、訶婆、縒、伽（上聲）、吒、拏、娑頗（二合）、娑迦（二合）、也娑（二合）、室者（二合）、佗、陀。為法不同，各有理致。雖先王所不言，然不害有此理，歷世浸久，學者日深，自當造微耳。[263]

注釋

1 訓字：解釋字義。2 反切：古代標音方法。以兩字急讀來發音，上字取聲母，下字取韻母。3 輭：同軟。4 類：歸類。5 切須歸本母：上切字須與被切字同一聲母。6 韻須歸本等：下切字須與被切字韻母同等。

譯文

切韻這門學問，本來出自西域。漢代人解釋字義，只說「讀如某字」，還沒有用上反切。然而古語已有二聲合為一字的例子，例如「不可」讀作「叵」，「何不」讀作「盍」，「如是」讀作「爾」，「而已」讀作「耳」，「之乎」讀作「諸」之類，像西域將二字合成一字之音，大概就是切字的起原。又如「輭」字文從「而犬」，也是切音。大抵跟字聲一起出現，沒有人知道它的來由。

現今切韻的方法，先把字分類，各自歸到它的聲母之下。脣音、舌音各八個，牙音、喉音各四個，齒音十個，半齒半舌音二個，總共三十六個，分為五音。全國的字音，都匯集在裏面了。每個聲母又有四等，叫做清、次清、濁、平。例如顛、天、田、年，邦、胮、龐、厖之類便是。都是自然形成，不是人為所得的。像「幫」字橫調的五個音，便是「幫、當、剛、臧、央」；（原注：幫，宮的清音；當，商的清音；剛，角的清音；臧，徵的清音；央，羽的清音。）「幫」字縱調分為四等，便是「幫、滂、傍、茫」。（原注：幫，宮的清音。滂，宮的次清音。傍，宮的濁音。茫，宮的不清不濁音。）按着本音、本等調的四聲，便是「幫、牓、傍、博」。（原注：幫，宮清的平聲。牓，宮清的上聲。傍，宮清的去聲。博，宮清的入聲。）四等的聲母，大多有聲無字，例如「封、峯、逢」只有三個字，「邕、胸」只有兩個字，「竦、火、欲、以」都只有一個字。五音也一樣，「滂、湯、康、蒼」只有四個字。四聲會出現沒有這個聲調，也沒有這個字的情況，例如「蕭」字、「肴」字全韻都沒有入聲，這都是關於聲母的種類。所謂切韻，是以上字為切字，下字為韻字。上切字須與被切字同一聲母，下切字須與被切字的韻母同等。切字歸屬本字的聲母，叫做「音和」，譬如「德紅」為「東」之類，是因為「德」和「東」同屬一個聲母。字的讀音有重、中重、輕、中輕，如果出現本等聲全部散入其他等，就叫做「類隔」。雖然是等不相同，仍必須同類相切，就是脣音跟脣音拼為一類，齒音跟齒音拼為一類，譬如「武延」相切為「綿」，「符兵」相切為「平」就是這種情況。

下切字與被切字的韻母相同，例如「冬」與「東」字的聲母同屬「端」字，「冬」是「端」字中的第一等聲，所以「都宗」相切，「宗」字便是第一等的韻，將它歸入聲母「精」字，故此「精」便是徵音的第一等聲。「東」字是「端」字中的第三等聲，所以「德紅」相切。「紅」字是第三等韻，將它歸入聲母「匣」字，故此成了「匣母」羽音第三等聲。又有互相借用聲母的，這類例子甚多。大抵自從沈約提出四聲的理論後，音韻的學問愈來愈細密。然而佛學則有中華、天竺的差別，南渡之後，又混雜了江南地區的語音，因此音韻學龐雜班駁，流派很多。至於各家對五音的區分，方法也不一樣。就像音樂家所用的方法，隨着不同的音律來決定，本來沒有固定的音階，經常用濁音為宮，稍為清的音為商，最清的音為角，清濁不定的音為徵、羽。切韻學者則規定了用唇音、齒音、牙音、舌音和喉音為宮、商、角、徵、羽。當中又有半徵、半商，例如「來」、「日」二字，都不談甚麼清音濁音。五行家則將韻母的種類跟清、濁互相匹配，就是現在的五姓分類法。佛學則喉音、牙音、齒音、舌音和唇音之外，又有折、攝兩音。折聲由肚臍起至唇邊上發出，像「牪」字浮金反之類就是。攝聲就是鼻音，像「歆」字，由鼻中發出聲音之類就是這樣。它的字母有四十二個，分別是：阿、多、波、者、那、囉、拖、婆、荼、沙、頤、哆、也、瑟吒（二字合讀）、迦、娑、麼、伽、他、社、鎖（呼）、拖（前一拖字輕輕呼氣，此一拖字深深呼氣）、奢、佉、乂、娑多二字音、壤、曷攞多（三字合讀）、婆（讀上聲）、車、娑麼（二字合讀）、訶婆、縒、伽（讀上聲）、吒、拏、娑頗（二字合讀）、娑迦（二字合讀）、也娑（二字合讀）、室者（二字合讀）、佗、陀。採用的方法不同，但各自有其道理。雖然先王沒有說過，但不妨礙這種道理的存在。經過長時間的發展，學者對它的研究日益深入，自然達到精微境界。

賞析與點評

這條筆記是沈括對音韻學中反切理論的詳細解釋。

幽州僧行均[1]集佛書中字為切韻、訓詁，凡十六萬字，分四卷，號《龍龕手鏡》。燕僧智光為之序，甚有詞辯[2]。契丹重熙二年集。契丹書禁甚嚴，傳入中國者法皆死。熙寧中，有自虜中得之，入傅欽之[3]家。蒲傳正[4]帥浙西，取以鏤板[5]。其序末舊云：「重熙二年五月序。」蒲公削去之。觀其字音韻次序，皆有理法，後世殆不以其為燕人也。[264]

注釋

1 行均：姓于，字廣濟，遼代蔚州金河寺僧人，作《龍龕手鏡》。2 詞辯：能言善辯，此處指序文寫得有文采。3 傅欽之：即傅堯俞，一〇二四—一〇九一，北宋鄆州須城人，十歲便能做文章。4 蒲傳正：蒲宗孟，北宋新井人，字傳正。5 鏤板：雕刻書板來印刷。

譯文

幽州僧人行均把佛經中的文字集合起來進行反切注音和解釋意義，合共十六萬字，分為四卷，名叫《龍龕手鏡》，燕僧智光為這部書寫了序文，十分有文采。這本書成於契丹重熙二年（一〇三三）。契丹書禁相當嚴厲，把書籍流傳到中國的依法都要處死。熙寧（一〇六八—一〇七七）年間，有人從契丹的俘虜那裏獲得這部書，傳到傅堯俞手裏，當時蒲宗孟掌管浙西，便將這書取來雕板刊行。書序末原寫着：「重熙二年五月序。」蒲宗孟把它刪掉了。看書中的文字，音韻部類和次序編排，都有道理和法則，後世人恐怕不會認為這部書的作者是契丹人。

賞析與點評

這條介紹北宋時期遼國重要字書《龍龕手鏡》。從中可見，雖然當時書禁甚嚴，但這類重要作品，還是以不同的形式在中原地區流播。從沈括的敍述，也可見當時遼國雖為外族政權，但仍熟知中國文化。

歐陽文忠好推挽[1]後學。王向[2]少時為三班奉職[3]，幹當[4]滁州一鎮，時文忠守滁州。有書生為學子不行束脩[5]，自往詣[6]之，學子閉門不接，書生訟於向，向判其牒曰：「禮聞來學，不聞往教。先生既已自屈[7]，弟子寧不少高[8]？盍[9]二物以收威[10]，豈兩辭而造獄[11]。」書生不直[12]向判，徑持牒[13]以見歐公，公一閱，大稱其才，遂為之延譽獎進，成就美名，卒為聞人。

注釋

1 推挽：推薦提攜。2 王向：字子直，北宋侯官（今福建閩侯）人。3 三班奉職：宋代低級武官職級，分東、西、橫三班。4 幹當：即勾當，避南宋高宗諱改勾為幹。勾當，管理，處理之意。5 束脩：原意為一條條的臘肉，意謂學費。6 詣：前往。7 屈：屈折身段。8 高：自負。9 盍：何不。10 二物以收威：二物，指「夏楚二物」，即梗條、荊條，用來處罰學生。收威，懾服學生，顯示威嚴。11 兩辭而造獄：兩辭，雙方各執一詞。造獄，興起訴訟。12 不直：認為不公平。13 牒：判辭。

譯文

歐陽修喜歡推薦提攜晚輩學生。王向少年時擔任三班奉職，管理滁州一個小鎮，當時歐陽修為滁州太守。有書生因為學生沒有交學費，親自前往找他，但這個學生閉門不納，書生向王向提出訴訟，王向在狀紙上寫上判詞說：「禮法上，只聽說學生前來求學，沒聽說先生前往教授。先生既然已經自己紆尊降貴了，那麼做弟子的怎會不稍為高傲一點呢？為甚麼不用梗條、荊條來顯示師道威嚴，哪裏用得着各執一辭來興起訴訟呢？」書生認為王向的判決不公道，拿着狀紙直接去拜見歐陽修。歐陽修一看，大為稱讚王向的才華，於是替他宣揚名聲，獎勵提攜，造就了他的美名，使王向終於成為名人。

賞析與點評

這條筆記記述了王向對師道尊嚴的看法，這也是北宋士人的寫照。

卷十六・藝文三

和魯公凝[1]有艷詞[2]一編，名《香奩集》。凝後貴，乃嫁[3]其名為韓偓[4]，今世傳韓偓《香奩集》，乃凝所為也。凝生平著述，分為《演綸》、《游藝》、《孝悌》、《疑獄》、《香奩》、《籯金》六集。自為《游藝集・序》云：「予有《香奩》、《籯金》

二集，不行於世。」凝在政府，避議論，諱其名；又欲後人知，故於〈《游藝集》序〉述之，此凝之意也。予在秀州，其曾孫和惇家藏諸書，皆魯公舊物，末有印記，甚完。[275]

注釋

1 和魯公凝：即和凝，字成績，八九八—九五五，須昌（今山東東平）人。五代後晉時任宰相；後漢時封魯國公。2 艷詞：描寫男女之情的詞作。3 嫁：託名。4 韓偓：字致堯，八四四—九二三？，萬年（今陝西西安）人，晚唐詩人。

譯文

和凝寫了一部男女之情的艷詞集，名為《香奩集》。和凝後來顯貴，於是託名為韓偓所作，現在流傳的韓偓《香奩集》，就是和凝所寫的。和凝一生的作品，分為《演綸》、《游藝》、《孝悌》、《疑獄》、《香奩》、《籯金》六部集子。他自己寫的《游藝集·序》說：「我有《香奩》、《籯金》兩部集子，沒有流傳於坊間。」和凝在朝廷任職，為避免人們議論，隱瞞了自己的姓名；又希望後人知道此事，因此在《游藝集·序》記述下來，這是和凝的意思。我在秀州時，和凝的曾孫和惇家收藏各種書籍，都是魯公的遺物，書末都有印記，甚為完整。

賞析與點評

這條筆記道出古代士人文學創作上面對的兩難局面。和凝既喜歡寫艷詞，但又因為是朝廷大員，怕名聲受影響，於是只好在顯貴之後，把自己的作品託名他人。可又怕自己的心血被埋沒，於是又刻意留下一些線索給後人。據胡道靜的考訂，沈括指韓偓《香奩集》為和凝託名之作，非確。

卷十七・書畫

藏書畫者，多取空名[1]，偶傳為鍾、王、顧、陸[2]之筆，見者爭售，此所謂「耳鑒」。又有觀畫而以手摸之，相傳以為色不隱指[3]者為佳畫，此又在耳鑒之下，謂之「揣骨[4]聽聲」。[277]

注釋　1 空名：單憑名聲。2 鍾、王、顧、陸：魏晉時期著名書法家鍾繇、王羲之和畫家顧愷之、陸探微。3隱指：指摸上去本以為平滑，但卻有高低不平的感覺。4揣骨聽聲：占卜者摸揣人的骨相，聽人的聲音，以判斷人的貴賤吉凶。

譯文

收藏書畫的人，大多只單憑畫家名聲便購入，偶然相傳是鍾、王、顧、陸的筆跡，看到的人便爭相購買，這就叫做「耳鑒」（用聽到的話來鑒別）。又有觀看畫作時用手撫摸的，向來流傳的說法以為畫上顏色不硌手指的就是好畫，這又在耳鑒之下，叫做「揣骨聽聲」。

賞析與點評

這條批評北宋時期的愛好書畫的人，他們對哪個是真、哪個是贗品不甚了了，只憑畫家的名字，甚至摸摸顏色，便爭相購買，卻鮮有深入研究畫作的真偽。

歐陽公嘗得一古畫牡丹叢，其下有一貓，未知其精粗。丞相正肅吳公[1]與歐公姻家[2]，一見曰：「此正午牡丹也。何以明之？其花披哆[3]而色燥[4]，此日中時花也，貓眼黑睛如線，此正午貓眼也。有帶露花[5]，則房斂[6]而色澤。貓眼早暮則睛[7]圓，日漸中狹長，正午則如一線耳。」此亦善求古人筆意也。[278]

注釋

1 正肅吳公：吳育，一〇〇四—一〇五八，字春卿，宋浦城人，諡正肅。2 姻家：姻親。3 披哆：披，散開；哆：張開口。指花瓣散開。4 燥：乾燥。5 帶露花：帶着露水的花朵。6 房斂：花冠收起來。7 睛：瞳孔。

譯文

歐陽修曾經獲得一幅古畫——牡丹叢，牡丹叢下面畫有一隻貓，他不知道這幅畫的好壞。丞相吳育和歐陽修是姻親，一看到這幅畫就說：「這是正午時分的牡丹。怎麼知道呢？畫上的牡丹花綻放着而且色澤乾燥，這是中午時的花，貓眼的瞳孔像一條線，這是正午的貓眼。有帶露水的花，則花瓣收斂而顏色潤澤。貓眼早晚時瞳孔都是圓的，時間漸漸到中午便變得狹長，到正午時則像一條線。」這也是善於揣摩古人作畫的筆意。

賞析與點評

這條記述古人善於觀察畫作筆意。吳育從花和貓的神態，即可判斷出畫中所表達的時間，正是他們觀察事物，心思細微之處。

書畫之妙，當以神會[1]，難可以形器[2]求也。世之觀畫者，多能指摘其間形

象、位置、彩色瑕疵而已，至於奥理冥造[3]者，罕見其人。如彥遠[4]畫評，言「王維畫物，多不問四時，如畫花往往以桃、杏、芙蓉、蓮花同畫一景。」予家所藏摩詰畫《袁安臥雪圖》，有雪中芭蕉，此乃得心應手，意到便成，故造理入神，迥得天意，此難可與俗人論也。謝赫[5]云：「衛協[6]之畫，雖不該備[7]形妙，而有氣韻，凌跨羣雄，曠代絕筆。」又歐文忠《盤車圖詩》云：「古畫畫意不畫形，梅[8]詩詠物無隱情。忘形得意知者寡，不若見詩如見畫。」此真為識畫也。[280]

注釋

1 神會：精神意境上體會。2 形器：形跡。3 冥造：潛心探索。4 彥遠：即張彥遠，字愛賓，八一五—九〇七，猗氏（今山西臨猗）人，晚唐書畫評論家，著有《歷代名畫記》、《法書要錄》等。5 謝赫：南朝齊、梁時人，著有《古畫品錄》。6 衛協：晉初畫家，有「畫聖」之稱。7 該備：完備。8 梅：即梅堯臣，字聖俞，一〇〇二—一〇六〇，宋宣城人。

譯文

書法和繪畫精妙的地方，應當心領神會，很難通過外在的形式去尋求。世間欣賞畫作的人，大多能指出畫作中各種事物的形象、位置（構圖）、彩色的瑕疵罷了，至於能潛心探索畫中深邃奥妙的道理的人就很少了。例如張彥遠的畫評，說王維畫景物，大多不管四季時節，譬如畫花常常將桃、杏、芙蓉、蓮花同畫在一個景觀中。我家所藏王維畫的《袁安臥雪圖》，有雪中芭蕉，這真是得心應手之作，想畫甚麼便畫甚麼，所以他的畫精妙傳神，全然得到自然意趣。這難以跟世俗人談論啊！謝赫說：「衞協的畫作，雖然不具備形象之美，然而氣韻超越各大家，是曠古傑作。」又歐陽修《盤車圖詩》說：「古畫畫意不畫形，梅詩詠物無隱情。忘形得意知者寡，不若見詩如見畫。」這是真正懂得畫啊！

賞析與點評

這條筆記是沈括的畫論，見解和傳統一樣，重視畫作的神韻，反對一味追求寫實。

畫牛虎皆畫毛，惟馬不畫毛，予嘗以問畫工，工言，「馬毛細不可畫。」予難之曰：「鼠毛更細，何故卻畫？」工不能對。大凡畫馬，其大不過盈尺[1]，此乃以大為小，所以毛細而不可畫；鼠乃如其大，自當畫毛。然牛虎亦是以大為小，理亦不應見毛，但牛虎深毛，馬淺毛，理須有別。故名輩為小牛小虎，雖畫毛，但略拂拭而已。若務詳密，翻成冗長。約略拂拭，自有神觀，迥然生動，難可與俗人論也。若畫馬如牛虎之大者，理當畫毛。蓋見小馬無毛，遂亦不摹，此庸人襲跡[2]，非可與論理也。

又李成[3]畫山上亭館及樓塔之類，皆仰畫飛簷。其說以謂「自下望上，如人平地望塔簷間，見其榱桷[4]。」此論非也。大都山水之法，蓋以大觀小，如人觀假山耳。若同真山之法，以下望上，只合[5]見一重山，豈可重重悉見，兼不應見其谿谷間事。又如屋舍，亦不應見其中庭及後巷中事。若人在東立，則山西便合是遠境；人在西立，則山東卻合是遠境。似此如何成畫？李君蓋不知以大觀小之法，其間折高折遠，自有妙理，豈在掀屋角也？[283]

注釋

1 盈尺：滿一尺。2 襲跡：蹈襲別人痕跡。3 李成：字咸熙，九一九— 九六七，唐宗室，五代至北宋初畫家。4 榱桷（粵：吹覺；普：cuī jué）：屋椽子。圓形為椽，方形為桷。5 只合：只應該。

譯文

畫牛和畫虎都畫毛，只有馬不畫毛，我曾經因為這個問題問過畫工，畫工說：「馬毛幼細，不可以畫出來。」我反駁他說：「鼠毛更加幼細，為甚麼卻畫出來呢？」畫工不能回答。大概畫馬，最大不過一尺，這是以大為小的筆法，所以馬毛幼細而不可以畫出來；鼠則是像真實一樣大，自然應該畫毛。可是牛和虎也是以大為小，按理也不應該看到毛，但是牛和虎毛長，馬則毛短，原理上須分別處理。因此著名的畫家畫小牛、小虎，雖然畫了毛，但只是稍為描畫一下。假如力求細密，反會顯得累贅。簡單地描畫一下，自然有神韻，生動得很，這道理是難以跟世俗人討論的。假如畫馬畫得像牛、虎一般大的話，按理應當畫出毛。大抵因為看到人們畫小馬沒有畫毛，於是也不摹畫，這是庸俗的人沿襲舊跡，不可以跟他們討論畫理。

另外，李成畫山上亭臺館閣和樓塔等建築物，都採用仰視的角度來描畫飛簷。他的見解是「由下面往上望，像人們從平地望向塔簷間，看到簷上的椽子。」這種論調不對啊！大抵畫山水的方法，都是以大觀小，像人們欣賞假山一樣。假如和觀看真山的方法一樣，由下往上望，只應該看見一重山，怎麼可以重重山巒都看見呢？而且，不應看見谿谷間的景事。又譬如畫屋舍，也不應該看見屋舍中庭和後巷的東西。假如人站在東邊，則山西便應該是遠境；人站在西邊，那山東卻應該是遠境。像這樣的話怎樣畫得成呢？李成大概不知道以大觀小的畫法。這中間怎樣處理高低遠近，自然有它精妙的道理，怎麼會掀起屋角就是呢？

賞析與點評

這條筆記跟上條一樣，表現出沈括重視意趣，輕視寫實的畫觀。同時也可見北宋時代，我國畫家已經出現了按照物件比例繪畫的主張。

古文自變隸[1]，其法已錯亂，後轉為楷字，愈益譌舛[2]，殆不可考。如言有口為「吳」，無口為「天」。按字書，「吳」字本從「口」從「夨」（音捩），非「天」字也。此固近世謬從楷法言之。至如兩漢篆文尚未廢，亦有可疑者，如漢武帝以隱語召東方朔云：「先生來來。」解云：「來來，棗也。」按，「棗」字從「朿」（音刺）不從「來」。此或是後人所傳，非當時語。如「卯金刀為劉，貨泉為白水真人。」此則出於緯書，乃漢人之語。按「劉」字從「丣」（音酉），從「金」，如栁、駵、畱皆從「丣」，非「卯」字也。「貨」從「貝」，「真」乃從「具」，亦非一法，不知緣何[3]如此？字書與本史所記，必有一誤也。[287]

注釋

1 變隸：指秦至西漢時期，我國文字由篆體變成隸書，文字學家稱之為隸變。2 譌舛（粵：揣；普：chuǎn）：錯誤。3 緣何：為甚麼。

譯文

古代文字自從由篆書演變為隸書後，它的法則已經錯亂了，後來演變成為楷書，便更加錯誤，幾乎不可以考察出原本的字了。例如說有口的便成「吳」字，沒口的就是「天」字。根據字書，「吳」字本來從「口」從「夨」（音捩），不是「天」字啊！這固然是近代人們錯誤地依據楷書的法則來說。至於像兩漢時篆體文字還沒有廢掉，也有令人懷疑的例子。例如漢武帝用隱語召見東方朔說：「先生來來。」

解釋的人說：「來來，棗的意思。」按，「棗」字從「朿」（音刺），不從「來」。這或許是後人傳說，不是當時的話。又例如「卯金刀為劉，貨泉為白水真人。」這個說法則出自緯書，是漢代人的話。按「劉」字從「丣」（音酉），從「金」，像桺、駵、畱都從「丣」，不是「卯」字。「貨」字從「貝」，「真」字則是從「具」，也不是一樣的，不知為甚麼說成這樣？字書和本史的記載，必定有一個是錯誤的。

賞析與點評

這條筆記討論字體的流變造成人們對釋字的錯誤理解。

《名畫錄》[1]：「吳道子[2]嘗畫佛，留其圓光，當大會[3]中，對萬衆舉手一揮，圓中運規，觀者莫不驚呼。」畫家為之自有法，但以肩倚壁[4]，盡臂揮之，自然中規。其筆畫之粗細，則以一指拒壁[5]以為準，自然勻均，此無足奇。道子妙處不在於此，徒驚俗眼耳。[290]

注釋

1《名畫錄》：即唐代朱景玄所撰《唐朝名畫錄》。朱景玄，晚唐吳郡（今江蘇蘇州）

人，歷翰林學士，官至太子諭德。2 吳道子：吳道元，六八〇—七五九，字道子，陽翟（今河南禹縣）人，唐代著名畫家，有「畫聖」之稱。3 大會：大型法會。4 倚壁：靠着牆壁。5 拒壁：以一手指抵住牆壁與畫筆的距離。

譯文

《名畫錄》記載：「吳道子曾經繪畫佛像，留着佛像頭上圓形的靈光不畫，正當大會的時候，對着成千上萬的人舉手揮筆，畫出來的圓像用了圓規，觀看的人無不驚呼。」畫家能這樣做自然有他的方法，只要用肩膊倚着牆壁，伸盡手臂揮動畫筆，自然切中圓規。他的筆畫粗細，就以一指離開牆壁來作準，自然畫得勻均，這根本就不足為奇。吳道子畫作的精妙處不在這裏，這做法只是讓世俗人驚訝罷了。

賞析與點評

本條筆記說明，一些很簡單的事，因為世人鮮少知道背後原理，也會引起驚奇。

晉、宋人墨迹，多是弔喪問疾書簡。唐正觀[1]中，購求前世墨迹甚嚴，非弔喪問疾書跡，皆入內府。士大夫家所存，皆當日朝廷所不取者，所以流傳至今。[291]

注釋

1 正觀：即貞觀，唐太宗年號，「正」字避宋諱。

譯文

現存兩晉、南朝宋人的墨跡，大多數是弔喪問疾的書信。唐貞觀年間，朝廷購求前世墨跡十分嚴厲，只要不是弔喪問疾的書信墨跡，都收進了內府。士大夫家所保存的，都是當日朝廷不收取的墨跡，所以流傳到現在。

賞析與點評

這條筆記指出唐代君主早已把最好的古人書畫收到宮廷裏，因此坊間流傳下來的古人墨跡，都不是上佳之作。

國初，江南布衣徐熙[1]，偽蜀翰林待詔黃筌，皆以善畫著名，尤長於畫花竹。蜀平，黃筌並子居寶、居寀、居實[2]、弟惟亮，皆隸翰林圖畫院，擅名一時，其後江南平，徐熙至京師；送圖畫院品其畫格[3]，諸黃畫花，妙在賦色[4]，用筆極新細，殆不見墨跡，但以輕色染成，謂之「寫生」。徐熙以墨筆畫之，殊草草，略施丹粉而已，神氣迥出，別有生動之意。筌惡其軋[5]己，言其畫粗惡不入格，罷之。熙之子[6]乃效諸黃之格，更不用墨筆，直以彩色圖之，謂之「沒骨圖」，工與諸黃不相下。筌等不復能瑕疵，遂得鹵[7]院品，然其氣韻皆不及熙遠甚。[293]

注釋

1 徐熙：金陵（今江蘇南京市）人，世為江南顯族。五代北宋初著名畫家。2 並子居寶、居寀、居實：原作「並二子居寶、居實」，現據胡道靜考據補正。3 畫格：畫的風格。4 賦色：着色。5 軋：壓倒，勝過。6 熙之子：徐熙之子未見於《宣和畫譜》，而創「沒骨圖」的應是徐熙之孫崇嗣。此處疑是沈括筆誤。7 鹵：獲得。

譯文

本朝初年，江南（南唐）平民徐熙，偽蜀翰林待詔黃筌，都以擅長畫畫而著名，尤其擅長畫花和竹。蜀國被平定後，黃筌和兒子居寶、居寀、居實、弟弟惟亮，都隸屬翰林圖畫院，一時聲名顯赫。其後江南平定，徐熙來到京城，把他的畫作送到圖畫院評定他的畫風和特點。黃氏各人畫花，精妙之處在於着色，用筆極為新穎細緻，幾乎看不見墨跡，只是淡淡的用顏色渲染而成，叫做「寫生」。徐熙用墨筆畫花，筆法十分潦草，只是略施色彩，但神氣活現，別有一番生動意趣。黃筌妒忌徐熙勝過自己，便說他的畫作粗俗低劣不入流，不讓徐熙進畫院。徐熙的兒子於是效法黃氏眾人的畫風，更不再使用墨筆起草，直接用彩色畫出來，叫做「沒骨圖」，他的造詣跟黃氏眾人不相上下。黃筌等人無法再挑出瑕疵來，於是把他的作品列為畫院收藏品，然而他的作品無論氣勢和韻致都遠遠比不上徐熙的畫。

賞析與點評

這條筆記記述了北宋初年宮廷畫風的取向。

予從子遼[1]喜學書，嘗論曰：「書之神韻，雖得之於心，然法度必資[2]講學。常患世之作字，分制無法[3]。凡字有兩字三四字合為一字者，須字字可拆。若筆畫多寡相近者，須令大小均停[4]。所謂筆畫相近，如『殺』字乃四字合為一，當使『乂』、『朮』、『几』、『又』四者小大皆均。如『尗』字乃二字合，當使『上』與『小』二者大小長短皆均。若筆畫多寡相遠，即不可強牽使停。寡在左則取上齊，寡在右則取下齊。如從『口』從『金』，此多寡不同也，『唫』即取上齊，『釦』則取下齊。如從『尗』從『又』，及從『口』從『胃』三字合者多寡不同，則『叔』當取下齊，『喟』當取上齊。如此之類，不可不知。」又曰：「運筆之時，常使意在筆前，此古人之良法也。」[294]

注釋

1 遼：沈遼，字叡達，一〇三二—一〇八五，錢塘（今浙江杭州）人，宋代書法家。
2 資：借助於。3 分制無法：分拆沒有章法。4 均停：勻均、合乎比例。

譯文

我的姪子沈遼喜歡學習書法，他曾論說：「書法的神韻，雖然得之於心，但是它的法則必須倚靠講解學習得來。我常憂慮世人寫字，分拆沒有章法。凡是由兩字、三四字組成一字的，必須每個字看成是一個可以拆開來的部分。假如筆畫多少相差無幾的，必須使它們大小均勻。所謂筆畫相差無幾，例如『殺』字由四個字組成一個字，應當使『乂』、『朩』、『几』、『又』四個字大小都均勻。又如『尗』字由兩個字組成，應使『上』與『小』兩個字大小長短都均勻。假如字的筆畫多少相差很遠，就不可以勉強使它們均勻。筆畫少的字在左方，就讓它跟上方對齊；筆畫少的字在右方，就讓它跟下方對齊。例如從「口」從「金」，這就是筆畫多少不同，『唫』就跟上方對齊，『釦』就跟下方對齊。又如從『尗』、從『又』和從『口』從『胃』這類由三個字組成的字，筆畫多少不同，那麼『叔』字應與下方對齊，『喟』字應當跟上方對齊。像這類規則，不可以不知道。」他還說：「揮動毛筆的時候，經常使意念走在下筆寫字之前，這是古人的好方法啊！」

賞析與點評

本條闡述書法藝術理論，講的是字體美感之學，雖不是沈括自己的話，但也可代表沈氏對漢字書法美感的追求。

王羲之書，舊傳惟《樂毅論》乃羲之親書於石，其他皆紙素[1]所傳。唐太宗裒聚[2]二王[3]墨跡，惟《樂毅論》石本在。其後隨太宗入昭陵。朱梁時，耀州節度使溫韜發昭陵得之，復傳人間。或曰：「公主以偽本易之，元不曾入壙[4]。」本朝入高紳學士家。皇祐[5]中，紳之子高安世為錢塘主簿，《樂毅論》在其家，予嘗見之。時石已破缺，末後獨有一「海」字者是也。其家後十餘年，安世在蘇州，石已破為數片，以鐵束之。後安世死，石不知所在。或云：「蘇州一富家得之。」亦不復見。今傳《樂毅論》，皆摹本也，筆畫無復昔之清勁。羲之小楷字於此殆絕；《遺教經》[6]之類，皆非其比也。[295]

注釋

1 素：絹。2 裒聚：蒐羅聚集。3 二王：王羲之父子。4 壙（粵：擴；普：kuàng）：墳墓。5 皇祐：宋仁宗趙禎年號，一〇四九—一〇五四。6 遺教經：《佛遺教經》，全稱《佛垂般涅槃略說教誡經》，王羲之曾以小楷書寫。

譯文

王羲之的書法，過去傳說只有《樂毅論》是王羲之親自寫在石碑上，其他都是寫在紙本或絹本上流傳下來的。唐太宗蒐羅王氏父子的墨跡，只有《樂毅論》的石碑還在，其後隨着唐太宗葬入昭陵裏。五代後梁時，耀州節度使溫韜發掘昭陵，得到這塊石碑，使得墨跡又再流傳到人間。有人說：「唐朝公主用偽本取代了石碑，原本沒有送到墳墓裏陪葬。」本朝時這塊石碑被高紳學士家收藏。皇祐年間，高紳的兒子高安世擔任錢塘主簿，《樂毅論》就藏在他的家裏，我曾經看過。那時石碑已經破爛殘缺，最末尾只有一個「海」字的就是。高氏一家後來十餘年，都在蘇州，石碑已經破爛成數塊，用鐵索箍在一起。後來高安世去世了，石碑便不知所終。有人說：「蘇州一個富貴人家得了石碑。」然而也沒有人再見過。現在流傳的《樂毅論》，都是摹本，筆畫已沒有昔日真本那麼清勁。王羲之小楷真跡到此絕跡了；像《遺教經》之類作品，都比不上它啊！

江南中主[1]時，有北苑使董源[2]善畫，尤工秋嵐[3]遠景，多寫江南真山，不為奇峭之筆。其後建業僧巨然[4]祖述[5]源法，皆臻[6]妙理。大體源及巨然畫筆，皆宜遠觀。其用筆甚草草，近視之幾不類物象；遠觀則景物粲然[7]，幽情遠思，如覩異境。如源畫落照圖，近視無功；遠觀村落杳然[8]深遠，悉是晚景，遠峯之頂，宛有反照之色，此妙處也。[297]

注釋

1 江南中主：即南唐中主李璟。2 董源：字叔達，鍾陵（今江西南昌進賢）人，南唐畫家，擅長水墨山水。3嵐：霧靄。4巨然：建業（今江蘇南京）人（一說鍾陵（今江西南昌進賢）人），五代北宋初僧人，著名畫家，繼承董源的畫風，人稱「董巨」。5祖述：繼承。6臻：達到。7粲然：鮮明亮麗。8杳然：朦朧。

譯文

南唐中主李璟的時候，有個北苑使董源擅長畫畫，尤其擅長秋天山氣蒸騰的遠景，作品大多描畫江南的真山，沒有奇詭險峭的筆法。其後建業的和尚巨然繼承董源的作畫方法，兩人都達到了神妙的理趣。大體董源和巨然的畫作，都適宜從遠處欣賞。他們用筆十分粗放，從近處看的話，幾乎不成景物；而從遠處觀看，則景物鮮明，情致幽深，意境遼遠，彷彿看到另一個天地。例如董源畫《落照圖》，近看沒有任何突出處，遠看則村落朦朧深遠，全是一派傍晚的景色，遠處山峯的頂端，好像有反映夕陽返照的顏色，這正是它的精妙之處啊！

賞析與點評

本條闡述了南派山水畫一代宗師董源和巨然（世稱「董巨」）的畫風。在宋代，除了米芾、沈括十分欣賞董巨畫風外，一般論者評價不高，但「董巨」其後對元明清山水畫產生很大的影響。其中「近視之幾不類物象，遠觀則景物粲然」的藝術表現手法跟西方印象派畫的立意有點相似。

技藝與器用——古代良工巧藝實錄

本篇導讀——

夢溪筆談卷十八和卷十九，分別談技藝和器用。前者以技師為本，介紹一些在正史上沒有廣為流傳，但在工藝技術上卻有相當造詣的人物和他們的理論，後者則記述各種特別的事物。當中涉及建築學、數學和光學等知識，使讀者認識到古代科學理論的面貌。

卷十八・技藝

營舍[1]之法，謂之《木經》，或云喻皓[2]所撰。凡屋有三分（去聲）：自梁以

上為「上分」，地以上為「中分」，階為「下分」。凡梁長幾何，則配極[3]幾何，以為榱等[4]。如梁長八尺，配極三尺五寸，則廳法堂也，此謂之「上分」。楹[5]若干尺，則配堂基若干尺，以為榱等。若楹一丈一尺，則階基四尺五寸之類。以至承栱榱桷[6]，皆有定法，謂之「中分」。階級有峻、平、慢三等。宮中則以御輦[7]為法，凡自下而登，前竿垂盡臂，後竿展盡臂為「峻道」；（原注：荷[8]輦十二人：前二人曰「前竿」，次二人曰「前條」，又次曰「前脇」；後二人曰「後脇」，又後曰「後條」，末後曰「後竿」；輦前隊長一人曰「傳唱」，後一人曰「報賽」。）前竿平肘，後竿平肩為「慢道」；前竿垂手，後竿平肩為「平道」，此之為「下分」。其書三卷。近歲土木之工，益為嚴善，舊《木經》[9]多不用，未有人重為之，亦良工之一業也。[299]

注釋

1 營舍：建造房屋。2 喻皓：五代末、北宋初杭州著名建築工匠。3 極：屋頂，指橫梁跟屋頂的距離。4 榱等：即衰等，比例的意思。5 楹：支撐橫梁的柱子。6 承拱榱角：承拱，即斗拱，在中國古代建築柱頭上與梁架之間的承重構件。榱角，指椽子。7 御輦：皇帝的轎子。8 荷：肩負（見後圖）。9《木經》：古代一部關於房屋建築方法的著作，已佚。

譯文

營建房舍方法的一部書，收做《木經》，有人說是喻皓撰寫的。總的來說，房屋的結構有三個部分：由屋梁以上的地方稱為「上分」，地以上的部分稱為「中分」，臺階稱為「下分」。一般屋梁長多少，屋脊就需要相應高多少，用這個比例來製作椽子等構件。例如屋梁長度為八尺，那麼配置的屋脊高度就是三尺五寸，這就是築建廳堂的法則，這叫「上分」。楹柱高若干尺，那麼搭配廳堂臺基就有若干尺，用這個比例來製作椽子。假如楹柱高一丈一尺，那麼階基就應是四尺五寸。以至於斗栱、椽子，都有一定的法則，叫做「中分」。臺階梯級有峻道、平道、慢道三種。皇宮中則用皇帝的轎子作為依據，但凡由下登上，前面轎竿的轎夫垂臂抬，後面轎竿的轎夫伸高舉伸直臂膊來抬，便是「峻道」；（原注：抬御輦的轎夫共十二名：前面二人叫做「前竿」，其後的二人叫「前條」，又之後的人叫「前脇」；後面二人叫「後脇」，又在後的人叫「後條」，在最末的人叫「後竿」；御輦前有隊長一人，叫做「傳唱」，後面有一人，叫做「報賽」。）前竿的二人放平肘子來抬，後竿二人平肩來抬是「慢道」；前竿二人垂着手抬，後竿二人平肩抬是「平道」，這就是「下分」。這部書共有三卷。近年土木工程，日益嚴格完善，舊的《木經》多數不用，還沒有人重寫新的，這也是優良工匠的一項任務啊！

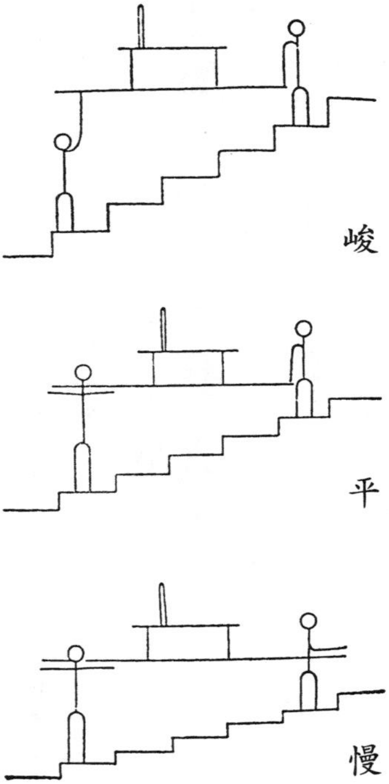

喻皓《木經》峻道、平道、慢道説明圖

審方面勢[1]，覆量[2]高深遠近，算家謂之「軎術[3]」。軎文象形，如繩木所用墨斗[4]也。求星辰之行，步[5]氣朔消長，謂之「綴術[6]」。謂不可以形察，但以算數綴之而已。北齊祖亘有《綴術》二卷。[300]

注釋

1 審方面勢：審，審察；方，方向；勢，地形。2 覆量：意謂以覆矩進行測量。3 軎（粵：衞；普：wèi）術：軎，古代車上的零件，形如圓筒，套在車軸的兩端。軎術，計算地形的數學。4 墨斗：古代工匠用來畫直線的工具（見後圖）。5 步：推步，推算。6 綴術：計算天體運行的數學。

譯文

審察方位和地形，量度地勢高低遠近的方法，算術家稱之為「軎術」。軎是象形文字，就像用繩在木上畫直線所用的墨斗。測量星辰運行，計算氣節朔望變化的方法，稱為「綴術」。這是指不可以用具體的事物來觀察，只能用數學的方法綴算出來。北齊祖暅撰寫了《綴術》二卷。

清代建築工匠所用的墨

賞析與點評

這條筆記介紹書術和綴術這兩種古代算術，解釋了它們的起源和作用。

算術求積尺[1]之法，如芻萌[2]、芻童[3]、方池[4]、冥谷[5]、塹堵[6]、鼈臑[7]、圓錐[8]、陽馬[9]之類，物形備矣，獨未有「隙積」[10]一術。古法，凡算方積之物，有「立方」，謂六幕[11]皆方者，其法再自乘則得之。有「塹堵」，謂如土牆者，兩邊殺[12]，兩頭齊，其法併上下廣折半以為之廣，以直高乘之，又以直高為股，以上廣減下廣，餘者半之為句，句股求弦，以為斜高。有「芻童」，謂如覆斗者，四面皆殺，其法倍上長加入下長，以上廣乘之，倍下長加入上長，以下廣乘之，併二位法，以高乘之，六而二。「隙積」者，謂積之有隙者，如累棊層壇，及酒家積罌之類，雖似覆斗，四面皆殺，緣有刻缺及虛隙之處，用「芻童法」求之，常失於數少。予思而得之，用「芻童」為上行、下行，別列下廣，以上廣減之，餘者以高乘之，六而一，併入上行。（原注：假令積罌：最上行縱廣各二罌，最下行各十二罌，行行相次，先以上二行相次，率至十二，當十一行也。以『芻童法』求之，倍上行長得四，併入下長得十六，以上廣乘之，得之三十二，又倍下二長得十六，併入上長，得四十六（按：胡道靜校證認為當作二十六），以下廣乘之，得三百一十二，併二位得三百四十四，以高乘之，得三千七百八十四，重列下廣十二，以上廣減之餘十，以高乘之，得一百一十，併入上行，得三千八百九十四，六而一，得六百四十九，此為罌數也。「芻童」求見實方之積，「隙積」求見合角不盡益出羡積也。）

履畝[13]之法，方圓曲直盡矣，未有「會圓」之術。凡圓田，既能拆之，須使會之復圓。古法惟以中破圓法拆之，其失有及三倍者。予別為「拆會」之術，置圓田，徑半之以為弦，又以半徑減去所割數，餘者為股，各自乘，以股除弦，餘者開方除為句，倍之為割田之直徑，以所割之數自乘，退一位倍之，又以圓徑除所得，加入直徑，為割田之弧，再割亦如之，減去已割之數，則再割之數也。（原注：假令有圓田徑十步，欲割二步，以半徑為弦，五步自乘得二十五，又以半徑減去所割二步，餘三步為股，自乘得九，用減弦外，有十六開平方，除得四步為句，倍之，為所割直徑，以所割之數二步自乘為四，倍之得為八，退上一位為四尺，以圓徑除。今圓徑十，已是盈數，無可除，只用四尺加入直徑，為所割之弧，凡得圓徑八步四尺也，再割亦依此法，如圓徑二十步求弧數，則當折半，乃所謂以圓徑除之也。）此二類皆造微之術，古書所不到者，漫志於此。[301]

注釋

1 積尺：指體積。2 芻萌：長方楔。底面長方形，兩側梯形。3 芻童：上下底都是矩形的棱臺體。4 方池：上下底都是正方形的棱臺體。5 冥谷：一種上底面大於下底面的四矩形棱臺體，其形狀類似於過去升斗一類的容器。6 塹堵：兩底面為直角三角形的正柱體，亦即長方體的斜截平分體。形狀像一堵土牆，故稱為塹堵。7 鱉臑（粵：別怒；普：biē nào）：三棱體。8 圓錐：正圓錐體。9 陽馬：四棱錐體。10 隙積：把形狀相同的物體有次序地堆積起來構成的堆垛體。11 六幕：長方體的六個面。12 殺：收縮，併攏。13 履畝：測量田畝。

譯文

算術中求取體積的方法，例如芻萌、芻童、方池、冥谷、塹堵、鱉臑、圓錐、陽馬之類，各種物件的形狀都具備了，唯獨沒有「隙積」這種算術。古人的計算方法，凡是計算物體體積，有「立方」，指的是六面都是正方形的物體，計算方法是把邊長自乘兩次便得到體積。有「塹堵」，指像土牆一樣的物件，兩個牆面傾斜，兩頭是直立面，計算方法是把上下兩個側面的闊度相加，除以二，再乘以直和高；又以直和高為股，以上底面的寬減下底面的寬，得出的差除以二作為勾，用勾股法求得弦的值，便是它的斜邊長。有「芻童」，指的是像翻過來的斗一樣的東西，四面都是斜面，計算它的方法是把上底面的長度乘以二，然後加下底面的長，乘以上底面的寬，把下底的長度乘二，再加上底面的長，乘以下底面的寬；把兩個數值加起來，用高度來乘，再除以六，便得到它的體積。「隙積」，指中間有縫隙的堆垛體，像疊起來的棋子、一層層的壇子，和酒家裏堆起來的酒埕之類，雖然像翻過來的覆斗，四面都是斜的，可是因為邊緣有殘缺和空隙的地方，用「芻童法」來計算體積，經常會犯上數目算少了的錯誤。我想出了可行的計算方法，用「芻童法」計算出上位和下位，另外列出下底的寬，用上底寬減下底寬，把差數乘以高，再除六，併入前面的數目就可以了。（原注：假如堆積酒埕：最上層長寬各兩個酒埕，最下層長寬都是十二個酒埕，一層層相錯開垛好，先從最上層開始遞增，直至累積到十二個酒埕的一行，應當有十一層。用「芻童法」計算，最上層的長乘二得四，加最下層的長得十六，用上層的寬來乘，得三十二。又把下層長乘二得十六，加上層長得二十六，再用下層寬乘以它，得三百一十二。上下兩項相加得三百四十四，再乘以高，得三千七百八十四。另外把下層的寬十二減去上層的寬，得十，再乘以高，得一百一十，加上前面的數字，得三千八百九十四，再除以六，得六百四十九，這就是酒埕的數目。用「芻童」算出的是實方的積，用「隙積」算出的是截剩部分拼合成的體積。）

量度田畝的方法，方圓曲直的形狀都應有盡有了，卻還沒有「會圓」術。凡是圓形的田，既然能夠拆分開來計算，必須能夠讓它恢復圓形才行。古代的方法，只用「中破圓法」拆開來計算，它的誤差有時多達三倍。我另外發明了一種拆開、會合的計算方法，以圓形田畝的半徑做弦，又以半徑減去所割下的弧形的高，以得出的差作為股，弦、股各自乘平方，再用弦的平方減股的平方，得出的差開方做勾，將勾乘二，就得到所割弧形田的弧長了。另外，把割下弧形田的高平方，再乘二，又除以圓的直徑，所得的商與弧形田的弦長相加，就得到所割的弧形田的弧長。如果再割一塊田，也是這樣計算，減去已分割的弧長，便是再割的弧長了。（原注：譬如有一塊圓形的田畝直徑為十步，想分割出弧形高二步，就用圓的半徑為弦，五步自乘得二十五，又以半徑減去所割的二步，剩下來的三步為股，自乘得九，用弦的數二十五來減，得到十六，然後開方得四，這就是勾，再乘以二，便是所割弧田的直徑。將所割弧田的高二步自乘得四，再乘以二得八，退上一位為四尺，除以圓的直徑。現在圓的直徑是十，已經是完整的數，不可以除，只需以四尺加入弧形的直徑，便是所割弧形的弧長，共得圓弧的直徑八步四尺。再分割一塊田，也是依據這方法，如果圓的直徑是二十步，求所割弧形的弧長，便應當減去一半，這是所謂用圓的直徑來除。）這兩種都是深入精微的算術，古書沒有涉及到的，我隨意記在這裏。

芻甍　　芻童

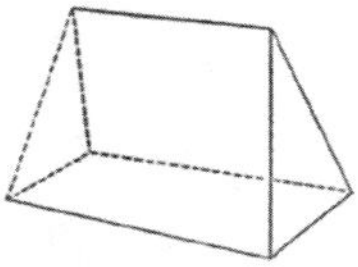

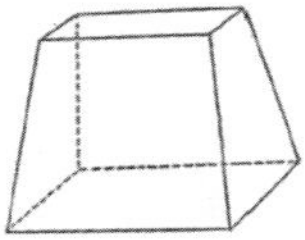

曲池　　冥谷

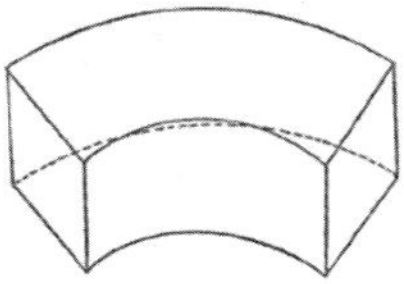

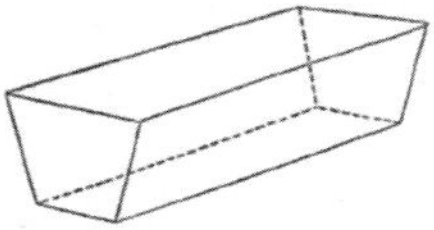

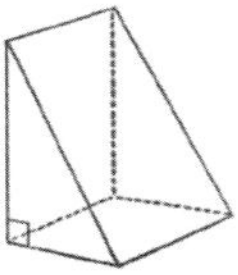

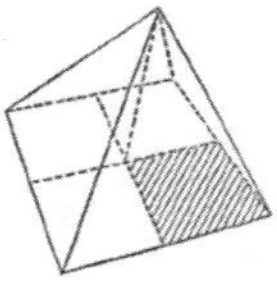

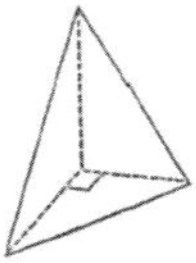

塹堵　　陽馬　　鱉臑

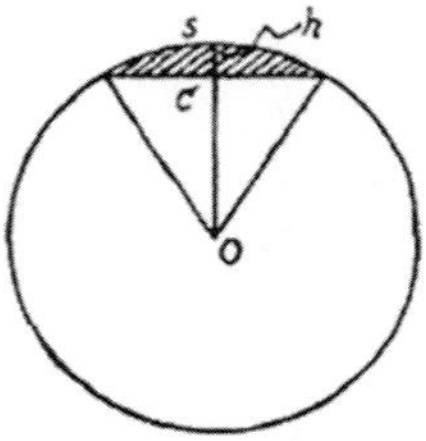

會圓術計算示意圖

弦長 c 的公式為：$c = 2\sqrt{(\frac{d}{2})^2 - (\frac{d}{2} - h)^2}$

圓弓形弧長 s 的公式為：$s \approx \frac{2h^2}{d} + c$

賞析與點評

本條記述了讓沈括在數學發展史上享負盛名的兩條算術公式「隙積術」和「會圓術」，「隙積術」是一種高階等差級數求和公式，「會圓術」則是一種計算弓形弧長的近似公式，兩種公式又與沈括參與抵抗西夏戰事的經驗有關。在計算與建防禦的城牆的土方時需要用到「隙積術」的算法，在測量地形、繪製地圖、觀測天象時需要計算弧長。

予伯兄[1]善射，自能為弓[2]。其弓有六善：一者性體少而勁，二者和而有力，三者久射力不屈，四者寒暑力一，五者弦聲清實，六者一張便正。凡弓性體少則易張而壽[3]，但患其不勁。欲其勁者，妙在治筋[4]。凡筋生長一尺，乾則減半；以膠湯濡[5]而梳之，復長一尺，然後用，則筋力已盡，無復伸弛。又揉其材令仰，然後傅[6]角與筋，此兩法所以為筋也。凡弓節[7]短則和而虛，（原注：「虛」謂挽過吻[8]則無力。）節長則健而柱[9]，（原注：「柱」謂挽過吻則木強而不來。「節」謂把梢裨木[10]，長則柱，短則虛。）節若得中則和而有力，仍弦聲清實。凡弓初射與天寒，則勁強而難挽；射久、天暑，則弱而不勝矢，此膠之為病也。凡膠欲薄而筋力盡，強弱任筋而不任膠，此所以射久力不屈、寒暑力一也。弓所以為正者，材也。相材之法視其理，其理不因矯揉而直中繩，則張而不跛[11]。此弓人之所當知也。[303]

注釋

1 伯兄：指沈括兄長沈披。2 為弓：製造弓箭。3 壽：耐用。4 筋：韌帶，製弓時用以保護主幹和作弓弦。5 濡：浸濕。6 傅：依附着，指黏合。7 弓節：弓體中段用硬木加強的把手部位。8 吻：口部。9 柱：僵硬。10 把梢裨木：把梢，把手，指弓臂裨木，弓臂上的短木。11 跛：斜。

譯文

我的大哥擅長射箭，自己能夠做弓。他做的弓箭有六個優點：第一，弓體細小輕盈而力度強勁；第二，開弓容易而有力；第三，使用久了而力度不減；第四，冬寒夏熱而弓的力度如一；第五，射箭時弦聲清脆而堅實；第六，弓身一張開便正。一般來說，弓的體積細小便容易張開而且耐用，只怕弓的強度不夠。要想弓箭的力度強勁，訣竅在於處理好弓的筋。凡是一尺長的筋，曬乾後便會縮短一半；用膠湯浸泡後再梳理，又能恢復一尺長，然後才使用，那麼筋的延伸力已經到了極點，不會再伸長鬆弛。又揉搓造弓的木材，使它向開弓相反的方向彎曲，然後縛上角和筋。這兩種方法，是用來處理筋的。大凡弓節短則容易張開但力度虛弱，（原注：「虛」指張滿弓時超過拉射者的口部就沒有力量。）弓節長則弓硬得難以張開，（原注：「柱」指張滿弓時超過射者的口部，就顯得弓身木材僵硬而不能順勢彎曲。「節」是弓臂上的襯木，太長就很難拉開，太短就力度虛弱。）弓節如果適中則開弓容易而有力，而且開弓的弦聲依然清脆堅實。大體上弓開始使用和在天冷時，弓就硬而難以張開；使用久了和在天氣暑熱的時候，弓的力度弱而不能發箭，這是膠所引起的毛病。一般膠總是要塗得薄而筋的力要用盡，弓力的強弱是由筋而不是由膠來決定的。這就是弓久射而力度不減，寒暑變化而力度一致的原因。弓體之所以正而不歪是由弓體的木材決定的。選擇木材的方法是看它的紋理，如果它的紋理沒有經過矯揉而原來就是直的，那麼開弓時就不會歪扭。這些都是製弓的人應當知道的。

賞析與點評

本條解釋造弓的奧秘，說明了彈性材料與構造力學的關係。

板印[1]書籍，唐人尚未盛為之。自馮瀛王[2]始印五經，已後[3]典籍，皆為板本[4]。慶曆中，有布衣畢昇[5]，又為活板。其法用膠泥刻字，薄如錢脣[6]，每字為一印，火燒令堅。先設一鐵板，其上以松脂臘和紙灰之類冒[7]之，欲印則以一鐵範[8]置鐵板上，乃密布字印。滿鐵範為一板，持就火煬[9]之，藥稍鎔，則以一平板按其面，則字平如砥[10]。若止印三二本，未為簡易，若印數十百千本，則極為神速。常作二鐵板，一板印刷，一板已自布字，此印者纔畢，則第二板已具，更互用之，瞬息可就。每一字皆有數印；如「之」「也」等字，每字有二十餘印，以備一板內有重複者。不用則以紙貼之，每韻為一貼，木格貯之。有奇字素無備者，旋刻之，以草火燒，瞬息可成。不以木為之者，木理有疏密，沾水則高下不平，兼與藥相粘不可取，不若燔[11]土，用訖再火令藥鎔，以手拂之，其印自落，殊不沾污。昇死，其印為予羣從[12]所得，至今寶藏。[307]

注釋

1 板印：雕板印刷。2 馮瀛王：即馮道。3 已後：同以後。4 板本：雕板印刷的本子。5 畢昇：傳說為古代活字印刷術的發明者。6 錢脣：錢幣邊緣。7 冒：覆蓋。8 鐵範：鐵框子。9 煬：烘烤。10 砥：磨刀石。11 燔：燒。12 羣從：子姪輩。

譯文

利用雕板來印刷書籍，唐人還沒有廣泛應用。自從馮道開始印刷五經，以後的典籍，都是雕板印刷的本子。慶曆年間，有一位平民畢昇，又創造了活字板。活字板的方法是用膠泥刻字，字的筆畫幼細得像錢幣的邊緣，每個字製作一個印，用火把它燒硬。首先準備一塊鐵板，在上面用松脂臘和紙灰之類的東西覆蓋着，待要印刷書籍時，就用一個鐵框子放在鐵板上面，在上面密密麻麻的放滿字印。放滿了的鐵框子便是一板，拿着鐵板放在火上烤，上面的藥料略為鎔掉，則用一塊平板按住字面，這樣字板便平滑得像磨刀石一樣。假如只印刷三兩本書，這方法不算簡易便捷，如果印刷數十以至上百、上千本書，那就非常神速。通常要準備兩塊鐵板，一塊在印刷時，另一塊已經開始排字，這塊板才印好，第二塊鐵板已準備好，兩塊板交替使用，轉眼間便可以印完書籍。每一個字都有幾個字印，像「之」、「也」等常用字，每個字有二十多個字印，以準備一板之內有重複使用的情況。不使用的字印則用紙貼着，每一個韻部用一張貼紙，貯存在木格裏。一些生僻字平時沒有準備的，就馬上雕刻出來，用簡陋的爐火燒製，轉眼間便可製作出來。不用木來造字印的原因，是木理有疏有密，沾到了水便會高低不平，加上跟藥料相粘附之後不可以再拿下來，不像燒製土字印，用完了再放在火上烤，便可以使藥料鎔化，用手拂一下，字印自行脱落，一點沾污都沒有。畢昇死後，他所製作的字印被我的子姪得到，至今還珍藏着。

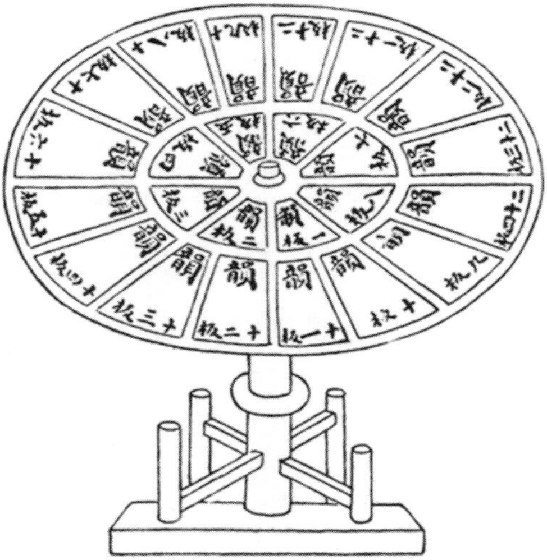

〔元〕王禎《農書》印刷活字盤

賞析與點評

這條筆記詳細記載了我國古代活字板印刷術的發明和應用方法。

錢氏[1]據兩浙時，於杭州梵天寺建一木塔，方兩三級，錢帥[2]登之，患其塔動。匠師云：「未布瓦，上輕，故如此。」乃以瓦布之，而動如初，無可奈何。密使其妻見喻皓[3]之妻，賂以金釵，問塔動之因。皓笑曰：「此易耳，但逐層布板訖，便實釘之，則不動矣。」匠師如其言，塔遂定。蓋釘板上下彌束[4]，六幕[5]相聯，如胠篋[6]，人履其板，六幕相持，自不能動。人皆伏其精練。 [312]

注釋

1 錢氏：五代時由錢鏐所建的吳越國。2 錢帥：指錢俶，九二九—九八八。3 喻皓：五代末北宋初著名建築工匠。4 彌束：更加緊束。5 六幕：立方體的六個面。6 胠篋（粵：驅峽；普：qū qiè）：箱子。

譯文

錢鏐割據兩浙的時候，在杭州梵天寺裏修建一座木塔，才建了兩三層，錢帥登上塔上，嫌這座塔晃動。工匠說：「還沒有鋪上瓦片，上面輕，所以才這樣。」於是鋪上瓦片，但還是和先前一樣晃動。工匠沒辦法，只好暗中着妻子往見喻皓的妻子，贈送了金釵，詢問塔動的原因。皓笑着説：「這個容易，只要每一層鋪上木板之後，用釘子釘牢，便不會晃動了。」工匠跟着喻皓的話來做，木塔便穩定下來了。因為釘着木板之後，上下更加緊束，木板的六面互相聯結，像箱子一樣，人們踏在木板上，六面互相支撑，自然不會搖晃了。人們都佩服他的高明。

賞析與點評

這條記載喻皓的建築技術，已關注到建築的構造力學問題。

卷十九・器用

禮書[1]所載黃彝[2]，乃畫人目為飾，謂之「黃目」。予遊關中，得古銅黃彝，殊不然。其刻畫甚繁，大體似「繆篆」[3]，又如欄盾[4]間所畫回波曲水之文[5]，中間有二目，如大彈丸，突起煌煌然[6]，所謂「黃目」也。視其文，髣髴有牙角口吻之象。或謂「黃目」乃自是一物。又予昔年在姑熟[7]王敦[8]城下土中得一銅鉦[9]，刻其底曰：「諸葛士全茖鳴鉦。」「茖」即古「落」字也，此「部落」之「落」。士全，部將名。其鉦中間鑄一物，有角，羊頭，其身亦如篆文，如今時術士所畫符。傍有兩字，乃大篆「飛廉」字。篆文亦古怪。則鉦閒所圖，蓋「飛廉」也，飛廉，神獸之名。淮南轉運使韓持正[10]亦有一鉦，所圖飛廉及篆字，與此亦同。以此驗之，則「黃目」疑亦是一物。「飛廉」之類，其形狀如字非字，如畫非畫，恐古人別有深理。大抵先王之器，皆不苟為。昔夏后鑄鼎，以知神姦。殆亦此類，恨未能深究其理，必有所謂。或曰：「《禮圖》罇彝皆以木為之，未聞用銅者。」此亦未可質，如今人得古銅罇者極多，安得言無？如《禮圖》甕以瓦為之，《左傳》卻有「瑤甕」，律以竹為之，晉時舜祠下乃發得「玉律」，此亦無常法。如「蒲穀璧」，《禮圖》悉作草稼之象，今世人發古冢，得蒲璧，乃刻文蓬蓬如蒲花敷時，穀璧如粟粒耳。則《禮圖》亦未可為據。[319]

注釋

1 禮書：指宋聶崇義撰的《三禮圖》。2 黃彝：彝（粵：而；普：yí），盛酒用的器皿，是古代祭祀用的禮器之一。黃彝，即用黃銅造的彝，上畫有人的眼睛，因此也叫做「黃目」，是古代六彝之一。3 繆篆：王莽六書之一，漢代用來刻製印章用的篆書體。4 欄盾：即欄楯，指欄杆。5 **回波曲水之文**：廻旋紋和水波紋。文，即紋。6 **煌煌然**：光明，明亮的樣子。7 **姑熟**：今安徽當塗市。8 **王敦**：二六六—三二四，東晉人。9 **鉦**：古樂器，似鐘而長，用於行軍。10 **韓持正**：韓持中，字持正。

譯文

宋聶崇義《三禮圖》所記載的黃彝，是畫人的眼睛作為裝飾，叫做「黃目」。我遊歷關中的時候，得到一座古代的銅造黃彝，完全不是《三禮圖》所說的那樣。它上面刻畫的紋飾十分繁縟，大體上像「繆篆」，又像欄杆上所畫的回波曲水的紋飾，中間畫有兩隻眼睛，像大的彈丸，外向突出，明亮有神，這就是「黃目」了。看到它的紋飾，好像有牙、角、口和嘴唇的形象。所以有人說「黃目」本來就是一種動物。此外，我過去曾在姑熟王敦所建的城樓下的泥土裏找到一件銅鉦，在它的底部刻有「諸葛士全茖鳴鉦」的銘文。「茖」就是古「落」字，這是「部落」的「落」。士全，部落將領的名字。那個鉦的中間鑄有一隻動物，有角，羊頭，身上也有篆文，像現代術士所畫的符咒一樣。傍邊有兩個字，是大篆「飛廉」。篆文字體也寫得奇怪。那麼鉦裏面所畫的，就是「飛廉」了。飛廉，神獸的名稱。淮南轉運使韓存中也有一件鉦，所畫飛廉和篆字，跟這個也相同。由此可知，「黃目」也可能是一種動物。像「飛廉」之類的動物，他們的形狀似字非字，似畫非畫，恐怕古人別有深邃的道理。大概先王的器物，都不是隨便製作的。從前夏后氏鑄造大鼎，用來察知鬼神如何作怪為害。大抵也是這類器物，其中必定有所寓意，遺憾我未能深刻地研究出這些道理。有人說：「《三禮圖》裏所載的罇彝等器物都是用木製的，沒聽說過用銅的。」這種說法經不起質疑，像現代人發現的古銅罇就十分多，怎能說沒有銅製的呢？像《三禮圖》中的甕是用陶製的，《左傳》裏卻有「瑤甕」一詞。律管是用竹來製的，晉代舜帝祠下卻發掘出「玉律」，這些也沒有固定的規矩。又如「蒲穀璧」，《三禮圖》都把它畫成草和禾稼的形象，但現在世人發掘古人的墳墓得到蒲璧，所刻的紋飾蓬蓬鬆鬆像綻放的蒲花，穀璧的紋飾卻像粟粒而已。看來《三禮圖》也不可以作為根據。

賞析與點評

本條中沈括運用了各種各樣出土文物做佐證，指出北宋人聶崇義《三禮圖》的失誤。

古法以牛革為矢服[1]，臥則以為枕，取其中虛，附地[2]枕之，數里內有人馬聲，則皆聞之，蓋虛能納聲也。[322]

注釋

1矢服：箭袋。2附地：貼在地上。

譯文

古人用牛皮來做箭袋，睡覺的時候就用來做枕頭，為的是利用它中間虛空的特性，貼放在地上枕着它，數里之內人馬奔走的聲音，都能夠聽到，這是因為虛空能夠容納聲音。

賞析與點評

本條記述牛皮箭袋的妙用，沈括道出了聲音可通過空氣振動而傳聲的道理。

濟州金鄉縣發一古冢[1]，乃漢大司徒朱鮪[2]墓，石壁皆刻人物、祭器、樂架之類。人之衣冠多品，有如今之幞頭者，巾額皆方，悉如今制，但無腳耳。婦人亦有如今之垂肩冠者，如近年所服角冠[3]，兩翼[4]抱面，下垂及肩，略無小異。人情不相遠，千餘年前冠服已嘗如此。其祭器亦有類今之食器者。[326]

注釋

1冢：墳墓。2朱鮪：新及東漢初年人，王莽地皇三年（二十二年）起兵反，號新市兵。後擁立劉玄為帝。後投降劉秀，封扶溝侯。3角冠：有角狀飾物的女冠，唐代為女道士冠，宋代宮廷婦女一度用作禮冠，元代作娼妓冠。4 兩翼：冠帽上垂下來的兩片小幅。

一九五一年發掘的河南省禹州市白沙鎮宋墓壁畫，前室東壁所繪樂史中也有五人戴白角冠
（出自 http://history.culral-china.com）

譯文

濟州金鄉縣發掘出一座古墳，是漢大司徒朱鮪的墳墓，墓中石壁上都雕刻着人物、祭器、樂架之類的圖畫。人物的衣服和頭冠種類繁多，有的像現代的幞頭，巾額都是方形，完全跟現在的式樣一樣，只是沒有幞腳罷了。婦人也戴着像現在的垂肩冠，像近年人們穿戴的角冠，兩邊的巾布貼緊着臉，下垂到肩膀，沒有一點分別。可知人情差別不大，即使是千多年前的冠服已經是這樣了。裏面畫的祭器也有類似現代飲食器皿的。

賞析與點評

本條筆記說明漢代壁畫上的衣冠器物式樣跟宋代相近，可見中華文化的器用之物，經過了千多年發展，還是延續着一定的特色。

古人鑄鑒[1]，鑒大則平，鑒小則凸。凡鑒窪則照人面大，凸則照人面小。小鑒不能全觀人面，故令微凸，收人面令小，則鑒雖小而能全納人面。仍覆量鑒之大小，增損高下，常令人面與鑒大小相若。此工之巧智，後人不能造。比[2]得古鑒，皆刮磨令平，此師曠[3]所以傷知音也。[327]

注釋　1鑒：銅鏡。2比：得到，引伸為一旦。3師曠：春秋時晉國著名的宮廷樂師。

譯文　古人鑄造銅鏡時，鏡面大就做成平的，鏡面小就做成凸的。凡是凹面的鏡子照出來的人臉就大，凸面則照出來的人臉就小。小鏡不能照到人臉的全貌，所以讓它稍為凸出一點，使照出來的人臉縮小，那麼銅鏡雖細小而能夠照出整個臉形。鑄造鏡子時，還要再量度鏡面的大小，來增減鏡子凸出的程度，總使照出來得臉形與鏡子的大小相當。這是工匠的巧妙智慧，後人不能夠造得出來。現在人們獲得古鏡，都把它刮磨平滑，這正是師曠所以感歎沒有知音的緣故吧！

賞析與點評

本條筆記是沈括對造鏡技術的論述。沈氏知道古人造鏡時，深知鏡面大小跟光學之間的比例不同，因而採用不同的技術來處理大小不同的鏡面。慨歎當時的工匠，已經失去了這種光學知識。

予頃年[1]在海州，人家穿地[2]得一弩機[3]，其「望山」[4]甚長，「望山」之側為「小矩」[5]，如尺之有分寸。原其意，以目注鏃端[6]，以「望山」之度擬之，

準其高下，正用算家句股法也。〈太甲〉曰：「往[7]省[8]括[9]于度則釋」，疑此乃度也。漢陳王寵善弩射，十發十中，中皆同處。其法以「天覆地載，參連為奇，三微三小，三微為經，三小為緯，要在機牙。」其言隱晦難曉。大意天覆地載，前後手勢耳；參連為奇，謂以度視鏃，以鏃視的[10]；參連如衡[11]，此正是句股度高深之術也。三經三緯，則設之於堋[12]，以誌其高下左右耳。予嘗設三經三緯，以鏃注之，發矢亦十得七八。設度於機，定加密矣。[331]

注釋

1 頃年：近年。2 穿地：挖掘地下。3 弩機：投箭的機械。4 望山：弩機上的瞄準器（見後圖）。5 矩：直角標尺。6 鏃（粵：族；普：zú）端：箭頭。7 往：射箭的時候。8 省：察看。9 括：箭的末端。10 的：標靶。11 衡：秤桿。12 堋（粵：朋；普：péng）：靶場。

譯文

我近年在海州時，有人挖地找到一架弩機，它的瞄準器很長，瞄準器旁的小型直角標尺，就像尺子一樣畫有刻度。推測它的用意，是讓射箭的人用眼睛瞄準箭頭，再用瞄準器的刻度來校準，來確定箭頭的高低，這正是運用了數學家的勾股定理。《尚書》〈太甲〉說：「射箭的時候，檢察箭尾，對準刻度後就發射」，估計這就是〈太甲〉裏的刻度。東漢陳王寵擅長用弩機射箭，能夠十發十中，而且都

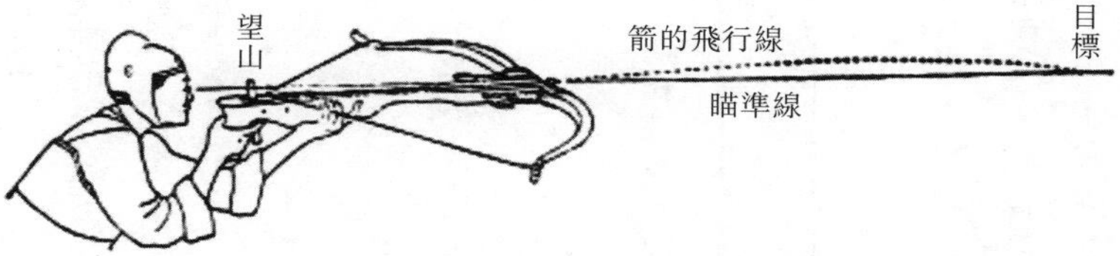

弩的「望山」可修正「箭」的拋物線

射中同一地方。他的方法是「天覆地載，參連為奇，三微三小，三微為經，三小為緯，要在機牙。」他的話隱晦難明。大意是說：「天覆地載」，形容射箭時前後手的手勢；「參連為奇」，指用刻度來校準箭頭，用箭頭對準標的，三點連成直線就像秤桿，這正是用勾股定理來確定刻度高低的技術。「三經三緯」，就是畫在箭靶上的三條橫線和三條直線，用來標明位置的上下左右罷了。我曾經在箭靶上畫上三條橫線和三條直線，用箭頭瞄準，發十枝也可以射中七八枝。如果在弩機上畫上刻度，一定會射得更準了。

賞析與點評

這條筆記記述了古代機弩的構造和發射原理，當中談到利用勾股定理設計瞄準器，可以大大提高命中率，正是古人把數學應用到日常生活的例子。

青堂羌[1]善鍛甲，鐵色青黑，瑩徹可鑒毛髮，以麝皮為綇[2]旅[3]之，柔薄而韌。鎮戎軍有一鐵甲，匱[4]藏之，相傳以為寶器，韓魏公[5]帥涇原，曾取試之，去之五十步，強弩射之不能入。嘗有一矢貫札，乃是中其鑽空，為鑽空所刮，鐵皆反卷，其堅如此。凡鍛甲之法，其始甚厚，不用火，冷鍛[6]之，比元厚三分減二，乃成。其末留筋頭[7]許不鍛，隱然如瘊子[8]，欲以驗未鍛時厚薄，如浚河[9]留土筍[10]也，謂之「瘊子甲」。今人多於甲札之背隱起，偽為瘊子，雖置瘊子，但元非精鋼。或以火鍛為之，皆無補於用，徒為外飾而已。[333]

注釋

1 青堂羌：古代少數民族，屬吐蕃的一支，以居於青塘城（今青海西寧）附近而得名。2 緪：聯綴鎧甲的帶子。3 旅：整齊地排列。4 匵（粵：讀；普：dú）：同櫝，木盒子。5 韓魏公：即韓琦，一〇〇八—一〇七五，北宋宰相。6 冷鍛：在室溫中對金屬施加壓力，使之成形的製作方法。7 筋頭：筋，筷子。即像筷子頭一樣凸起來的部分。8 瘊（粵：猴；普：hóu）子：長在皮膚上的疣。9 浚河：疏濬河道。10 土筍：古時候挖土時，故意留下一部分不挖走，以便計算所挖數量。因狀如筍子，故名。

譯文

青堂羌人善於鍛造鐵甲，鐵甲呈青黑色，晶瑩光亮得可以照出毛髮，用麝皮帶一塊一塊把鐵甲編紮起來，柔軟纖薄而堅韌。鎮戎軍有一件這樣的鐵甲，用木柙子收藏着，代代相傳，以為是珍貴的器物。韓琦擔任涇原路長官時，曾經拿來測試，在距離五十步外的地方，用強勁的弓弩射它也不能射穿。曾經試過有一支箭射穿了甲片，原來是射中了鐵甲上的小孔，箭頭被鑽孔所刮，鐵都翻卷起來了。

這種鐵甲就是這樣堅韌。大抵鍛造鐵甲的方法，最初的階段鐵片十分厚，不用火燒，用冷鍛的方法製作，鐵打到比原來厚度減少三分之二便完成。在鐵甲的末端留下筷子頭大的一小塊不鍛造，看起來隱約像皮膚上長的瘊子，是想用它來檢驗未鍛造時的厚薄，就好像疏導河川挖土時留下來標誌地面原來高度的土樁一樣，因此叫做「瘊子甲」。現在人們往往在鎧甲背上故意造出隱隱凸起的小塊，假裝成瘊子。這種鐵甲雖然有了瘊子，但由於原本就不是精鋼，或是用火鍛造出來的，所以都無益於實用，只不過充當外表上的裝飾罷了。

賞析與點評

本條筆記記載了我國西北邊區的羌人很早便掌握了冷鍛，即提高金屬硬度和韌性的技術，說明了「瘊子甲」的鍛煉過程和今人對「瘊子甲」徒具形式的認識。

神奇與異事——怪異現象與物事的記述

本篇導讀——

《夢溪筆談》的第二十和二十一卷，分別是〈神奇〉和〈異事〉。卷二十收錄十九條，卷二十一收錄三十一條。另《筆談補》卷三有異事一條。這些條目，都跟一些古人不能解釋的現象或事物有關。閱讀這些神怪事情時，或許有人認為是迷信，但沈括所記載者，主要是他自己看到或從友儕間聽到的事件，即使是時人或前人的記錄，來源也多可考，並非來歷不明、訛以傳訛的傳說。

由於沈括重視實證，因此一些古代天文、地理現象，雖然被視為神奇怪異之事，卻被他記錄下來。當中有隕石的記錄，有閃電鎔化金屬的現象，也有很多超自然現象的記錄。

治平元年，常州日禺[1]時，天有大聲如雷，乃一大星幾如月，見[2]於東南；少時而又震一聲，移着西南；又一震而墜，在宜興縣民許氏園中。遠近皆見，火光赫然[3]照天，許氏藩籬皆為所焚。是時火息[4]，視地中只有一竅如桮[5]大，極深，下視之，星在其中熒熒然[6]，良久漸暗，尚熱不可近。又久之，發其竅，深三尺餘，乃得一圓石，猶熱，其大如拳，一頭微銳，色如鐵，重亦如之。州守鄭伸得之，送潤州金山寺，至今匣藏，遊人到則發視。王無咎[7]為之傳甚詳。[340]

注釋

1 日禺：日落。禺，禺谷，傳說中太陽下山的地方。2 見：同現，指出現。3 赫然：光彩鮮明的樣子。4 息：同熄。5 桮：同杯。6 熒熒然：閃爍光亮的樣子。7 王無咎：字補之，一〇二四—一〇六九，宋南城（今屬江西撫州）人。嘉祐（一〇五六—一〇六三）進士，任天台令，其後棄官跟從王安石學習，好書力學，得到許多學者追隨。

譯文

治平元年（一〇六四），常州有一天黃昏日落的時候，天空中發出了雷鳴般的巨響，原來是一顆像月亮般的大星，出現在東南方；過了一會兒，又一聲巨響，向着西南移動；再一聲巨響便墜落在宜興縣民居許氏的園子裏。遠近的人都看到了，火光照亮了天空，許氏園子的籬笆都被焚毀了。這時，火熄滅了，只見地上有一個像杯口的大洞，極深，往下探看，星體在洞裏面熒熒發光，過了很久才漸漸暗下來，但還是熱得不可靠近。又過了很久，挖開那個洞，深有三尺多，找到一塊圓形的石頭，還有點燙，像拳頭一樣大，一頭稍為尖銳，顏色像鐵，重量也和鐵差不多。常州的長官鄭伸得到了這塊石頭，送到潤州金山寺，到現在還用匣子收藏着，遊人來到便打開來給大家欣賞。王無咎記述這件事十分詳細。

賞析與點評

這條筆記客觀詳細地紀錄了隕石的墜落過程，並注意到隕石與鐵的相近性質，學界認為沈括是開啟了隕鐵說的第一人。

熙寧中，予察訪過咸平[1]，是時劉定子先知縣事，同過一佛寺。子先謂予曰：「此有一佛牙[2]甚異。」予乃齋潔取視之，其牙忽生舍利[3]，如人身之汗，颯然[4]湧出，莫知其數，或飛空中，或墜地。人以手承之，透過。着牀榻[5]，摘然

有聲，復透下，光明瑩徹，爛然滿目。予到京師，盛傳於公卿閒。後有人迎至京師，執政官[6]取入東府[7]，以次流布士大夫之家，神異之跡，不可悉數。有詔留大相國寺，創造木浮圖[8]以藏之，今相國寺西塔是也。[343]

注釋

1 咸平：今河南通許縣。2 佛牙：相傳佛祖涅盤後火葬，留下的舍利中有佛牙四顆。其中一顆在唐代由僧人悟空從西域取得，帶回長安，後建寺供奉。唐末動蕩，這顆佛牙被藏在宮中。北宋初年，因為種種原因，又被送到咸平佛寺收藏。直到沈括等人發現並廣為宣傳，於是又再送回首都，入寺供奉。3 舍利：佛教高僧火葬後餘下的珠狀物或骸骨。4 颯然：突然，猛然。5 牀榻：牀榻，指牀，也指一種似椅而長的家具。6 報政官：宋代樞密院長官與參知政事、門下侍郎、中書侍郎、尚書左右丞相等高級官員統稱執政官。7 東府：丞相的府邸。8 浮圖：塔的梵文音譯。

譯文

熙寧年間，我擔任察訪使時途經咸平，當時劉定（字子先）是咸平縣令，我們一起去遊覽一座佛寺。劉子先對我說：「這裏有一顆佛牙，非常奇異。」我於是齋戒後把佛牙拿來看。那顆佛牙突然生出很多舍利子，就像人身上冒汗一樣，一下子湧出來，數不勝數，有的飛到空中，有的跌落地上。有人用手去接它，它就會穿掌而過；落到牀榻上，它就發出錚錚的聲響，然後再穿落到地上，晶瑩透亮，光彩奪目。我回到京城後，將這件事在公卿間廣為傳播。後來有人將佛牙接到了京城，執政官把它拿到相府，然後依次在士大夫的家中流轉，佛牙所顯現神怪奇異的事，不可勝數。後來皇上下詔把這顆佛牙留在大相國寺，並修築了一座木塔來收藏它。就是現在的相國寺西塔。

賞析與點評

這條筆記記載了佛牙舍利的怪事，雖然今天的科學知識還不能解釋這種事物的成因，但沈括以第一身親睹之事記錄在案，當時必有此特殊器物。

天聖[1]中，近輔[2]獻龍卵，云：「得自大河[3]中」，詔遣中人送潤州金山寺，是歲大水，金山廬舍為水所漂[4]者數十間，人皆以為龍卵所致。至今匵[5]藏，予屢見之，形類色理，都如雞卵，大若五升囊，舉之至輕，唯空殼耳。[346]

注釋

1 天聖：宋仁宗趙禎的年號，一〇二三—一〇三二。2 近輔：皇帝身邊的大臣。3 大河：黃河。4 漂：沖走。5 匵：同「櫝」。木匣，木櫃。

譯文

天聖年間，皇帝身邊的大臣獻上龍蛋，說：「從黃河裏得到的。」皇帝下詔派遣宦官把龍蛋送到潤州金山寺，這一年發生大水災，金山寺的廬舍被大水沖走了幾十間，人們都認為是龍蛋所引起的。到現在還用木櫃收藏着，我見過多次，它的形狀種類、顏色紋理，都像雞蛋，大小像五升的袋子，舉起來極輕，只是個空殼罷了。

內侍李舜舉[1]家曾為暴雷所震。其堂之西室，雷火自窗間出，赫然[2]出簷。人以為堂屋已焚，皆出避之。及雷止，其舍宛然[3]，牆壁窗紙皆黔[4]。有一木格，其中雜貯諸器，其漆器銀釦[5]者，銀悉鎔流在地，漆器曾不焦灼。有一寶刀極堅鋼，就刀室[6]中鎔為汁，而室亦儼然[7]。人必謂火當先焚草木，然後流金石，今乃金石皆鑠[8]，而草木無一燬者，非人情所測也。佛書言「龍火得水而熾，人火得水而滅。」此理信然[9]。人但知人境中事耳；人境之外，事有何限，欲以區區世智情識，窮測至理，不其難哉。[347]

注釋

1 李舜舉：字公輔，謚忠敏，一〇三三—一〇八二，汴京（今河南開封）人，宦官，北宋將軍，元豐五年（一〇八二）曾與沈括在西北抵禦西夏，於永樂城之戰中戰死。2 赫然：明亮的紅色火光。3 宛然：清晰，這裏指沒有破損。4 黔：黑色。5 銀釦：用銀鑲嵌裝飾。6 刀室：刀鞘。7 儼然：整齊的。8 鑠：鎔化金屬。9 信然：果然如此。

譯文

內侍李舜舉的家曾被暴雷轟擊。堂屋西邊的房間，雷火從窗口噴出，火光明亮，躥上屋簷。人們原以為堂屋已經着火了，都跑出去躲避。等到雷停止以後，卻發現堂屋完好無損，牆壁和窗紙都變黑了。屋內有一個木架，裏面雜放着各種器具，那些鑲嵌在漆器上的銀飾全部都鎔流到地上，而漆器居然沒有焦灼。有一把寶刀極為堅硬，就在刀鞘內鎔化為液體，而刀鞘還是完好無損。人們一定會認為火應該先燒掉草木，然後才鎔掉金石，現在卻是金石都鎔化掉了，而草木卻沒有一點受損，這真的不是人情所能夠預測的。佛經說「龍火得到水就更熾烈，人火遇到水便熄滅。」這個道理確是如此。人們只知人世間的事情罷了；人世間以外，事情哪有甚麼極限，想用區區世俗的智慧、情理和見識，去窮究窺測那深奧的道理，不是很難嗎？

吳人鄭夷甫少年登科，有美才。嘉祐中，監高郵軍稅務，嘗遇一術士，能推人死期，無不驗者，令推其命，不過三十五歲。憂傷感歎，殆不可堪。人有勸其讀

《老》、《莊》以自廣[1]。久之，潤州金山有一僧，端坐與人談笑間遂化去。夷甫聞之，喟然[2]歎息曰：「既不得壽，得如此僧。復何憾哉。」乃從佛者授《首楞嚴經》[3]，往還吳中，歲餘，忽有所見，曰：「生死之理，我知之矣。」遂釋然[4]放懷，無復芥蔕。後調封州判官，預知死日，先期旬日[5]，作書與交遊親戚敍訣，及次敍家事備盡。至期，沐浴更衣。公舍外有小園，面溪一亭潔飾，夷甫至其間，親督人灑掃及焚香，揮手指畫之間，屹然立化[6]。家人奔出呼之，已立僵矣：亭亭[7]如植木，一手猶作指畫之狀。郡守而下，少時[8]皆至，士民觀者如牆。明日乃就斂[9]。高郵崔伯易為墓誌，略敍其事。予與夷甫遠親，知之甚詳。士人中蓋未曾有此事。

[349]

注釋

1 自廣：使自己心胸開闊。2 喟然：感慨地。3《首楞嚴經》：即《大佛頂如來密因修證了義諸菩薩萬行首楞嚴經》。4 釋然：放下了心中疑慮。5 旬日：十天。6 立化：站着死去。7 亭亭：直立。8 少時：過了一會。9 斂：即殮。

譯文

吳縣人鄭夷甫年少便中了進士，有很好的才華。嘉祐年間，擔任高郵軍的稅務監督，曾經碰到一位術士，能夠預測人們的死期，沒有不應驗的，於是着他推算自己的壽命，不過三十五歲。夷甫憂傷感歎，幾乎承受不住。有人勸夷甫讀《老子》、《莊子》好讓自己豁達些。過了很久，潤州金山有一位僧人，端坐着跟人談笑的時候圓寂了。夷甫聽到這件事，感慨地歎息說：「既然得不到長壽，能像這位僧人般死去，還有甚麼遺憾呢！」於是跟從佛門弟子學習《首楞嚴經》，在吳中地區往來。過了一年多，忽然覺悟，說：「生死的道理，我知道了。」於是完全釋懷，再沒有甚麼不開心。後來夷甫調職為封州判官，預先知道死期，在該日前十天，寫信跟朋友和親戚訣別，接着交代了家中所有事情。到了當日，夷甫沐浴更衣。夷甫的家外面有一座小園子，園中有一個對着河溪裝飾整潔的亭子，夷甫來到這亭上，親自督促下人灑掃和焚香，在他揮手指使時就站着去世了。家人奔跑出來呼喊着他，已經站着僵硬了，挺直得像樹木一樣，一隻手還作指畫的樣子。從郡守以下的官員，過了一會兒便都來到了，前來圍睹的士人和民眾多得像一堵牆。翌日便入殮了。高郵人崔公道寫了墓誌，大略敘述了他的事跡。我跟夷甫是遠親，對這些事知道得十分詳細。士人中大概沒有發生過這樣的事。

人有前知[1]者，數十百千年事皆能言之，夢寐[2]亦或有之，以此知萬事無不前定。予以謂不然。事非前定。方其知時，即是今日；中間年歲，亦與此同時，

元非先後。此理宛然[3]，熟觀[4]之可諭。或曰：「苟能前知，事有不利者，可遷避[5]之。」亦不然也。苟可遷避，則前知之時，已見所避之事，若不見所避之事，即非前知。[350]

注釋

1 前知：先知，預先知道將來的事。2 夢寐：睡覺做夢。3 宛然：顯然，清楚明白。4 熟觀：仔細觀察。5 遷避：躲避。

譯文

有人知道之後發生的事，數十百千年的事情都能夠說出來，睡覺做夢時也有這種情況，憑這可知萬事沒有不是前定的。我認為不是這樣。事情不是事先注定的，當人們知道事情發生時，已經是今天了；即使中間隔了許多年，人們對事情的認知也是在事情發生了的同時，原本沒有甚麼先後之分。這道理很顯而易見，只要仔細觀察就會明白。也許有人說：「假如能夠預先知道的話，事情有不利時，就可以躲避了。」這也不對。假如可以躲避，那麼預知的時候，已經看到了所要躲避的事情了；假如看不見所要躲避的事情，那就不是預知了。

賞析與點評

沈括從邏輯論證的層面，指出預知事情是不合理的。此條跟上一條，同樣都是關於前知的記錄，但兩者內容相反。沈括在這條裏理性分析，指出所謂前知的謬誤。但上一條，因為是自己親戚的事，他悉知其中因由，因為有實證支持，也予以記錄。

吳僧文捷戒律[1]精苦[2]，奇跡甚多，能知宿命，然罕與人言。予羣從[3]文通[4]為知制誥，知杭州，禮為上客。文通嘗學誦《揭帝呪》，都未有人知。捷一日相見曰：「舍人誦呪，何故闕[5]一句？」既而思其所誦，果少一句。浙人多言文通不壽。一日齋心[6]往問捷，捷曰：「公更三年為翰林學士，壽四十歲，後當為地下職仕，事權不減生時，與楊樂道[7]待制聯曹[8]，然公此時當衣衰絰[9]視事[10]。」文通聞之，大駭曰：「數十日前，曾夢楊樂道相過云：『受命與公同職事，所居甚樂，慎勿辭也。』」後數年，果為學士，而丁[11]母喪，年三十九矣。明年秋，捷忽使人與文通訣別。時文通在姑蘇，急往錢塘見之。捷驚曰：「公大期[12]在此月，何用更來？宜即速還。」屈指計之，曰：「急行尚可到家。」文通如其言，馳還偏別骨肉，是夜無疾而終。捷與人言多如此，不能悉記，此吾家事耳。捷嘗持〈如意輪呪〉，靈變尤多。缾中水呪之則涌立。畜一舍利，晝夜轉於琉璃缾[13]中，捷行道遶[14]之，捷行速則舍利亦速，行緩則舍利亦緩。士人郎忠厚事之至謹，就捷乞一舍利，捷遂與之，封護甚嚴，一日忽失所在，但空缾耳，忠厚齋戒延捷加持[15]，少頃，見觀音像衣上一物蠢蠢而動，疑其蟲也，試取，乃所亡舍利。如此者非一。忠厚以予愛之，持以見歸。予家至今嚴奉，蓋神物也。[351]

注釋

1 戒律：佛教僧人尊守的規條。2 精苦：精勤刻苦。3 羣從：堂兄弟及子姪輩。4 文通：沈搆，字文通，一〇二八—一〇六七，沈括的姪子。5 闕：同缺。6 齋心：清心寡欲，摒除內心雜念。7 楊樂道：楊畋，字樂道，一〇〇七——一〇六二，沂州新泰（今山東新泰）人，官至起居舍人、知簡院。8 聯曹：一起辦公。9 衰絰：泛指喪服。10 視事：處理事務。11 丁：遭遇。以往稱遭遇父母喪事為「丁憂」，三年內不可做官、婚嫁及應考等。12 大期：死期。13 缾：同瓶。14 遶：環繞。15 加持：佛教儀式，由高僧為信眾或物件施以祝咒。

譯文

吳地僧人文捷持守戒律十分嚴格清苦，有很多奇異的事迹，能知道宿命，但極少跟別人說。我的姪子文通任知制誥時，在杭州任職，他奉文捷為上賓。文通曾經學習誦讀《揭帝咒》，沒有人知道這事。文捷有一天見到他說：「您誦讀咒語，為甚麼缺了一句？」他過了不久回想所誦讀的咒語，果然少了一句。浙江的人大多說文通不會長壽。有一天他摒除雜念，誠心前去問文捷，文捷回答說：「您三年後會任翰林學士，壽命是四十歲，然後在陰間任職，權勢不低於活着的時候，而且和待制官楊樂道在一起辦事，但您那時應當穿喪服處理公務。」文通聽了非常驚駭，說：「幾十天前，曾夢見楊樂道來訪，說：『我奉命與您一起共事，居官非常快樂，請您千萬不要推辭。』」幾年之後，文通果然擔任了翰林學士，又遭遇母親過世，當時他已經三十九歲了。第二年秋，文捷突然派人與文通訣別，當時文通在姑蘇，急忙趕到錢塘見文捷。文捷吃驚地說：「您的大限就在這個月，還來幹甚麼？應該馬上回去。」文捷屈指計算日子後說道：「假如趕得及，還可以到家。」文通照文捷的話，騎馬奔馳回家，與所有親人一一訣別，當天晚上便無疾而終了。文捷給別人的預言大多如此，不能一一記下，這只是發生在我家的事而已。文捷曾經持《如意輪咒》，靈驗變化特別多。他對着瓶中的水念咒，水就會湧上來。他收藏了一顆舍利子，白天黑夜都在琉璃瓶中轉動。文捷繞着瓶子行走，他走得快，舍利子也轉得快；走得慢，舍利子也轉得慢。一個叫郎忠厚的讀書人侍奉文捷非常周到小心，他向文捷討一顆舍利子，文捷就給了他，他收藏保護得很嚴密。一天舍利子突然不見了，只剩下一個空瓶。郎忠厚齋戒後延請文捷來加持，一會兒，看見觀音像的衣服上有一個東西在慢慢蠕動，疑心它是蟲子，試着去捉住它，原來是失掉的舍利子。像這樣的事不止一樁。郎忠厚因為我喜歡舍利子，就拿來送給我。我家一直到現在還很恭敬地侍奉這顆舍利子，因為它是神靈之物啊！

賞析與點評

沈括在前一條否定前知之理，但在本條卻大談到吳僧文捷的神奇事跡，言之鑿鑿，當中敍述其預知文通死期之事頗詳，意思互相矛盾。這大概因為此事發生在他姪兒身上，他知之甚詳，因屬事實，故記錄下來。

祥符中，方士王捷本黥卒[1]，嘗以罪配沙門島，能作黃金。有老鍛工畢升曾在禁中，為捷鍛金。升云：「其法為爐竈[2]，使人隔牆鼓鞴[3]，蓋不欲人覘[4]其啟閉也。」其金，鐵為之。初自冶[5]中出，色尚黑。凡百餘兩為一餅，每餅輻解[6]鑿為八片，謂之「鴉觜金」者是也。今人尚有藏者。上令尚方[7]鑄為金龜、金牌各數百，龜以賜近臣，人一枚，時受賜者，除戚里外，在庭者十有七人。餘悉埋玉清昭應宮寶符閣及殿基之下，以為寶鎮。牌賜天下州、府、軍、監[8]各一，今謂之「金寶牌」者是也。洪州[9]李簡夫家有一龜，乃其伯祖虛己所得者，蓋十七人之數也。

其龜夜中往往出遊，燗然有光，掩之則無所得。其家至今匱藏。[356]

注釋

1 黥卒：黥，因犯罪而被於臉上刺青。黥卒，有刺青的士兵。2 爐竈：同爐灶。3 鼓鞴（粵：敗；普：bài）：冶鍊金屬用的風箱。4 覘（粵：占；普：chān）：窺看。5 冶：冶爐。6 輻解：輻，車輪上的橫條。輻解，像車輪狀等分分割。7 尚方：官署名，負責製作、貯存御用器物。8 州府軍監：宋代地方行政單位。9 洪州：今江西南昌市。

譯文

祥符年間，方士王捷，本來是刺了面的士兵，曾經因為犯罪而流放沙門島，能夠冶煉黃金。有個叫畢升的老鍛工，曾經在皇宮裏為王捷鍛鍊黃金。畢升說：「鍛金的方法用爐竈來燒，叫人隔着牆鼓動風箱，因為不想他人窺探到他煉金的竅門。」他的黃金，用鐵來做。最初從冶煉的爐拿出來時，顏色還是黑黑的。每百多兩做為一餅，每餅平均像輪軸一樣分鑿為八片，叫做「鵶觜金」。現在還有人收藏着。皇帝命令尚方官署鑄成金龜、金牌各數百件，金龜用來賞賜給身邊的大臣，每人一枚。當時獲得賞賜的，除皇戚之外，宮庭裏還有十七人。其餘全部埋藏在玉清昭應宮寶符閣和大殿的地基之下，用來做寶鎮。金牌則賞賜給全國各州、府、軍、監各一塊，現在叫做「金寶牌」的便是。洪州李簡夫家裏有一隻金龜，是他的伯祖李虛己所獲得的，大抵他是那十七人之一。那金龜夜裏常常跑出來遊逛，金光燦爛，但用手掩蓋時則甚麼都沒有。他家裏到現在還用木匣子收藏着。

賞析與點評

這條記述的是北宋時期一種很特別的器物，一方面提到煉金術，一方面又有金龜夜裏出遊的神奇事蹟。

卷二十一・異事（異疾附）

世傳虹[1]能入溪澗飲水，信然。熙寧中，予使契丹，至其極北黑水[2]境永安山[3]下卓帳[4]。是時新雨霽[5]，見虹下帳前澗中，予與同職扣[6]澗觀之，虹兩頭皆垂澗中。使人過澗，隔虹對立，相去數丈，中間如隔綃縠[7]。自西望東則見；（原注：蓋夕虹也。）立澗之東西望，則為日所鑠[8]，都無所覩。久之稍稍正東，踰[9]山而去。次日行一程，又復見之。（原注：孫彥先[10]云：「虹乃雨中日影也，日照雨則有之。」）[357]

注釋

1 虹：即彩虹。2 黑水：西拉木倫河的支流，在今內蒙古克什克騰旗、林西縣、巴林右旗一帶。3 永安山：今內蒙古西烏珠穆沁旗境內。4 卓帳：豎立着的帳篷。卓，豎立。5 霽（粵：制；普：jì）：雨雪停止。6 扣：走近。7 綃縠（粵：消酷；普：xiāo hú）：薄紗。8 鑠：同爍，閃亮。此處指陽光晃眼。9 踰：越過。10 孫彥先：孫思恭，字彥先，登州人。精通易數天文之學，曾參與天文院修建渾儀的工作。

譯文

世人傳説彩虹能夠走到溪澗裏喝飲，果然是真的。熙寧年間，我出使契丹，到達它最北邊的黑水地方的永安山下，豎起帳篷休息。那時剛下完了雨，看見彩虹下落到帳篷前面的溪澗裏，我跟同僚靠近溪澗觀看，只見彩虹的兩頭都垂下到溪澗裏。我派人走過溪澗，大家隔着彩虹對立着，相距有數丈遠，中間像隔了一層薄紗。由西向東看可以看見（原注：大概因為這是傍晚的彩虹）；但站在溪澗的東面向西望，則被陽光刺眼，甚麼都沒看到。過了好久，彩虹稍稍向正東方移動，最後越過永安山而去。翌日走了一段路，又再看見它。（原注：孫思恭説：「彩虹是雨裏太陽的影子，陽光照射到雨水便會出現。」）

賞析與點評

這條是沈括親身驗證彩虹這種物理現象的記錄。他開始時指出虹能飲水的說法，確實無誤，似乎在證明虹是一種神秘物種的世俗認識，但實際上他卻親自驗證彩虹受到光線影響和觀測角度而有異，並紀錄了宋代科學家孫思恭對彩虹成因的說明，指出彩虹是雨水對陽光的折射和反射而形成的自然現象。這種認識與現代科學理論相符。比西方早了幾百年。事實上，早在唐代，孔穎達已提出了「若雲薄漏日，日照雨滴則虹生」了。

予於譙亳[1]得一古鏡，以手循[2]之，當其中心，則摛然[3]如灼龜[4]之聲。人或曰：「此夾鏡也。」然夾不可鑄，須兩重合之。此鏡甚薄，略無銲跡，恐非可合也。就使銲之，則其聲當銑塞[5]，今扣之，其聲泠然纖遠[6]。既因抑按而響，剛銅[7]當破，柔銅[8]不能如此澄瑩洞徹。歷訪鏡工，皆罔然不測。[360]

注釋

1 譙亳：宋代亳州，今安徽亳縣。2 循：通「揗」，撫摸。3 摛然：裂開的樣子。

4 灼龜：（古人占卜時）灼烤龜甲。5 銑塞：銑（粵：蘚；普：xiǎn），古代樂鐘的兩隻角（見後圖）。銑塞，形容聲音像敲擊被塞住鐘口的鐘所發出的那種渾濁不流暢的聲音。6泠然纖遠：清脆激揚，細緻悠遠。7剛銅：硬銅，即青銅或黃銅。8柔銅：軟銅，即紅銅。

譯文

我在譙亳獲得一面古鏡，用手撫摸它，按到鏡心時，便會聽到像古人烤龜甲裂開時的聲音。有的人說：「這是一面有夾層的鏡子。」可是夾鏡不可能鑄造而成，必須用兩層銅面併合起來。這面鏡子很薄，沒有一點銲接的痕跡，恐怕不是併合而成的。即使是銲接而成的，那麼鏡聲應該像被塞住鐘口的鐘聲那樣渾濁不流暢。現在敲擊它，聲音清脆激揚，細緻悠遠。既然因着按壓而發出聲響，如果是硬銅造的鏡就應破爛了，如果是柔銅造的，就不可能這麼澄瑩洞徹。我遍訪了鏡工，他們都茫然不知道是甚麼道理。

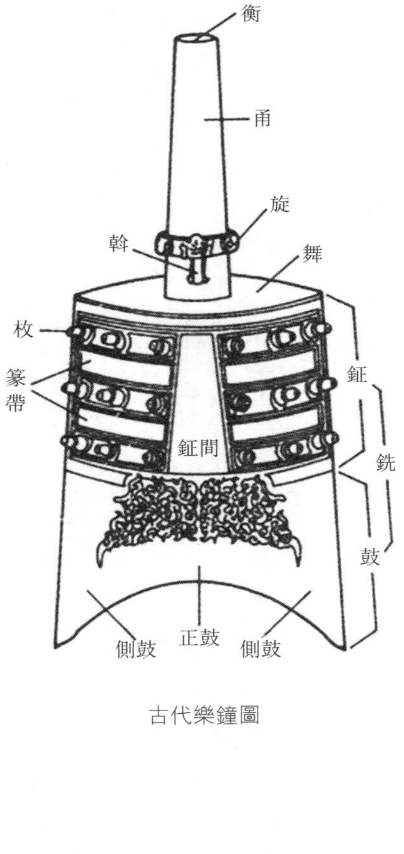

古代樂鐘圖

賞析與點評

這條筆記介紹了我國古代製鏡技術的高超水平。

盧中甫[1]家吳中，嘗未明[2]而起，牆柱之下，有光熠然[3]，就視之，似水而動，急以油紙扇挹[4]之，其物在扇中滉漾[5]，正如水銀，而光艷爛然[6]，以火燭之，則了無一物。又魏國大主[7]家亦嘗見此物，李團練評[8]嘗與予言，與中甫所見無少異。不知何異也。予昔年在海州，曾夜煑鹽鴨卵，其間一卵爛然通明，如玉熒熒然[9]，屋中盡明。置之器中，十餘日臭腐幾盡，愈明不已。蘇州錢僧孺[10]家煑一鴨卵，亦如是。物有相似者，必自是一類。[364]

注釋

1 盧中甫：盧秉，字仲甫，德清（今浙江附近）人，官至龍圖閣直學士。2 未明：天還沒亮。3 熠（粵：邑；普：yì）然：閃爍的樣子。4 挹（粵：邑；普：yì）：舀盛。5 滉漾：在水中浮動滉蕩。6 爛然：明亮的樣子。7 魏國大主：大主，大長公主的簡稱。唐宋時稱皇帝之姊妹為長公主，姑母為大長公主。魏國大長公主，即宋英宗第二女。按：《宋史》魏國大長公主有二，一為宋太祖長女（？—一〇〇八），一為宋英宗第二女寶安公主（一〇五一—一〇八〇），嫁王銑（一〇三六—一〇九三），以沈括、盧秉及李評的活動年間看來，英宗次女說較合理。8 李團練評：李評，字持正，上黨（今山西長治）人，官至團練使。9 熒熒然：光亮閃爍的樣子。10 錢僧孺：沈括妻子的妹夫。

譯文

盧秉家住吳中，曾經有一次天未亮就起牀，看見牆柱下面，透出熠熠閃光。走近去看，像水在滉動着，他連忙用油紙扇舀起來。這東西在扇中滉漾，像水銀一樣，而光亮燦爛；拿燭火照它，卻甚麼都沒有了。此外，魏國大長公主家也曾發現這東西，團練使李平曾跟我談起過，和盧秉家所見的沒有不同。不知是甚麼奇怪的東西。我往年在海州時，試過夜裏煮鹹鴨蛋，其中有一隻鴨蛋光亮燦爛，像玉石般熒熒光亮，全屋子都被照得明亮起來。放在器皿中十多天，幾乎都臭爛腐敗了，卻變得更加明亮。蘇州錢僧孺家煮了一隻鴨蛋，也是這樣。事物有相似的，必定是同一類。

賞析與點評

這裏指的應是自然界的冷光現象，柱下有光應是化學磷光，而鹹鴨蛋因腐爛而發光則是生物發光。雖然沈括不明所以，但沒有訴諸迷信，而是斷定其背後原理必屬同一類。

舊俗，正月望夜[1]迎廁神，謂之紫姑[2]。亦不必正月，常時皆可召。予少時見小兒輩等閒則召之以為嬉笑。親戚間曾有召之而不肎[3]去者，兩見有此，自後遂不敢召。景祐中，太常博士王綸家因迎紫姑，有神降其閨女，自稱上帝後宮諸女，能文章，頗清麗，今謂之《女仙集》，行於世。其書[4]有數體，甚有筆力，然皆非世間篆隸。其名有「藻牋篆」、「茁金篆」十餘名，綸與先君有舊，予與其子弟遊，親見其筆跡。其家亦時見其形，但自腰以上見之，乃好女子，其下常為雲氣所擁。善鼓箏，音調淒婉，聽者忘倦。嘗謂其女曰：「能乘雲與我遊乎？」女子許之，乃自其庭中涌白雲如蒸，女子踐之，雲不能載。神曰：「汝履下有穢土，可去履而登。」女子乃韤[5]而登，如履繒絮[6]，冉冉[7]至屋復[8]下。曰：「汝未可往，更期異日。」後女子嫁，其神乃不至。其家了無禍福。為之記傳者甚詳。此予目見者，粗誌於此。近歲迎紫姑仙者極多，大率多能文章歌詩，有極工者，予屢見之。多自稱「蓬萊謫仙」。醫卜無所不能，棊[9]與國手為敵。然其靈異顯著，無如王綸家者。[367]

注釋

1 望夜：農曆十五日的晚上。2 紫姑：即紫姑神，又稱為廁姑，坑三姑。相傳紫姑本為某人家的妾侍，為正室所妒，每每命她幹髒活，以正月十五日幽憤而死，因此民間習俗多於這天迎之。3 肎：同肯。4 書：書體。5 韈：襪子。6 繒絮：繒帛絲棉。7 冉冉：慢慢向上昇。8 屋復：屋簷。9 碁：同棋。

譯文

舊時習俗，正月十五日的晚上迎接廁神，名字叫紫姑。也不一定要在正月迎接，平常的日子都可以召來。我年少時看見小兒輩一有空便召紫姑來嬉笑玩遊。親戚裏曾經有人召來紫姑後卻不肯離開，兩次看到這種狀況，自此之後就不敢召來了。景祐年間，太常博士王綸家因為迎接紫姑神，有神靈降附到他女兒身上，自稱是上帝後宮的女子，會寫文章，文句頗為清麗，即現在叫做《女仙集》的文集，流傳於世。這部集子用數種書法體寫成，甚有筆力，然而都不是世間的篆隸字樣。這些書體的名字有「藻牋篆」、「茁金篆」等十多種，王綸與我父親為舊交，我跟他的子弟遊玩，親眼見過這些筆跡。王綸家也時常可見到紫姑的身影，只看到她腰以上，是完好的女子樣貌，下身則經常被雲氣簇擁。她善於鼓箏，奏出來的音調淒婉動人，聽到的人都忘記倦意。她曾經跟王綸女兒說：「可不可乘雲跟我一起遊玩？」王的女兒答應了，於是庭院裏湧現白雲如蒸，王的女兒踏着白雲，雲卻不能載起她。紫姑神說：「妳鞋子下有髒土，可把鞋子脫掉再站上來。」於是王的女兒只穿襪子登上白雲，就像踏在棉絮上一樣，緩緩上昇到屋簷又降下。紫姑神說：「妳還不可以前往，改天再去罷。」後來王的女兒出嫁了，紫姑神就不再降臨了。王綸一家完全沒有一點禍福之事。替他寫記傳的人寫得十分詳盡。這是我親眼所見，粗略的記了下來。近年來迎接紫姑仙女的人非常多，降臨的紫姑大多會寫文章和吟詩，有些寫得十分工整，我也多次見到紫姑。多數自稱為「蓬萊謫仙」，醫術占卜無所不能，下棋可跟大國手匹敵。可是當中的靈異顯著，都及不上王綸家那位。

賞析與點評

這條筆記記載了迎接紫姑神的民間習俗。這種迎迓神靈，使他們降臨身上的宗教活動，很多民俗都有。

世有奇疾者。呂縉叔[1]以知制誥知潁州，忽得疾，但縮小，臨終僅如小兒。古人不曾有此疾，終無人識。有松滋令姜愚[2]無他疾，忽不識字，數年方稍稍復舊。又有一人家妾，視直物皆曲，弓弦界尺之類，視之皆如鈎，醫僧奉真[3]親見之。江南逆旅[4]中一老婦，啖[5]物不知飽，徐德占[6]過逆旅，老婦愬[7]以飢，其子恥之，對德占以蒸餅啖之，盡一竹簀[8]，約百餅，猶稱饑不已；日食飯一石米，隨

即痢[9]之，饑復如故。京兆醴泉主簿蔡繩[10]，予友人也，亦得饑疾，每饑立須啖物，稍遲則頓仆悶絕，懷中常置餅餌，雖對貴官，遇饑亦便齕[11]啖。繩有美行，博學有文，為時聞人，終以此不幸。無人識其疾，每為之哀傷。

注釋

1 呂縉叔：呂夏卿，字縉叔，晉江人。2 姜愚：開封人，《宋史》載其晚年得目疾。3 奉真：北宋時期著名醫師，四明人，生平不詳，其術傳元覺，元覺傳法琮，皆為知名醫僧。《夢溪筆談》另有一條筆記記載奉真的醫術。4 逆旅：旅舍。5 啖：吃。6 徐德占：即徐禧，字德占，一〇四三——一〇八二，分寧（今江西修水）人。7 愬：告訴。8 簣（粵：櫃；普：kuì）：筐子。9 痢：大便。10 蔡繩：山陽人，生平不詳。11 齕（粵：核；普：hé）：咬、啃。

譯文

世間有奇怪的疾病。呂夏卿以知制誥出任潁州知州，忽然罹患怪疾，身體不斷縮小，臨終的時候僅僅像個小孩。古人沒有得過這個病，始終沒有人知道是甚麼病。又有松滋令姜愚，本沒有甚麼疾病，忽然不認得字，過了數年才稍為復原。又有一戶人家的妾侍，看直的東西都是彎曲的，把弓弦界尺之類都看成像鈎子，醫僧奉真親眼見過她。江南旅舍中有一位老婦人，吃東西不知道飽，徐德占有一次路過旅舍，老婦人告訴他肚子餓，婦人的兒子覺得很羞恥，在德占面前給她蒸餅吃，吃盡了一個竹筐子，大約百餘個蒸餅，還説飢餓不已；她每天吃飯得吃一石米，吃後隨即拉肚子，又像沒吃以前一樣肚子餓。京兆醴泉主簿蔡繩是我的朋友，也得了這個飢疾，每當飢餓時必須立刻吃東西，稍為慢了一點便會一下子仆倒地上昏厥過去。他懷裏常常放着餅食，雖對着達官貴人，覺得飢餓便啃食。蔡繩有美好德行，博學有文采，是當時著名人物，最終得了這個不幸的疾病。沒有人知道這是甚麼病，經常為他感到哀傷。

賞析與點評

這條筆記記載了沈括親睹或聽聞的各種奇怪疾病。以宋代的醫學知識，並不知道這些是甚麼病，更遑論怎樣治癒。其中身體縮小的可能是肌肉萎縮症，不識字的可能是認知障礙。這些奇疾可能跟遺傳基因變異有關。

嘉祐中，揚州有一珠[1]甚大，天晦[2]多見，初出於天長縣陂澤[3]中，後轉入甓社湖，又後乃在新開湖中，凡十餘年，居民行人常常見之。予友人書齋在湖上，一夜忽見其珠甚近，初微開其房[4]，光自吻[5]中出，如橫一金線，俄頃忽張殼，其大如半席，殼中白光如銀，珠大如拳，爛然不可正視，十餘里間林木皆有影，如初日所照，遠處但見天赤如野火，倏然遠去，其行如飛，浮於波中，杳杳[6]如日。古有明月之珠，此珠色不類月，熒熒有芒焰[7]，殆類日光。崔伯易嘗為《明珠賦》。伯易，高郵人，蓋常見之。近歲不復出，不知所往。樊良鎮正當珠往來處，行人至此，往往維船[8]數宵以待現，名其亭為「玩珠」。

注釋

1 珠：貝殼類動物體內的珠子。這裏指大蚌。2 晦：暗。3 陂澤：湖澤。4 房：指大蚌的殼。5 吻：指蚌殼張開後的縫隙。6 杳杳：隱約。7 芒焰：周邊散發出來的光芒。8 維船：繫住船，這裏指把船停下來。

譯文

嘉祐年間，揚州發現一隻大蚌珠，通常在天色晦暗的日子出沒。最初出現在天長縣的湖澤裏，後來轉移到甓社湖，再後來又在新開湖中。十多年來，居民行人常常看見牠。我朋友的書齋築在湖上，一天晚上，忽然看見那隻大蚌珠就在很近的地方，起初稍稍張開蚌殼，光線自兩殼邊的縫隙中透出，像一條橫放的金線，過了一會兒，忽然張開了殼，大得像半張桌子般，殼中的白光像銀一樣，珠子大得像拳頭，光芒燦爛，不可以正視，方圓十餘里間的林木都被照出影子來，像被早上的陽光照射着，遠處看去只見天空被照耀得通紅，像野火燃燒着一樣。牠很快便走遠了，走的速度像飛一樣，浮在水波上，隱約像太陽般。古代有明月之珠的記載，這顆珠的色澤不像月亮，閃爍而帶芒暉，大抵類似日光。崔伯易曾寫了《明珠賦》來記載。伯易是高郵人，大概經常看見這隻大蚌珠。近年這隻大蚌珠不再出來，不知跑到哪兒了。樊良鎮正是這蚌珠經常出沒的地方，過路人來了這裏，往往停船數晚等待牠出現，又把湖邊的亭取名為「玩珠亭」。

賞析與點評

「甓社珠光」是「秦郵（高郵）八景」之一。文中沈括的友人是高郵人、北宋著名文人孫覺。相傳孫覺看見珠光後便高中進士，人們遂以為珠光可以預兆祥瑞，爭相來到高郵，詩人墨客也多到這裏吟詩唱和。不過，沈括並未將祥瑞與珠光掛勾，只是如實地記載了珠光出現一事，沒有作出怪誕的聯想。

登州巨嵎山[1]下臨大海，其山有時震動，山之大石皆頽[2]入海中，如此已五十餘年，土人皆以為常，莫知所謂。[370]

注釋

1 巨嵎（粵：如；普：yú）山：今山東蓬萊、黃縣沿海一帶，據《宋史．五行志》記載，慶曆六年（一〇四六）年登州地震，「岠嵎山摧」，但後世史載仍多有巨嵎山之名，具體地點待考。2 頹：墜下。

譯文

登州巨嵎山下臨大海，這座山有時候會出現地震，山上的大石都墜落到大海裏，就這樣已經五十多年，當地人都習以為常，沒有人知道是甚麼原因。

賞析與點評

這條筆記記載了山東登州一帶因地震而出現的山體活動。

登州海中時有雲氣如宮室、臺觀、城堞[1]、人物、車馬、冠蓋，歷歷可見，謂之「海市」。或曰：「蛟蜃[2]之氣所為。」疑不然也。歐陽文忠曾出使河朔，過高唐縣驛舍中，夜有鬼神自空中過，車馬人畜之聲，一一可辨，其說甚詳，此不具紀。問本處父老云：「二十年前嘗晝過縣，亦歷歷見人物，土人亦謂之『海市』，與登州所見大略相類也。」

[372]

注釋

1 城堞（粵：碟；普：dié）：城牆。2 蛟蜃：蛟龍與大蛤蜊。

譯文

登州的海面經常出現雲氣，如同宮室、臺觀、城牆、人物、車馬、冠蓋等，清楚可見，叫做「海市」。有人說：「這是蛟龍和大蛤蜊的氣所為。」我懷疑並不是這樣的。歐陽修曾經出使河朔，經過高唐縣，住在驛舍中，晚上有鬼神自空中經過，車馬人畜的聲音，每種都可以分辨出來，他有詳細記述，這裏不再具體敘述了。我訪問當地的老人，他們說：「二十年前曾經在白晝的時候經過縣城，也都清楚看見人物的，當地人也稱之為『海市』，跟登州所看見的景象大致相同。」

賞析與點評

這條記載了大氣因光折射而形成的反映地面物體的現象「海市蜃樓」。沈括雖然不知道這是甚麼原因形成，但文中卻排除了「蛟蜃之氣所過」這類似是而非的舊說法。

近歲延州永寧關大河岸崩，入地數十尺，土下得竹筍一林，凡數百莖，根榦相連，悉化為石。適有中人[1]過，亦取數莖去，云欲進呈。延郡[2]素無竹，此入在數十尺土下，不知其何代物。無乃曠古以前，地卑[3]氣溼而宜竹邪？婺州[4]金華山有松石，又如桃核、蘆根、魚、蟹之類，皆有成石者，然皆其地本有之物，不足深怪。此深地中所無，又非本土所有之物，特可異耳。[373]

注釋

1 中人：宦官。2 延郡：即延州，今延安。3 地卑：地勢低窪。4 婺州：州名，治所在今浙江金華。

譯文

近年延州永寧關黃河汀岸崩塌，陷入地面數十尺，泥土下面找到一片竹筍林，大約有數百莖，根部和樹幹相連着，全部變成化石。剛好有宦官路過，也取走了數莖，說是希望進呈給皇上。延州向來沒有長竹子，這些石竹埋在數十尺的泥土下面，不知道是甚麼時代的東西。難道遠古以前，延州地勢低窪，氣候潮溼，因而適宜竹子生長？婺州金華山有松樹化石，又例如桃核、蘆根、魚、蟹之類，都有變成化石的，但這些都是當地原來就有的，不足以令人覺得奇怪。但此處的石竹，在深地中本是沒有的，又不是當地所有的植物，因而特別覺得奇怪罷了。

賞析與點評

沈括在這條筆記中記述了化石。他從竹子化石在延安出現，進而推測，這地古代可能是地勢底窪，氣候潮濕，因此才可能長出竹子。這個想法，跟現代科學中關於氣候環境變遷的說法大致相同。

隨州[1]大洪山人李遙殺人亡命，踰年[2]至秭歸，因出市見鬻[3]柱杖者，等閒以數十錢買之，是時秭歸適又有邑民為人所殺，求賊甚急。民之子見遙所操[4]杖，識之，曰：「此吾父杖也。」遂以告官司，執遙驗之，果邑民之杖也，榜掠[5]備至[6]。遙實買杖，而鬻者已不見，卒未有以自明者。有司詰[7]其行止來歷，勢不可隱，乃遞[8]隨州，大洪殺人之罪遂敗[9]，卒不知鬻杖者何人。市人千萬而遙適值[10]之，因緣及其隱匿，此亦事之可怪者。

[376]

注釋

1 隨州：今屬湖北省。2 踰年：過了一年。3 鬻（粵：育；普：yù）：售賣。4 操：拿着。5 榜掠：拷打，拷問。6 備至：俱到。7 詰：查問。8 遞：遞解。9 敗：敗露。10 適值：恰好碰上。

譯文

隨州大洪山人李遙殺了人後逃亡，第二年逃到秭歸，因為上市集時看見賣柱杖的，隨意以數十錢便買了一根柱杖。這時候秭歸剛好又有邑民被人殺害，官府緝拿賊人十分急迫。遇害邑民的兒子看到了李遙拿着的柱杖，認出來，說：「這是我父親的柱杖啊。」於是告將到官府去，官兵捉拿李遙回去查證，果然是邑民的柱杖。於是拷打訊問的刑罰全用上了。李遙是真的買了這根柱杖，可是賣杖的人已不見了，最終沒有辦法自我辯解。負責的官員詰問他的行止來歷，情勢讓他無法隱瞞，於是把他遞解送回隨州，在大洪山殺人之罪於是敗露，可是始終不知賣杖的是甚麼人。市集上的人多得很，而李遙卻恰好碰上那賣杖的，由此牽連到他的隱匿被揭穿，這也是很奇怪的事情啊。

至和中，交趾[1]獻麟，如牛而大，通身皆大鱗，首有一角。考之記傳，與麟不類，當時有謂之山犀者。然犀不言有鱗，莫知其的。詔：「欲謂之麟，則慮夷獠[2]見欺；不謂之麟，則未有以質之。止謂之異獸。」最為慎重有體，今以予觀之，殆「天祿」也。按《漢書》：「靈帝中平三年，鑄天祿、蝦蟆於平（津）門外。」注云：「天祿，獸名。今鄧州南陽縣北《宗資碑》旁兩獸，鐫[3]其膊，一曰『天祿』，一曰『辟邪』。」元豐中，予過鄧境，聞此石獸尚在，使人墨其所刻「天祿」、「辟邪」字觀之，似篆似隸，其獸有角鬣[4]，大麟如手掌。南豐曾阜為南陽令，題《宗資碑》陰[5]云：「二獸膊之所刻獨在，製作精巧，高七八尺，尾鬣皆鱗甲，莫知何象而名

此也。」今詳其形，甚類交趾所獻異獸，知其必「天祿」也。[377]

注釋　1 交趾：即今越南。2 夷獠：古代對少數民族的蔑稱。3 鐫：雕刻。4 角鬣：角和鬃毛。5 碑陰：石碑的背面。

譯文　至和中期，交趾獻上麟獸，像牛而更大，全身長滿大鱗片，頭上有一隻角。考證於古代的記傳，跟麒麟不相同，當時有人說是山犀。然而犀牛沒有聽說過有鱗的，沒有人知道究竟是甚麼東西。詔書說：「想把牠叫做麒麟，但顧慮是外族的欺瞞；不把牠叫做麒麟，又沒有確切的名稱。現在只叫牠做異獸。」這做法最為慎重而大體，現在依我來看，大抵是「天祿」罷了。根據《漢書》：「靈帝中平三年（一八六），在平（津）門外鑄天祿和蝦蟆」。注釋說：「天祿，獸名。現在鄧州南陽縣北《宗資碑》旁邊的兩隻石獸，它們胳膊上刻了字，一叫『天祿』，一叫『辟邪』。」元豐年間，我途過鄧州，聽說石獸還在，派人用墨拓印其上所刻的「天祿」「辟邪」等字來觀看，字體像篆又像隸。石獸有角鬣，麟甲像手掌般大。南豐曾阜擔任南陽令，在《宗資碑》背面題有：「二獸胳膊上所刻的字還在，製作精巧，獸高七八尺，從尾巴到頸鬣都覆有鱗甲，不知道根據甚麼來取這名稱的。」現在詳細審視牠的形狀，十分像交趾所獻上的異獸，因此知道這必定是「天祿」了。

天祿

辟邪

賞析與點評

這條記載了交趾國獻上的異獸，因當時朝廷官員不知道是甚麼來歷，因此喧嚷了一陣子。沈括從古書的記載，斷定這隻異獸為「天祿」。不過「天祿」、「辟邪」這類瑞獸，實際上也是古人想像出來的，一般置於墓前，有保護陵墓，冥宅永安之意。

《嶺表異物誌》[1]記鱷魚甚詳。予少時到閩中，時王舉直[2]知潮州，釣得一鱷，其大如船，畫以為圖，而自序其下。大體其形如鼉[3]，但喙長等其身，牙如鋸齒。有黃蒼二色，或時有白者。尾有三鉤，極銛利[4]，遇鹿豕[5]，即以尾戟之以食。生卵甚多，或為魚，或為鼉、黿[6]，其為鱷者不過一二。土人說鉤於大豕之身，筏而流之水中，鱷尾而食之，則為所斃。[371]

注釋

1《嶺表異物志》：唐劉恂撰，記載嶺南的風俗物產、草木蟲魚鳥獸等。2 王舉直：王化基子。3 鼉（粵：陀；普：tuó）：短吻鱗甲，亦稱揚子鱷。4 銛（粵：簽；普：xiān）利：鋒利。5 豕：豬。6 黿（粵：原；普：yuán）：俗稱綠團魚、癩頭黿，與鱉（俗稱「甲魚」）同類，古人常與鼉並稱。

譯文

《嶺表異物誌》對鱷魚的記載十分詳細。我年少時到過閩中，當時王舉直任潮州知州，釣到了一條鱷魚，大得像船一樣。於是王舉直把牠畫了圖畫，並在畫上親自寫了篇序文。鱷魚的形體像揚子鱷，但嘴巴等如身體般長，牙生長得像鋸齒。有黃色和綠色兩種，有時候有白色的。尾有三個鈎，極為鋒利，遇到鹿、豬之類，即用尾擊殺來吃。產卵非常多，有的孵化為魚，有的孵化為鼉、黿，其中孵化為鱷魚的不過十之一二。當地人說在大豬身上放置鈎子，然後把豬放在竹筏上在水中漂流，鱷魚尾隨竹筏把豬噬下去，便會被捕殺。

賞析與點評

這條筆記記載了潮州地區鱷魚形態及當地人捕鱷的情況，但把鱷魚說成可孵化為魚、鼉、黿之類，則反映了宋人對鱷魚認識的局限。

熙寧九年，恩州武城縣[1]有旋風[2]自東南來，望之插天如羊角，大木盡拔。俄頃，旋風卷入雲霄中。既而漸近，乃經縣城，官舍民居略盡，悉卷入雲中。縣令兒女奴婢卷去復墜地，死傷者數人；民間死傷亡失者不可勝計。縣城悉為丘墟[3]，遂

移今縣。[385]

注釋 1 武城縣：今山東武城。2 旋風：螺旋狀的疾風。此處當指龍卷風。3 丘墟：廢墟。

譯文 熙寧九年（一〇七六），恩州武城縣有一股旋風從東南方吹來，遠望像插到天上的羊角，大樹全都被連根拔起。不一會兒，旋風卷進雲霄裏。不久漸漸靠近地面，經過縣城，官舍民居大都被摧毀，全部卷到雲裏。縣令的兒女和奴婢等都被卷走，然後摔下來，死傷了數人；民間死傷失蹤的更不可勝計。縣城全變成廢墟，於是把居民遷徙這裏重建新縣城。

賞析與點評

這條筆記記載了陸龍卷現象和引發的嚴重災害。

宋次道[1]《春明退朝錄》言：「天聖中，青州盛冬濃霜，屋瓦皆成百花之狀。」此事五代時已嘗有之，予亦自兩見如此。慶曆中，京師集禧觀[2]渠中冰紋皆成花果林木。元豐末，予到秀州，人家屋瓦上冰亦成花，每瓦一枝，正如畫家所為折枝[3]，有大花似牡丹、芍藥者，細花如海棠、萱草輩者，皆有枝葉，無毫髮不具，氣象生動，雖巧筆不能為之。以紙搨[4]之，無異石刻。
[386]

注釋

1 宋次道：宋敏求，字次道，一〇一九——一〇七九，歷任知制誥、右諫議大夫、龍圖閣大學士兼修國史等職。2 集禧觀：北宋汴京中祭祀五嶽的廟宇。3 折枝：花卉畫法，畫花時不帶根部。4 搨（粵：塔；普：tà）：同拓，用紙墨模印古碑。

譯文

宋敏求《春明退朝錄》說：「天聖年間，青州隆冬時節下了大霜雪，屋頂上的瓦片都變成百花形狀。」這種現象五代時曾經出現過，我也親眼看過兩次。慶曆年間，汴京集禧觀水渠裏結冰的花紋都變成花果林木。元豐末年，我到了秀州，當地人屋頂瓦片上的冰也結成花的模樣，每片瓦片一枝，就像如畫家所畫的折枝花卉，大花像牡丹、芍藥，細花像海棠、萱草等，都有枝有葉，絲毫不缺，氣象生動，雖是巧筆畫匠也不能夠畫出來的。用紙拓印，跟石刻沒有分別。

賞析與點評

這條筆記記述了沈括以自己目睹雪花結成花草狀的經驗，印證古人所記的這種自然現象確實存在。

謬誤與譏謔——揭示世人錯誤的認知

本篇導讀——

《夢溪筆談》卷二十二為謬誤與譎詐，共十三條，記述人們對事物的錯誤認識。透過各條筆記，沈括揭示出造成謬誤的不同原因，當中包括因為不知道實情或沒見過某些事物，又或者因為誤解情況而隨便解說，也有習非成是、張冠李戴的情況，更有一些是識見不廣，或者沒有接觸到實物而隨意附會導致的錯誤。

這卷筆談也包含譎詐的內容。所謂譎詐，是指在正途以外，使詐術而達到目的。沈括記載的譎詐有兩類，一是使詐而得以成功，一是受騙以致犯錯。雖然內容上也同樣是使詐，但沈括把一類人的行事放在權智中，而把另一些相類的詐行放在譎詐裏，是因為兩者在褒貶意義上有所不同。權智屬於讚揚一類，譎詐則是姦狡的欺詐行為。以沈括所記丁謂的材料便可知其分別。史稱丁謂「機敏有智謀，憸狡過人。」沈括在這卷中寫的兩條資料，正好看出丁謂憸狡，帶貶斥的意味。

在《補筆談・權智》裏，沈括另有一條談到丁謂的，那便是為人熟悉的「一舉三得」的故事，卻帶有頌揚其智謀的意味。在謬誤與譎詐中，很多條目都表達了只看到眼前事物，便會被迷惑的意思，而人們便可以在其中上下其手，達到目的。例如丁謂上書執政，便是利用執政對與被貶謫的待罪官員有往來的懼怕感，因而不敢打開信函，順利藉他之手把自己的奉章上呈給皇帝看。又例如包拯被愚弄也一樣，雖然他為人嚴肅剛正，但吏人就是看準了他秉持的正義感，令他一時間做了錯誤的判斷。至於京城占者一條，則揭示了術士利用了舉子幻得幻失的迷惘心情。其實，無論術士說「必得」還是「不得」，都必然會有士子應驗。

此卷中還有一些是辨正謬誤的條目，這些錯誤，或沿於作者未接觸過某些事物，例如批評段成式不辨物種，藉口異國事物，便隨便胡謅。例如鄭玄未看見過車渠這種大蚌，便說此為車的輪輻。他又批評文人為詩，用語多誇張失實。

卷二十三為譏謔，也包含謬誤在內，共二十條，主要記錄士大夫之間的一些趣聞軼事，語帶幽默或諷刺。

東南之美，有會稽之竹箭。竹為竹，箭為箭，蓋二物也。今採箭以為矢，而通謂矢為箭者，因其材名之也。至於用木為笴[1]，而謂之箭，則繆[2]矣。[388]

注釋　1 笴（粵：趕；普：gǎn）：箭桿。2 繆：同謬，錯誤。

譯文　東南地區的好東西，有會稽的竹箭。竹是竹，箭是箭，其實是兩種東西。現在人們採摘箭來做弓矢，而通稱弓矢為箭，是借用材料來命名。至於用木來做箭桿，而直接稱之為箭，則錯誤了。

丁晉公之逐，士大夫遠嫌[1]，莫敢與之通聲問。一日，忽有一書與執政，執政得之不敢發[2]，立具上聞。洎[3]發之，乃表[4]也，深自敍致，詞頗哀切，其間兩句曰：「雖遷陵[5]之罪大，念立主之功多。」遂有北還之命。謂多智變，以流人[6]無因[7]達章奏，遂託為執政書，度[8]以上聞，因蒙寬宥。[389]

注釋

1 遠嫌：避嫌。2 發：打開來看。3 洎（粵：計；普：jì）：及至。4 表：臣下上奏的表章。5 遷陵：宋真宗死後，丁謂主持真宗陵址改換修建，後不成功，又遷回原址安葬。6 流人：流放的罪人。7 因：途徑。8 度：估計。

譯文

丁謂被貶逐後，士大夫為了避開嫌疑，沒有人敢跟他通信問候。有一天，他忽然寫了一封信給執政，執政收到信後不敢打開來看，立即具表上奏給皇帝知道。待打開來看，才知道是丁謂上的表奏，內容深情自述，言詞十分哀怨懇切，當中有兩句說：「雖然遷徙皇陵的過錯很大，但希望考慮到輔助君主登基的功勞還是很多的。」於是有北上回京的詔命。丁謂智慧權變的手段頗多，由於是被放逐的罪人身分，沒辦法呈上奏章，於是故意假託寫給執政的信，估計可以呈上給皇帝看，因此獲得寬恕。

賞析與點評

這條記載了丁謂看準了朝廷官員不敢擅自打開自己的信，終於可藉執政之手，上奏給皇帝。可見他做人處事懂得變通處理。

段成式[1]《酉陽雜俎》記事多誕[2]，其間敍草木異物，尤多繆妄，率[3]記異國所出，欲無根柢。如云：「一木五香：根，旃檀；節，沈香；花，雞舌；葉，藿；膠，薰陸。」此尤謬。旃檀[4]與沈香[5]兩木元異；雞舌即今丁香耳，今藥品中所用者亦非；藿香自是草葉，南方至多；薰陸小木而大葉，海南亦有薰陸，乃其膠也，今謂之「乳頭香」。五物迥殊，元[6]非同類。

[391]

注釋

1 段成式：字柯古，八〇三？—八六三，唐鄒平（今山東濱州境內）人，官至太常少卿。善詩文，尤工駢體，與李商隱、溫庭筠齊名，時號「三十六體」。著有《酉陽雜俎》。2 誕：荒誕。3 率：大抵都是。4 旃（粵：煎；普：zhān）檀：即檀香。5 沈香：白木香或沉香等帶濃郁香味樹脂的木材，能入藥。6 元：同原。

譯文

段成式《酉陽雜俎》記載的事物很多都荒誕不實，當中敍述的草木和奇異事物，尤其有不少錯誤，全部都說是外國的事物，卻沒有根據。例如說：「一種樹有五種香木：根為旃檀香，節為沉香，花為雞舌香，葉為藿香，膠為薰陸香。」這段話尤其荒謬。旃檀和沉香兩種樹本來就不同；雞舌即是現在的丁香，現在藥品中所使用的也不是真的；藿香本是草本植物，南方有很多；薰陸是大葉小灌木葉，海南也有，這種樹的樹膠，現在叫做「乳頭香」。五種東西迥然不同，原本就不是同類。

賞析與點評

這段文字批評了段成式常借外國事物為名，胡亂杜撰事實，令不知就裏的人信以為真。

京師賣卜者，唯利[1]舉場時舉人占得失，取之各有術。有求目下之利者，凡有人問，皆曰「必得」，士人樂得所欲，競[2]往問之。有邀以後之利者，凡有人問，悉曰「不得」，下第者常過十分之七，皆以為術精而言直，後舉倍獲，有因此著名，終身饗[3]利者。

[394]

注釋

1 利：獲得利潤，賺錢。2 競：爭相。3 饗：享受。

譯文

京城裏的占卜師，最賺錢的是在科舉舉行時替舉人占卜得失，賺錢方法各有不同。有人追求眼前的利益，凡是有舉人來占卜，都說「必得」，讀書人都樂意聽到自己所求的事得以實現，因此爭相前往問卜。有人謀取日後的利益，凡是有舉人來問卜，全說「不得」，落第的人平常都超過百分之七十，都認為他的占卜術精深而且說得很坦白，後來中舉，便雙倍給他報酬，更有因為這樣而揚名，而終身享受利益的術士。

賞析與點評

本條記述了京師術士的騙人伎倆，他們並不是因為占術厲害，只是用言語功夫來詐騙求卜者，可是士子卻不知受到蒙蔽，以為術士之言真的準確。

包孝肅[1]尹京[2]，號為明察。有編民[3]犯法當杖脊，吏受賕[4]，與之約曰：「今見尹，必付我責狀[5]，汝第[6]呼號[7]自辯，我與汝分此罪，汝決[8]杖，我亦決杖。」既而包引囚問畢，果付吏責狀，囚如吏言，分辯不已。吏大聲訶[9]之曰：「但受脊杖出去，何用多言！」包謂其市權[10]，捽[11]吏於庭，杖之七十，特寬[12]囚罪，止從杖坐[13]，以抑吏勢。不知乃為所賣，卒如素約[14]。小人為姦，固難防也。孝肅天性峭嚴，未嘗有笑容，人謂「包希仁笑比黃河清。」[395]

注釋

1 包孝肅：包拯。2 尹京：尹，出任府尹。京，即開封府。3 編民：平民百姓。4 賕（粵：球；普：qiú）：賄賂。5 責狀：結案的文書。6 第：只管。7 呼號：大聲叫喊。8 決：判決。9 訶：斥責。10 市權：以權謀私。11 捽：揪住。12 寬：寬宥。13 杖坐：臀杖的刑罰。14 素約：原本的約定。

譯文

包拯擔任開封府尹，以明察見稱。有平民犯法，應當受杖脊的刑罰，吏人收了賄賂，跟他約定說：「今天見到府尹，必定付給我結案的文書，你只管呼喊着自辯，我跟你分擔這個罪名，你被判決杖刑，我也被判決杖刑。」不久，包拯叫人押囚犯來訊問完畢，果然給吏人結案的文書，囚犯依吏人所說，分辯不停。吏人大聲斥責他說：「只須接受脊杖後便走，不要還這麼多話！」包拯指吏人以權謀私，揪住吏人於公堂上，打了七十杖，又特別寬減囚犯的刑罰，只判他受臀杖，以此壓抑吏人的氣焰。卻不知道這樣做卻正被吏人出賣，結果竟跟吏人與囚犯原本約定的一樣。小人做不法勾當，真的很難預防啊。包拯天性峭刻嚴肅，沒有笑容，人們說「包希仁笑比黃河清。」

賞析與點評

這條筆記記述了包拯也為胥吏所愚弄的故事，當中可見古代胥吏舞弊的情況。

海物有車渠[1]，蛤屬也，大者如箕[2]，背有渠壟如蚶殼，故以為器，緻如白玉，生南海。《尚書大傳》曰：「文王囚於羑里，散宜生得大貝如車渠以獻紂。」鄭

康成[3]乃解之曰：「渠，車罔[4]也。」蓋康成不識車渠，謬解之耳。[399]

注釋

1 車渠：硨磲，一種貝殼。2 箕：簸箕。3 鄭康成：鄭玄，一二七—二〇〇，東漢著名經學家。4 車罔：即車輞，車輪周圍的邊框。

譯文

海洋生物中有一種叫車渠的，是蛤類海產，大的像簸箕，背上有渠壟紋像蚶殼，因此用來做裝飾的器具，精緻得像白玉一樣，這東西生長在南海。《尚書大傳》說：「文王被囚禁於羑里，散宜生得到大貝殼像車渠一樣，用來獻給紂王。」鄭玄卻解釋說：「渠，就是車輞。」大抵鄭玄不知道有車渠這種東西，於是錯誤地解釋罷了。

賞析與點評

此條說明了車渠這種海產究竟是甚麼，並且批評鄭玄因為不知道有這種海產而誤注《尚書》，可見即使是著名大師的話，也不應盡信。

司馬相如[1]敍上林[2]諸水曰：「丹水、紫淵，灞、滻、涇、渭，八川分流，相背而異態，灝溔潢漾[3]，東注太湖。」李善[4]注：「太湖，所謂震澤。」按，八水皆入大河，如何得東注震澤？又白樂天《長恨歌》云：「峨嵋山下少人行，旌旗無光日色薄。」峨嵋在嘉州，與幸蜀[5]路全無交涉。杜甫《武侯廟柏》詩云：「霜皮溜雨四十圍，黛色參天二千尺。」四十圍[6]乃是徑七尺，無乃太細長乎？防風氏[7]身廣九畝，長三丈；姬室[8]畝廣六尺，九畝乃五丈四尺，如此，防風之身乃一餅餤[9]耳。此亦文章之病也。[402]

注釋

1 司馬相如：字長卿，前一七九—前一一七？，西漢著名文學家。2 上林：西漢時的一座宮苑。3 灝溔潢漾：司馬相如《上林賦》中用語。灝和溔形容水勢浩大；潢，水深廣的樣子；漾，水湧的樣子。4 李善：唐代江都（今揚州市）人，著有《文選注》。5 幸蜀：幸，駕臨。蜀，四川的簡稱。此處指安史之亂，唐玄宗逃往四川蜀地。6 圍：古代度量衡單位。一說為兩手拇指和食指攏起來的範圍，一說兩臂合攏起來的範圍。7 防風氏：古代傳說中的巨人，大禹治水時，防風氏因遲到被殺。據說他的骨與肉體裝滿了一整車。8 姬室：姬，周天子的姓。姬室，即周朝的宗廟。9 餅餤：餅塊。

譯文

司馬相如記敘上林苑各條河川說：「丹水、紫淵，灞、滻、涇、渭，八條河流分別流動，方向不同而形態各異，灝溔潢漾，往東流入太湖。」李善注說：「太湖，就是震澤。」按，八條河流都流到黃河去，怎麼能夠往東流進震澤呢？另外，白居易《長恨歌》說：「峨嵋山下少人行，旌旗無光日色薄。」峨嵋山在嘉州，與皇帝逃到四川的路徑完全沒有關聯。杜甫《武侯廟柏詩》說：「霜皮溜雨四十圍，黛色參天二千尺。」四十圍只是直徑七尺，這不是太細長了嗎？防風氏身粗九畝，身長三丈；周室宗廟闊六尺，九畝是五丈四尺，這麼一算，防風氏的身體不過是一塊餅乾罷了。這也是文章的毛病。

賞析與點評

沈括從真實情況出發，指出文學家的用語不時有誇張處。

有一南方禪僧到京師，衣間緋[1]袈裟，主事僧素不識南宗[2]體式[3]，以為妖

服，執歸有司，尹正[4]見之，亦遲疑未能斷，良久，喝出禪僧，以袈裟送報慈寺泥迦葉[5]披之。人以為此僧未有見處，卻是知府具一隻眼。[406]

注釋

1 間緋：間，間隔。緋，紅色。2 南宗：中國禪宗傳至神秀和慧能時，分為南北二宗。北宗以神秀為首，南宗以慧能為首。3 體式：體制樣式。4 尹正：開封府知府。5 泥迦葉：泥塑的迦葉尊者像。

譯文

有一位南方禪僧來到京城，穿着緋紅色間條袈裟，主事的僧人向來不認識南宗僧衣的式樣，以為是妖服，拉了他送到官府去。知府看見僧人，也猶豫了一陣，不能判斷真偽，過了很長的時間，喝令放走禪僧，把袈裟送到報慈寺給泥塑的迦葉尊者像披上。人們認為這個主事僧沒有識見，可是知府卻別具慧眼。

嘗有一名公，初任縣尉[1]，有舉人投書索米，戲為一詩荅[2]之曰：「五貫九百五十俸，省錢請作足錢用。妻兒尚未厭糟糠[3]，僮僕豈免遭饑凍？贖典贖解不曾休，喫酒喫肉何曾夢？為報江南癡秀才，更來謁索覓甚瓮[4]！」熙寧中，例增選人俸錢，不復有五貫九百俸者，此實養廉隅[5]之本也。[412]

注釋

1 縣尉：縣署中負責治安的官員。2 荅：同答。3 糟糠：酒糟、米糠，形容貧窮得很。4 瓮（粵：甕；普：wèng）：盛水或酒的器皿。5 廉隅：廉潔。

譯文

曾經有一位有名的大官，最初擔任縣尉時，有個舉人寫了封信給他索取米糧，他開玩笑地寫了一首詩回答說：「五貫九百五十俸，省錢請作足錢用。妻兒尚未厭糟糠，僮僕豈免遭飢凍？贖典贖解不曾休，喫酒喫肉何曾夢？為報江南癡秀才，更來謁索覓甚瓮！」熙寧時，按例增加新入選官員俸錢，不再只有五貫九百的俸祿了，這其實是培養廉潔官員的根本啊。

賞析與點評

本條筆記記載了北宋時期低級官員的薪俸本來十分微薄，後來才逐漸提高。沈括認為薪俸提高，實是培養廉潔官員的根本措施。

館閣每夜輪校官一人直宿[1]，如有故不宿，則虛[2]其夜，謂之「豁宿」。故事：豁宿不得過四，至第五日即須入宿。遇「豁宿」，例於宿曆[3]名位下書「腹肚不安，免宿。」故館閣宿曆，相傳謂之「害肚曆」。[418]

注釋

1 **直宿**：直，同值。直宿，值夜班。2 **虛**：空，指該晚沒有人當值。3 **宿曆**：記錄值班官員的日誌。

譯文

館閣每晚有校官一人輪流留館當值，如果有事不能值夜班，那麼當晚便沒有人當值，稱為「豁宿」。舊規矩：沒人值班的日子不得超過四晚，到了第五天便必須有人值班。遇到「豁宿」，按例在值班日誌中負責值班官員的名字下面寫「肚子不舒服，准許不值班。」因此館閣的值班日誌，流傳下來叫做「害肚曆」。

雜誌——紛紜世事的大熔爐

本篇導讀——

《夢溪筆談》第二十四和二十五卷的名目為「雜誌」，即作者認為不能歸併到之前各類的內容，因此放在全書之末，作為雜項記述。雖然這部分使用了「雜誌」之名，但不是說裏面的內容跟之前各卷相比重要性較低。其實，當中有很多材料，從現代人的眼光來看，是極具科學、地理和化學價值的；而當中所提到的關於少數民族的條目，也是研治邊疆史的重要材料。

鄜延[1]境內有石油。舊說高奴縣[2]出「脂水」，即此也。生於水際[3]，沙石與泉水相雜，惘惘[4]而出。土人以雉[5]尾裛[6]之，乃採入缶中。頗似淳[7]漆，然[8]之如麻，但煙甚濃，所霑幄幕皆黑。予疑其煙可用，試掃其煤以為墨，黑光如漆，松墨不及也，遂大為之，其識文為「延川石液」者是也。此物後必大行於世，自予始為之。蓋石油至多，生於地中無窮，不若松木有時而竭。今齊、魯閒松林盡矣，漸至太行、京西、江南，松山太半皆童矣。造煤人[9]蓋未知石煙之利也。石炭煙亦大，墨人衣。予戲為《延州詩》云：「二郎山下雪紛紛，旋卓[10]穹廬[11]學塞人。化盡素衣冬未老，石煙多似洛陽塵。」[421]

注釋

1 鄜延：北宋鄜延路，即今陝西延安。2 高奴縣：故城在今陝西省延安縣東。3 水際：水邊。4 惘惘：迷惘，這裏指石油水漫無目的地慢慢湧出來。5 雉：野雞。6 裛（粵：邑；普：yì）：同浥，沾濕。7 淳：同純。8 然：燃燒。9 造煤人：指用松煙灰造墨的工人。10 旋卓：旋，隨即；卓，直立，撐起。11 穹廬：圓頂帳篷。

譯文

鄜延路境內有石油。過去說高奴縣出「脂水」，就是這東西。石油產生在水邊，與沙石和泉水互相混雜而緩慢流出來。當地人用雉尾沾濕，採集到罐中。顏色很像淳厚的漆，燒起來像燒麻一樣，但煙十分濃烈，被沾到的幄幕全都薰黑了。我推測它的煙可以使用，嘗試把煙炱掃下來做墨。這種墨黑黝發亮跟漆一樣，即使是松墨也比不上它，於是大量製造，上面刻有「延川石液」的就是了。這東西將來必定會在世上廣泛應用，是由我開始製造的。因石油蘊藏極多，儲存在地下無窮無盡，不像松木那樣有竭盡的時候。現在齊、魯之間的松林已經砍伐殆盡了，逐漸發展到太行山、京西、江南一帶，松山大半都已光禿禿了。製造墨的人大概還沒知道石油煙的用途。煤燒起來煙也很大，會弄黑人們的衣裳。我戲作《延州詩》：「二郎山下雪紛紛，旋卓穹廬學塞人。化盡素衣冬未老，石煙多似洛陽塵。」

賞析與點評

沈括在這條筆記提到他對石油的見解，認為這種物質將來定必大行其道。這個預測，深為現代學者稱頌。不過，要注意一點，這條裏面談到的石油，其價值並非等同於現代社會用來做燃料，沈括在當時所看到的價值，是石油這種材質可以取代松木，製造寫字用的墨而已。

契丹北境有跳兔，形皆兔也，但前足纔寸許，後足幾一尺，行則用後足跳，一躍數尺，止則蹶然[1]仆地。生於契丹慶州之地大漠中，予使虜日，捕得數兔持歸。蓋《爾雅》所謂「蟨兔」也，亦曰「蛩蛩巨驉」也。[426]

注釋

1 蹶然：顛仆的樣子。

譯文

契丹北邊境有跳兔，外形完全跟兔子一樣，但前腿只有一寸多，後腿卻差不多一尺長，走的時候用後腿跳動，一跳有好幾尺遠，要停下來就顛仆倒在地上。跳兔生長在契丹慶州的大沙漠之中，我出使遼國的時候，曾捕獲數隻帶回來。這大抵是《爾雅》所說的「蟨兔」，也叫「蛩蛩巨驉」。

賞析與點評

沈括出使時，除了留意到當地的風土人情外，還留心各處的物種。像這條裏談到的跳兔，即今日所稱的地鼠，因為跟中國的兔子不同，引起了他的興趣。不過，中國早於魏晉時期已有跳兔的記載。

熙寧中，初行「淤田法[1]」，論者以謂史記所載：「涇水一斛，其泥數斗，且糞且溉，長我禾黍。」所謂「糞」，即淤也。予出使至宿州[2]，得一石碑，乃唐人鑿六陡門[3]，發汴水以淤下澤，民獲其利，刻石以頌刺史之功。則淤田之法，其來蓋久矣。[429]

注釋

1 淤田法：排放帶淤泥的河水流入貧瘠的農田，讓淤泥沉澱以改良土壤的方法。2 宿州：州名，治所在今安徽宿縣。3 陡門：堤堰的閘門。

譯文

熙寧年間，開始推行「淤田法」，議論的人說《史記》記載說：「一斛的涇水，其中有數斗的淤泥，既作糞，又作灌溉，使我們的莊稼得到生長。」所謂「糞」，就是淤田了。我出使時經過宿州，發現一塊石碑，是唐代人開鑿六座陡門，引導汴河水來沖積下游的沼澤，使百姓獲益，所以刻了石碑來歌頌刺史的功績。可見淤田法大概由來已久了。

賞析與點評

這條筆記記載了沈括出使時的閱歷，並且以文獻對照的治學方法，指出當時剛推行的淤田法，其實早於漢唐時已實行過，並給百姓帶來益處。

予奉使河北，邊太行而北，山崖之間，往往銜螺蚌殼及石子如鳥卵者，橫亘石壁如帶。此乃昔之海濱。今東距海已近千里，所謂大陸者，皆濁泥所湮[1]耳。堯殛鯀于羽山[2]，舊說在東海中，今乃在平陸。凡大河、漳水、滹沲、涿水、桑乾之類，悉是濁流。今關、陝以西，水行地中，不減百餘尺。其泥歲東流，皆為大陸之土，此理必然。[430]

注釋

1 湮：淹埋。2 羽山：山名，在今山東省臨沂市臨沭縣與江蘇省連雲港市東海縣交界，據說是鯀被流放的地方。

譯文

我奉命出使河北，沿着太行山往北走，看到山崖之間，常常嵌藏着螺蚌殼和像鳥卵般的頭，橫亙着藏在石壁中間，好像一條帶子。可見這裏應該是從前的海濱。現在距離東面的海岸差不多一千里遠了。所謂大陸，都是淤泥所沉積而成的地方。堯在羽山殺死鯀，按舊時的說法羽山在東海裏，而現在卻在平闊的大陸上。舉凡大河、漳水、滹沲、涿水、桑乾等河流，都是混濁的水流。現在關中、陝西以西的地方，河水在峽谷下流動，河道低於地面一百多尺。水中的淤泥每年往東流動，都成為大陸的泥土，這是必然的道理。

賞析與點評

這條筆記所記載的是沈括出使時觀察到的地貌現象。他用山崖間見到的各種海洋化石，推論出當地原本是海洋。這是地理學的重要發現。此外，沈括又正確解釋了華北沖積大平原形成的原因。

溫州雁蕩山，天下奇秀，然自古圖牒[1]，未嘗有言者。祥符中，因造玉清宮，伐山取材，方有人見之，此時尚未有名。按西域書[2]，阿羅漢[3]諾矩羅[4]居震旦[5]東南大海際雁蕩山芙蓉峯龍湫。唐僧貫休[6]為《諾矩羅讚》，有「雁蕩經行雲漠漠，龍湫宴坐雨濛濛」之句。此山南有芙蓉峯，峯下芙蓉驛，前瞰大海，然未知雁蕩龍湫所在。後因伐木，始見此山。山頂有大池，相傳以為雁蕩；下有二潭水，以為龍湫。

又有經行峽、宴坐峯，皆後人以貫休詩名之也。謝靈運為永嘉守，凡永嘉山水，遊歷殆遍，獨不言此山，蓋當時未有雁蕩之名。予觀雁蕩諸峯，皆峭拔嶮[7]怪，上聳千尺，穹崖[8]巨谷，不類他山，皆包在諸谷中。自嶺外望之，都無所見。至谷中，則森然干霄[9]。原其理，當是為谷中大水衝激沙土盡去，唯巨石巋然挺立耳。如大小龍湫、水簾、初月谷之類，皆是水鑿之穴。自下望之，則高嵓[10]峭壁；從上觀之，適與地平。以至諸峯之頂，亦低於山頂之地面。世間溝壑中水鑿之處，皆有植土[11]龕巖[12]，亦此類耳。今成皋、陝西大澗中，立土動及百尺，迥然聳立，亦雁蕩具體而微者，但此土彼石耳。既非挺出地上，則為深谷林莽[13]所蔽，故古人未見。靈運所不至，理不足怪也。[433]

注釋

1 圖牒：畫有地理狀況的圖冊。2 西域書：指佛經。3 阿羅漢：佛教對得道者的尊稱。4 諾矩羅：羅漢名。5 震旦：古印度稱中國為震旦。6 貫休：唐代僧人，擅書畫。7 嶮：同險。8 穹崖：穹，天空。意指高聳入雲的山崖。9 干霄：干，干犯。意指直衝雲霄。10 嵓：同巖。11 植土：直立的土柱。12 龕巖：龕，供奉神佛的小閣子；龕巖指受水沖刷而形成佈滿洞穴像佛龕一樣的巖石。13 林莽：大片樹木。

譯文

溫州雁蕩山，是天下景色奇特秀麗的地方，然而自古以來的圖牒都沒有提過。祥符年間，因為建造玉清宮，於是進山砍伐木材，才被人發現，不過那時還沒有雁蕩山這個名稱。據西域的佛經記載，阿羅漢諾矩羅住在中國東南大海傍的雁蕩山芙蓉峯的龍湫。唐代僧人貫休所寫的《諾矩羅讚》中有：「雁蕩經行雲漠漠，龍湫宴坐雨濛濛」的詩句。這座山南面有芙蓉峯，峯下有芙蓉驛，前面可以俯瞰大海，

譯文

但是不知道雁蕩、龍湫的所在地。後因為伐木，才發現這座山。山頂上有大池，相傳它就是雁蕩；山下有兩個水潭，相傳就是龍湫。

又有經行峽和宴坐峯，都是後人根據貫休的詩句來命名的。謝靈運擔任永嘉太守時，所有永嘉地區的山水勝景，幾乎都遊歷遍了，唯獨沒有提到這座山，大概當時還沒有雁蕩這個名稱。我觀察雁蕩山的各個山峯，都是那麼峭拔嶮峻而奇特，高聳千尺，峻深的懸崖和巨大的山谷，跟其他的山不同，都全被山谷環抱着。由山嶺以外望過去，甚麼都看不到。如果走進山谷之中，就看到高聳的山峯，直衝雲霄。推究原因，應當是被山谷中的大水沖激，把沙土沖刷淨盡，只剩下巨石巋然矗立。像大小龍湫、水簾、初月谷之類的地貌，都是被水沖鑿而成的潭穴。由下往上望，都是懸崖峭壁；由上往下望，則剛好跟地面一樣平坦。以至各個山峯的峯頂，也比周圍山頂的地面要低。世上溝壑中被水沖鑿的地方，都有直立的土柱和佈滿洞穴的岩石，也是這種情況。現在成皐、陝西的大山澗之間，矗立着的土墪每每有百尺之高，迥然聳立，也就是雁蕩山具體而微的縮影，只不過這處是土墪，那處是石柱而已。雁蕩山既沒有突出於地面上，便被深谷中茂密的山林所遮蔽，因此從前的人沒有發現。謝靈運沒有到過，按理是不足為奇的！

賞析與點評

這條筆記記載了溫州雁蕩山的自然地貌風光和多年來不為人知的歷史，更重要的是沈括是世界上最先提出以水流沖激的侵蝕作用來解釋山脈和溝谷形成的人。

熙寧中，珠輦國[1]使人入貢，乞依本國俗「撒殿」，詔從之。使人以金盤貯珠，跪捧於殿檻之間，以金蓮花酌[2]珠向御座撒之，謂之「撒殿」，乃其國至敬之禮也。朝退，有司掃徹，得珠十餘兩，分賜是日侍殿閤門使副內臣。[436]

注釋

1 珠輦國：也作注輦國、朱羅，一世紀至十三世紀間南印度古國名。2 酌：舀。

譯文

熙寧年間，珠輦國派人來朝貢，請求讓他們依照本國習俗「撒殿」，皇帝下令允許。使節用金盤裝着珠子，捧着跪在大殿的欄檻之間，用金蓮花舀起珠子向御座撒去，叫做「撒殿」，乃是該國至為崇敬的禮儀。退朝後，有關官員徹底打掃，得到珠子十多兩，朝廷分別賞賜給大殿侍奉的閣門使、副使和內侍。

賞析與點評

這條記載了當時外國風俗禮儀，也反映出北宋君主對外國使節的尊重，容許他們以自己國家的禮儀入殿朝貢。

方家[1]以磁石磨針鋒，則能指南，然常微偏東，不全南也。水浮多蕩搖，指爪及盌脣[2]上皆可為之，運轉尤速，但堅滑易墜，不若縷懸為最善。其法取新纊[3]中獨蠒縷[4]，以芥子許[5]蠟綴[6]於針腰，無風處懸之，則針常指南。其中有磨而指北者。予家指南北者皆有之。磁石之指南，猶柏之指西，莫可原其理。[437]

注釋

1 方家：本指道術修養深厚精湛的人，後多指飽學之士或精通某種學問、技藝專長的人，包括醫、卜、星、相之類。2 盌脣：盌，同碗。盌脣，即碗邊。3 新纊（粵：擴；普：kuàng）：新的絲絮。4 獨蠒縷：蠒（粵：洗；普：xǐ），即繭。獨蠒縷，指單根的繭絲。5 芥子許：芥子，芥菜籽；許，約略。6 綴：連接。

譯文

方家用磁石來磨礪針尖，便能夠指向南方，然而經常稍為偏向東面，不完全是正南方。把磁針浮在水面上多半搖晃不定，在指甲上或碗邊上也都可以，運轉的速度更快，但這些東西堅硬光滑，容易掉下來，不如用絲線懸掛最好。這種方法是取新的絲絮中一根的蠶絲，用芥子般大少的蠟，連接到針腰上，在沒有風的地方掛起來，那麼磁針就會恆常指向南方。其中也有磨礪之後指向北方的。我家指南、指北的都有。磁石指向南方，就像柏樹指向西方一樣，不可以解釋它的道理。

賞析與點評

本條專論指南針的相關問題，不但記載了人工傳磁的技術，還分別比較了四種磁針裝置方法（即水浮法、指爪法、碗磨法、縷懸法）的優劣，以及指出磁偏角的現象。

用一根蠶繭絲懸掛磁針，針下放置標有二十四方位的木圓盤，靜止時磁針兩端即指南北兩方

士人以氏族相高，雖從古有之，然未嘗著盛。自魏氏銓總[1]人物，以氏族相高，亦未專任門地[2]。唯四夷則全以氏族為貴賤，如天竺以剎利、婆羅門[3]二姓為貴種；自餘皆為庶姓，如毗舍、首陁[4]是也；其下又有貧四姓，如工、巧、純、陁是也。其他諸國亦如是。國主大臣各有種姓，苟非貴種，國人莫肯歸之；庶姓雖有勞能，亦自甘居大姓之下。至今如此。自後魏據中原，此俗遂盛行於中國，故有八氏、十姓、三十六族、九十二姓。凡三世公者曰「膏粱」，有令僕者曰「華腴」，尚書領護而上者為「甲姓」，九卿方伯者為「乙姓」，散騎常侍、太中大夫者為「丙姓」，吏部正員郎為「丁姓」。得入者謂之「四姓」。其後遷易紛爭，莫能堅定，遂取前世仕籍，定以博陵崔、范陽盧、隴西李、滎陽鄭為甲族；唐高宗時，又增太原王、清河崔、趙郡李，通謂「七姓」。然地勢相傾，互相排詆[5]，各自著書，盈編連簡，殆數十家。至於朝廷為之置官譔定。而流習所徇[6]，扇以成俗，雖國勢不能排奪。大率高下五等，通有百家，皆謂之士族，此外悉為庶姓，婚宦皆不敢與百家齒。隴西李氏乃皇族，亦自列在第三，其重族望如此。一等之內，又如岡頭盧、澤底李、土門崔、靖恭楊之類，自為鼎族[7]。其俗至唐末方漸衰息。[440]

注釋　1 銓總：選拔人材。2 門地：門第。3 剎利、婆羅門：印度教四種姓中最高的兩種。

婆羅門（僧侶或學道之家）為第一，剎利（王族、田主）第二。4 毗舍、首陁：印度教四種姓中最後兩種，毗利（商人）又作吠舍，為第三等，首陀（農民）第四。5 排詆：排斥詆毀。6 徇：向、順從。7 鼎族：豪門貴族。

譯文

士人用姓氏族門第的地位互相誇耀，雖然自古以來就有，但是沒有盛行。自從曹魏銓選人物，開始以氏族分高下，但也沒有專以門第作為唯一的標準。只有四周的民族才完全根據氏族來區分貴賤，例如印度人以剎利、婆羅門二姓為貴族姓；其餘的都是庶姓，像毗舍、首陁便是；在庶姓之下又有貧四姓，像工、巧、純、陁便是。其他各國也是這樣。國主和大臣各自有種姓，假如不是貴種，國人便都不願意歸附；庶姓雖然有功勞和有才能，也自願居於大姓之下。到現在還是這樣。自從後魏佔據中原，這個風俗便在中國盛行，因此有八氏、十姓、三十六族、九十二姓。凡是三世封爵為公的叫「膏粱」，家族中有人擔任過令僕的叫「華腴」，做過尚書領護或以上的叫「甲姓」，出過九卿、方伯的叫「乙姓」，有人擔任散騎常侍、太中大夫的叫「丙姓」，有吏部正員郎的叫「丁姓」。能夠進入以上姓氏的稱為「四姓」。後來因為氏族地位的高低變動，彼此紛爭不斷，不能作最終確定，於是拿來前朝的仕籍，訂定以博陵崔氏、范陽盧氏、隴西李氏、滎陽鄭氏為甲族；唐高宗的時候，又增加太原王氏、清河崔氏、趙郡李氏，通稱「七姓」。

然而因為地位勢力的緣故互相傾軋，互相排斥詆毀，各自著書立說，連篇累牘，大概有數十家。以至朝廷要為此設置官員來編寫確定。而流風習尚相傳，成為風俗，即使國家的權力都不能排除這種風俗。大抵氏族按高下共分五等，合共有一百個家族，都稱為士族。除此以外的都是平民，結婚和做官都不敢跟這百家士族並列。隴西李氏是皇族，也只能把自己列在第三位，可見當時重視族望竟到了這種程度。在第一等之內，如岡頭盧氏、澤底李氏、土門崔氏、靖恭楊氏等，又是其中的豪門貴族。這種風俗到唐末才逐漸衰落。

賞析與點評

本條介紹了魏晉以來崇尚高門大族、階級森嚴的社會現象。沈括認為專以門第分貴賤，是後魏時期外族把印度的種性制度傳入來之後，才開始在中國盛行的。

宋明帝好食蜜漬[1]鱁鮧[2]，一食數升。鱁鮧乃今之烏鰂腸也，如何以蜜漬食之？大業中，吳郡貢蜜蟹二千頭，蜜擁劍[3]四。又何胤[4]嗜糖蟹。大抵南人嗜鹹，北人嗜甘。魚蟹加糖蜜，蓋便於北俗也。如今之北方人喜用麻油煎物，不問何物，皆用油煎。慶曆中，羣學士會於玉堂，使人置得生蛤蜊一簣，令饔人烹之，久且不至，客訝之，使人檢視，則曰：「煎之已焦黑而尚未爛。」坐客莫不大笑。予嘗過親家設饌，有油煎法魚[5]，鱗鬣[6]虬然[7]，無下筯[8]處，主人則捧而橫噬，終不能咀嚼而罷。[446]

注釋

1 蜜漬：用糖腌製食物。2 鱁鮧（粵：族移；普：zhú yí）：魚鰾、魚腸漬成的醬。3 擁劍：一種雙螯偏大的小蟹。4 何胤：字子季，四四六—五三一，廬江灊縣（今安徽霍山東北）人，南朝蕭梁時的文學家、經學家。5 法魚：風乾的魚。6 鬣（粵：獵；普：liè）：魚頷邊的鰭。7 虬然：卷曲。8 筯：筷子。

譯文

南朝宋明帝喜歡吃蜜漬的鱁鮧，每次要吃幾升。鱁鮧就是現在所說的烏賊魚腸，怎麼能用糖蜜漬製來吃呢？隋文帝大業年間，吳郡貢上蜜蟹二千頭，蜜擁劍四壜子。另外，何胤喜愛吃糖蟹。大概南方人喜歡吃鹹的，北方人喜歡吃甜的。魚蟹加入糖蜜漬製，大概是為了迎合北方的飲食風俗。就像現在的北方人喜歡用麻油來煎煮食物，不管是甚麼食物，都用油來煎煮。慶曆年間，一羣學士在玉堂舉行宴會，派人買了一筐活蛤蜊，叫廚子烹煮，過了很久還沒煮好端出來吃，客人驚訝，派人去檢視，廚子說：「煎得焦黑了但還沒煮得爛熟。」在座的賓客沒有不大笑的。我曾經到姻親家吃飯，有用油來煎煮魚乾，魚鱗和魚鰭都煎得卷起來，沒有可下筷的地方，主人卻捧着它橫咬，最終都因無法咀嚼而作罷。

賞析與點評

這條談到各處地方飲食習慣不同，如果硬要把自己的飲食習慣千篇一律用於其他地方的食物，便容易鬧出笑話來。

卷二十五・雜誌二

天聖中，侍御史知雜事章頻[1]使遼，死於虜中。虜中無棺櫬[2]，轝[3]至范陽方就殮[4]。自後遼人常造數漆棺，以銀飾之，每有使人入境，則載以隨行，至今為例。[452]

注釋　1章頻：宋浦城人，字簡之，官至刑部郎中。2棺櫬（粵：襯；普：chèn）：棺材。3轝（粵：如；普：yú）：用人拉着車子走。4就殮：把屍體放進棺材。

譯文　天聖（一〇二三—一〇三二）年間，侍御史知雜事章頻出使遼國，在遼國逝世。遼國沒有棺材，把遺體用車載到范陽才入殮。自此之後，遼人經常造好數具上漆的棺材，用銀來裝飾，每當有使節入境，便載着隨行，到現在成為慣例。

賞析與點評

這條筆記介紹了早期契丹族死後不用棺材的喪葬風俗，同時也反映了遼國在這問題上對漢人喪葬文化的尊重。

景祐中，党項[1]首領趙德明卒，其子元昊嗣立。朝廷遣郎官楊告入蕃弔祭。告至其國中，元昊遷延[2]遙立，屢促之，然後至前受詔。及拜起，顧其左右曰：「先皇大錯！有國如此，而乃臣屬於人。」既而饗告[3]於廳，其東屋後若千百人鍛聲[4]。告陰知其有異志，還朝，秘不敢言。未幾，元昊果叛，其徒遇乞先創造蕃書[5]，獨居一樓上，累年方成，至是獻之，元昊乃改元，制衣冠禮樂，下令國中

悉用蕃書、胡禮，自稱大夏。朝廷興師問罪，彌[6]歲，虜之戰士益少，而舊臣宿將，如剛浪 遇、野利輩，多以事誅，元昊力孤，復奉表稱蕃，朝廷因赦之，許其自新，元昊乃更稱兀卒曩霄。慶曆中，契丹舉兵討元昊，元昊與之戰，屢勝，而契丹至者日益加衆，元昊望之，大駭曰：「何如此之衆也？」乃使人行成[7]，退數十里以避之，契丹不許，引兵壓西師陣，元昊又為之退舍[8]，如是者三，凡退百餘里，每退必盡焚其草萊[9]，契丹之馬無所食；因其退，乃許平。元昊遷延數日，以老北師，契丹馬益病，亟發軍攻之，大敗契丹於金肅城，獲其偽乘輿、器服、子婿、近臣數十人而還。

先是，元昊後房生一子，曰甯令受。「甯令」者，華言「大王」也。其後又納沒臧譌哤之妹，生諒祚而愛之。甯令受之母恚忌[10]，欲除沒臧氏，授戈於甯令受，使圖之。甯令受閒入元昊之室，卒與元昊遇，遂刺之，不殊而走，諸大佐沒臧譌哤輩仆甯令梟[11]之。明日，元昊死，立諒祚，而舅譌哤相[12]之。有梁氏者，其先中國人，為譌哤子婦，諒祚私焉，日視事於國，夜則從諸沒臧氏。譌哤懟[13]甚，謀伏甲梁氏之宮，須其入以殺之。梁氏私以告諒祚，乃使召譌哤，執於內室。沒臧，強宗也，子弟族人在外者八十餘人，悉誅之，夷其宗。以梁氏為妻，又命其弟乞埋為家相，許其世襲。諒祚凶忍好為亂，治平中，遂舉兵犯慶州大順城。諒祚乘駱馬[14]，張黃屋[15]，自出督戰，陴[16]者彍弩[17]射之中，乃解圍去，創[18]甚，馳入一佛祠。有牧牛兒不得出，懼伏佛座下，見其脫韡[19]，血涴[20]於踝，使人裹創舁載[21]而去。至其國，死，子秉常立，而梁氏自主國事。梁乞埋死，其子移逋繼之，謂之沒甯令。「沒甯令」者，華言「天大王」也。

秉常之世，執國政者，有嵬名浪遇，元昊之弟也，最老[22]於軍事，以不附諸梁，遷下治而死，存者三人。移逋以世襲居長契，次曰都羅馬尾，又次曰闕萌譌，略知書，私侍梁氏。移逋、萌譌皆以昵倖[23]進，唯馬尾粗有戰功，然皆庸才。秉常荒孱[24]，梁氏自主兵，不以屬其子。秉常不得志，素慕中國。有李青者，本秦[25]人，亡虜中，秉常昵之，因說秉常以河南歸朝廷，其謀洩，青為梁氏所誅，而秉常廢。[453]

注釋

1 党項：又稱党項羌，北宋時期活躍於西北地區的少數民族，建立西夏王朝。2 遷延：退卻，此處指猶豫。3 饗告：祭祀稟告。4 鍛聲：冶鍊金屬的聲音。5 蕃書：指西夏文字。6 彌：滿。7 行成：商議求和。8 舍：古代行軍以三十里為一舍。9 草萊：雜草。10 恚忌：憤怒妒忌。11 梟：斬首。12 相：輔助。13 懟：埋怨。14 駱馬：黑鬃的白馬。15 黃屋：君主使用的黃繒車蓋。16 陴（粵：皮；普：pí）：城上的矮牆，上有孔可以窺視、射擊。17 彍弩：拉開弓箭。18 創：受傷。19 鞾：靴。20 涴：沾染。21 舁（粵：如；普：yú）載：抬走。22 老：老練。23 昵倖：親昵寵幸。24 荒孱：荒子孱孫，指不成器的子孫，放蕩無行的後代。25 秦：陝西。

譯文

景祐年間，西夏党項族的首領趙德明去世，他的兒子元昊繼位。朝廷派遣郎官楊告到蕃國弔唁致祭。楊告來到西夏國，元昊態度猶豫，站得遠遠的，經再三催促，然後才上前接受詔書。跪拜完了站起來，元昊環顧左右說：「先皇大錯特錯啊！有這樣的國家，還要臣屬於他人！」接着在大廳宴請楊告，廳堂東屋後面傳來像千百人鍛鐵的聲音。楊告暗中知道他有背叛朝廷的念頭，回到朝廷，卻隱瞞消息不敢上陳。過了不久，元昊果然反動叛變了。他的部屬遇乞早前創造西夏文字，獨自住在一棟房子裏，經過多年才完成，到這時獻上來，元昊於是更改元號，製作衣冠禮樂，下令全國都使用西夏文字和禮儀，自稱大夏。朝廷發兵問罪，戰爭打了接近一年，西夏的士兵愈來愈少，而舊的臣子和宿將，像剛浪崚遇、野利等人，大多因故被殺，元昊勢孤力弱，於是再次奉上降書表示臣服，朝廷因此赦免了他，容許他改過自新，元昊於是改稱兀卒曩霄。慶曆年間，契丹出兵征討元昊，元昊跟契丹人大戰，多次打勝仗，然而前來的契丹部隊卻日益增加，元昊望着契丹大軍，大為驚駭說：「怎麼這麼多人啊？」於是派人前往求和，並且撤退幾十里躲避契丹大軍。契丹不答應，派兵迫近西夏軍的陣地，元昊又因此而退避三十里，如此避了三次，共撤退了百多里，每次撤退必定燒盡牧草，契丹的馬沒有糧食吃，就趁着元昊撤退，答允和議。元昊拖延了數天，以消耗契丹的軍隊，等到契丹的馬更加羸弱時，元昊突然揮軍進攻，在金肅城大敗契丹軍，擄獲了（偽）契丹皇帝的座車和御用器物、服飾，俘虜了王子、女婿、近臣幾十人，得勝而回。

先前，元昊的妻子生了一個兒子，名字叫甯令受。「甯令」，就是漢語的「大王」。後來又娶了沒臧訛哤的妹妹，生了諒祚，元昊很寵愛她。甯令受的母親怨恨嫉妒，想除掉沒臧氏，把一柄戈交給甯令受，叫他想辦法殺死沒臧。甯令受悄悄潛入元昊的房間，突然跟元昊相遇，於是刺殺他，沒等元昊死就逃走，沒臧唛哤等大臣把甯令受推倒，割去他的首級。翌日，元昊死了，擁立諒祚，由舅父訛哤輔助他。有梁姓的，先祖是中國人，是訛哤兒子的妻子，諒祚跟她有私情，白天在朝堂上處理國事，晚上就跟沒臧氏這個婦媳廝混。訛哤對此非常怨恨，打算在梁氏的房間埋伏士兵，等待諒祚一進來便殺死他。梁氏偷偷把這件事告訴諒祚，諒祚於是派人召喚訛哤到來，在內室逮捕了他。沒臧，是個勢力強大的宗族，子弟族人在宮外八十多人，全被殺死，剷除了整個宗族。諒祚於是娶梁氏為妻，又命令他的弟鐍乞埋做家相，允許他世襲爵位。諒祚兇狠殘忍，好尋釁生事，治平年間，舉兵進犯慶州大順城。諒祚乘着駱馬，張着黃蓋車子，親自出來督戰，城上士兵用彍弩射中了他，西夏軍才解圍離開。諒祚創傷很重，跑到一佛寺。有個牧牛的小孩子來不及跑出來，嚇得俯伏在佛座下面，看見諒祚脱去靴子，鮮血沾滿腳踝，讓隨從包裹着傷口抬着離開。諒祚回到西夏國便死了，兒子秉常登位，而梁氏主持國事。梁乞埋死了，他的子移逋承襲官爵，稱為沒甯令。「沒甯令」是漢語「天大王」的意思。

秉常當國君的時期，主持國家政事的，有嵬名浪遇，是元昊的弟弟，最有豐富的軍事經驗，因為不附和梁氏一伙，被貶官到偏遠地區而死，剩下來的大臣有三個。移逋因為世襲官爵居住在長契，第二個叫都羅馬尾，另一個叫關萌訛，稍為有點知識，私下侍候梁氏。移逋、萌訛都因為得到梁氏的親昵寵幸而獲得晉昇，只有馬尾稍為有戰績，但都是庸碌之才。秉常荒淫無能，因此梁氏親自掌管兵權，不交給兒子。秉常不得志，素來仰慕中國。有個叫李青的人，本來是陝西人，逃亡到西夏，秉常很親近他，李青因此説服秉常把河套地區歸還朝廷。但他們的密謀洩露了，李青被梁氏殺死，而秉常則被廢黜。

賞析與點評

這條筆記描述了西夏元昊的雄才以及他死後西夏的政治混亂局面。

信州鉛山縣[1]有苦泉，流以為澗，挹其水熬[2]之，則成膽礬[3]，烹膽礬則成銅。熬膽礬鐵釜，久之亦化為銅。水能為銅，物之變化，固不可測。按《黃帝素問》有「天五行，地五行。土之氣在天為溼。土能生金石，溼亦能生金石。」此其驗也。又石穴中水，所滴皆為鍾乳、殷孽[4]；春秋分時，汲井泉則結石花；大滷之下，則生陰精石[5]；皆溼之所化也。如木之氣在天為風，木能生火，風亦能生火。蓋五行之性也。[455]

注釋

1 鉛山縣：今江西鉛山縣，宋代主要產銅地。2 熬：用水煮。3 膽礬：硫酸銅。4 鍾乳、殷孽：石灰岩溶洞內部的碳酸鈣澱積物，下垂的叫鍾乳，上突的叫殷孽，通稱石筍。5 陰精石：即太陰陰玄精，硫酸鹽類的石膏礦石。

譯文

信州鉛山縣有一個苦泉，流出來的水成為溪澗，舀起溪澗的水來熬煮，就會熬成膽礬。熬煮膽礬就會變成銅。用來熬煮膽礬的鐵釜，用久了也變為銅器。水能變為銅，物質的變化，真的不可預測。《黃帝素問》裏有「天上五行，地下五行。土氣在天上為濕氣。土能生出金石，溼氣也能生出金石。」這正是此話的驗證。此外，石穴裏的水，所滴下來的都變成鍾乳石柱、鍾乳石笋；春分和秋分的時候，汲取出來的井水會結成石花；鹽分高的鹵水下面，就生長着太陰玄精；都是濕氣所變化而成的。像木氣在天上為風，木能夠生旺火，風也能夠生旺火。大概這就是五行的特性了。

賞析與點評

這條記述了古人對硫酸銅的化學現象以及對鍾乳石的形成的觀察，但沈括以五行學說來解釋，顯得有點牽強附會。

國朝汴渠[1]，發京畿輔郡三十餘縣夫歲一浚[2]。祥符中，閤門祇候使臣謝德權領治京畿溝洫，權借浚汴夫。自爾後三歲一浚，始令京畿民官皆兼溝洫河道，以為常職。久之，治溝洫之工漸弛，邑官徒帶空名，而汴渠有二十年不浚，歲歲堙澱[3]，異時京師溝渠之水皆入汴。舊尚書省都堂壁記云：「疏治八渠，南入汴水」，是也。自汴流堙澱，京城東水門下至雍丘[4]、襄邑[5]，河底皆高出堤外平地一丈二尺餘，自汴堤下瞰民居，如在深谷。熙寧中，議改疏洛水入汴，予嘗因出使，按行汴渠。自京師上善門量至泗州淮口，凡八百四十里一百三十步。地勢：京師之地，比泗州凡高十九丈四尺八寸六分。於京城東數里白渠中穿井至三丈，方見舊底。驗量地勢，用水平、望尺、榦尺[6]量之，不能無小差。汴渠堤外，皆是出土故溝，水令相通，時為一堰節其水，候水平，其上漸淺涸，則又為一堰，相齒如階陛[7]，乃量堰之上下水面，相高下之數會之，乃得地勢高下之實。[457]

注釋

1 汴渠：連接黃河和淮河的運河，又名通濟渠。2 浚：疏浚。3 堙澱：被淤泥沉積淹沒。4 雍丘：縣名，今河南杞縣。5 襄邑：縣名，今河南睢縣。6 水平、望尺、榦尺：水平，即水平儀；望尺，即照版；榦尺，即標尺，都是古代測量地勢高低的工具。7 階陛：梯級。

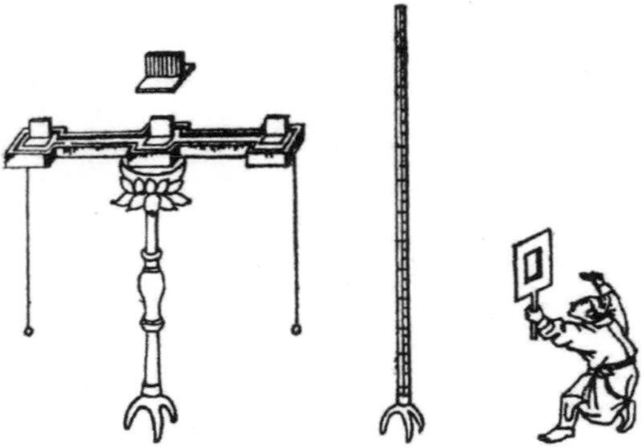

圖左是水平，水平上有三個浮標和兩條鉛垂線。圖右是一根豎直的竿尺和一位手持照版的測量者

（出自〔宋〕曾公亮、丁度：《**武經總要**》前集，卷 十一，頁二下至三上）

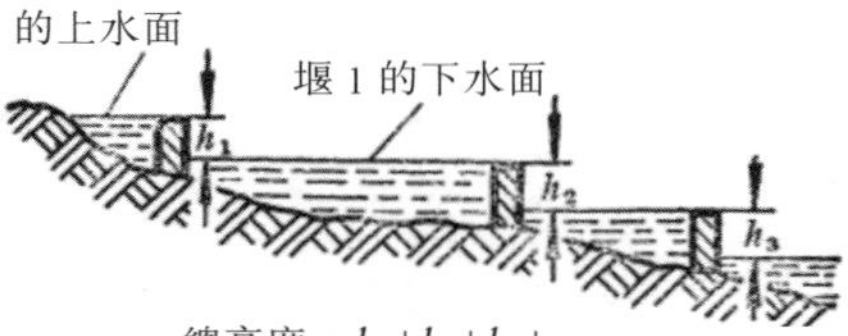

分層築堰測量水準高度示意圖

（轉引自中國科學技術大學、合肥鋼鐵公司《**夢溪筆談**》譯注組：《**夢溪筆談譯注：自然科學部分**》，頁十二）

譯文

本朝的汴渠，每年徵發京都和附近三十多個縣的民工疏浚一次。祥符年間（一〇〇八—一〇一六），閤門祇候使謝德權負責京都城區溝渠的治理工作，曾臨時借調疏浚汴渠的民工。自此之後汴渠每三年才疏浚一次，起初命令京都地區的官員都兼管溝渠河道，作為一種經常性任務。過了一段時間，治理渠道的工作漸漸廢弛，地方官的兼顧只是徒有虛名，而汴渠已經有二十年沒有疏浚過了，年年淤積阻塞，過去京城溝渠的水都流入汴河。舊尚書省都堂壁記說：「疏浚治理八條渠道，渠水往南流進汴河」，說的就是這種情形。自從汴河淤塞，從京城東水門直至雍丘、襄邑等地，河牀比河堤外的平地都高出一丈二尺多，從汴堤往下俯瞰，民居就像在深谷之中。熙寧年間，朝廷商議改為疏浚洛水流入汴河。我曾因此出使，沿途勘察了汴渠。從首都上善門量度至泗州淮口，總共八百四十里一百三十步。地勢方面：都城的地面比泗州共高出十九丈四尺八寸六分。在京城東面數里的白渠中挖井，挖到三丈深才看見舊的河底。測量地勢時，用水平、望尺和榦尺來測量，不能沒有小的誤差。汴渠河堤之外，都是原來挖土築堤時的舊溝，因此灌進水令溝水相通，每隔一段就築一堰攔擋溝水，等到溝水與堰頂相平，便在它上游逐漸變淺快要見底的地方，再做一個堰，一道道堰依次排列像臺階一樣，於是量度堰上下水面之間的落差，再把這些落差數值相加起來，便得到地勢高低的實際數據了。

賞析與點評

這條記載了汴渠疏濬之事，也説明了沈括怎樣利用了「分層築堰」的方法，測量出高低不同的河道的地形高度差。這是我國測繪技術史上的重大成就。

江湖[1]間唯畏大風。冬月風作有漸，船行可以為備；唯盛夏風起於顧盼間，往往罹難。曾聞江國[2]賈人有一術，可免此患。大凡夏月風景[3]須作於午後，欲行船者，五鼓初起，視星月明潔，四際至地，皆無雲氣，便可行，至於巳時[4]即止，如此無復與暴風遇矣。國子博士[5]李元規云：「平生遊江湖未嘗遇風，用此術。」[461]

注釋

1 江湖：大江和湖泊。2 江國：江河的地區，多指江南。3 風景：颳風時的景象。4 巳時：早上九時至十一時。5 國子博士：古代最高學府國子監的教官。

譯文

在江湖間行船就只怕遇上大風。冬天的風是漸漸颳起來的，船隻航行可以早作防備；只有盛夏天的風在轉眼間便颳起來，行船往往遭難。曾經聽說江湖上行船的商人有一種辦法，可以避免風患。一般來說，夏天的大風總在午後才發作，想行船的人，五更初就要起來，看見星星和月亮明亮皎潔，天際四周直到平面都沒有一點雲氣，便可以起航，到巳時就停止，這樣就不會跟暴風相遇了。國子博士李元規說：「我一生人在江湖遊歷都沒有遇到大風，是因為用了這個方法。」

賞析與點評

本條筆記所談的是民間預測天氣變化的經驗，所說的避風術，如觀察雲層，也有一定的科學道理。

世傳江西人好訟[1]，有一書名《鄧思賢》，皆訟牒[2]法也。其始則教以侮文；侮文不可得，則欺誣以取之；欺誣不可得，則求其罪劫之。蓋「思賢」，人名也，人傳其術，遂以之名書。村校中往往以授生徒。[464]

注釋　1 訟：打官司。2 訟牒：打官司用的狀紙。

譯文

世人傳説江西人喜歡訴訟，有一部名為《鄧思賢》的書，內容都是教人寫狀辭的方法。書中一開始教人曲解法律條文；曲解法律條文達不到目的，就用欺詐誣陷的手段；欺詐誣陷達不到目的，就找出對方的犯罪把柄來要脅。大抵「思賢」是人名，人們傳習他的方法，於是用來做書名。鄉村的學校往往用它來教授學生。

賞析與點評

本條記述宋代江西人好訟之風，當時還出現了教人興訟的專書。

陳文忠[1]為樞密，一日，日欲沒[2]時，忽有中人宣召，既入右掖[3]，已昏黑，遂引入禁中，屈曲行甚久，時見有簾幃，燈燭煒煌[4]，皆莫知何處，已而到一小殿，殿前有兩花檻，已有數人先至，皆立廷中。殿上垂簾，蠟燭十餘炬而已。相繼而至者凡七人，中使乃奏班齊，唯記文忠、丁謂[5]、杜鎬[6]三人，其四人忘之。杜鎬時尚為館職。良久，乘輿自宮中出，燈燭亦不過數十而已。宴具甚盛，卷簾，令不拜，升殿就坐，御座設於席東，設文忠之坐于席西，如常人賓主之位，堯叟等皆惶恐不敢就位，上宣諭不已，堯叟懇陳自古未有君臣齊列之禮，至于再三。

上作色曰：「本為天下太平，朝廷無事，思與卿等共樂之。若如此，何如就外朝開宴？今日只是宮中供辦[7]，未嘗命有司，亦不召中書輔臣，以卿等機密及文館職任侍臣無嫌，且欲促坐語笑，不須多辭。」堯叟等皆趨下稱謝。上急止之曰：「此等禮數，且皆置之。」堯叟悚慄危坐，上語笑極歡。酒五六行，膳具中各出兩絳囊[8]置羣臣之前，皆大珠也。上曰：「時和歲豐，中外康富，恨不得與卿等日夕相會。太平難遇，此物助卿等燕集之費。」羣臣欲起謝。上云：「且坐更有。」如是酒三行，皆有所賜，悉良金重寶。酒罷已四鼓，時人謂之「天子請客。」文忠〔惠〕之子述古[9]得於文忠，頗能道其詳，此略記其一二耳。

[466]

注釋

1 陳文忠：陳堯叟，字唐夫，謚文忠，九六一—一〇一七，宋閬中（今屬四川）人，時任知樞密院事。2 沒：下山。3 右掖：宮廷的西部，古代宮廷座北向南，以東為左，以西為右。4 煒煌：光耀燦爛。5 丁謂：字謂之，一字公言，九六六—一〇三七，宋蘇州長州（今江蘇蘇州）人，時任樞密直學士。6 杜鎬：字文周，九三八—一〇一三，宋常州無錫（今江蘇無錫）人，時任秘閣直學士。7 供辦：供應主理。8 絳囊：紅色的小布袋。9 文忠〔惠〕之子述古：原文作「文忠之子」，但陳述古是陳堯叟弟陳堯佐（謚文惠）的長子，這裏恐怕是沈括誤以「文惠之子」作「文

譯文

忠之子」。

陳文忠擔任樞密使時，有一天，將近日落的時候，忽然有宦官前來宣召，來到了宮殿的右掖門後，天色已經昏黑，於是帶領他進入禁苑，彎彎曲曲的走了很久，不時見到簾幃，燈燭輝煌，都不知是甚麼地方。最後來到一小宮殿，殿前有兩行雕花的欄杆，已經有幾個人先到，都站在殿堂上。殿上垂着幃簾，只有十多炬蠟燭罷了。陸續到來的共有七人，宦員於是稟告説人到齊了，只記得當中有陳堯叟、丁謂、杜鎬三人，其餘四人忘記了是誰，杜鎬當時尚擔任館職。過了一段時間，皇上的乘輿由宮中出來，燈燭也不過幾十炬。宴席十分豐富，卷起簾子後，皇上下令不用跪拜，要他們上殿就座。皇上的座位設在席桌的東面，陳堯叟等的座位在席桌的西面，像一般人宴客的賓主座次。陳堯叟等人都惶恐不敢就座，皇上一再叫他們坐，陳堯叟懇切奏陳自古以來都沒有君臣並坐的禮儀，這樣説了好多次。皇上生氣地説：「原本以為天下太平，朝廷沒有甚麼事情，想跟你們一起高興高興。如果這樣，還不如在外朝設宴！今天的宴會只是宮中供應主理，沒有下命令給有關官署，也沒有召來中書輔臣等人，因為你們是機密及文館供職的侍臣，沒有甚麼不便，而且想和你們促膝談笑，所以你們就不要再推辭了。」陳堯叟等人都趕緊走到殿下謝恩。皇上急忙阻止他們説：「這些禮節儀式暫且都擱下吧。」陳堯叟恭敬惶恐地端坐着，皇上卻談笑甚歡。酒喝過了五、六遍，侍者從上菜的器具中各拿出了兩個紅色的小布袋放在羣臣跟前，裏面裝的都是大珠。皇上說：「四時和順，年年豐收，全國人民康強富足，恨不得跟你們日夜舉行宴會。太平盛世很難遇到，這些東西算是贊助你們做飲宴聚會的費用罷。」羣臣想起來稱謝。皇上說：「先坐着，還有呢。」就這樣又喝了三遍，每一遍都有賞賜，全都是上好的金器和貴重的寶物。酒宴結束時已是四更天了，當時人們稱這次宴會為「天子請客。」陳堯叟的姪兒陳述古從陳堯叟那裏聽聞這件事，能夠說得很詳細，這裏只是大概記下其中一二罷了。

賞析與點評

這段記載了北宋真宗時君臣私宴的事情，當中可見君臣秩序森嚴。即使君主希望與大臣以私人朋友的關係飲宴作樂，但做臣子的對君臣之禮還是有所顧慮的。

關中無螃蠏。元豐中，予在陝西，聞秦州人家收得一乾蠏，土人怖其形狀，以為怪物，每人家有病瘧者，則借去掛門戶上，往往遂差。不但人不識，鬼亦不識也。[467]

譯文

關中地區沒有螃蟹。元豐年間，我在陝西，聽說秦州有一戶人家得到了一隻乾的螃蟹，當地人害怕螃蟹的形狀，以為是怪物，每當有人患了瘧疾，便借來掛在門戶上，往往就會痊癒。不但人們不知道，連鬼也不知道這是甚麼東西啊！

賞析與點評

這條記述了人們因為一些少見的事物而出現的迷信現象。

慶曆中，河北大水，仁宗憂形於色。有走馬承受[1]公事使臣到闕，即時召對，問河北水災何如？使臣對曰：「懷山襄陵[2]。」又問百姓如何？對曰：「如喪考妣[3]。」上默然。既退，即詔閤門[4]：「今後武臣上殿奏事，並須直說，不得過為文飾[5]。」至今閤門有此條，遇有合奏事人，即預先告示。[471]

注釋

1 走馬承受：宋代官名，「某路都總管司走馬承受並體量公事」之省稱，負責向皇帝報告各地情況。2 懷山襄陵：出自《尚書》〈堯典〉，意思是洪水淹沒了丘陵。3 如喪考妣：出自《尚書》〈舜典〉，意思像死了父母一樣悲傷。4 閤門：即閤門司，宋官署名。掌皇帝朝會、宴享時贊相禮儀。5 文飾：用言詞修飾。

譯文

慶曆年間，河北地區發生大水災，仁宗憂慮之情掛在臉上。有走馬承受公事使臣來到宮闕，立刻宣召前來奏對，問及河北水災情況怎麼了？使臣奏對說：「懷山襄陵。」又問到老百姓的生活怎麼了？奏對說：「如喪考妣。」皇上沈默不語。等到使臣退下後，皇上馬上對閤門司下詔：「今後武臣上殿奏事，必須實話實說，不可以過於修飾詞藻。」直到現在閤門司還有這條詔命，遇到有人要向皇上奏事，官員便會事先提醒他們。

賞析與點評

這條筆記記述了大臣奏事過於文飾，未能直陳要旨，令君主不能掌握民間實際情況。

予奉使按邊[1]，始為木圖寫其山川道路。其初徧履[2]山川，旋以麪糊木屑寫其形勢於木案[3]上。未幾寒凍，木屑不可為，又鎔蠟為之。皆欲其輕、易齎[4]故也。至官所，則以木刻上之，上召輔臣同觀，乃詔邊州皆為木圖，藏於內府。[472]

注釋

1 奉使按邊：這裏指沈括在熙寧七年八月至八年二月擔任河北西路察訪使。2 徧履：走遍了。3 木案：木桌子。4 齎：攜帶。

譯文

我奉命到邊境地區視察，創製了用木版地圖摹製當地的山川道路。最初走遍了山川，立即用麪糊木屑在木桌子上面摹製山川形勢的模型。過了不久，天氣寒冷，木屑不可以做好，又改用熔蠟來做。這都是為了使地圖輕便、容易攜帶的緣故。回到了官署後，便雕刻成木質地圖獻給皇上，皇帝召輔佐大臣一同觀看，便下詔邊地的州郡都製作木質地圖，收藏到內府中。

賞析與點評

這條筆記記述了沈括以木料製作地圖。

交趾乃漢、唐交州[1]故地，五代離亂，吳文昌[2]始據安南，稍侵交、廣之地。其後文昌為丁璉[3]所殺，復有其地。國朝開寶六年，璉初歸附，授靜海軍節度使。八年，封交趾郡王。景德元年，土人黎威[4]殺璉自立。三年，威死，安南大亂，久無酋長。其後國人共立閩人李公蘊為主。天聖七年，公蘊死，子德政立。嘉祐六年，德政死，子日尊立。

自公蘊據安南，始為邊患，屢將兵入寇。至日尊，乃僭稱[5]「法天應運崇仁至道慶成龍祥英武睿文尊德聖神皇帝」，尊公蘊為「太祖神武皇帝」，國號「大越」。熙寧元年，偽改元寶象。次年，又改神武。日尊死，子乾德立，以宦人李尚吉與其母黎氏號鶯鸞太妃，同主國事。熙寧八年，舉兵陷邕、欽、廉三州。九年，遣宣徽使[6]郭仲通，天章閣待制趙公才討之，拔廣源州，擒酋領劉紀，焚甲峒，破機郎、決里，至富良江。尚吉遣王子洪真率衆來拒，大敗之，斬洪真，衆殲於江上，乾德乃降。是時乾德方十歲，事皆制於尚吉。

廣源州[7]者，本邕州羈縻。天聖七年，首領儂存福歸附，補存福邕州衙職。轉運使[8]章頻罷遣之，不受其地，存福乃與其子智高東掠籠〔龍〕州[9]，有之七源[10]。存福因其亂，殺其兄，率土人劉川以七源州歸存福。慶曆八年，智高自領廣源州，漸吞滅右江[11]、田州[12]一帶的蠻峒。皇祐元年，邕州人殿中丞[13]昌協奏乞招收智高，不報，廣源州孤立無所歸，交趾峴[14]其隙[15]，襲取存福以歸，智高據州不肯下[16]，反欲圖[17]交趾，不克，為交人所攻，智高出奔右江[18]文村[19]，具金函表投邕州，乞歸朝廷，邕州陳拱拒不納。明年，智高與其匹盧豹、黎貌、黃仲卿、廖通等拔橫山寨入寇，陷邕州，入二廣。及智高敗走，盧豹等收其餘衆歸劉紀，下廣河。至熙寧二年，豹等歸順。未幾，復叛從紀。至大軍南征，郭帥遣別將燕達下廣源，乃始得紀，以廣源為順州。

甲峒者，交趾大聚落，主者甲承貴，娶李公蘊之女，改姓甲氏。承貴之子紹泰，又娶德政之女。其子景隆，娶日尊之女。世為婚姻，最為邊患。自天聖五年，承貴破太平寨，殺寨主李緒。嘉祐五年，紹泰又殺永平寨主李德用，屢侵邊境。至熙寧大舉，乃討平之，收隸機郎縣。[474]

注釋

1 交州：漢代的轄境相當於今廣東、廣西的大部分及越南的部分地區；唐代的轄境在今越南北部紅河三角洲一帶。2 吳文昌：當作吳昌文，?—九六五，越南吳朝建立者吳權次子，即位後稱南晉王，史稱後吳王、吳後主。3 丁璉：?—九七九，又名丁匡璉，越南丁朝開國者丁部領長子，獲其父和北宋封為南越王。4 黎威：當作黎桓，九四一—一〇〇五，丁朝軍隊最高長官，後自立為王。但丁璉不是死於景德元年，也非死於黎桓之手。5 僭稱：僭越而稱號。6 宣徽使：官名，唐代後期及五代時半宮廷事務的要職。7 廣源州：治所在今越南高平省廣淵。8 轉運使：宋代官名，掌路一級的財賦和地方吏治。9 籠州：當作龍州，治所在今廣西龍州以北。10 七源：即七源州，治所在今越南諒山府七溪。11 右江：今廣西右江流域。12 田州：治所在今廣西田陽東南。13 殿中丞：唐代官名，殿中省官員，掌朝廷後勤內務。14 覘：看準。15 隙：嫌隙。16 下：投降。17 圖：謀取。18 右江：珠江水系西江幹流之一的郁江中游河段的名稱。19 文村：即婭王村，今雲南省富寧縣剝隘鎮那麼、那來兩村附近。

譯文

交趾屬漢、唐交州舊地，五代時分裂動亂，吳文昌最初佔據了安南，然後漸漸侵佔交州、廣州地區。後來吳文昌被丁璉殺死了，丁璉又取得他的土地。開寶六年（九七三），丁璉首度歸附，獲授為靜海軍節度使。開寶八年（九七五），封為交趾郡王。景德元年（一〇〇四），當地人黎威〔桓〕殺死了丁璉，自立為王。景德三年（一〇〇六），黎威〔桓〕死，安南大亂，很長一段時間沒有首領。後來安南國人擁立福建人李公蘊當領導。天聖七年（一〇二九），李公蘊死，兒子李德政繼位。嘉祐六年（一〇六一），李德政死，兒子李日尊繼位。

自從李公蘊據有安南以來，交趾便開始成為邊境的禍患，屢次領兵入侵。到了李日尊時，就僭稱「法天應運崇仁至道慶成龍祥英武睿文尊德聖神皇帝」，尊稱李公蘊為「太祖神武皇帝」，國號「大越」。熙寧元年（一〇六八），僭改年號為寶象。翌年，又改年號為神武。李日尊死，兒子李乾德繼位，由宦官李尚吉和他的母親鸞鸞太妃黎氏，共同主理國政。熙寧八年（一〇七五），興兵攻陷邕、欽、廉三州。熙寧九年（一〇七六），朝廷派遣宣徽使郭仲通，天章閣待制趙公才征討他們，取得廣源州，擒獲大越將領劉紀，焚毀了甲峒，攻破機郎、決里，到達了富良江。李尚吉派遣王子李洪真領兵前來應戰，郭、趙等大敗他們，斬殺了洪真，敵軍被殲滅於富良江上，李乾德於是投降。當時李乾德才十歲，國事都受到李尚吉控制。

廣源州本來隸屬邕州的羈縻州。天聖七年（一〇二九），首領儂存福前來歸附，朝廷補存福任為邕州衞。其後轉運使章頻罷免及遣散存福，不接受他割地歸降，儂存福於是和他的兒子儂智高往東攻掠籠州，佔領了七源州。存福乘亂殺了他的哥哥，當地人劉川以七源州歸附存福。慶曆八年（一〇四八），儂智高自任廣源州首領，逐漸吞滅了右江、田州一路的蠻峒。皇祐元年（一〇四九），邕州人殿中丞昌協上奏乞請招降儂智高，但朝廷沒有答覆他。正在廣源州孤立沒有地方歸屬的時候，交趾乘機襲擊奪取儂存福的領地，儂智高佔據着廣源州不肯投降，反而圖謀進攻交趾，但不成功，反被交趾人攻擊，儂智高出走右江文村，準備好金函表投靠邕州，請求歸順朝廷，但邕州知州陳拱拒絕不接納。第二年，儂智高和盧豹、黎貌、黃仲卿、廖通等攻下橫山寨入侵，攻陷邕州，進入兩廣地區。後來儂智高潰敗逃走，盧豹等收拾他的殘餘部隊歸附了劉紀，攻下了廣河。到了熙寧二年（一〇六九），盧豹等歸順朝廷。不久，又再反叛歸順劉紀。直到朝廷大軍南征，郭帥派遣別將燕達攻下廣源州，才抓住了劉紀，把廣源州改為順州。

甲峒是交趾的一個大聚落，首領是甲承貴，娶了李公蘊的女兒，改姓甲氏。甲承貴的兒子甲紹泰，又娶了李德政的女兒。甲紹泰的兒子甲景隆，娶了李日尊的女兒。甲氏與交趾世代結為姻親，是邊境最大的禍患。自從天聖五年（一〇二七），甲承貴攻破太平寨，殺死了寨主李緒。嘉祐五年（一〇六〇），甲紹泰又殺死了永平寨主李德用，屢次侵擾邊境。直至熙寧年間朝廷大舉征伐，才平定了甲氏，把甲峒收隸於機郎縣。

賞析與點評

這條筆記詳細記載了北宋時期越南地區政權的歷史發展，特別是越南的叛服不定與宋越邊境之間的軍事衝突。

太祖朝，常戒禁兵之衣，長不得過膝，買魚肉及酒入營門者皆有罪。又制更戍之法，欲其習山川勞苦，遠妻孥[1]懷土之戀。兼外戍之日多，在營之日少，人人少子而衣食易足。又京師衞兵請糧者，營在城東者，即令赴城西倉；在城西者，令赴城東倉；仍不許傭僦[2]車腳[3]，皆須自負，嘗親登右掖門觀之。蓋使之勞力，制其驕惰。故士卒衣食無外慕，安[4]辛苦而易使。[475]

注釋　1 妻孥（粵：奴；普：nú）：妻子兒女。2 傭僦：僱用。3 車腳：車夫。4 安：滿足於。

譯文　太祖在位時，曾規定禁兵的衣長，不可超過膝部，買魚肉和酒帶進營門的都有罪。又制定輪流駐守邊防的方法，希望使禁兵適應山川勞苦的生活，減少對妻子兒女和鄉土的懷念之情。而且在外戍守的日子多，駐在兵營的日子少，自然令人的子女很少而衣食容易飽足。此外，京師衛兵領取糧食，軍營在城東的，就令他們到城西的糧倉取糧；在城西的，就令他們到城東的糧倉取糧；還不允許他們僱用馬車腳夫，都必須親自揹着，太祖又曾經親自登上右掖門觀看他們揹糧的情況。因為這些措施是要他們勞動，以抑制他們驕傲和懶惰的習性。因此士兵對衣食以外沒有奢求，安於辛苦生活而易於指揮。

賞析與點評

這條筆記記載了宋太祖以勤苦治軍，培養士兵吃苦精神的情形。

青堂羌[1]本吐蕃[2]別族，唐末，蕃將尚恐熱作亂，率衆歸中國，境內離散。國

初有胡僧立遵者，乘亂挾其主籛逋之子唃廝囉[3]東據宗哥邈川城[4]。唃廝囉人號「瑕薩籛逋」者，胡言「贊普[5]」也。「唃廝」，華言佛也；「囉」，華言男也，自稱「佛男」，猶中國之稱「天子」也。立遵姓李氏。唃廝囉立，立遵與邈川首領溫殙、溫逋相之，有漢隴西、南安、金城三郡之地，東西二千餘里，「宗哥邈川」即所謂「三河閒」也。

祥符九年，立遵與唃廝囉引衆十萬寇邊[6]，入古渭州，知秦州曹瑋[7]攻敗之，立遵歸乃死。唃廝囉妻李氏，立遵之女也，生二子，曰瞎氈、磨氈角。立遵死，唃廝囉更娶喬氏，生子董氈，取契丹之女為婦。李氏失寵，去為尼；子二亦去其父，瞎氈居河州，磨氈角居邈川。唃廝囉往來居青堂城。趙元昊叛命，以兵遮[8]廝囉，遂與中國絕。屯田員外郎[9]劉渙[10]獻議通唃廝囉，乃使渙出古渭州，循末邦山[11]至河州[12]國門寺，絕[13]河踰[14]廓州，至青堂，見唃廝囉，授以爵命，自此復通。磨氈角死，唃廝囉復取邈川城，收磨氈角妻子質於結羅城。唃廝囉死，子董氈立，朝廷復授以爵命。瞎氈有子木征；「木征」者，華言「頭龍」也。以其唃廝囉嫡孫，昆弟[15]行最長，故謂之「龍頭」，羌人語倒，謂之「頭龍」。瞎氈死，青堂首領瞎藥雞羅及胡僧鹿尊共立之，移居滔山[16]。

董氈之甥瞎征伏，羌蕃部李鉞星之子也，與木征不協，其舅李篤氈挾瞎征居結河，瞎征數與篤氈及沈千族首領常尹丹波合兵攻木征，木征去居安鄉城[17]。有巴欺溫者，唃氏族子，先居結羅城，其後稍強，董氈河南之城遂三分：巴欺溫、木征居洮河澗，瞎征居結河，董氈獨有河北之地。熙寧五年，秋，王子醇[18]引兵始出路骨山，拔香子城[19]，平河州；又出馬蘭州，擒木征母弟結吳叱，破洮州，木征之弟巴氈角降，盡得河南熙、河、洮、岷、疊、宕六州之地，自臨江寨[20]至安鄉城東西一千餘里，降蕃戶三十餘萬帳。明年，瞎木征降，置熙河路。[476]

注釋

1 青堂羌：亦作「青唐羌」，吐蕃族的一支，生活在今青海東北部青唐城（今西寧市）一帶。2 吐蕃：古代統治青藏高原的藏族政權。3 唃廝囉：九九七—一〇六五，他是吐蕃王族後代，十一世紀唃廝囉國的創建者。4 宗哥邈川城：宗哥城，今青海平安縣；邈川城，今青海省樂都縣南。沈括誤把兩地作一地。5 贊普：吐蕃君主的稱號。6 寇邊：侵犯邊境。7 曹瑋：字寶臣，九七三—一〇三〇，真定靈壽（今屬河北）人，北宋真宗、仁宗時名將，宋初名將曹彬之子。8 遮：阻斷。9 屯田員外郎：官名，尚書省六部之一的工部下屬屯田司的官員，掌天下屯田的政令。10 劉渙：字仲章，九九八—一〇八〇，北宋保州保塞（今河北保定）人。11 末邦山：今甘肅臨洮南一帶山區。12 河州：今甘肅蘭州市西南。13 絕：越過。14 踰：渡過。15 昆弟：兄弟。16 滔山：「滔山」當為「洮州」之誤。洮州，治所在今甘肅臨潭縣。17 安鄉城：又作「安江城」，在今甘肅永靖西南，位於黃河南岸。18 王子醇：即王韶，一〇三〇—一〇八一，字子純，江州德安（今江西德安）人，北宋名將。19 香子城：今甘肅和政縣。20 臨江寨：今甘肅宕昌縣。

譯文

青堂羌本來是吐蕃的別族，唐朝末年，吐蕃將領尚恐熱發動叛亂，率領民衆歸附中國，吐蕃內部分裂散亂。國朝初年，有一位名叫立遵的胡僧，趁着吐蕃內亂，挾持他的領主籛逋的兒子唃廝囉，佔據了吐蕃東部的宗哥邈川城。唃廝囉的稱號是「瑕薩籛逋」，吐蕃語「贊普」的意思。「唃廝」，漢語「佛」的意思；「囉」，漢語「男」的意思，自稱「佛男」，就像中國叫做「天子」一樣。立遵姓李。唃廝囉做了國主，立遵和邈川的首領溫殆、溫逋輔佐他，佔領了漢朝的隴西、南安、金城三郡的地方，由東至西二千多里廣，「宗哥邈川」就是「三河間」的意思。祥符九年（一〇一六），立遵和唃廝囉率領兵衆十萬侵犯邊境，攻入古渭州，秦州知州曹瑋打敗了他們，立遵回去後便死了。唃廝囉的妻子李氏，是立遵的女兒，生了兩個兒子，名字叫瞎氈和磨氈角。立遵死後，唃廝囉又娶了喬氏，生了兒子董氈，董氈娶契丹國的公主為妻。李氏失寵後，跑去做尼姑；兩個兒子也離開了父親，瞎氈佔據河州，磨氈角佔據邈川。唃廝囉往來這幾個地方，佔據青堂城。

趙元昊背叛時，發兵隔絕了唃厮囉的通道，他於是跟中國斷絕了關係。屯田員外郎劉渙獻議跟唃厮囉聯繫，於是朝廷派遣劉渙出使古渭州，沿着末邦山來到河州國門寺，越過黃河，穿過廓州，來到青堂，會見唃厮囉，授給他爵位官職，自此重新建立了關係。磨氊角死後，唃厮囉又奪取了邈川城，把磨氊角的妻子和兒女拘留在結羅城做人質。唃厮囉死後，兒子董氊繼位，朝廷又授給他爵位官職。瞎氊有兒子叫木征；「木征」，即漢語的「頭龍」。因為他是唃厮囉的嫡孫，在兄弟中排行最長，因此稱為「龍頭」，羌人的詞序倒過來讀，叫做「頭龍」。瞎氊去世，青堂羌的首領瞎藥雞羅和胡僧鹿尊一起擁立木征，移居到滔山（洮州）。

董氊的甥瞎征伏，是羌蕃部將李鉞星的兒子，跟木征不和，他的舅父李篤氊挾持瞎征佔據結河，瞎征多次跟李篤氊聯合沈千族首領常尹丹波發兵攻打木征，木征移居到安鄉城。有個叫巴欺溫的，是唃氏的族子，之前居住在結羅城，後來逐漸強大起來了，於是董氊在黃河以南的城池分為三分：巴欺溫、木征佔據洮河澗，瞎征佔據結河，董氊獨自佔據河北的土地。熙寧五年（一〇七二）秋天，王子醇領兵先從路骨山出擊，攻下了香子城，平定了河州；又出兵馬蘭州，抓住了木征舅父結吳叱，攻破洮州，木征弟弟已向氊角投降，這樣就完全奪得了黃河以南的熙、河、洮、岷、疊、宕六個州的土地，從臨江寨到安鄉城，東西一千多里，投降的蕃民三十多萬戶。第二年，瞎木征投降，朝廷於是設置了熙河路。

賞析與點評

這條筆記詳細記載了北宋時期青堂羌政權的歷史發展，以及北宋收復黃河以南地區的經過。

宋宣獻[1]博學，喜藏異書，皆手自校讎[2]。常謂：「校書如掃塵，一面掃，一面生。故有一書每三四校，猶有脫謬。」[479]

注釋

1 宋宣獻：即宋綬，字公垂，卒謚宣獻，九九一——一〇四〇，北宋平棘（今河北趙縣）人。2 校讎：校勘。

譯文

宋綬學問淵博，喜歡收藏珍奇的書籍，全部都親手校讎。他常說：「校書就像掃塵，一面掃，一面又生出來。因此有一部書每每校勘了三、四次，還有脫失錯謬的地方。」

賞析與點評

這條資料反映了木版印刷在宋代大行其道的時候，收藏書籍以及校藏圖書的學問也講究起來了。

藥議——對藥物學的認識

本篇導讀——

《夢溪筆談》卷二十六共有二十八條，加上《補筆談》的十六條，內容包括辨別藥物，糾正前人對藥物的錯誤認識和討論藥理。由於沈括對藥物認識深入，對藥理理解充分，因而提出的意見甚具說服力。

沈括從多方面辨識前人或時人對藥物的誤解，既有從學理上論證某些說法不合理，也有從觀察各種藥物、植物的特徵來辨別出近似的草藥，還有些內容是他親身驗證所得的結果。

古方言雲母[1]麤[2]服則著人肝肺不可去，如枇杷狗脊毛[3]不可食，皆云射入肝肺，世俗似此之論甚多，皆謬說也。又言人有水喉、食喉、氣喉者，亦謬說也。世傳《歐希範真五臟圖》[4]亦畫三喉，蓋當時驗之不審耳。水與食同嚥，豈能就口中遂分入二喉？人但有咽有喉二者而已，咽則納飲食，喉則通氣。咽則嚥入胃脘[5]，次入胃中，又次入廣腸[6]，又次入大小腸。喉則下通五臟，為出入息，五臟之含氣呼吸，正如冶家[7]之鼓鞴[8]。人之飲食藥餌，但自咽入腸胃，何嘗能至五臟？凡人之肌骨、五臟、腸胃雖各別，其入腸之物，英精之氣味，皆能洞達，但滓穢即入二腸。凡人飲食及服藥既入腸，為真氣所蒸，英精之氣味以至金石之精者。如細研硫黃、朱砂、乳石之類，凡能飛走融結者，皆隨真氣洞達肌骨，猶如天地之氣，貫穿金石土木，曾無留礙；自餘頑石草木，則但氣味洞達耳。及其勢盡，則滓穢傳入大腸，潤溼滲入小腸，此皆敗物，不復能變化，惟當退洩耳。凡所謂某物入肝，某物入腎之類，但氣味到彼耳，凡質豈能至彼哉。此醫不可不知也。[480]

注釋

1雲母：一種礦物，用來治療暈眩、驚悸、癲癇、癰疽瘡毒等。2麤：同粗。3狗脊毛：藥名，多年生樹蕨，它的長有金黃色細毛的莖，可用來止血。4《歐希範真五臟圖》：宋代的一部解剖學的圖書。5胃脘：胃腔，這裏指胃口的上部。6廣腸：大腸，此處疑指十二指腸。7冶家：製作金屬器具的人。8鼓鞴（粵：敗；普：bài）：鼓風吹火用的革囊，如後世的風箱。

譯文

古代藥方說，雲母如果不經過加工，直接服用，就會附到人的肝肺上去不掉。就像枇杷和狗脊毛不能吃，都說狗脊毛吃下去會刺入肝肺。世俗類似這樣的說法很多，都是謬論。還說人有水喉、食喉、氣喉，也是謬論。現在流傳的《歐希範真五臟圖》，也畫有三個喉嚨，這大概當時剖驗得不夠審慎的緣故。水和食物一同下嚥，怎麼能在口中就分開進入兩個喉嚨呢？人只是有咽有喉這兩個器官而已，咽是用來進食的，喉則用來通氣。咽下的食物是進入胃口的上部，接着進入胃的內腔，再然後進入直腸，再之後進入大小腸；喉則向下通達五臟，用來呼氣和吸氣。五臟的呼吸，就像冶煉匠的鼓風箱。人的飲食藥物，只能從咽喉進入腸胃，又怎能進入五臟呢？人的肌肉骨骼、五臟、腸胃雖各不相同，但進入腸胃的食物和藥物，它們的精華的氣味都能暢通無阻地到達各處，只有渣滓和穢物才進入大小腸。人的飲食和服下的藥物進入腸道後，便被真氣所蒸化，其中精華的氣味以至金石的精華，就像經過精細加工的硫黃、朱砂、鍾乳石之類，凡是能夠揮發融化的，都會隨着真氣暢達肌肉骨骼，就好像天地之氣能夠貫通金、石、土木等萬物，從沒有滯留和阻礙一樣；其餘頑石、草、木，只有氣味能暢達各處而已。等到氣味都散發盡了，渣滓和穢物就轉入大腸，液體就滲入小腸，這些都是廢物，不能再變化了，只應當排泄出去。凡是所謂某物入肝、某物入腎之類的說法，只是指它的氣味到達了那裏罷了，一般的物質又怎能到達那裏呢？這是醫家不能不知道的。

賞析與點評

沈括駁斥了當時流行的人體生理和消化系統的錯誤說法，他指出人體吸收的是食物和藥物的精華氣味，與我們今天所了解的營養學觀點相近。

舊說有「藥用一君、二臣、三佐、五使」之說。其意以為藥雖眾，主病者專在一物，其他則節級相為用，大略相統制。如此為宜，不必盡然也。所謂君者，主此一方者，固無定物也。《藥性論》[1]乃以眾藥之和厚者，定以為君，其次為臣、

為佐；有毒者多為使。此謬說也。設若欲攻堅積，如巴豆輩，豈得不為君哉。[482]

注釋　1《藥性論》：隋唐名醫甄權所撰。

譯文　傳統醫書的理論有「藥用一君、二臣、三佐、五使」的說法。它的意思是指藥物雖然很多，但用來主治疾病的只有一種，其他藥物只是按照主次配搭發揮作用，大體上互相統屬制約。這樣做雖然適當，但不一定全是這樣。所謂君，是指主導這一方劑的藥物，本來沒有固定的對象。《藥性論》一書竟然把各種藥物中藥性和厚的，界定為君藥，其次界定為臣藥、佐藥；有毒的大多界定為使藥。這是謬論。假如要治好頑固的食積阻滯症，像巴豆這類藥物，怎能不做為君藥呢？

賞析與點評

沈括對《藥性論》的藥物分類理論提出了異議，認為強把藥物依據藥性分類的做法是錯誤的。按沈氏之意，藥物屬君屬臣，應該從實際醫療效果出發，而不是固執於既定的分類。

金罌子[1]止遺洩[2]，取其溫且澁[3]也。世之用金罌者，待其紅熟時取汁熬膏用之，大誤也。紅則味甘，熬膏則全斷澁味，都失本性。今當取半黃時採乾，擣末用之。[483]

注釋　1 金罌子：又叫山石榴，薔薇科植物，主治遺精、遺尿、脾虛瀉痢等症。2 遺洩：遺精。3 澁：同澀。

譯文　金罌子用來治療遺精，用的是它藥性溫和而且苦澀。用金罌子的人，等到金罌子紅熟的時候才取汁熬煮成膏來用，真是大錯特錯！金罌子紅熟後味道變甘，煮製成膏就完全沒有了苦澀味，都失去了原來的特性。應當在半黃的時候採摘曬乾，擣成粉末來服用。

賞析與點評

沈括以藥理為據，指出人們調製金罌子的錯誤方法。

湯、散、丸各有所宜。古方用湯最多，用丸、散者殊少。煮散古方無用者，唯近世人為之。大體欲達五臟四肢者莫如湯，欲留膈胃中者莫如散，久而後散者莫如丸。又無毒者宜湯，小毒者宜散，大毒者須用丸。又欲速者用湯，稍緩者用散，甚緩者用丸。此其大槩也。近世用湯者全少，應湯者皆用煮散。大率湯劑氣勢完壯，力與丸、散倍蓰[1]。煮散者一啜不過三五錢極矣，比功較力，豈敵湯勢？然湯既力大，則不宜有失消息，用之全在良工，難可以定論拘也。[484]

注釋

1 倍蓰：蓰（粵：徙；普：xǐ），五倍。倍蓰，指很多倍。

譯文

藥湯、藥散和藥丸各有各的用處。古代的藥方應用藥湯最多，用藥丸、藥散的甚少。煮散這種做法，在古代藥方中沒有人使用，只是近代的人才這樣做。大體上，要使藥力到達五臟四肢的話，沒有比藥湯更好的；要使藥力留在膈胃中的話，沒有比藥散更好的；要藥力持久而後發散的話，沒有比得上藥丸的。此外，沒有毒性的藥物適宜做藥劑，毒性小的適宜做散劑，毒性強的須做成丸劑。另外，想快速見效的用湯劑，稍緩的用散劑，相當緩慢的用丸劑。這是藥劑使用的大致情況。近來用湯劑的人很少，應該用湯劑的都用煮散的方法。大體上，湯劑的藥力完整強大，效力是丸劑、散劑的很多倍。煮散的每服不過三五錢就到頂了，比較功效和藥力，怎能比得上湯劑的勢頭呢？然而湯劑既然效力強大，就不應在劑量上出錯。如何用藥全賴醫生高明的醫術，很難拘泥於一成不變的方法。

賞析與點評

沈括不拘泥古人多用藥湯的做法，而是比較了藥湯、藥丸和藥散的效用，提出其應用準則，也指出了北宋以來藥劑使用的變化情況。

古法採草藥多用二月、八月，此殊未當。但二月草已芽，八月苗未枯，採掇[1]者易辨識耳，在藥則未為良時。大率用根者，若有宿根[2]，須取無莖葉時採，則津澤[3]皆歸其根。欲驗之，但取蘆菔[4]、地黃輩觀，無苗時採，則實而沉；有苗時採，則虛而浮。其無宿根者，即候苗成而未有花時採，則根生已足而又未衰，如今之紫草，未花時採，則根色鮮澤，花過而採，則根色黯惡[5]，此其效也。用葉者，取葉初長足時；用牙[6]者，自從本說；用花者，取花初敷時；用實者，成實時採。皆不可限以時月。緣土氣有早晚，天時有愆伏[7]。如平地三月花者，深山中則四月花。白樂天《遊大林寺》詩云：「人間四月芳菲盡，山寺桃花始盛開。」蓋常理也。此地勢高下之不同也。如筀竹[8]筍有二月生者，有三四月生者，有五月方生者，謂之晚筀。稻有七月熟者，有八九月熟者，有十月熟者，謂之晚稻。一物同一畦[9]之間，自有早晚，此物性之不同也。嶺嶠[10]微草，凌冬不凋；并、汾喬木，望秋先隕；諸越則桃李冬實，朔漠則桃李夏榮。此地氣之不同也，一畝之稼，則糞溉者先牙，一丘之禾，則後種者晚實。此人力之不同也。豈可一切拘以定月哉。[485]

注釋

1 採掇：收集。2 宿根：多年生植物的根部。冬天時莖葉枯死，根部仍然存活。第二年又再發芽萌生。3 津澤：植物的養份。4 蘆菔：即蘿蔔。5 黯惡：灰暗。6 牙：同芽。7 愆伏：愆，溫熱；伏，陰寒。8 筀竹：即桂竹。9 畦（粵：葵；普：qí）：古代計算面積的單位，五十畝為一畦。10 嶺嶠：五嶺的別稱，指越城、都龐、萌渚、騎田、大庾五嶺。

譯文

古法採摘草藥大多要在二月、八月，這很不妥當。只不過因為二月時草木已經發芽，八月時草木未枯萎，採摘的人容易辨識罷了，對於草藥本身來說，卻不是好時候。大體上，用根的草藥，如果用隔年的老根，必須在沒有莖葉時採摘，這時草木的養份都藏在它的根部。要驗證這一點，只要拿蘿蔔、地黃等植物來看看，沒長莖葉的時候採摘，根部就結實而份量重；有莖葉的時候採摘，根部就空虛而份量輕。那些沒有隔年老根的，只要等到莖葉長成但還沒開花的時候採摘，這樣根部已生長充足而且還未衰敗。例如現在的紫草，還沒開花時採摘，根部的顏色就鮮艷有光澤，開花後再採摘，根部的顏色就灰暗，這就是證明。使用葉的草藥，要在葉子剛生長好的時候採摘；用芽的草藥便依從舊時的說法；用花的草藥，在花剛盛開的時候採摘；用果實的草藥，在果實成熟的時候採摘。這些都不可以用時月來限定。因為土氣有早有晚，天時有溫寒變化。例如平地上三月開花的植物，在深山中卻要四月才開花。白樂天《遊大林寺》詩說：「人間四月芳菲盡，山寺桃花始盛開。」這是普通的道理啊！這是地勢高低不同的緣故。又如筀竹筍，有在二月萌生的，有在三、四月萌生的，有到五月才萌生的，叫做晚筀。稻有七月成熟的，有八、九月成熟的，有十月成熟的，叫做晚稻。一種作物在同一塊畦田裏，成熟也各有早有遲，這是物性不同的緣故。五嶺一帶的小草，隆冬時也不凋謝；并州、汾州的喬木，還沒入秋便先行落葉；越地的桃李冬天就結果，大漠的桃李夏天才開花。這是各地氣候不同的緣故。同一畝田地裏的莊稼，得到施肥和灌溉的先萌芽；同一山丘上的禾苗，後種的晚結實。這是人力不同的緣故。怎麼可以一切都拘泥於固定的月份呢！

賞析與點評

沈括駁斥了採藥當在二月、八月的古老說法，指出地理氣候不同對草藥的不同影響，採摘藥物時，應根據實際的情況因時制宜地處理，不能拘泥於古法，並肯定了人工栽培對植物生長的重要性。

淡竹對苦竹為文，除苦竹外，悉謂之淡竹，不應別有一品謂之淡竹。後人不曉，於《本草》[1]內別疏「淡竹」為一物。今南人食筍有苦筍、淡筍兩色，淡筍即淡竹也。[489]

注釋

1《本草》：南朝陶弘景的《本草經集注》已在竹中區分淡竹，宋代《嘉祐植草》則最早把「淡竹」立為專條，同是宋代蘇頌的《圖經本草》在討論竹的入藥時也有篁竹、淡竹和苦竹之分。

譯文

淡竹跟苦竹是相對而言，除了苦竹之外，其餘的都稱為淡竹，不應另外有一品種叫做淡竹。後世的人不知道這個分別，在《本草》中另外列出「淡竹」為一種植物。現在南方人吃的筍有苦筍、淡筍兩種，淡筍就是淡竹了。

賞析與點評

沈括指出苦竹和淡竹之稱，是出於文人對仗寫作的緣故，批評後來的藥物學者不察，誤以為是兩種不同的藥物。不過，胡道靜認為這種觀點有待商榷，沈括「淡竹對苦竹為文」的說法應出自《齊民要術》：「中國所生，不過淡、苦二種」；「二月食淡竹筍，四月、五月食苦竹筍」，而實際上確有苦竹和淡竹兩種植物。

東方南方所用細辛[1]，皆杜衡[2]也。又謂之「馬蹄香」。色黃白，拳局而脆，乾則作團，非細辛也。細辛出華山，極細而直，深紫色，味極辛，嚼之習習如生椒，其辛更甚於椒，故《本草》云：「細辛水漬令直」，是以杜衡偽為之也。襄漢間又有一種細辛，極細而直，色黃白，乃是「鬼督郵」，亦非細辛也。[490]

注釋

1 細辛：馬兜鈴科植物，功效袪風散寒、治風寒頭痛、牙痛、風濕痹痛等。2 杜衡：馬兜鈴科植物，主治風寒感冒、痰飲喘咳、水腫、風濕等。

譯文

東方和南方地區的人所用的細辛，都是杜衡，又叫「馬蹄香」。顏色黃白，像拳頭般卷曲而且質地脆弱，曬乾之後則卷作一團，這不是細辛。細辛出產於華山，枝幹極為幼細而且直，深紫色，味道十分辛辣，咀嚼起來辣乎乎的像吃生花椒一樣，它比生椒更辣，因此《本草》說：「把細辛用水浸泡使它伸直」，那是用杜衡假冒細辛而已。襄水、漢水一帶另有一種細辛，枝莖甚為幼細而且直，顏色黃白，實際上是「鬼督郵」，也不是細辛。

賞析與點評

本條沈括再次辨別一些同屬一科目的草藥。這類草藥之所以令人混淆，是因為不同地區的人把名字混淆了。例如有些草藥，在東方和南方雖然同名，卻是不同的植物。

胡麻[1]直是今油麻，更無他說，予已於《靈苑方》論之。其角[2]有六稜[3]者，有八稜者。中國之麻，今謂之「大麻」是也，有實為苴麻，無實為枲麻，又曰「麻牡」。張騫始自大宛[4]得油麻之種，亦謂之麻，故以胡麻別之，謂漢麻為大麻也。[492]

注釋

1 胡麻：即芝麻。2 角：指胡麻的莢狀果殼。3 稜：同棱，物件上條狀的突起部分。4 大宛：古代中亞國家名。

譯文

胡麻就是今天的油麻，再沒有其他說法，我已經在《靈苑方》中討論過了。胡麻的莢果有的長有六條稜，有的八條稜。中國的麻，今天叫做「大麻」，有果實的是苴麻，沒有果實是枲麻，又叫做「麻牡」。張騫最先由大宛獲得油麻的種子，也叫它做麻，因此稱「胡麻」來區別，而叫漢地的麻做大麻。

賞析與點評

沈括指出中外物種的命名情況。這裏可見中外物種交流之下，人們區別新品種與固有品種時怎樣命名。不過，論者認為，胡麻（芝麻）是我國原產植物，「胡」表示重大的意思，不是張騫帶回來的；張騫帶回來的可能是亞麻而非胡麻。

太陰玄精[1]，生解州[2]鹽澤大滷[3]中，溝渠土內得之。大者如杏葉，小者如魚鱗，悉皆六角，端正似刻，正如龜甲，其裙襴[4]小撱[5]，其前則下剡[6]，其後則上剡，正如穿山甲相掩之處，全是龜甲，更無異也，色綠而瑩徹；叩之則直理而折，瑩明如鑑；折處亦六角，如柳葉，火燒過則悉解折，薄如柳葉，片片相離，白如霜雪，平潔可愛。此乃稟積陰之氣凝結，故皆六角。今天下所用玄精，乃絳州[7]山中所出絳石耳，非玄精也。楚州[8]鹽城[9]古鹽倉下土中又有一物，六稜，如馬牙硝，清瑩如水晶，潤澤可愛，彼方亦名「太陰玄精」，然喜暴潤，如鹽鹻[10]之類。唯解州所出者為正。[496]

注釋

1 太陰玄精：硫酸鹽類的石膏礦石。2 解州：州名，治所在今山西運城。3 滷：製鹽時剩下的濃的鹽溶液。4 裙襴：這裏指鱉魚殼邊的肉質部分。5 擶：同橢，狹長。6 剡（粵：染；普：yǎn）：削尖。7 絳州：州名，治所在今山西新絳。8 楚州：州名，治所在今江蘇淮安。9 鹽城：今江蘇鹽城。10 鹻：鹽水。

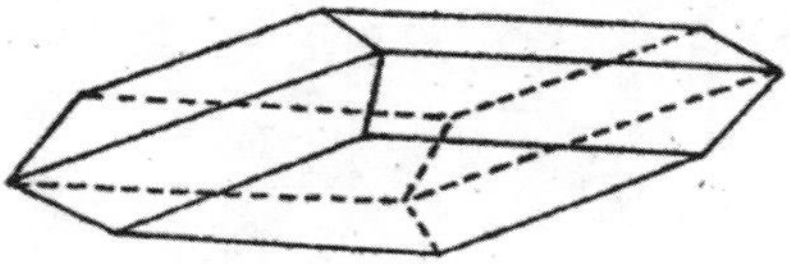

太陰玄精的六角晶體

譯文

太陰玄精，出產於解州鹽澤的滷水中，在溝渠的泥土裏可以找到。大的像杏葉，小的像魚鱗，全部都呈六角形，外形整齊得像雕刻出來的，好像龜甲一樣，它的裙邊短小而狹長，前端則向下削尖，後端則向上削尖，好像穿山甲甲片那樣互相重疊掩蓋，全是龜甲的形狀，再沒有不同，綠色而晶瑩透徹；敲擊它就會沿着紋理折斷，晶瑩明亮像鏡一樣；折斷的地方也呈六角形，像柳葉一樣，如果用火燒它，就會全部分解折斷，薄如柳，一片片分離，潔白得像霜雪，平滑潔淨而可愛。它承受了深沉的陰氣而凝結，因此都呈六角形。現在世間所用的玄精，只是絳州山中所出產的絳石罷了，並不是玄精。楚州鹽城的古鹽倉的地下又有一種東西，六條稜，像硭硝，清澈晶瑩像水晶，溫潤亮澤而可愛，那裏的人也叫它做「太陰玄精」。不過，這種東西容易吸收大量水分，像鹽鹼之類。只有解州所出產的才是真正的太陰玄精。

賞析與點評

本條沈括指出石膏礦石的特點，當中更注意到晶體的形狀、結構、色澤、解理和潮解等現象。

薰陸即乳香也，本名「薰陸」，以其滴下如乳頭者，謂之「乳頭香」；鎔塌[1]在地上者，謂之「塌香」，如臘茶[2]之有「滴乳」、「白乳」之品，豈可各是一物？[500]

注釋　1 鎔塌：融化倒下來。2 臘茶：早春時採摘烘製的茶，盛產於福建。

譯文　薰陸就是乳香了，本來叫做「薰陸」，因為它滴下來像乳頭一樣，所以叫做「乳頭香」；融化後平攤在地上的，叫做「塌香」，就好像臘茶有「滴乳」、「白乳」等品種，怎麼可以説各自是一種東西呢？

賞析與點評

本條沈括指像乳香這類東西，有不同的名稱，但應歸類為一物；不能因為名稱不同便視為不同的東西。

今方家所用漏蘆[1]，乃飛廉也。飛廉一名漏蘆，苗似苦芺[2]，根如牛蒡，綿頭者是也。採時用根。今閩中所用漏蘆，莖如油麻，高六七寸，秋深枯黑如漆，採時用苗。《本草》自有一條，正謂之「漏蘆」。[504]

注釋　1　漏蘆：又名鬼油麻、狼頭花，功效清熱解毒、消廱、舒筋通脈。2　苦芺（粵：奧；普：ǎo）：又名鈎芺、苦板，功效清熱、涼血止血。

譯文　現在醫生所用的漏蘆，其實是飛廉。飛廉又叫漏蘆，苗似苦芺，根像牛蒡，它的枝頭上長着白色像綿絮的絨毛。採摘時只用根部。現在福建地區所用的漏蘆，莖像油麻，有六、七寸高，深秋時枯萎得如漆一樣黑，採摘時用植株。《本草》一書中有它一條。這正是所說的「漏蘆」。

賞析與點評

本條沈括指出一些容易混淆的草藥，即使當時的醫生都已經不大了了。

石龍芮[1]今有兩種：水中生者，葉光而末圓；陸生者，葉毛而末銳。入藥用水生者。陸生亦謂之「天灸」，取少葉揉繫臂上，一夜作大泡如火燒者是也。[506]

注釋　1　石龍芮：又名地椹、天豆、胡椒菜，主治癰瘡腫毒、瘰癧結核、瘧疾等症。

譯文　石龍芮現在有兩種：在水中生長的一種，葉子光滑而末端渾圓；在陸上生長的一種，葉子長滿細毛而末端尖銳。入藥用水中生長的。陸上生長的又叫做「天灸」，拿少許葉片揉爛敷在臂上，過了一夜便會長出一個像被火燒灼傷的大泡的就是它了。

賞析與點評

本條沈括指出同一種草藥，但由於生長環境不同，藥性各異，不是任意可用的。

補筆談·卷三

孫思邈[1]《千金方》人參湯言「須用流水煮；用止水則不驗。」人多疑流水止水無異。予嘗見丞相荊公喜放生，每日就市買活魚，縱之江中，莫不洋然；唯鰌、鉏[2]入江中輒死，乃知鰌、鉏但可居止水。則流水與止水果不同，不可不知。又鯽魚生流水中則背鱗白而味美，生止水中則背鱗黑而味惡，此亦一驗。《詩》所謂「豈其食魚，必河之魴[3]。」[4]蓋流水之魚，品流自異。[584]

注釋

1 孫思邈：五八一—六八二，唐代著名醫藥學家，有藥王之稱。2 鰌、鱓：鰌即鰍，泥鰍；鱓即鱔。3 魴（粵：防；普：fáng）：淡水魚，形如魚。4 豈其食魚，必河之魴：出自《詩經》〈陳風・衡門〉。

譯文

孫思邈《千金方》說人參湯「必須用流動的水煮；用靜止的水就沒有效用。」人們大多懷疑流水和止水沒有差別。我曾經見過丞相王安石喜歡放生，每天到市集買活魚，然後放到江中，沒有一條不洋洋然自得的；只有泥鰍和鱔一放到江中便會死掉，於是知道泥鰍和鱔僅可生活在靜止的水裏。可見流動的水和靜止的水果然不同，這是不可不知道的。另外，鯽魚生長在流動的水裏，背鱗就呈白色而且味道鮮美；生長在靜止的水裏，背鱗就呈黑色而且味道惡劣，這也是一個證明。《詩經》所說的「難道吃魚，必定要黃河的魴魚嗎？」這是因為流水的魚，它的品質自然與別不同。

賞析與點評

沈括透過自己的生活經驗，注意到水的運動狀態與生物習性及形態的關係。

熙寧中，闍婆國[1]使人[2]入貢方物，中有「摩娑石」[3]二塊，大如棗，黃色，微似花蕊，又「無名異」[4]一塊，如蓮菂[5]：皆以金函貯之。問其人真偽何以為驗？使人云：「『摩娑石』有五色，石色雖不同，皆姜黃汁，磨之汁赤如丹砂者為真。『無名異』色黑如漆，水磨之色如乳者為真。」廣州市舶司依其言試之，皆驗，方以上聞。世人蓄[6]「摩娑石」、「無名異」頗多，常患不能辯真偽。小說及古今方書如《炮炙論》[7]之類亦有說者，但其言多怪誕，不近人情。天聖中，予伯父吏書新除[8]明州，章憲太后[9]有旨，令於舶船[10]求此二物，內出銀三百兩為價；值如不足，更許於州庫貼支。終任[11]求之，竟不可得。醫潘璟家有「白摩娑石」，色如糯米糍，磨之亦有驗。璟以治中毒者，得汁栗殼許，入口即瘥[12]。[585]

注釋

1 闍婆國：即古爪哇國。2 使人：出使的人員。3 摩娑石：也作摩挲石，一種礦石，醫書稱其能防止中毒。4 無名異：即氧化錳礦，色黑。5 蓮菂（粵：的；普：dì）：蓮實。6 蓄：儲存、收藏。7《炮炙論》：即《雷公炮炙論》，南朝宋雷斅著。8 除：任命官職。9 章憲太后：即章獻明皇后，九六八——一〇三三，姓劉，宋真宗皇后。宋仁宗即位後，垂簾聽政。10 舶船：海船、大船。11 終任：整個任期內。12 瘥（粵：嘬；普：chuài）：痊癒。

譯文

熙寧年間，闍婆國使者來到朝廷貢獻土產，其中有「摩娑石」兩塊，大如棗子，呈黃色，有點像花蕊，又有「無名異」一塊，像蓮實一樣，都是用金盒子收藏着。有人問派來的使者怎樣驗證真偽，使者說：「『摩娑石』有五種顏色，雖然石的顏色不同，但只要用姜黃汁研磨，流出的汁液紅得像丹砂的便是真品。『無名異』顏色黑得像漆，用水研磨後顏色像乳白的便是真品。」廣州市舶司依照他的話來測試，全都應驗，於是便呈報給朝廷。世人有很多收藏「摩娑石」、「無名異」的，常常擔心不能辨別真偽。小說和古今方劑醫書如《雷公炮炙論》之類也有談到，但當中的說法很多都很怪誕，不近情理。天聖年間，我伯父剛到朝廷文書任明州知州時，章憲太后便下旨命令他到海船上尋找這兩件東西，內府撥出三百兩銀作為貨款；如果不夠，還准許由州的府庫出錢墊付。可是一直到任期結束，竟然還沒找得到。醫生潘璟家裏有「白摩娑石」，顏色像糯米糍，研磨後也證實是真品。潘璟用來治療中毒的病人，只要大約一個栗殼的汁液，一喝入口便能痊癒了。

賞析與點評

這條說的是兩種來自爪哇國的礦石藥物，記錄了當時外國物品進入中國，以及中外醫藥交流的情況。

以磁石磨針鋒，則銳處常指南，亦有指北者。恐石性亦不同。如夏至鹿角解[1]，冬至麋角解。南北相反，理應有異，未深考耳。[588]

注釋　1 解：脱落。

譯文　用磁石來研磨針鋒，那麼尖銳一端常常會指向南方，但也有指向北方的。這恐怕是因為磁石的性質也有不同的緣故。就像夏至時鹿角脱落，冬至時麋角脱落。南北的指向相反，按理應該有所不同，只不過沒有深入考究罷了。

賞析與點評

這條説的是磁石和指南針，作者雖然不知道箇中原理，但也記錄在案。以現代物理學解釋，可能涉及磁場的影響或是磁石研磨過程中的南北極磁性排列問題。

藥中有用蘆根及葦子、葦葉者。蘆、葦之類，凡有十數種多，蘆、葦、葭、菼、亂、萑、葸息理反、華之類，皆是也。名字錯亂，人莫能分。或謂蘆似葦而小，則亂非葦也。今人云：「葭一名華。」郭璞云：「亂似葦，是一物。」按《爾雅》云：

「菼、亂、葦、蘆」，蓋一物也。名字雖多，會[1]之則是兩種耳。今世俗只有蘆與荻兩名。按，《詩疏》亦將葭、菼等衆名，判[2]為二物，曰：「此物初生為菼，長大為亂，成則名為萑。初生為葭，長大為蘆，成則名為葦。」故先儒釋亂為萑，釋葭為葦。予今詳諸家所釋葭、蘆、葦，皆蘆也，則菼、亂、萑自當是荻耳。《詩》云：「葭菼揭揭[3]」，則葭，蘆也；菼，荻也。又曰：「萑葦」，則萑、荻也；葦、蘆也。連文言之，明非一物。又《詩·釋文》[4]云：「亂，江東人呼之為『烏蓲。』」今吳中烏蓲草。乃荻屬也。則萑亂為荻明矣。然《召南》：「彼茁者葭」，謂之初生可也；《秦風》曰：「蒹葭蒼蒼，白露為霜。」則散文[5]言之，霜降之時亦得謂之葭，不必初生，若對文須分大小之名耳。荻芽似竹筍，味甘脆可食；莖脆，可曲如鉤，作馬鞭節；花嫩時紫，脆則白，如散絲；葉色重，狹長而白脊。一類小者，可為曲薄[6]；其餘唯堪供爨耳。蘆芽味稍甜，作蔬尤美；莖直；花穗生，如狐尾，褐色，葉闊大而色淺；此堪作障席筐筥織壁覆屋絞繩雜用，以其柔韌且直故也。今藥中所用蘆根、葦子、葦葉，以此證之，蘆、葦乃是一物，皆當用蘆，無用荻理。[591]

注釋　1會：合起來。2判：區別。3葭菼揭揭：出自《詩經》〈衛風·碩人〉。揭揭：形容長的很高。4《詩．釋文》：《詩》指《詩經》，《釋文》指唐陸德明所纂的《經典釋文》。
5 散文：分開來說。6 曲薄：養蠶的器具，呈圓形或長方形。

譯文

草藥裏有用上蘆根和葦子、葦葉。蘆、葦之類的名稱，共有十多種，蘆、葦、葭、菼、薍、萑、葸、華之類都是。名字錯亂，人們不能分辨。有人說蘆像葦但比葦小，那麼薍便不是葦。現在人們說：「葭，又叫華。」郭璞說：「薍就像葦，是同一種植物。」按照《爾雅》所說：「菼、薍、葦、蘆」，大約是同一種植物。名稱雖然多，綜合起來只是兩種罷了。現在民間只有蘆和荻兩個名稱。根據《詩經》的疏也將葭、菼等眾多名稱，區別為兩種植物，說：「這兩種植物，一種剛生長時叫做菼，長大後叫做薍，成熟後就叫做萑。另一種剛生長出來時叫做葭，長大後叫做蘆，成熟後就叫做葦。」因此從前的學者把薍解釋為萑，把葭解釋為葦。我現在詳細查考了各家所解釋的葭、蘆、葦，其實都是蘆，那麼菼、薍、萑自然應該是荻了。《詩經》說：「葭和菼長得高高的」，那麼葭便是蘆了，菼便是荻了。又說：「萑葦」，那麼萑便是荻；葦便是蘆。《詩經》把文字連在一起來說，顯然不是同一種植物。《經典釋文》說：「薍，江東人叫它做『烏蓲』。」現在吳中的烏蓲草就是荻一類的植物，那麼萑、薍是荻就清楚明確了。不過，《召南》說：「那個初生的是葭」，可以說葭是初生的；《秦風》說：「蒹葭青蒼蒼的，秋深露水結成了霜」，那麼分開來說，霜降的時候也可以叫做葭，不一定指初生的，如果是對偶文字，就必須區別成長和初生的名稱了。荻芽像竹筍，味道甘甜爽脆，可以食用；它的莖柔軟，可以屈曲得像鈎子，形狀像有節的馬鞭；花剛開的時候是紫色，老了就變成白色，像散開的絲絮一樣；葉子顏色深，形狀狹長而有白色的主脈。有一種較小的，可以用來做養蠶的曲薄，其餘僅可用來當柴燒。蘆芽的味道較甜，用來做菜特別美味；它的莖是直的；花像穗粒一樣生長，就像狐狸尾巴，褐色，葉子闊大而顏色淺；這可以用來製作障席、筐筥，編織成房子的牆壁或覆蓋用屋頂、絞繩之類等雜物器具，因為它柔韌而且挺直的緣故。現在藥方中使用的蘆根、葦子、葦葉，用以上的資料來證明，蘆、葦實際上是同一種植物，都應該用蘆，沒有用荻的道理。

賞析與點評

沈括在這條裏利用各種資料，清楚説明蘆和荻這兩種植物由於外形相似，人們容易混淆，古書中出現了許多不同的名稱，實際上兩者無論在生長環境、外貌以及用途都有分別。

鈎吻，《本草》[1]：「一名野葛」，主療甚多。注釋者多端[2]，或云可入藥用，或云有大毒，食之殺人。予嘗到閩中，土人以野葛毒人及自殺；或誤食者，但半葉許，入口即死。以流水[3]服之，毒尤速，往往投杯已卒矣。經官司勘鞫[4]者極多，灼然如此。予嘗令人完取一株觀之，其草蔓生[5]，如葛；其藤色赤，節粗，似鶴膝；葉圓，有尖，如杏葉而光厚，似柹葉，三葉為一枝，如菉豆之類，葉生節間，皆相對；花黃細，戢戢然[6]，一如茴香花，生於節葉之間。《酉陽雜俎》言：「花似梔子稍大。」謬說也。根皮亦赤。閩人呼為「吻莽」，亦謂之「野葛」；嶺南人謂之「胡蔓」；俗謂「斷腸草」。此草人間至毒之物，不入藥用，恐《本草》所出，別是一物，非此鈎吻也。予見《千金》[7]、《外臺》[8]藥方中時有用野葛者，特宜子細[9]，不可取其名而誤用，正如侯夷魚與鯸魚同謂之「河豚」，不可不審也。[594]

注釋

1《本草》：《神農本草經》。2 多端：多種解釋。3 流水：活水。4 勘鞫（粵：菊；普：jū）：勘查審問。5 蔓生：像蔓草般生長。6 戢（粵：輯；普：jí）戢然：密集的樣子。7《千金》：《備急千金要方》。8《外臺》：《外臺秘要》，唐代王燾著。9 子細：仔細。

譯文

鈎吻，《神農本草經》說：「又叫野葛」，主治很多病症。注釋的人說法很多，有人說可入藥用，有人說毒性極大，吃了可以令人喪命。我曾經到過福建地區，當地人用野葛來毒殺他人和自殺；有誤吃的人，只要半片葉子吃入口就會死。用流動的水送服，毒性發作得更快，往往把杯子剛放下就死了。經過官府勘驗審問的案件非常多，它的毒性是這樣顯然的。我曾經命人找來一株完整的來觀察，這種植物屬於蔓生，像葛；它的藤枝紅色，枝節粗大，像鶴的膝頭；葉子呈圓形，有尖端像杏葉，但光亮厚實得像柿葉，三片葉為一枝，像綠豆之類，葉子在莖節間長出來，都是相互對生的；花又黃又細，一簇簇就像茴香花，長在莖節和葉片之間。《酉陽雜俎》說：「花像梔子而稍大。」這是錯誤的說法。根和皮也是紅色。福建人叫它做「吻莽」，也叫做「野葛」；廣東人叫做「胡蔓」；俗稱「斷腸草」。這種草是人間至毒的植物，不能夠入藥使用，恐怕《本草》所列出來的，是另一種植物，不是這種鈎吻。我看到《千金方》、《外臺秘要》的藥方中常有使用野葛的，應該特別小心，不可只看名稱相同便誤用，正如侯夷魚和鯸魚都叫「河豚」，不可不審慎小心啊！

賞析與點評

這條筆記也是辨別名目相近的草藥。沈括透過親自觀察，指出古代醫書或其他學者著述的謬誤。

名句索引

三畫

凡大河、漳水、滹沱、涿水、桑乾之類，悉是濁流。今關、陝以西，水行地中，不減百餘尺。其泥歲東流，皆為大陸之土，此理必然。 三五三

凡日蝕，當月道自外而交入於內，則蝕起於西南，復於東北；自內而交出於外，則蝕起於西北，而復於東南。 一四二

凡所謂某物入肝，某物入腎之類，但氣味到彼耳，凡質豈能至彼哉。此醫不可不知也。 三九八

凡鑒窪則照人面大，凸則照人面小。小鑒不能全觀人面，故令微凸，收人面令小，則鑒雖小而能全納人面。 二八六

大凡夏月風景須作於午後，欲行船者，五鼓初起，視星月明潔，四際至地，皆無雲氣，便可行，至於巳時即止，如此無復與暴風遇矣。 三七六

弓所以為正者，材也。相材之法視其理，其理不因矯揉而直中繩，則張而不跛。此弓人之所當知也。 二七三

四畫

中國衣冠，自北齊以來，乃全用胡服。窄袖，緋綠短衣，長靿靴，有蹀躞帶，皆胡服也。
窄袖利於馳射，短衣長靿，皆便於涉草。 〇三四

方家以磁石磨針鋒，則能指南，然常微偏東，不全南也。 三五七

日之所由，謂之「黃道」。南北極之中度最均處，謂之「赤道」。 一四七

日月之形如丸。何以知之，以月盈虧可驗也。月本無光，猶銀丸，日耀之乃光耳。
光之初生，日在其傍，故光側而所見纔如鉤，日漸遠則斜照而光稍滿。 一四一

月正午而生者為「潮」，則正子而生者為「汐」，正子而生者為「潮」，
則正午而生者為「汐」。 一五七

水與食同嚥，豈能就口中遂分入二喉？人但有咽有喉二者而已，咽則納飲食，喉則通氣。
咽則嚥入胃脘，次入胃中，又次入廣腸，又次入大小腸。喉則下通五臟，為出入息，
五臟之含氣呼吸，正如冶家之鼓鞴。 三九八

世間鍛鐵所謂「鋼鐵」者，用「柔鐵」屈盤之，乃以「生鐵」陷其間，泥封煉之，
鍛令相入，謂之「團鋼」，亦謂之「灌鋼」。此乃偽鋼耳，暫假生鐵以為堅。 〇六六

世傳虹能入溪澗飲水，信然。熙寧中，予使契丹，至其極北黑水境永安山下卓帳。是時新雨霽，見虹下帳前澗中，予與同職扣澗觀之，虹兩頭皆垂澗中。 三〇八
以磁石磨針鋒，則鋭處常指南，亦有指北者。恐石性亦不同。如夏至鹿角解，冬至麋角解。南北相反，理應有異，未深考耳。 四一九

五畫

古之善歌者有語，謂當使「聲中無字，字中有聲。」 一〇〇
古今言刻漏者數十家，悉皆疏繆。曆家言晷漏者，自《顓帝曆》至今見於世謂之「大曆」者，凡二十五家。其步漏之術，皆未合天度。 一三二
古法以牛革為矢服，臥則以為枕，取其中虛，附地枕之，數里內有人馬聲，則皆聞之，蓋虛能納聲也。 二八三

六畫

如大小龍湫、水簾、初月谷之類，皆是水鑿之穴。自下望之，則高嵒峭壁；從上觀之，適與地平。以至諸峯之頂，亦低於山頂之地面。世間溝壑中水鑿之處，皆有植土龕巖，亦此類耳。 三五四

十二畫

「隙積」者，謂積之有隙者，如累棊層壇，及酒家積罌之類，雖似覆斗，四面皆殺，
緣有刻缺及虛隙之處，用「芻童法」求之，常失於數少。 二六七

畫家為之自有法，但以肩倚壁，盡臂揮之，自然中規。其筆畫之粗細，
則以一指拒壁以為準，自然勻均，此無足奇。 二五二

登州巨嵎山下臨大海，其山有時震動，山之大石皆頹入海中，如此已五十餘年，
土人皆以為常，莫知所謂。 三二一

登州海中時有雲氣如宮室、臺觀、城堞、人物、車馬、冠蓋，歷歷可見，謂之「海市」。
或曰：「蛟蜃之氣所為。」疑不然也。 三二二

陽燧照物皆倒，中間有礙故也。算家謂之「格術」。如人搖艣，臬為之礙故也。 〇五六

十四畫及以上

熙寧九年，恩州武城縣有旋風自東南來，望之插天如羊角，大木盡拔。
俄頃，旋風卷入雲霄中。 三三〇

遠近皆見，火光赫然照天，許氏藩籬皆為所焚。是時火息，視地中只有一竅如桮大，
極深，下視之，星在其中熒熒然，良久漸暗，尚熱不可近。 二九四

鄜延境內有石油。舊說高奴縣出「脂水」，即此也。生於水際，沙石與泉水相雜，惘惘而出。 三四八

履畝之法，方圓曲直盡矣，未有「會圓」之術。凡圓田，既能折之，須使會之復圓。古法惟以中破圓法折之，其失有及三倍者。 二六八

慶曆中，有布衣畢昇，又為活板。其法用膠泥刻字，薄如錢脣，每字為一印，火燒令堅。 二七五

慶曆中，有近侍犯法，罪不至死，執政以其情重，請殺之，范希文獨無言，退而謂同列曰：「諸公勸人主法外殺近臣，一時雖快意，不宜教手滑。」諸公默然。 一八二

曆法步歲之法，以冬至斗建所抵，至明年冬至所得辰刻衰秒，謂之「斗分」，故「歲」文從「步」從「戌」，「戌」者，斗魁所抵也。 一二六

新 視 野

中華經典文庫

新視野
中華經典文庫